IDENTIDADES CRUZADAS

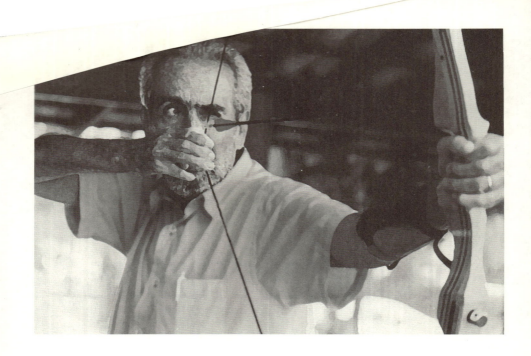

O Arqueiro

GERALDO JORDÃO PEREIRA (1938-2008) começou sua carreira aos 17 anos, quando foi trabalhar com seu pai, o célebre editor José Olympio, publicando obras marcantes como *O menino do dedo verde*, de Maurice Druon, e *Minha vida*, de Charles Chaplin.

Em 1976, fundou a Editora Salamandra com o propósito de formar uma nova geração de leitores e acabou criando um dos catálogos infantis mais premiados do Brasil. Em 1992, fugindo de sua linha editorial, lançou *Muitas vidas, muitos mestres*, de Brian Weiss, livro que deu origem à Editora Sextante.

Fã de histórias de suspense, Geraldo descobriu *O Código Da Vinci* antes mesmo de ele ser lançado nos Estados Unidos. A aposta em ficção, que não era o foco da Sextante, foi certeira: o título se transformou em um dos maiores fenômenos editoriais de todos os tempos.

Mas não foi só aos livros que se dedicou. Com seu desejo de ajudar o próximo, Geraldo desenvolveu diversos projetos sociais que se tornaram sua grande paixão.

Com a missão de publicar histórias empolgantes, tornar os livros cada vez mais acessíveis e despertar o amor pela leitura, a Editora Arqueiro é uma homenagem a esta figura extraordinária, capaz de enxergar mais além, mirar nas coisas verdadeiramente importantes e não perder o idealismo e a esperança diante dos desafios e contratempos da vida.

HARLAN COBEN

IDENTIDADES CRUZADAS

ARQUEIRO

Título original: *The Match*
Copyright © 2022 por Harlan Coben
Copyright da tradução © 2023 por Editora Arqueiro Ltda.

Todos os direitos reservados. Nenhuma parte deste livro pode ser utilizada ou
reproduzida sob quaisquer meios existentes sem autorização por escrito dos editores.

tradução: Leonardo Alves

preparo de originais: Raïtsa Leal

revisão: Ana Grillo e Pedro Staite

diagramação: Abreu's System

capa: Elmo Rosa

imagem de capa: Ysbrand Cosijn / Shutterstock

impressão e acabamento: Cromosete Gráfica e Editora Ltda.

CIP-BRASIL. CATALOGAÇÃO NA PUBLICAÇÃO
SINDICATO NACIONAL DOS EDITORES DE LIVROS, RJ

C586i

Coben, Harlan, 1962-
Identidades cruzadas / Harlan Coben ; tradução Leonardo Alves. –
1. ed. – São Paulo : Arqueiro, 2023.
304 p. ; 23 cm.

Tradução de: The match
Sequência de: O menino do bosque
ISBN 978-65-5565-476-9

1. Ficção americana. I. Alves, Leonardo. II. Título.

23-82592

CDD: 813
CDU: 82-3(73)

Meri Gleice Rodrigues de Souza – Bibliotecária – CRB-7/6439

Todos os direitos reservados, no Brasil, por
Editora Arqueiro Ltda.
Rua Funchal, 538 – conjuntos 52 e 54 – Vila Olímpia
04551-060 – São Paulo – SP
Tel.: (11) 3868-4492 – Fax: (11) 3862-5818
E-mail: atendimento@editoraarqueiro.com.br
www.editoraarqueiro.com.br

À saudosa memória de Penny Hubbard
1966-2021

capítulo um

EM ALGUM MOMENTO ENTRE os 40 e os 42 anos – ele não sabia exatamente quantos anos tinha –, Wilde finalmente encontrou o pai.

Ele não conhecera o pai. Nem a mãe. Nem qualquer parente. Não sabia como se chamavam, nem onde ele nascera e muito menos quando e como ele, ainda muito pequeno, fora parar sozinho na floresta das montanhas Ramapo tendo que se virar por conta própria. Agora, mais de três décadas depois de ser "resgatado" quando era menino – "ABANDONADO E SELVAGEM!", declarara uma manchete; "MOGLI DA MODERNIDADE!", bradara outra –, Wilde se via a menos de 20 metros de um parente de sangue e das obscuras respostas sobre sua origem misteriosa.

O nome do pai, como ele descobrira recentemente, era Daniel Carter. Agora tinha 61 anos e era casado com uma mulher chamada Sofia. Eles tinham três filhas adultas – meias-irmãs de Wilde, deduziu ele: Cheri, Alena e Rosa. Carter morava em uma casa com quatro quartos na Sundew Avenue, em Henderson, Nevada. Trabalhava como empreiteiro residencial e tinha a própria empresa, a DC Dream House Construction.

Trinta e cinco anos antes, quando o pequeno Wilde fora encontrado sozinho na mata, os médicos estimaram a idade dele entre 6 e 8 anos. Ele não tinha lembrança alguma de pais ou responsáveis, nem de qualquer experiência além da de lutar sozinho para sobreviver naquelas montanhas. Aquele menino invadia cabanas e casas de veraneio vazias e saqueava geladeiras e despensas para conseguir comida. Às vezes, dormia em casas desocupadas ou em barracas que tivesse roubado de garagens; na maioria das vezes, quando o clima permitia, o pequeno Wilde gostava de dormir a céu aberto, sob as estrelas.

Ele ainda gostava.

Depois que foi encontrado e "resgatado" dessa existência indomada, a assistência social entregou o menino aos cuidados de uma família adotiva. Diante do estardalhaço que a mídia fez, muitos imaginaram que logo alguém se apresentaria para buscar o "Pequeno Tarzan". Mas os dias viraram semanas. E meses. E anos. E décadas.

Três décadas.

Ninguém se apresentou.

Havia boatos, claro. Algumas pessoas acreditavam que Wilde nascera em uma aldeia local misteriosa escondida nas montanhas, que havia fugido ou sofrido alguma negligência e que por isso os membros dessa suposta aldeia tinham medo de admitir que Wilde era um deles. Outras especulavam que a memória do menino era falha, que teria sido impossível ele sobreviver sozinho por anos na floresta hostil, que ele era articulado e inteligente demais para ter crescido sem pais. Essas pessoas supunham que havia acontecido algo terrível com o pequeno Wilde – algo tão traumático que o mecanismo de defesa dele bloqueara completamente a lembrança do incidente.

Não era verdade. Wilde sabia disso, mas não fazia diferença.

Suas únicas lembranças mais antigas eram fragmentos incompreensíveis de visões e sonhos: um corrimão vermelho, uma casa escura, o retrato de um homem com bigode e, às vezes, quando as visões resolviam ter som, uma mulher gritando.

Wilde – o pai adotivo considerou o nome pertinente por remeter a *Wild*, "selvagem" em inglês – tornou-se uma espécie de lenda urbana. Ele era o bicho-papão que vivia sozinho nas montanhas. Se os pais da cidade de Mahwah quisessem garantir que seus rebentos voltassem para casa ao entardecer, evitando que perambulassem por aqueles quilômetros de árvores e mata cerrada, eles lembravam os filhos de que, assim que escurecia, o Menino do Bosque saía de seu esconderijo – furioso, feroz, com sede de sangue.

Três décadas haviam se passado e ninguém, incluindo Wilde, tinha pista alguma da origem dele.

Até agora.

De dentro do carro alugado no outro lado da rua, Wilde viu Daniel Carter abrir a porta da casa e sair em direção a uma picape. Wilde deu zoom no rosto do pai com a câmera do iPhone e tirou algumas fotos. Ele sabia que Daniel Carter estava trabalhando em uma obra nova de casas geminadas – doze unidades, cada uma com três quartos, dois banheiros, um lavabo e, segundo o site, uma cozinha com "armários cor de carvão". A página "Quem somos" do site da DC Dream House Construction dizia: "Há 25 anos a DC Dream House Construction projeta, constrói e vende residências de excelente qualidade e altíssimo padrão, personalizadas para atender às suas necessidades e aos seus sonhos."

Wilde enviou três das fotos para Hester Crimstein, uma renomada advogada de Nova York e provavelmente o que mais se aproximava de uma figura materna para ele. Wilde queria saber se Hester achava que havia alguma semelhança entre ele e o homem que supostamente era seu pai biológico.

Cinco segundos depois do envio, Hester ligou.

– E aí? – perguntou Wilde.

– Uau.

– "Uau" no sentido de que ele é parecido comigo?

– Se ele fosse mais parecido, Wilde, eu acharia que você estava usando algum aplicativo de simulação de envelhecimento.

– Então você acha...

– É seu pai, Wilde.

Ele ficou com o celular colado na orelha.

– Está tudo bem? – perguntou Hester.

– Tudo bem.

– Há quanto tempo você está de olho nele?

– Quatro dias.

– E o que vai fazer?

Wilde refletiu.

– Eu poderia deixá-lo em paz.

– Nah.

Ele ficou calado.

– Wilde?

– Quê?

– Você está sendo um mané – disse Hester.

– Mané?

– Isso mesmo. Significa bobalhão.

– É, eu entendi.

– Fala com ele de uma vez. Pergunta por que ele abandonou um menino na floresta sozinho. Ah, e logo depois me liga, porque estou supercuriosa.

Hester desligou.

Daniel Carter tinha o cabelo branco e a pele bronzeada, e os braços eram musculosos, provavelmente por causa de uma vida inteira de trabalhos braçais. A família, pelo que Wilde observara, parecia bem unida. Nesse instante, Sofia, a esposa, sorria e dava tchau enquanto ele entrava na picape.

No domingo anterior, Daniel e Sofia haviam feito um churrasco de família no quintal. As filhas Cheri e Alena tinham vindo com suas famílias. Daniel pilotou a churrasqueira com um chapéu de chef e um avental com os dizeres "Homem-objeto". Sofia serviu sangria e salada de batata. Ao entardecer, Daniel acendeu a fogueira, e a família toda se reuniu para assar marshmallows e se divertir com jogos de tabuleiro, como em um quadro de Norman Rockwell. Wilde esperava sentir angústia ao vê-los, perguntando-se sobre tudo o que havia perdido, mas, na verdade, não sentiu quase nada.

Não era uma vida melhor que a dele. Era só diferente.

Uma parte grande dele queria ir para o aeroporto e voltar para casa. Ele passara os últimos seis meses levando uma vida relativamente normal e doméstica na Costa Rica com uma mãe e uma filha, mas já era hora de voltar para sua ecocápsula remota nas profundezas das montanhas Ramapo. Era lá o seu lugar, era onde ele mais se sentia à vontade.

Sozinho. Na mata.

Hester Crimstein e o resto do mundo podiam estar "supercuriosos" sobre a origem do "Menino do Bosque", mas ele mesmo não estava. Nunca estivera. Do ponto de vista dele, ou seus pais estavam mortos ou o haviam abandonado. Que diferença fazia quem eram ou quais foram seus motivos? Não mudaria nada, pelo menos não para melhor.

Wilde estava bem, obrigado. Não tinha por que acrescentar complicações desnecessárias à sua vida.

Daniel Carter deu partida na picape. Desceu a Sundew Avenue e virou à esquerda na Sandhill Sage Street. Wilde foi atrás. Alguns meses antes, Wilde cedera à tentação e, com relutância, pusera seu DNA em um daqueles bancos de dados genealógicos on-line que estavam na moda. Aquilo não queria dizer nada, pensou. Se aparecesse alguma compatibilidade, ele poderia ignorar, se preferisse. Era só um primeiro passo, sem compromisso.

Quando os resultados vieram, não havia nada de extraordinário. A compatibilidade mais próxima era com alguém com as iniciais PB, que o site descrevia como "primo(a) de segundo grau". Grande coisa. PB enviou uma mensagem. Wilde estava prestes a responder, mas a vida acabou lhe fazendo uma enorme surpresa. Para espanto até dele mesmo, Wilde saiu do bosque que sempre fora seu lar e empreendeu uma tentativa nada convencional de ter uma vida em família na Costa Rica.

Não saíra como o planejado.

Quando ele estava preparando as malas para deixar a Costa Rica, duas semanas antes, o site de genealogia por DNA enviara um e-mail com o assunto: "ATUALIZAÇÃO IMPORTANTE!" Eles haviam encontrado compatibilidade com "um parente com muito mais DNA em comum" do que "qualquer outra pessoa na sua rede de parentes"; essa conta usava as iniciais DC. No final da mensagem, um link o instava: "saiba mais!" Contrariando seus instintos, ele clicou.

DC, segundo a idade, o gênero e o percentual de compatibilidade, era o pai de Wilde.

Wilde se limitara a encarar a tela.

E agora? A porta para o passado estava aberta diante dele. Bastava ele girar a maçaneta. Ainda assim, Wilde hesitou. Esse site maluco e invasivo também não funcionava no outro sentido? Se Wilde havia recebido notificação de que seu pai estava no site, não era lógico supor que seu pai também teria recebido uma de que seu filho estava ali?

Por que DC não entrara em contato?

Durante dois dias, Wilde deixou para lá. A certa altura, ele quase deletou seu perfil genealógico inteiro. Não tinha como sair nada de bom dessa história. Ele sabia. Ao longo dos anos, havia concebido todas as hipóteses possíveis que explicassem como um menino fora parar na floresta, deixado sozinho por anos, abandonado (falando francamente) para morrer. Quando ele ligara para Hester e falara da compatibilidade paterna e de sua relutância em investigar, ela dissera:

– Quer minha opinião?

– Claro.

– Você é um trouxa.

– Ajudou muito.

– Preste bastante atenção, Wilde.

– Tudo bem.

– Sou muito mais velha do que você.

– É verdade.

– Quieto. Estou prestes a despejar sabedoria em cima de você.

– Você tirou essa de *Hamilton*?

– Tirei.

Ele esfregou os olhos.

– Fala.

– A verdade mais feia é melhor que a mentira mais bonita.

Wilde franziu o cenho.

– Isso saiu de algum biscoito da sorte?

– Engraçadinho. Não dá para ignorar isso. Você sabe. Você precisa descobrir a verdade.

Hester, claro, tinha razão. Talvez ele não quisesse girar essa maçaneta, mas também não poderia passar o resto da vida encarando a porta. Ele acessou o site de DNA de novo e escreveu uma mensagem para DC. Foi curta e direta:

Talvez eu seja seu filho. Podemos conversar?

Logo que ele clicou em "enviar", chegou uma resposta automática. Segundo o site, DC não estava mais no banco de dados. Isso era ao mesmo tempo suspeito e estranho – a decisão do pai de deletar a conta –, mas de repente fortaleceu a determinação de Wilde de obter respostas. Dane-se a maçaneta; era hora de meter o pé na porta. Ele ligou de novo para Hester.

Se o nome de Hester parece familiar, talvez seja porque ela é a lendária advogada Hester Crimstein da televisão, apresentadora de *Crimstein contra o Crime*. Ela fez alguns telefonemas e acionou seus contatos. Wilde recorreu a algumas outras fontes de seus próprios anos de experiência com o que é conhecido pelo questionável nome "segurança freelancer". Levou dez dias, mas acabou rendendo um nome:

Daniel Carter, 61 anos, de Henderson, Nevada.

Quatro dias antes, Wilde partira da cidade de Libéria, na Costa Rica, rumo a Las Vegas, Nevada. E agora ali estava ele, em um Nissan Altima azul alugado, seguindo a picape Ram de Daniel Carter até um canteiro de obras. Ele já havia protelado o bastante. Quando Daniel Carter estacionou na frente do empreendimento das casas geminadas, Wilde parou do outro lado da rua e saiu do carro. O barulho da obra era ensurdecedor. Wilde estava a ponto de abordá-lo quando viu dois trabalhadores irem até Carter. Wilde esperou. Um dos homens lhe entregou um capacete de proteção. O outro lhe deu uma espécie de protetor auricular. Carter colocou ambos e conduziu os colegas às entranhas do empreendimento. As botas levantavam tanta poeira do deserto que chegou a ficar difícil enxergá-los. Wilde observou e esperou. Uma placa sustentada por vigas de madeira anunciava com uma fonte rebuscada demais que o RESIDENCIAL VISTA – dava para inventar um nome mais genérico que esse? – ofereceria "casas geminadas de luxo com três quartos" por valores a partir de 299 mil dólares. Uma faixa vermelha que atravessava da esquerda para a direita dizia: "EM BREVE!"

Daniel Carter podia ser o mestre de obras ou o empreiteiro ou qualquer que fosse o cargo do chefe, mas o sujeito claramente não se incomodava de sujar as mãos. Wilde observou conforme ele servia de exemplo para seus funcionários. Ele marretou uma viga. Colocou óculos de proteção e usou uma furadeira. Avaliou os resultados, assentindo para os homens quando estava contente, indicando as deficiências quando não estava. Os trabalhadores o respeitavam, Wilde reparou. Ou talvez fosse uma projeção de Wilde. Difícil saber.

Em duas ocasiões, Wilde viu Daniel Carter sozinho e começou a se aproximar, mas sempre alguém o alcançava antes. A obra estava movimentada, em atividade constante, cheia de barulho. Wilde odiava barulho alto. Sempre odiara. Resolveu esperar e falar com o pai quando ele voltasse para casa.

Às cinco da tarde, os trabalhadores começaram a ir embora. Daniel Carter foi um dos últimos. Ele deu um aceno de despedida e entrou na picape. Wilde o seguiu de novo até a casa na Sundew Avenue.

Quando Daniel Carter desligou o motor e saiu da picape, Wilde estacionou na frente da casa dele. Carter viu Wilde e estacou. A porta da casa se abriu. Sofia, a esposa dele, o recebeu com um sorriso quase celestial.

Wilde saiu do carro e disse:

– Sr. Carter?

O pai dele continuou ao lado da porta aberta da picape, quase como se estivesse considerando entrar de novo no veículo e ir embora. Carter aguardou, observando o interlocutor com cautela. Wilde não sabia bem o que dizer depois disso, então optou pelo mais simples:

– Posso falar com o senhor?

Daniel Carter lançou um olhar para Sofia. Algo se passou entre eles; Wilde imaginou que fosse o idioma silencioso de um casal que havia passado cerca de trinta anos junto. Sofia voltou para dentro e fechou a porta.

– Quem é você? – perguntou Carter.

– Meu nome é Wilde. – Ele se aproximou alguns passos para não ter que gritar. – Acho que você é meu pai.

capítulo dois

DANIEL CARTER NÃO FALOU MUITO.

Ficou ouvindo em silêncio enquanto Wilde explicava seu passado, o site de genealogia por DNA, a conclusão de que provavelmente eles eram pai e filho. Carter manteve a expressão neutra do começo ao fim, assentindo de vez em quando, talvez apertando as mãos, perdendo um pouco de cor no rosto. Wilde ficou impressionado com o estoicismo de Carter, que o lembrava, curiosamente, de si próprio.

Eles ainda estavam no jardim da frente. Carter lançou diversos olhares furtivos em direção à casa. Por fim, disse:

– Vamos dar uma volta.

Eles entraram na picape e, como nenhum dos dois sentia necessidade de falar, ficaram em silêncio. Wilde presumiu que suas palavras haviam abalado Carter, que ele estava usando o passeio da mesma forma que um boxeador usa a contagem do árbitro na luta. Ou talvez não. É difícil decifrar as pessoas. Talvez ele estivesse abalado. Talvez fosse apenas uma manobra.

Dez minutos depois, eles se acomodaram a uma mesa do Mustang Sally's, uma lanchonete com tema "anos 1960" instalada dentro de uma concessionária da Ford. Os bancos tinham forro de vinil vermelho e se esforçavam muito para evocar nostalgia, mas, para quem vem de Nova Jersey, lanchonetes de imitação não são lá grande coisa.

– Você quer dinheiro? – perguntou Carter.

– Não.

– Imaginei. – Ele soltou um suspiro demorado. – Acho que eu poderia começar duvidando da sua hipótese.

– Poderia – concordou Wilde.

– A gente poderia fazer um teste de paternidade.

– Poderia.

– Mas não vejo muita necessidade. Nós dois temos certa semelhança.

Wilde não falou nada.

Carter passou a mão na cabeleira branca.

– Cara, que estranho. Eu tenho três filhas. Você sabia?

Wilde fez que sim.

– São as maiores alegrias da minha vida, aquelas meninas. – Ele balançou a cabeça. – Você precisa me dar alguns minutos para digerir, tudo bem?

– Tudo bem.

– Eu sei que você tem um monte de perguntas. Eu também tenho.

Uma garçonete jovem se aproximou.

– Oi, Sr. C.

Daniel Carter deu um sorriso simpático para ela.

– Oi, Nancy.

– Como vai a Rosa?

– Está ótima.

– Manda um beijo pra ela.

– Pode deixar.

– O que vocês vão querer?

Daniel Carter pediu um sanduíche na baguete com fritas. Ele fez um gesto na direção de Wilde, que pediu a mesma coisa. Nancy perguntou se eles queriam alguma bebida. Os dois balançaram a cabeça ao mesmo tempo. Nancy pegou os cardápios e saiu.

– Nancy Urban estudou com a minha caçula no ensino médio – explicou Carter depois que ela se afastou. – Ótima garota.

– Aham.

– Elas jogavam juntas no mesmo time de vôlei.

– Aham – repetiu Wilde.

Carter se inclinou um pouco para a frente.

– Eu realmente não entendo.

– Somos dois.

– Não consigo acreditar no que você está me falando. Você é mesmo aquele menininho que acharam na floresta tantos anos atrás?

– Sou – disse Wilde.

– Eu me lembro das reportagens. Chamavam você de Pequeno Tarzan ou coisa assim. Você foi encontrado por alguém que estava fazendo trilha, né?

– É.

– Nos Apalaches?

Wilde fez que sim com a cabeça.

– Montanhas Ramapo.

– Onde é isso?

– Nova Jersey.

– Sério? Os Apalaches chegam até Nova Jersey?

– Chegam.

– Eu não sabia. – Carter balançou a cabeça de novo. – Nunca fui a Nova Jersey.

Aí estava. O pai biológico dele nunca fora ao estado que Wilde chamara de casa a vida inteira. Wilde não sabia bem que conclusão tirar disso, se é que havia alguma.

– Ninguém pensa em montanhas quando o assunto é Nova Jersey – disse Carter, tentando se agarrar a alguma coisa. – Eu penso mais em superpopulação, poluição, Bruce Springsteen e *Família Soprano*.

– É um estado complicado – disse Wilde.

– Nevada também é. Você nem imagina tudo que eu já vi mudar.

– Há quanto tempo você mora em Nevada? – perguntou Wilde, tentando discretamente conduzir a conversa.

– Nasci aqui perto, numa cidade chamada Searchlight. Já ouviu falar?

– Não.

– Fica uns quarenta minutos ao sul daqui. – Ele apontou o dedo, como se fosse ajudar, mas então olhou para o dedo, balançou a cabeça e abaixou a mão. – Estou falando trivialidades sem motivo. Desculpa.

– Não tem problema – disse Wilde.

– É só que... um filho. – Talvez os olhos dele estivessem ficando marejados. – Está sendo difícil enfiar isso na cabeça.

Wilde não falou nada.

– Deixa eu falar logo, porque com certeza você deve querer saber, tudo bem? – Ele abaixou a voz. – Eu não sabia de você. Eu não sabia que tinha um filho.

– Quando você diz que "não sabia"...

– Eu nunca soube. Até este segundo. Isso tudo é um choque enorme para mim.

Um calafrio percorreu o corpo de Wilde. Ele havia passado a vida inteira à espera de respostas como essa. Ele bloqueara o assunto, fingira que não tinha importância, e em muitos sentidos não tinha mesmo, mas é claro que a curiosidade existia. A certa altura, ele decidira que não se permitiria ser definido pelo desconhecido. Ele havia sido abandonado para morrer na floresta e, de alguma forma, sobrevivera. Obviamente, isso transformava uma pessoa, moldava o indivíduo, fazia parte de tudo que ele fazia ou se tornava.

– Como eu disse, tenho três filhas. Descobrir agora, tantos anos depois, que eu tive um filho antes de elas todas nascerem... – Ele balançou a cabeça e piscou. – Caramba, preciso me acostumar com isso. Só me dá um instante para respirar um pouco.

– Sem pressa.

– Você disse que seu nome é Wilde?

– Isso.

– Quem te deu esse nome?

– Meu pai adotivo.

– Faz sentido – disse Carter. – Ele foi bom para você? Seu pai adotivo?

Wilde não queria que fosse ele a responder perguntas, mas disse que sim e não falou mais nada.

Carter ainda estava com a camisa do trabalho. Estava coberta por uma camada de poeira. Ele pôs a mão no bolso da camisa e tirou óculos de leitura e uma caneta.

– Fala de novo quando encontraram você.

– Abril de 1986.

Carter anotou numa toalha de papel.

– E estimaram que você tinha quantos anos?

– Seis, sete, por aí.

Ele anotou isso também.

– Então quer dizer que você nasceu por volta de 1980.

– Isso – respondeu Wilde.

Daniel Carter meneou a cabeça, de olho no que estava escrevendo.

– Eu diria, Wilde, que você foi concebido em algum momento no verão de 1980 e nasceu nove meses depois, e isso seria, vamos ver, entre março e maio de 1981.

Uma pequena vibração sacudiu a mesa. Carter pegou o celular e forçou a vista para olhar a tela.

– Sofia – disse ele em voz alta. – Minha esposa. É melhor eu atender.

Wilde gesticulou para que ele atendesse.

– Oi, querida... É, estou no Mustang Sally's. – Enquanto Carter ouvia, seus olhos se voltaram para Wilde. – Um fornecedor. Ele está fazendo uma proposta para a encomenda dos canos de PVC. É, pois é, depois eu conto. – Outra pausa, e então ele acrescentou com muita sinceridade: – Eu te amo.

Ele desligou e pôs o telefone de volta na mesa. Ficou olhando para o aparelho por um bom tempo.

– Essa mulher é a melhor coisa que já aconteceu na minha vida – disse ele. Ainda olhando para o celular, acrescentou: – Deve ter sido difícil para você, Wilde. Não saber do seu passado. Sinto muito.

Wilde não falou nada.

– Posso confiar em você? – perguntou Carter. Antes que Wilde pudesse responder, Daniel Carter gesticulou. – Que pergunta idiota. Ofensiva, até. Não tenho direito de pedir nada de você. Além disso, ou um homem é fiel à sua palavra, ou não é. Essa pergunta não muda nada. Os maiores mentirosos que já vi são os melhores em fazer promessas olhando nos olhos da gente.

Carter entrecruzou os dedos das mãos e as apoiou na mesa.

– Acho que você veio atrás de respostas.

Wilde não confiava na própria voz, então apenas assentiu.

– Vou falar o que eu puder, tudo bem? Só estou tentando pensar por onde começar. Acho que com... – Ele olhou para o nada, piscou, foi em frente. – Sofia e eu começamos a namorar no último ano do ensino médio. A gente se apaixonou bem rápido. Mas éramos crianças. Sabe como é. Enfim, Sofia é muito mais inteligente do que eu. Depois da formatura, ela foi para a faculdade. Em outro estado. Utah. A primeira da família dela a fazer faculdade. Eu entrei para a Aeronáutica. Você serviu?

– Servi.

– Qual força?

– Exército.

– Teve que ir para a guerra? – perguntou ele.

Wilde não gostava de falar sobre isso.

– Tive.

– Eu, não. Na minha idade, tive sorte. Depois do Vietnã, quer dizer, nos anos 1970 e até Reagan bombardear a Líbia em 1986, parecia que a gente nunca mais entraria em guerra. Eu sei que parece estranho falar isso agora, mas é verdade. Foi o efeito do Vietnã na nossa psique. Um caso nacional de transtorno de estresse pós-traumático, o que talvez tenha sido bom. Passei a maior parte do tempo servindo na Base Aérea de Nellis, a uma meia hora daqui, mas também tive missões curtas no exterior. Ramstein, na Alemanha. Mildenhall, no Reino Unido. Não voei nem nada. Eu trabalhava com Pavimentação e Equipamentos de Construção. Basicamente, eu construía bases. Foi assim que aprendi a trabalhar com obra.

A garçonete Nancy interrompeu.

– As fritas já estavam prontas, então eu trouxe na frente. Elas são mais gostosas quentes.

Carter abriu seu sorriso largo e amistoso.

– Puxa, que gentileza. Obrigado, Nancy.

Nancy Urban pôs o cesto grande de batatas fritas entre os dois homens e colocou um prato pequeno na frente de cada um. Já havia ketchup na mesa, mas Nancy pegou o frasco e o dispôs no centro, como se quisesse lembrá-los de que ele existia. Quando ela saiu, Carter estendeu a mão e pegou uma única batata.

– Sofia e eu ficamos noivos logo antes de eu viajar para minha missão de verão em Ramstein. A gente ainda era bem jovem, e eu tinha medo de perdê-la. Ela estava conhecendo um monte de gente legal na faculdade. Todos os casais de namorados da escola que eu conhecia já tinham terminado ou se casado na marra por causa de gravidez. Enfim, comprei um anel de noivado numa casa de penhor, por incrível que pareça. – Ele semicerrou os olhos. – Você tem algum problema com álcool, Wilde?

– Não.

– Drogas? Algum vício?

Wilde se ajeitou no banco.

– Não.

Carter sorriu.

– Bom saber. Eu tive uma questão com álcool, mas estou sóbrio há 28 anos. Mas não posso dizer que foi por isso. No fundo, não foi. O resumo da ópera? Passei um verão maluco na Europa. Achei que seria minha última chance como homem solteiro e, por estupidez, achei que precisava viver a vida louca ou sei lá que besteira os homens usam para justificar esse comportamento. Foi nesse verão a única vez que traí Sofia e, às vezes, mesmo depois de tantos anos, eu olho para ela dormindo e me sinto culpado. Mas eu fiz isso. Antigamente a gente chamava de sexo casual. Ai, acho que as pessoas ainda devem chamar de sexo casual, né?

Ele olhou para Wilde como se esperasse resposta.

– Acho que sim – disse Wilde, para dar seguimento à conversa.

– Certo. Você é casado? – perguntou Carter.

– Não.

– Desculpa, não é da minha conta.

– Não tem problema.

– Enfim, dormi com oito garotas no verão de 1980. É, eu sei a quantidade exata. Não é ridículo? Fora Sofia, essas são as únicas mulheres com quem eu transei na vida. Então a conclusão óbvia aqui é que sua mãe é uma dessas oito mulheres.

Concebido em uma noite de sexo casual, pensou Wilde. Fazia diferença? Ele achava que não. Talvez fosse uma ironia do destino o fato de que Wilde se sentisse mais à vontade em relacionamentos curtos ou, francamente, noites de sexo casual. Ele tivera namoradas, mulheres com quem tentara estabelecer um vínculo, mas, por algum motivo, nunca dera em nada.

– Essas oito mulheres... – disse Wilde.

– O que tem elas?

– Você sabe o nome ou o endereço delas?

– Não. – Carter massageou o queixo e virou os olhos para cima. – Só me lembro de alguns primeiros nomes, desculpa.

– Alguma delas tentou entrar em contato com você?

– Quer dizer, depois? Não. Nunca mais tive notícia de nenhuma delas. Era 1980, lembra? Ninguém tinha celular nem e-mail. Eu não sabia o sobrenome delas, elas não sabiam o meu. Você já ouviu Bob Seger & The Silver Bullet Band?

– Na verdade, não.

Um sorriso nostálgico passou pelo rosto dele.

– Ah, cara, você não sabe o que está perdendo. Aposto que já ouviu "Night Moves" ou "Turn the Page". Enfim, em "Night Moves", Bob canta: "Eu a usei, ela me usou, mas ninguém dava a mínima." Aquele verão foi isso para mim.

– Então todas elas não passaram de uma noite de sexo casual?

– Bom, com uma garota foi um rolo de fim de semana, eu acho. Em Barcelona. Então com essa foram umas três noites.

– E elas só conheciam você como Daniel – inferiu Wilde.

– A maioria das pessoas me chama de Danny, mas é isso.

– Nenhum sobrenome. Nenhum endereço.

– Isso.

– Você falou para elas se era militar e onde estava servindo?

Ele pensou por um momento.

– Talvez.

– Mas, mesmo se você tiver falado – continuou Wilde –, Ramstein é enorme. Mais de cinquenta mil americanos.

– Você já foi lá?

Wilde fez que sim. Ele havia passado três semanas em Ramstein fazendo um treinamento para uma missão secreta no norte do Iraque.

– Então, se uma jovem engravidasse e quisesse encontrar o pai e fosse à base em busca de um Danny ou Daniel...

– Espera. Você acha que sua mãe tentou me encontrar?

– Não sei. É 1980. Ela está grávida. Talvez. Ou talvez não. Talvez para ela tivesse sido só uma noite também. Talvez ela costumasse dormir cada noite com um cara diferente e não soubesse ou não quisesse saber quem era o pai. Não sei.

– Mas você tem razão – disse Carter, e parecia que a cor estava se esvaindo do rosto dele. – Mesmo se ela tentasse me achar, nunca teria me encontrado naquela base. E só fiquei oito semanas lá. Talvez eu já estivesse nos Estados Unidos quando ela descobriu a gravidez.

Nancy voltou com os sanduíches. Ela pôs um prato na frente de Carter e um na frente de Wilde. Seus olhos pularam de um para o outro. Ao sentir o clima tenso, Nancy logo foi embora.

– Oito mulheres – disse Wilde. – Quantas delas eram americanas?

– Que diferença faz? – E então ele se deu conta: – Ah, claro, entendi. Deixaram você na floresta em Nova Jersey. Pela lógica, sua mãe provavelmente era americana.

Wilde esperou.

– Só uma – disse Carter. – A maioria das garotas eu conheci na Espanha. Na época, lá era uma espécie de retiro de férias para europeus de todo tipo.

Wilde tentou manter a respiração controlada.

– O que você lembra dela?

Carter pegou uma única batata frita e a segurou com o polegar e o indicador. Ficou olhando para ela como se fosse tirar a resposta dali.

– Acho que o nome dela era Susan.

– Certo – disse Wilde. – Onde você conheceu Susan?

– Numa discoteca em Fuengirola. É uma cidadezinha na Costa del Sol. Lembro que dei um "oi" para ela e me surpreendi quando ouvi o sotaque, porque eram muito poucos os americanos que passavam férias lá.

– Então você estava na discoteca – continuou Wilde. – Tenta relembrar. Com quem você estava?

– Uns caras do meu regimento, eu acho. Não lembro. Desculpa. Talvez eles estivessem lá. A gente ia de discoteca em discoteca.

– Susan falou de onde era?

Carter balançou a cabeça.

– Na verdade, nem posso afirmar com certeza que ela era americana. Como eu disse, era raro a gente ver moças americanas lá. Não era um lugar comum para elas em 1980. Mas o sotaque era claramente americano, então imagino que ela fosse daqui. Eu também tinha bebido bastante. Lembro que dancei com ela. Era o que a gente fazia. Dançava muito, suava e ia embora.

– Para onde vocês dois foram?

– Eu e um pessoal tínhamos rachado a conta de um quarto de hotel.

– Você lembra o nome do hotel?

– Não, mas era bem perto da boate. Um prédio. Lembro que era redondo.

– Redondo?

– Isso. Era um prédio redondo. Diferente. Nosso quarto tinha uma sacada. Não me pergunte como eu me lembro disso, mas eu lembro. Se eu olhasse fotos de hotéis na internet, provavelmente conseguiria identificar. Se ainda existir.

Como se fosse fazer alguma diferença, pensou Wilde. Como se ele pudesse voar até a Espanha, visitar um hotel e perguntar se uma jovem americana chamada Susan tinha passado uma noite lá em 1980.

– Você lembra quando exatamente isso aconteceu?

– Quer dizer, a data?

– É, pode ser.

– Acho que ela foi mais para o final da minha estada lá. A sexta ou a sétima garota, talvez, então devia ser agosto. Mas estou chutando.

– Ela também estava hospedada nesse prédio redondo?

Ele fez uma careta.

– Não sei. Duvido.

– Com quem ela estava viajando?

– Não sei.

– Quando vocês começaram a conversar, tinha alguém com ela?

Ele balançou a cabeça devagar.

– Sinto muito, Wilde. Não lembro.

– Como ela era?

– Cabelo castanho. Bonita. Mas... – Ele encolheu os ombros e pediu desculpas de novo.

Eles conversaram sobre outras possibilidades. Uma Ingrid de Amsterdã. Rachel ou Racquel de Manchester. Anna de Berlim. Passou uma hora. E outra. Eles por fim terminaram os sanduíches e as batatas já frias. O celular de Daniel Carter vibrou algumas vezes. Ele o ignorou. Eles conversaram, mas foi Carter quem falou mais. Wilde não era de se abrir.

Quando o celular vibrou mais uma vez, Carter indicou a Nancy que queria a conta. Wilde falou que pagaria, mas Carter insistiu.

– Eu poderia dizer que é o mínimo que eu posso fazer, mas seria uma afronta grande demais.

Eles foram para a picape e iniciaram o caminho de volta para casa na Sundew Avenue. Os dois homens fizeram um silêncio tão denso que daria para tocá-lo. Wilde olhou para o céu noturno pelo para-brisa. Ele tinha passado a vida inteira contemplando as estrelas, mas a cor do céu logo após o crepúsculo tinha um quê, uma tonalidade turquesa, que só ocorria no Sudoeste americano.

– Onde você vai passar a noite hoje? – perguntou o pai dele.

– No Holiday Inn Express.

– Boa.

– É.

– Preciso pedir um favor, Wilde.

Wilde olhou para o perfil do pai. Era inquestionável a semelhança entre os dois. Carter estava com o olhar fixo no para-brisa, as mãos calejadas firmes no volante em uma posição perfeita de dez para as duas.

– Pode falar – disse Wilde.

– Tenho uma família muito boa – disse ele. – Esposa amorosa, filhas incríveis e carinhosas, até netos.

Wilde não falou nada.

– Somos gente bem simples. Trabalhamos muito. Tentamos ser corretos. Já faz bastante tempo que eu tenho meu próprio negócio. Nunca engano ninguém. Ofereço um serviço de qualidade para os meus clientes. Duas vezes por ano, eu e Sofia saímos de férias em um trailer e viajamos para vários parques nacionais. As meninas iam com a gente também, antigamente, mas agora, bom, elas têm as próprias famílias.

Carter ligou a seta cuidadosamente e girou o volante, passando uma das mãos por cima da outra. Depois, olhou para Wilde.

– Não quero jogar uma bomba dessas na vida delas – disse ele. – Você entende, não é?

Wilde fez que sim.

– Entendo – disse ele.

– Quando voltei daquele verão, Sofia foi me ver na base aérea. Ela me perguntou o que eu tinha feito lá. Eu olhei bem nos olhos dela e menti. Pode parecer que faz muito tempo, e faz mesmo, não me entenda mal, mas, se Sofia descobrir agora que nosso casamento começou com uma mentira...

– Entendo – disse Wilde.

– Eu só... Você pode me dar um tempo? Para pensar?

– Pensar em quê?

– Em contar para elas. Se devo contar. Como devo contar.

Wilde ponderou. Ele também não sabia bem se queria isso. Ele queria três novas irmãs? Não. Queria ou precisava de um pai? Não. Ele era solitário. Escolheu morar sozinho na floresta. Sentia-se melhor sem vínculos. A única pessoa por quem ele sentia alguma responsabilidade de fato era Matthew, seu afilhado, um garoto que estava no último ano do ensino médio – e ele só sentia isso porque David, o pai de Matthew e único amigo de Wilde, havia morrido por negligência do próprio Wilde. Ele tinha uma dívida com o garoto. Sempre teria.

Havia outras pessoas em sua vida. Ninguém, nem mesmo Wilde, era uma ilha.

Mas ele precisava disso em sua vida?

Quando eles entraram na Sundew Avenue, Wilde sentiu Carter ficar tenso. Sofia e a filha Alena estavam no degrau da frente.

– Que tal fazermos o seguinte? – começou Carter. – A gente se encontra para o café amanhã cedo. Oito horas no Holiday Inn Express. Aí a gente conversa e traça um plano.

Wilde assentiu enquanto Carter subia no acesso da garagem. Os homens saltaram do carro. Sofia foi às pressas até o marido. Ele começou de novo com a história de fornecedor de canos de PVC, mas, a julgar pelo olhar dela, Wilde não sabia se Sofia estava acreditando. Ela não tirou os olhos de Wilde.

Quando pareceu que não seria uma grosseria explícita, Wilde fez uma cena de olhar o relógio e disse que precisava ir embora. Ele voltou a passos rápidos para o carro alugado. Não olhou para trás, mas sentiu os olhares. Sentou-se diante do volante e pisou no acelerador. Não olhou por cima do ombro nem por um instante. Quando chegou ao Holiday Inn Express, Wilde fez a mala. Não era muita coisa. Ele fechou a conta, dirigiu até o aeroporto e devolveu o carro na locadora de veículos.

Por fim, pegou o último voo de Las Vegas para Nova Jersey.

Ele se sentou à janela e relembrou toda a conversa. Não queria jogar bomba nenhuma neles. Não queria jogar uma bomba na própria vida.

Acabou, pensou.

Mas ele estava enganado.

capítulo três

Chris Taylor, antes conhecido como O Estranho, disse:

– Agora é a vez de... Girafa.

Girafa pigarreou.

– Não quero fazer nenhum drama.

– Você sempre faz drama – retrucou Pantera.

Todo mundo deu uma risadinha.

– Tudo bem. Mas, desta vez... quer dizer, esse cara merece uma surra de vara verde.

– Uma surra de furacão categoria 5 – concordou Alpaca.

– Uma surra de Peste Bubônica – acrescentou Gatinho.

– Se tem alguém que merece nosso pior – disse Pantera –, é esse cara.

Chris Taylor se recostou na cadeira e olhou os rostos no monitor gigantesco em sua parede. Para um leigo, isso pareceria uma chamada de Zoom turbinada, mas a reunião estava ocorrendo em um programa seguro de videoconferências que o próprio Chris havia desenvolvido. Eram seis na tela, três em cima, três embaixo. A imagem verdadeira deles estava oculta por um animoji digital de corpo inteiro de – isso mesmo – uma girafa, uma pantera, uma alpaca, um gatinho, um urso-polar e a máscara do próprio Estranho como líder do grupo: um leão. Chris, que agora se escondia de todos em um loft de luxo na Franklin Street, com vista para o Tribeca Grill de Manhattan, não queria ser o leão. Ele achava que leão era óbvio demais para um líder, que o distinguia demais da manada, por assim dizer.

– Vamos com calma – disse Chris. – Por favor, Girafa, apresente o caso.

– O cadastro foi preenchido por uma mãe solo, ou melhor, uma *ex*-mãe solo chamada Francine Courter – começou Girafa.

Seu animoji sempre fazia Chris pensar na loja de brinquedos da infância dele: Geoffrey, a Girafa, fora a mascote da rede Toys "R" Us. Chris se lembrava de ter sido levado lá pelos pais somente em ocasiões muito especiais, e de se encantar, assim que entrava na loja, com toda a magia, todo o deslumbramento do lugar. Era uma lembrança feliz, e muitas vezes ele se perguntava se Girafa, quem quer que fosse, havia escolhido esse animoji justamente por esse motivo.

– O único filho de Francine, um menino chamado Corey, foi morto naquele atentado na escola de Northbridge em abril. Corey tinha 15 anos e estava no segundo ano do ensino médio. Fazia teatro. Era um músico talentoso. Estava no ensaio do concerto de primavera quando o atirador invadiu a escola e deu um tiro na cabeça dele. Dezoito crianças foram baleadas naquele ataque, como vocês devem lembrar. Doze morreram. – Girafa parou e respirou. – Leão?

– Sim?

– Preciso dar mais detalhes sobre esse atentado?

– Acho que não, Girafa – respondeu Chris/Leão. – Todos aqui se lembram das reportagens. A menos que alguém se oponha...

Ninguém se opôs.

– Tudo bem, vou continuar – disse Girafa.

Mesmo com o aplicativo que alterava a voz, Chris percebeu o tremor na fala de Girafa. Todos ali usavam alguma tecnologia de alteração de voz. Fazia parte da segurança e do anonimato. E os animojis não encobriam apenas o rosto – eles substituíam toda a aparência do participante.

– Depois de enterrar o único filho, Francine mergulhou em uma tristeza terrível. Vocês devem imaginar, claro. A saída que ela encontrou foi canalizar sua tristeza para fazer algo que impedisse que outros pais vivessem o mesmo inferno. Ela começou a fazer campanha a favor de leis que aumentam o controle de armas.

– Girafa?

Era Urso-polar.

– Sim, Urso?

– Não sei se eu deveria tocar nessa questão, mas sou a favor da Segunda Emenda. Se alguém discorda do ponto de vista dessa mulher, mesmo que ela seja uma mãe em luto...

Girafa interrompeu Urso-polar bruscamente.

– Não é esse o ponto.

– Tudo bem, só não quero entrar em política aqui.

Chris interveio.

– Todos concordamos. Nossa missão é castigar a crueldade e a violência, não a política.

– Esse caso não tem a ver com política – insistiu Girafa. – Alguém realmente maligno está atacando Francine Courter.

– Prossiga – disse Chris.

– Onde eu estava?... Ah, sim, ela se envolveu com a causa. Obviamente, como Urso disse, algumas pessoas discordaram do ponto de vista de Francine. Ela já esperava por isso. Mas o que começou como um discurso duro logo evoluiu para uma vasta campanha de terror contra ela. Francine recebeu ameaças de morte. Era atacada constantemente por *bots* na internet. O endereço residencial dela vazou. Ela teve que ir morar com a família do irmão. Mas nada a preparou para o que de fato deu impulso à coisa toda.

– E o que foi?

– Um lunático criador de teorias da conspiração postou um vídeo alegando que o atentado nunca aconteceu.

– Sério? – disse Gatinho.

– Vai ver, as imagens do circuito fechado de TV que mostravam a chacina de crianças não eram prova suficiente para esses psicopatas – acrescentou Pantera.

– Forjado – explicou Girafa. – Era isso que o vídeo fake afirmava. Que tudo seria uma encenação produzida por ativistas antiarmas que querem desarmar a população. Francine Courter era uma "atriz de crise", seja lá o que for isso, e a parte realmente abominável do vídeo era a seguinte: ele alegava que Corey, o filho dela, nunca nem existiu.

– Meu Deus. Como eles...?

– A maior parte era só invenção. Ou então manipulavam a narrativa para retirar a credibilidade dos fatos. Por exemplo, acharam outra Francine Courter, que mora no Canadá e declarava não ter filhos. Então aparece um áudio do narrador ligando para o telefone dela e "Francine Courter" diz que nunca teve um filho chamado Corey, sendo assim, claro, nenhum filho dela foi baleado e morto. Portanto, é tudo uma farsa.

– Não aguento essas pessoas – disse Alpaca.

– Já é ruim perder um filho – acrescentou Gatinho, que tinha sotaque inglês, embora isso também pudesse ser resultado do aplicativo de distorção de voz –, e ainda por cima ser atormentada por esses lunáticos.

– Quem é burro a ponto de acreditar nessas coisas? – perguntou Urso-polar.

– Você nem imagina – disse Girafa. – Ou talvez imagine.

– O que mais o vídeo mostrou? – perguntou Chris.

– Nada que fizesse sentido. Eles fazem algumas perguntas sugestivas, tipo "Por que algumas imagens das câmeras da escola são só em preto e branco e outras são coloridas?", como se isso fosse prova de que tudo é falso. E aí adulteram ou inventam provas com fotos. Para dar um exemplo bem asqueroso: um *bot* postou uma foto de alguém vagamente parecido com Corey em um jogo do Mets que aconteceu *depois* do atentado. E aí escreveu: "Aqui está o ator que interpretou Corey Courter no atentado do Northbridge High em um jogo semana passada!" Depois, outros comentam coisas como "Uau, isso prova que foi tudo encenado, ele parece bem, é uma fraude, gente estúpida, parem de acreditar no que a grande mídia fala, pesquisem por conta própria, Francine Courter é uma traidora", etc.

– Por pior que pareça – disse Urso-polar –, acho que estamos falando de gente demais para tomarmos qualquer medida relevante.

– Era o meu medo também – disse Girafa –, até eu investigar o segundo vídeo.

– Segundo vídeo?

– O primeiro vídeo publicado no YouTube que afirmava que o atentado era uma farsa foi criado por uma conta chamada Verdade Amarga. Ela acabou sendo desativada depois de um tempo, mas, como sempre nessas situações, já era tarde demais. O vídeo já tinha sido visualizado três milhões de vezes. Foi replicado e disseminado, vocês sabem como é. Mas apareceu um segundo vídeo sob o nome Amargor de Verdade.

– Que pseudônimo meia-boca – disse Chris.

– É, bastante. Ele queria que a gente soubesse que era o mesmo cara.

– Você está falando de um "cara" – observou Pantera.

– Isso.

– Então é um homem?

– É.

Ninguém se surpreendeu. Sim, existem mulheres *trolls*. Mas não como os homens. Não era sexismo. Só um fato estatístico.

– O segundo vídeo dele... – Girafa se deteve com o peso da emoção.
Silêncio.

Pantera disse, com ternura:

– Tudo bem, Girafa?

– Sem pressa – disse Chris.

– É, só um segundo. É que foi difícil assistir. O link estará no meu relatório, mas, em suma, o cara vai até o túmulo de Corey. Até a lápide de um garoto de 15 anos. O cara está todo vestido de ninja, com máscara e roupa pretas, para não ser reconhecido. Enfim, ele leva um aparelho. Parece um detector de metais daqueles que algumas pessoas usam em praias. Ah, provavelmente é um desses mesmo. Ele alega que é um DCS, um Detector de Corpos Sepultados. Faz uma demonstração em outros túmulos, de modo que quando passa acima do solo, o aparelho emite um sinal. Um som que parece estática. É assim que o aparelho sabe, segundo ele, que de fato tem um corpo enterrado embaixo da lápide. Aí ele passa o aparelho por cima do túmulo de Corey. Adivinhem o que acontece?

– Ai, céus – disse Alpaca.

– Exato. Ele fala que, segundo o aparelho, não tem nenhum corpo ali embaixo.

– E as pessoas acreditam?

– Se encaixar na narrativa – disse Chris –, as pessoas acreditam em qualquer coisa. A gente sabe.

– Infelizmente, não acabei – confirmou Girafa, soltando um longo suspiro. – No final do vídeo, o cara urina no túmulo de Corey.

Silêncio.

– E aí ele posta o vídeo dele fazendo isso em todas as páginas associadas a Francine Courter.

Silêncio.

Chris foi o primeiro a falar.

– Qual é o nome dele? – perguntou entre os dentes cerrados.

– Kenton Frauling. Demorei um pouco, mas rastreei pelo menos dez dos *bots* até a mesma conta de Verdade Amarga e Amargor de Verdade.

– Como você o encontrou?

– Mandei um e-mail fingindo ser uma pessoa da mídia que acreditava na história dele. Ele clicou no link e, bom, vocês sabem o resto...

– Esse tal Frauling não só criou os vídeos horríveis...

– ... como também fez a maioria dos comentários. Isso mesmo. Conversou de mentira consigo mesmo. Atacou em uníssono. Ele também contratou uma fazenda de *bots* estrangeira para contribuir no bombardeio incessante contra Francine. Além de um monte de posts no Twitter, Facebook e tal, ele liga para o telefone de Francine a qualquer hora. Manda cartas para a casa dela com imagens explícitas de Corey e até coloca panfletos no carro dela.

– E qual é a desse Frauling?

– É um gerente de vendas de 36 anos que trabalha para uma grande seguradora. Tem um salário anual de seis dígitos.

Chris sentiu os punhos se fecharem. Essa parte, o fato de que Kenton Frauling tinha vida, deveria ter sido chocante, mas não era. Muita gente presumia que a imensa maioria dos *trolls* assediadores destrutivos era um monte de otários desempregados que postavam furiosamente no porão da casa da mamãe, mas o mais comum era que fossem pessoas instruídas, empregadas, com uma situação financeira confortável. O que eles tinham em comum era uma certa percepção de alguma ofensa, um ressentimento imaginário, um sentimento injustificado de vitimização.

– Frauling tem dois filhos. Recém-separado. Essas são as linhas gerais do caso. Mandei para vocês um arquivo com os vídeos e os posts.

– Em nome dos demais integrantes do Bumerangue, agradeço a você, Girafa, pelo incansável trabalho nesse caso.

Soaram murmúrios de concordância.

– Vamos votar – disse Chris. – Todos a favor de prosseguir com Kenton Frauling?

Todos votaram "Sim". Esse foi o sexto e último caso apresentado ao Bumerangue nesse dia. A regra era que, se dois integrantes votassem "não", o *troll* não seria incomodado. Dos seis casos do dia, cinco haviam sido aprovados. A única rejeição fora para um caso relacionado com um playboy de reality show que estava sendo perseguido na internet. Pantera tinha apresentado, mas o playboy não era uma vítima cativante, então eles decidiram dirigir suas energias a alguém que merecesse mais.

O lema do Bumerangue era óbvio: carma é como um bumerangue – tudo o que você lança para o mundo acaba voltando para você. O grupo escolhia com muito cuidado seus alvos depois de um processo minucioso de cadastro e análise. Sob o codinome anterior de O Estranho, Chris havia aprendido na pele que só se busca justiça quando é inquestionável – para além de qualquer dúvida – que a pessoa responsável merece. Para ter certeza absoluta, agora Chris passaria um pente-fino no arquivo completo de Girafa, para conferir se todos os detalhes batiam com a apresentação. Dificilmente haveria algum problema. Ninguém ali era mais obsessivamente meticuloso do que Girafa.

– Certo – disse Chris –, vamos falar da reação. Girafa, que categoria de furacão você quer?

Girafa não hesitou.

– Se existe algum monstro implorando por um de categoria 5...

– Sim – interrompeu Pantera. – Categoria 5.

Os demais logo concordaram.

Não era comum o Bumerangue atingir categoria 5. A maioria dos *trolls* costumava ficar com uma categoria 2 ou 3, e nesses casos o castigo era sujar o nome da pessoa nas instituições de crédito, esvaziar uma conta bancária, ou talvez fazer uma chantagem, algo que desse uma lição no *troll*, mas sem destruí-lo.

Já a categoria 5 era um cataclismo. A categoria 5 não era só um estrago, era a aniquilação total.

Deus pode ser misericordioso, mas, para Kenton Frauling, o Bumerangue não seria.

capítulo quatro

Quatro meses depois

HESTER CRIMSTEIN, EXTRAORDINÁRIA ADVOGADA-CELEBRIDADE, observou seu adversário, o promotor Paul Hickory, ajustar a gravata e começar seus argumentos finais.

– Senhoras e senhores do júri, este não é apenas o caso mais óbvio e evidente da minha carreira. É o caso mais óbvio e evidente que já passou por toda a promotoria.

Hester resistiu ao impulso de revirar os olhos. Não era hora para isso.

Deixa ele aproveitar o momento.

Hickory ergueu o controle remoto com um movimento afetado, apontou-o para a televisão e apertou o botão com o polegar. A tela se acendeu. Ele podia ter deixado a imagem já aberta, mas não, Paul Hickory gostava de um *tchã*, de um showzinho. Hester fez cara de tédio, para que qualquer jurado que desse uma olhada rápida nela notasse o tamanho de sua indiferença.

Ao lado de Hester estava seu cliente, Richard Levine, réu do julgamento desse caso de homicídio. Ela tivera uma longa conversa com o cliente sobre como ele deveria se comportar, qual deveria ser sua postura, como reagir (ou, principalmente, não reagir) diante do júri. Agora, Richard, que passaria o resto da vida atrás das grades se dependesse de Hickory, estava com as mãos cuidadosamente cruzadas em cima da mesa, e com o olhar firme.

Bom garoto.

Na tela, havia cerca de uma dúzia de pessoas reunidas perto do famoso arco no vanguardista Washington Square Park. Paul Hickory apertou dramaticamente o botão para exibir o vídeo. Hester manteve a respiração sob controle quando o vídeo começou.

Não mostre nada, disse ela para si mesma.

Paul Hickory, claro, havia exibido esse vídeo antes. Algumas vezes. Mas fora sensato ao não exagerar, não exibi-lo *ad nauseam* até deixar o júri insensível à brutalidade do que estava sendo apresentado.

Ele ainda queria que fosse um soco no estômago. Queria que fosse visceral.

Na gravação, Richard Levine, o cliente de Hester, estava vestido com um terno azul sem gravata e usava mocassins pretos da Cole Haan. Ele andou até um homem chamado Lars Corbett, ergueu uma arma e, sem a menor hesitação, deu dois tiros na cabeça da vítima.

Gritos.

Lars Corbett desabou, morto antes de atingir o chão.

Paul Hickory pausou o vídeo e abriu as mãos.

– Preciso mesmo explicar mais do que isso?

Ele deixou a pergunta retórica ecoar pelo tribunal enquanto caminhava de uma ponta à outra da cabine do júri, encarando profundamente quem olhasse para ele.

– Isto, senhoras e senhores, é uma execução. É um assassinato a sangue--frio nas ruas da nossa cidade, no coração de um dos nossos parques mais queridos. É isso. Ninguém questiona esse fato. Temos nossa vítima, Lars Corbett, bem aqui. – Ele aponta para a tela, para o homem caído em uma poça de sangue. – Temos nosso réu, Richard Levine, bem aqui, disparando uma Glock 19 que a perícia balística confirmou ser a arma do crime, uma pistola que Levine comprou apenas duas semanas antes do homicídio em uma loja de Paramus, Nova Jersey. Ouvimos o depoimento de catorze teste-munhas que presenciaram o homicídio e identificaram o Sr. Levine como o responsável. Apresentamos outros dois vídeos de duas fontes independentes que exibem o mesmo crime por ângulos diferentes.

Hickory balançou a cabeça.

– Quer dizer, minha nossa, do que mais vocês precisam?

Ele deu um suspiro que, pelo menos na opinião de Hester, foi um pouco melodramático demais. Paul Hickory era jovem, 30 e poucos anos. Hester fora colega de faculdade do pai dele, um advogado extravagante chamado Flair Hickory (sim, Flair, que em inglês significa talento, era mesmo o nome dele), que agora era um de seus concorrentes mais fortes. O filho era bom, e ficaria melhor – filho de peixe, peixinho é –, mas ainda não era o pai.

– Ninguém, incluindo a Dra. Crimstein e a defesa, negou qualquer um desses fatos cruciais. Ninguém se prontificou a afirmar que este – ele apon-tou com firmeza para o vídeo pausado – não é Richard Levine. Ninguém se prontificou a dar um álibi ao Sr. Levine ou afirmar de uma forma ou de outra que ele não matou brutalmente o Sr. Corbett.

Ele se calou por um instante e chegou mais perto do júri.

– Nada. Mais. Importa.

Ele falou assim, três palavras distintas. Hester não resistiu. Fitou os olhos de uma jurada – uma mulher chamada Marti Vandevoort, que ela considerava mais vulnerável – e revirou os olhos em um sutilíssimo gesto de cumplicidade.

Como se soubesse o que ela estava armando, Paul Hickory se virou para Hester.

– Agora, a Dra. Crimstein vai fazer de tudo para confundir essa narrativa muito simples. Mas, por favor, somos todos inteligentes demais para cair nas artimanhas dela. As provas são incontestáveis. Não consigo imaginar um caso de conclusão mais evidente. Richard Levine comprou uma arma. Ele a levou ilegalmente até a Washington Square no dia 18 de março. Sabemos, graças às testemunhas e aos relatórios da perícia digital, que o Sr. Levine nutria uma obsessão destrutiva em relação ao Sr. Corbett. Ele planejou, perseguiu a vítima e, por fim, executou o Sr. Corbett na rua. É a definição clássica de homicídio qualificado, senhoras e senhores. E não acredito que preciso dizer isto, mas homicídio é errado. É contra a lei. Ponham esse assassino atrás das grades. É responsabilidade e obrigação dos senhores como cidadãos. Obrigado.

Paul Hickory desabou na cadeira.

O juiz, David Greiner, velho amigo dela, pigarreou e olhou para Hester.

– Dra. Crimstein?

– Só um segundo, Vossa Excelência. – Hester se abanou com a mão. – Ainda estou sem fôlego depois desse discurso espalhafatoso, porém completamente irrelevante, do promotor.

Paul Hickory se levantou de um salto.

– Objeção, Vossa Excelência...

– Dra. Crimstein – reclamou o juiz, sem muito entusiasmo.

Hester acenou a título de pedido de desculpa e se levantou.

– Senhoras e senhores, digo que o Dr. Hickory está sendo espalhafatoso e completamente irrelevante pelo seguinte motivo... – Mas Hester se deteve: – Antes, permitam-me desejar uma boa tarde a todos vocês. – Isso era uma pequena parte da técnica de encerramento de Hester. Ela dava um gostinho, deixava os jurados curiosos quanto às suas intenções e os colocava de molho nesse momento. – O trabalho do júri é solene e importante, e nós, da equipe de defesa, agradecemos por sua presença aqui, por sua participação, pela diligência e pela mente aberta em relação a um homem submetido a um processo tão obviamente atropelado. Deus sabe que este não é meu primeiro caso – Hester sorriu, conferiu se alguém retribuiria o sorriso e viu os três que retribuíram, incluindo Marti Vandevoort –, mas acho que nunca vi um júri que tivesse examinado um caso com tanta seriedade e inteligência.

Era bobagem, claro. Todos os júris eram mais ou menos iguais. Eles se entediavam no mesmo momento. Ficavam animados na mesma hora. Samantha Reiter, a especialista em júris de Hester, sentada três fileiras atrás dela, achava esse júri mais maleável que a média, mas a defesa de Hester também era mais maluca que a média. As provas, como Paul Hickory havia exposto, eram mesmo incontestáveis. Ela estava começando a corrida quilômetros atrás da acusação. E sabia disso.

– Espera, onde é que eu estava? – perguntou Hester.

Esse era um ligeiro lembrete de que Hester não era uma jovem. Ela não se opunha a bancar uma tia ou avó querida quando necessário. Astuta, justa, rigorosa, um pouco avoada, adorável. A maioria dos jurados conhecia Hester do programa *Crimstein contra o Crime*, que ela apresentava em um canal por assinatura. A procuradoria sempre tentava escolher jurados que não soubessem quem ela era, mas, mesmo se o jurado afirmasse não assistir ao programa – não eram muitos os que assistiam com regularidade –, quase todos a viram como analista em programas de TV em algum momento. Se um candidato a jurado dissesse não saber quem Hester era, costumava ser mentira, o que fazia Hester querer a inclusão da pessoa no júri porque, por algum motivo, isso significava que a pessoa *queria* participar do julgamento com ela e provavelmente tomaria seu partido. Ao longo dos anos, os promotores perceberam isso, então pararam de perguntar.

– Ah, sim. Eu estava qualificando os argumentos finais do Dr. Hickory como "espalhafatosos, porém completamente irrelevantes". Vocês provavelmente querem saber por quê.

A voz dela era branda. Ela sempre tentava começar seus argumentos finais assim para cativar um pouco o júri. E isso também dava espaço para sua voz crescer, espaço para sua narrativa evoluir.

– O Dr. Hickory tagarelou sem parar sobre o que vocês já sabiam, não é? Em relação às provas, pelo menos. Não negamos que a arma pertencia ao meu cliente nem nada daquilo, então para que perder tempo com isso?

Ela encolheu os ombros com um ar sincero, mas não esperou Hickory tentar responder.

– Mas todo o resto do que o Dr. Hickory afirmou... bom, não vou chamar de mentira explícita porque seria falta de educação. Mas a promotoria é uma instituição política, e, como os piores políticos (temos tantos desses hoje em dia, não é?), o Dr. Hickory enviesou a história de tal modo que vocês só escutaram a narrativa tendenciosa e distorcida dele. Puxa vida, estou farta disso, e vocês? Estou farta de ver isso em políticos, de ver isso na mídia. Estou farta de ver isso nas redes sociais. Não que eu esteja em alguma, mas meu neto Matthew está, e às vezes ele me mostra o que tem lá, e, preciso dizer, é uma birutice, né? Evitem.

Uma risada breve.

Era tudo um pouco de interação/exibição por parte dela. Todo mundo detesta políticos e a mídia do mesmo jeito que detesta advogados, então isso fazia com que Hester fosse autodepreciativa e ao mesmo tempo a humanizava. No entanto, era uma dicotomia interessante. Ao perguntar para alguém o que a pessoa acha de advogados em geral, ela fala mal deles. Ao perguntar o que ela acha do *próprio* advogado, ela é só elogios.

– Como vocês já sabem, a maior parte do que o Dr. Hickory falou não bate. Isso se deve ao fato de que na vida, ao contrário do que o Dr. Hickory gostaria, não é tudo preto no branco. A gente sabe disso, não é mesmo? Faz parte da condição humana. Todos achamos que somos de uma complexidade singular, que ninguém é capaz de ler nossos pensamentos, mas que nós conseguimos saber o que outras pessoas pensam. Existem situações que são preto no branco no mundo? Claro. Vamos voltar a essa questão já, já. Mas, em geral, como todos sabemos, a vida se passa nos tons de cinza.

Sem se virar para a tela, Hester apertou o controle remoto, e apareceu um slide na televisão que a defesa havia instalado. A televisão dela era maior do que a da promotoria, de propósito – de 72 polegadas, em comparação com as parcas 50 polegadas de Hickory. A mensagem subliminar para o júri era de que ela não tinha nada a esconder.

– Por algum motivo, o Dr. Hickory preferiu não lhes mostrar isto.

Os olhos do júri, naturalmente, se voltaram para a imagem atrás dela. Hester não se virou para olhar. Ela queria mostrar que sabia o que era; o que ela fez foi olhar para o rosto dos jurados.

– Detesto afirmar o óbvio, mas isso é o close de uma mão. Mais especificamente, da mão direita do Sr. Lars Corbett.

A imagem estava desfocada. Em parte, isso se devia à tecnologia – era um close extremo – e, em parte, era intencional. Se fosse vantajoso para ela aprimorar o brilho ou a resolução, ela teria aprimorado. Julgamentos são o confronto de duas narrativas. Não era do interesse dela fazer qualquer coisa além de ampliar a imagem assim, em detrimento da qualidade.

– Vocês estão vendo o que tem na mão dele?

Alguns jurados forçaram a vista.

– É um pouco difícil distinguir, eu sei – continuou Hester. – Mas dá para ver que é preto. É de metal. Observem agora.

Hester apertou o play. A mão começou a subir. Como era um close extremo, o movimento da mão parecia rápido. Mais uma vez, intencional. Ela andou calmamente até a mesa de provas e pegou uma arma pequena.

– Isto é uma pistola Remington RM380 de bolso. É preta. É de metal. Sabem por que uma pessoa compra uma arma deste tamanho?

Ela esperou um instante, como se os jurados fossem responder. Não responderam, claro.

– Bom, é óbvio, né? Está no nome da arma: "de bolso". Para que se possa andar com ela. Para que se possa escondê-la e usá-la. E o que mais a gente sabe? A gente sabe que Lars Corbett tinha pelo menos uma Remington RM380.

Hester apontou de novo para a imagem desfocada.

– É essa a arma ali na mão de Lars Corbett?

Ela fez mais uma pausa, mais breve.

– Certo, exato, então já temos estabelecida uma dúvida razoável, não é? Isso já basta para acabar com tudo isto. Eu poderia me sentar agora mesmo e não falar mais nada, e sua decisão de não condenar é óbvia. Mas vamos continuar, sim? Porque tenho mais. Muito mais.

Hester fez um gesto de displicência na direção da mesa da defesa.

– Ouvimos uma testemunha afirmar que a Remington RM380 de Lars Corbett foi "encontrada" – Hester disse a palavra fazendo um gesto sarcástico de aspas – no porão da casa dele, mas foi mesmo? Temos absoluta certeza disso? Corbett tinha muitas armas. Vocês as viram durante este julgamento. Ele tinha fetiche por todo tipo de armamento destrutivo... fuzis de assalto grandes e assustadores, metralhadoras, revólveres e sabe Deus o que mais. Aqui, vou mostrar para vocês.

Ela apertou o controle remoto. A acusação tentara manter essa foto do Facebook de Corbett fora do caso. Segundo a argumentação corajosa de Paul Hickory, a aparência ou as roupas da vítima não eram relevantes, e tampouco a decoração da casa dele. Durante a fase de produção antecipada de provas, Hickory perguntara ao juiz Greiner: "Se fosse um caso de estupro, o senhor deixaria a Dra. Crimstein mostrar ao júri uma foto da jovem com roupas provocantes? Achei que fôssemos melhores que isso." Mas Hester argumentara que o material tinha valor probatório porque era possível que um homem que anunciava publicamente sua vasta coleção de armas tivesse mais predisposição a sacar uma arma, ou no mínimo que seria mais compreensível o "estado de espírito" de Richard Levine – a crença dele de que Corbett representava um perigo genuíno.

Mas havia um motivo maior pelo qual Hester queria que os jurados vissem a foto.

– Vocês acham mesmo que esse homem – ela apontou para Corbett – só comprava armas legalmente? Será mesmo que não é possível que ele tivesse diversas pistolas pequenas e que o que estamos vendo na mão dele – ela agora ampliou a massa escura desfocada na mão de Corbett – seja uma delas?

O júri estava prestando atenção.

Hester não queria que eles ficassem muito tempo olhando para a massa escura, então apertou um botão no controle e voltou para a foto de Corbett com o fuzil de assalto. Ela foi andando devagar para sua mesa a fim de os jurados olharem para a foto um pouco mais. Lars Corbett estava de cabelo aparado curto e com um sorrisinho debochado. Mas o mais importante era o fundo.

Atrás de Corbett havia uma bandeira vermelha com uma suástica no meio.

A bandeira da Alemanha nazista.

Mas Hester não falou nada sobre isso ainda. Tentou manter a voz firme, neutra, profissional, razoável.

– Ora, o Dr. Hickory afirmou, sem muita prova, que isso na mão de Lars Corbett não é uma arma, e sim um iPhone.

Na verdade, Paul Hickory tinha provas bem contundentes de que era um iPhone. Ele havia desintegrado a hipótese de "ele viu uma arma" de forma bastante conclusiva durante o julgamento. Foram apresentadas outras fotografias da mão, além de vídeos e depoimentos de testemunhas oculares para confirmar seu argumento de que era mesmo um iPhone, que Lars Corbett o erguera para filmar o episódio, que todo mundo viu que, após a bala atravessar a cabeça de Corbett, o telefone caiu no chão.

Hickory fora convincente, então Hester não insistiu. Em vez disso, tentou lançar uma nova interpretação.

– Ora, talvez o Dr. Hickory tenha razão – reconheceu Hester com seu melhor tom de "estou admitindo, viu como sou justa?". – Talvez seja um iPhone. Mas não tenho certeza. E vocês não têm certeza. Pensem naquela imagem da mão que eu mostrei. Agora, imaginem que vocês têm uma fração de segundo. Seu sangue está quente. Vocês estão com medo de morrer. Estão diante desse homem – ela apontou para a foto de Lars Corbett sorridente na frente da bandeira nazista –, que quer matar vocês e toda a sua família.

Ela se virou de novo para o júri.

– Vocês apostariam sua vida que isso é um iPhone? Eu também não.

Hester contornou a mesa devagar até parar atrás de Richard Levine e colocou as duas mãos nos ombros de seu cliente. Um gesto carinhoso. Maternal.

– Quero que vocês conheçam meu amigo Richard – disse ela com seu sorriso mais gentil. Olhou para ele. – Richard é um avô de 63 anos. Não tem antecedentes criminais. Nunca tinha sido preso. Nem sequer uma vez. Nunca foi parado por dirigir bêbado. Nada. A vida inteira, ele recebeu uma multa por excesso de velocidade. Só isso. Não gosto muito desta expressão, mas preciso usá-la aqui: ele é um cidadão exemplar. É pai de três filhos: dois rapazes, Ruben e Max, e uma moça, Julie. Tem duas netas, as gêmeas Laura e Debra. Sua esposa, Rebecca, faleceu no ano passado após uma longa batalha contra o câncer de mama. O Sr. Levine tirou uma licença prolongada do trabalho só para cuidar da saúde frágil da esposa. Nos últimos 28 anos, ele trabalhou na sede de uma conhecida rede de drogarias, responsável pelo departamento de contabilidade da empresa na maior parte desse período. Richard foi eleito três vezes para a câmara municipal de sua cidade, Livingston, em Nova Jersey. Ele atua na brigada voluntária de incêndio e dedica tempo e dinheiro a diversas causas dignas. Este, senhoras e senhores, é um homem bom. Ninguém se prontificou a dizer o contrário. Todo mundo adora Richard Levine.

Hester sorriu de novo, deu um tapinha reconfortante nos ombros de Levine e voltou para perto da foto de Lars Corbett.

– A ex-esposa de Lars Corbett, Delilah, se divorciou por sofrer maus-tratos físicos nas mãos dele. Corbett a espancava com frequência. Ela precisou ser hospitalizada três vezes em um ano. Delilah, graças a Deus, conseguiu a guarda da filha de 3 anos deles e uma medida protetiva de afastamento contra ele. Lars Corbett foi preso e condenado várias vezes por agressão e perturbação da ordem e, é preciso reforçar, posse ilegal de uma pistola. Olhem esta foto, senhoras e senhores. O que vocês estão vendo? Não vamos medir palavras aqui. Esse homem é a escória.

O rosto de Paul Hickory ficou vermelho. Ele estava prestes a se levantar, mas Hester ergueu a mão.

– Talvez o senhor não veja, Dr. Hickory, não sei. Não tem importância. Richard Levine provavelmente também não viu escória nenhuma. Ele viu algo muito pior. O avô de Richard era um sobrevivente do Holocausto. Os americanos o resgataram em Auschwitz. Subnutrido. Quase morto. Mas chegaram tarde demais para salvar a família dele. A mãe, o pai, até a irmãzinha dele, todos morreram em Auschwitz. Foram assassinados. Com gás. Quero que vocês pensem um pouco nisso.

Hester foi até a tela com a imagem de Lars Corbett.

– Agora, quero que vocês imaginem uma coisa. Imaginem que um homem invade a sua casa e mata sua família inteira. Todo mundo. Ele fala que vai fazer isso, e vai lá e faz. Ele mata todos os seus entes queridos e promete voltar e matar você também. Ele deixa claro que o objetivo máximo dele é a sua morte. Passam-se alguns anos. Você forma uma nova família. E agora esse homem voltou a invadir sua casa. Ele está subindo a escada. Está segurando algo que parece uma arma.

Hester aguardou um instante, deixou o salão em silêncio completo, e então acrescentou:

– Vocês dão o benefício da dúvida a esse monstro?

O tom dela passou a ser de raiva, acusatório.

– O Dr. Hickory insiste que isso não é legítima defesa, que Lars Corbett não fez qualquer ameaça de agressão física. Ele está de brincadeira? O Sr. Hickory é cínico ou, bom, burro? Lars Corbett era o líder de um grupo paramilitar nazista neste país. A mensagem de ódio dele se espalhava entre milhares de seguidores nas redes sociais. Nazistas não são sutis, senhoras e senhores. Eles deixaram bem claro o objetivo: matar. Assassinar. Exterminar certas pessoas, incluindo meu amigo Richard. Tem alguém ingênuo a ponto de acreditar que não? É por isso que Lars Corbett estava marchando naquele dia: para reunir suas tropas e assassinar pessoas boas como Richard, seus três filhos e suas netas gêmeas.

Hester passara a falar mais alto, com a voz trêmula.

– Agora, o Dr. Hickory vai dizer que Lars Corbett tinha o "direito" – de novo o gesto de aspas – de falar que ia enfiar vocês na câmara de gás e chacinar sua família inteira, da mesma forma como os antepassados nazistas de Lars Corbett fizeram com os do meu cliente. Mas ponham-se no lugar de Richard e se perguntem o seguinte: o que vocês fariam? Ficariam em casa e esperariam até os nazistas ressurgirem para matar mais gente? Vocês precisam esperar até serem empurrados para dentro da câmara de gás para só então se defender? Nós sabemos qual era o objetivo de Lars Corbett. Ele e sua laia deixam muito claro. Portanto, sendo um cidadão preocupado, um ser humano dotado de empatia, um pai amoroso e avô dedicado que leva uma vida exemplar, vocês vão até o Washington Square Park para ouvir o ódio que esses assassinos estão destilando. É claro que vocês estão com medo. É claro que seu coração está pulando no peito. E aí esse homem vil, esse homem que jurou matar vocês, esse homem que todo mundo sabe que tem um monte de pistolas e fuzis, começa a levantar a mão segurando algo preto de metal e...

A voz de Hester minguou, reduziu-se quase a um soluço, e os olhos dela se encheram de lágrimas. Ela abaixou a cabeça e fechou os olhos.

– É claro que foi legítima defesa.

Hester deixou uma lágrima singela escorrer pelo rosto.

– Este é o caso mais nítido de legítima defesa que qualquer um aqui poderia imaginar. Não se baseia apenas no momento: as raízes da defesa dele atravessaram setenta anos e um oceano inteiro. A legítima defesa está no DNA do Sr. Levine. Está também no DNA de vocês e no meu. Esse... – Hester apontou de novo para Lars Corbett na frente da bandeira com a suástica. – Esse *homem* – disse ela, cuspindo a palavra – quer matar vocês e as pessoas que vocês amam. Ele está segurando algo preto. Ele ergue esse objeto na sua direção e tudo aquilo, todo o passado horrendo, os campos de concentração, as câmaras de gás, toda a monstruosidade, todo o sangue, todas as mortes que Corbett queria ressuscitar se erguem do túmulo para pegar vocês e aqueles que vocês amam.

Hester voltou para a mesa da defesa, para trás de seu cliente, e colocou de novo as mãos nos ombros de Richard Levine.

– Eu não pergunto por que Richard apertou o gatilho.

Hester fechou os olhos, deixou mais uma lágrima escapar – e então os abriu de novo, encarando os jurados com firmeza.

– Eu pergunto: "Quem não teria apertado?"

Enquanto o juiz passava as instruções finais, Hester viu o neto Matthew sozinho recostado na parede do fundo do tribunal. Hester sentiu o coração palpitar. Não podia ser boa notícia. A última vez que Matthew a surpreendera no trabalho, uma colega de turma dele havia desaparecido e ele queria a ajuda dela.

Por que ele estava ali agora?

Matthew era calouro na Universidade de Michigan. Ou, pelo menos, tinha sido. Se ele estava de volta, Hester supôs que o ano letivo devia ter terminado. Era maio. Era nessa época que as aulas acabavam? Ela não sabia. E também não sabia que ele tinha voltado, o que a preocupou. Nem Matthew nem Laila, a mãe dele, haviam avisado que o neto dela estaria lá. Laila era a nora de Hester. Ou o termo certo seria *ex*-nora?

Como se chama a mulher que ficou viúva quando seu filho mais novo morreu?

– Todos de pé.

Hester e Richard Levine se levantaram conforme o júri saía para deliberar. Richard Levine continuou olhando para a frente.

– Obrigado – murmurou ele para ela.

Hester meneou a cabeça enquanto os guardas levavam Levine sob custódia de novo. Nessa fase de julgamentos dramáticos, a maioria dos advogados gosta de bancar o especialista, analisando pontos fortes e fracos do caso, tentando interpretar a linguagem corporal dos jurados, fazendo previsões do resultado. O ganha-pão de Hester – pelo menos em parte – era fazer justamente isso na televisão. Ela era boa nisso. E era divertido, também, um exercício mental sem consequências sérias no mundo real, mas, quando se tratava de seus próprios casos – casos como este, em que ela investira tanto de sua alma e suas emoções –, Hester deixava para lá. Era notória a impre-visibilidade de um júri, o que, pensando bem, valia para quase tudo na vida. É só pensar naqueles comentaristas "geniais" que aparecem na televisão. Eles conseguem acertar alguma coisa? Quem previu que um homem na Tunísia atearia fogo no próprio corpo e começaria um levante árabe? Quem previu que passaríamos metade das nossas horas de vigília com a cara grudada em um smartphone? Quem previu Trump, Biden, a covid e tudo o mais?

Como diz o velho ditado iídiche, "O Homem faz planos e Deus ri".

Hester dera tudo de si. A decisão do júri estava além de seu controle. Esse foi outro aprendizado fundamental que viera com a idade: preocupe-se com o que você pode controlar. Se não puder controlar, deixe para lá.

Essa era sua oração da serenidade sem a serenidade.

Hester foi às pressas até o neto. Nunca era fácil enxergar o eco de David, seu filho morto, naquele belo menino que se tornou homem. Matthew tinha 18 anos, era mais alto do que David havia sido e tinha a pele mais escura, já que Laila era negra e, portanto, lhe dera um neto pardo. Mas os trejeitos, a postura de Matthew apoiado na parede, a maneira como ele olhava o entorno e observava tudo, como ele andava, como ele hesitava antes de falar, como ele olhava para a esquerda quando estava refletindo sobre uma pergunta – era David todo. Hester ao mesmo tempo se encantava e se angustiava com isso.

Ao alcançar Matthew, perguntou:

– Qual é o problema?

– Nenhum.

Hester o encarou com sua expressão de avó cética.

– Sua mãe...?

– Ela está bem, vó. Está todo mundo bem.

Ele dissera o mesmo na última vez que a surpreendera desse jeito. E não era bem assim.

– Quando foi que você voltou de Ann Arbor? – perguntou ela.

– Há uma semana.

Ela tentou não demonstrar mágoa.

– E não me ligou?

– A gente sabe como você fica no final de um julgamento – disse Matthew.

Hester não sabia muito bem como responder a isso, então pulou a reprimenda e optou por envolver o neto em seus braços. Matthew, que sempre fora um menino afetuoso, a abraçou também. Hester fechou os olhos e tentou paralisar o tempo. Por um ou dois segundos, quase parou mesmo.

Ainda de olhos fechados e com a cabeça apoiada no peito dele, Hester repetiu:

– Então, qual é o problema?

– Estou preocupado com Wilde.

capítulo cinco

– FAZ MUITO TEMPO QUE não tenho notícia de Wilde – disse Matthew.

Eles estavam no banco traseiro do Cadillac Escalade de Hester. Tim, o chofer de longa data e quase guarda-costas de Hester, guiou o veículo para a pista inferior da George Washington Bridge. Eles estavam indo para Nova Jersey – Westville, especificamente, uma cidade serrana onde, muitos anos antes, Hester e Ira, seu falecido marido, haviam criado três meninos: Jeffrey, um dentista que mora em Los Angeles; Eric, analista financeiro residente da Carolina do Norte; e o caçula David, pai de Matthew, que morreu em um acidente de carro quando o filho tinha 7 anos.

– Quando foi que vocês se falaram pela última vez? – perguntou Hester.

– Quando ele me ligou do aeroporto e disse que passaria um tempo longe.

Hester assentiu. Foi quando Wilde viajou para a Costa Rica.

– Quase um ano, então.

– Isso.

– Você sabe como Wilde é, Matthew.

– Aham.

– Eu sei que ele é seu padrinho. – Wilde fora o melhor amigo de David; no caso de Wilde, provavelmente David era seu único amigo. – E, sim, ele deveria se esforçar mais para estar presente para você...

– Não é isso – interrompeu Matthew. – Tenho 18 anos.

– E daí?

– E daí que agora eu sou adulto.

– Repito: e daí?

– E daí que Wilde sempre esteve presente na minha infância. – E Matthew acrescentou: – Fora a mamãe, ele era mais presente do que todo mundo.

Hester afastou o corpo do neto.

– Fora a mamãe – repetiu ela. – Uau.

– Eu não quis dizer...

– Fora a mamãe? – Hester balançou a cabeça. – Que golpe baixo, Matthew.

Ele abaixou a cabeça.

– Não venha com essa palhaçada passiva-agressiva para cima da sua avó idosa. Não funciona comigo, entendeu?

– Desculpa.

– Eu moro e trabalho em Manhattan – continuou ela. – Você e sua mãe moram em Westville. Eu venho sempre que dá.

– Eu sei.

– Golpe baixo – repetiu ela.

– Eu sei. Desculpa. É só que... – Matthew fitou os olhos dela, e os dele eram tão parecidos com os de David que ela quase estremeceu. – Não quero que você fale mal dele, por favor.

Hester olhou pela janela.

– Tudo bem.

– É só que estou preocupado. Ele viajou para outro país e...

– Wilde voltou meses atrás – declarou Hester.

– Como você sabe?

– Ele entrou em contato. Botei alguém para tomar conta daquele tubo de metal que ele chama de casa enquanto estava fora.

– Espera aí. Então ele voltou para a floresta?

– Imagino que sim.

– Mas você não falou com ele?

– Não desde que ele voltou. Mas, antes do ano passado, fazia seis anos que eu não falava com Wilde. Comigo e com ele é assim.

Matthew meneou a cabeça.

– Agora fiquei preocupado mesmo.

– Por quê?

– Porque eu não estava em casa seis meses atrás. Estou agora. Faz uma semana que estou em casa.

Hester percebeu aonde ele queria chegar. Quando morava na floresta da montanha atrás da casa deles, Wilde costumava ficar de olho em Matthew e Laila, geralmente de um mirante escondido na encosta, às vezes sentado sozinho no escuro no quintal, e às vezes – pelo menos por um período breve – na cama de Laila.

– Se ele voltou de viagem e estivesse bem – continuou Matthew –, ele teria vindo falar com a gente.

– Você não tem como saber.

– Não com certeza – concordou Matthew.

– E ele passou por poucas e boas.

– Como assim?

Hester se perguntou até que ponto contaria e decidiu que mal não devia fazer.

– Ele encontrou o pai biológico.

Matthew arregalou os olhos.

– Uau.

– Pois é.

– Onde ele estava? O que aconteceu?

– Não sei direito, e, se soubesse, não caberia a mim contar para você. Mas acho que as coisas não correram bem. Wilde voltou para casa, jogou fora o celular descartável que eu estava usando para falar com ele, e não tive mais notícias desde então.

Tim pegou a saída para a Rota 17 Norte. Hester passara três décadas fazendo esse trajeto até Manhattan. Ela e Ira tinham sido felizes ali. Conseguiram equilibrar carreira e família tão bem quanto qualquer outro casal que ela conhecia. Quando os meninos saíram de casa, Hester e Ira venderam o imóvel de Westville e compraram um em Manhattan. O plano de longo prazo de Hester e Ira tinha sido este: trabalhar muito, fazer o possível pelas crianças, passar a "melhor idade" na cidade com o cônjuge. Paciência. Não era para ser. Hester podia gostar da expressão "O homem faz planos e Deus ri", mas, no caso dela, talvez coubesse melhor uma tradução alternativa: "Se quiser fazer Deus dar risada, conte seus planos para Ele."

– Vó?

– Sim?

– Como você entrou em contato com Wilde da outra vez?

– Quando você me pediu para encontrar Naomi?

Matthew fez que sim.

Hester deu um longo suspiro e refletiu sobre suas opções.

– Sua mãe está em casa?

Matthew olhou a hora no celular.

– Provavelmente. Por quê?

– Vou deixar você em casa. Se não for problema para ela, eu volto em uma hora.

– Por que seria problema para ela?

– Ela pode ter algum compromisso – disse Hester. – Você me conhece. Não sou bisbilhoteira.

Matthew soltou uma gargalhada.

– Ninguém gosta de sabichões, Matthew.

– Você que é sabichona – rebateu ele.

– Exato.

Matthew sorriu para ela. O sorriso rasgou o coração de Hester ao meio.

– Para onde você vai depois de me deixar em casa?

– Vou ver se consigo achar Wilde.

– Por que eu não posso ir junto?

– Vamos fazer do meu jeito, por enquanto.

Matthew não ficou feliz com a resposta, mas o tom da avó deixou claro que não adiantaria insistir. Eles saíram da clássica estrada de Nova Jersey perto de um punhado de concessionárias e, dois minutos depois, parecia que tinham entrado em outro mundo. Tim virou à direita, à esquerda, e mais duas vezes à direita. Hester conhecia muito bem o caminho. A cabana de madeira lindamente ampliada fora esculpida no sopé das montanhas Ramapo, na cordilheira dos Apalaches.

Havia um Mercedes SL 550 estacionado na entrada da garagem.

– Sua mãe comprou um carro novo? – perguntou Hester.

– Não, é de Darryl.

– Quem é Darryl?

Matthew se limitou a olhar para ela. Hester tentou não sentir aquela fisgada dolorosa no fundo do peito.

– Ah – disse ela.

Tim parou atrás do Mercedes de Darryl.

– Você me avisa se o encontrar? – perguntou Matthew.

– Eu ligo.

– Não liga – disse Matthew. – Só volta quando puder. Eu sei que a mamãe quer que você o conheça.

Hester meneou a cabeça um pouco devagar demais.

– Você gosta de Darryl?

A resposta de Matthew foi dar um beijo na bochecha da avó e sair do carro.

Hester viu o neto ir até a porta da casa com o mesmo jeito de andar do pai. Ela e Ira haviam construído aquela casa 43 anos antes. O clichê vale: parecia que fazia uma eternidade ao mesmo tempo que parecia que tinha sido ontem. Eles venderam a casa para David e Laila. Hester hesitara. Ela achava estranho alguém criar uma família na casa onde passou a infância. Mas fazia muito sentido por vários motivos. David e Laila adoravam o lugar. Eles transformaram completamente o interior e deram sua própria cara ao imóvel. Ira também adorou manter a casa em família e vinha visitar com frequência para continuar com as caminhadas, as pescarias e todas as atividades ao ar livre que Hester não entendia de forma alguma.

Por outro lado, mesmo sem acreditar em efeito borboleta, e se ela tivesse insistido que David e Laila comprassem outra casa? Esses pensamentos eram de enlouquecer, e ela compreendia, racionalmente, que não tinha culpa de nada, mas, se ela tivesse feito isso, a linha do tempo do mundo teria mudado um pouco, não é? David não teria dirigido naquela estrada na montanha quando estava tão escorregadia. O carro não teria caído do penhasco. Ira não teria morrido de infarto – de coração partido, na opinião dela – pouco depois.

Já era esse papo de não se preocupar com o que não se pode controlar, pensou ela.

– Acho que Laila está namorando – disse ela para Tim, o chofer.

– Laila é uma mulher bonita.

– Eu sei.

– E já faz muito tempo.

– Eu sei.

– Além disso, Matthew está na faculdade. Ela está sozinha agora. Você deveria ficar feliz por ela.

Hester fez uma careta.

– Não contratei você para dar conselhos de empatia sobre a dinâmica da minha família.

– Não vou cobrar hora extra – disse Tim. – Para onde?

– Você sabe.

Tim assentiu, manobrou e saiu da rua sem saída. Demorou mais do que ela imaginava para encontrar o local exato. Wilde sempre mantinha a saída oculta da Halifax Road camuflada para ser difícil de encontrar, mas agora o mato estava tão alto que Tim não teve como entrar com o Escalade. Ele estacionou no acostamento.

– Acho que Wilde não usa mais essa.

Se fosse verdade, Hester não sabia o que fazer. Ela podia falar com Oren, o rolo dela, e pedir aos guardas florestais para vasculharem a região em busca de Wilde, mas, se ele não quisesse ser encontrado, ninguém o acharia – e, se tivesse acontecido algo ruim, falando friamente, já seria tarde demais.

– Vou subir a trilha a pé – disse Hester.

– Não vai sozinha, não – respondeu Tim, saltando do banco do motorista com uma rapidez que não condizia com seu tamanho.

Tim era um armário com um terno mal ajustado e cabelo cortado à escovinha no estilo militar. Ele abotoou o paletó do terno – sempre insistia em trabalhar de terno – e abriu a porta traseira para ela.

– Fique aqui – disse Hester.

Tim semicerrou os olhos e examinou o entorno.

– Pode ser perigoso.

– Você está com sua arma, né?

Ele apalpou a lateral do tórax.

– Claro.

– Maravilha, então me vigie daqui. Se alguém tentar me capturar, atire para matar. Espera, só se não for um pitéu, porque, se for, *adieu*.

– Wilde não é um pitéu?

– Um pitéu de *idade compatível*, Tim. Ah, e obrigada por entender tudo literalmente.

– Aliás, as pessoas ainda falam "pitéu"?

– Esta aqui fala.

Hester se dirigiu a uma abertura na mata. Da última vez que ela estivera ali, havia espaço suficiente para o carro passar. Tim entrara dirigindo, ativando quaisquer detectores de movimento que Wilde usava. Eles tinham esperado, e logo ele apareceu. Na maioria das vezes, era assim que funcionava com Wilde. Ele havia elevado o estilo de vida independente a uma forma de arte. Parte disso se devia a questões de segurança pessoal. Ao longo dos anos de trabalho clandestino tanto nas Forças Armadas quanto como segurança particular com Lola, sua irmã adotiva, Wilde havia feito vários inimigos. Alguns gostariam de encontrá-lo e matá-lo. Boa sorte para eles.

Mas Hester sabia que o principal motivo derivava do trauma de infância de Wilde. De alguma forma, desde que se entendia por gente, desde pequeno, Wilde sempre estivera sozinho, naquela floresta, lutando para sobreviver. Pense só. Segundo o próprio menino, a única pessoa com quem ele conversara diretamente naqueles anos todos tinha sido outro menininho, mais ou menos da mesma idade, que Wilde vira brincando sozinho no quintal de casa, então o pequeno Wilde se aproximou e os dois formaram uma estranha amizade secreta. Quando a mãe do menino ouviu o filho falando alto, o garoto disse que era um amigo imaginário, e a mãe, ingênua em vários sentidos, acreditou. Foi só quando encontraram Wilde que a verdade veio à tona.

O menino – surpresa – era David, o caçula de Hester.

O perímetro estava mesmo descuidado, com mato alto, mas a clareira interna – onde Tim estacionara o carro da outra vez – continuava lá. Hester não sabia bem o que fazer. Ela tentou achar detectores de movimento ou câmeras, mas, claro, Wilde era bom demais para deixar esse tipo de coisa visível. Ela ponderou se deveria chamá-lo elevando a voz, mas não era assim que funcionaria com Wilde. Ou ele estava bem e apareceria logo, ou estava em apuros. De um jeito ou de outro, ela ia acabar descobrindo.

Depois de uns quinze minutos, Tim abriu caminho até a clareira e ficou ao lado dela. Hester verificou se havia alguma mensagem nova no celular. O júri de Levine havia encerrado o dia. Sem veredito, o que não era nenhuma surpresa. As deliberações continuariam na manhã seguinte. Matthew mandou duas mensagens para pedir notícias e para reforçar que seria bom ela passar na casa.

Passaram-se mais quinze minutos.

Hester se alternava entre preocupação (e se Wilde não estivesse bem?) e raiva (se estivesse bem, por que ele havia abandonado o afilhado?). Por um lado, ela entendia. Diagnóstico clássico: Wilde nunca superara o abandono na infância, então ainda não conseguia estabelecer vínculos genuínos. Fazia sentido na cabeça de Hester, só que ela também sabia que Wilde daria a própria vida por Matthew ou Laila sem pensar duas vezes. O amor de Wilde pelas pessoas próximas a ele era intenso e lhe conferia um instinto protetor – entretanto, ele não conseguia viver com essas pessoas nem manter uma presença estável junto delas. Era um paradoxo, uma contradição, mas, pensando bem, quase todos somos assim também. Todo mundo quer que as pessoas sejam coerentes, previsíveis e simples, mas elas nunca são.

Hester olhou para Tim. Ele encolheu os ombros e disse:

– Já chega?

– É, acho que sim.

Eles atravessaram o mato de novo. Quando se viraram para o carro, um homem barbudo com cabelo comprido estava apoiado tranquilamente no capô, de braços cruzados.

– Qual é o problema? – perguntou Wilde.

Hester e Wilde se encararam por alguns segundos. Tim rompeu o silêncio.

– Vou esperar no carro – disse ele.

Ao rever Wilde, foi como se as comportas tivessem se aberto. As lembranças se abateram sobre Hester em ondas incessantes, o tipo de onda que acerta a gente na praia em um momento de distração e que, cada vez que conseguimos nos levantar, chega outra e nos derruba de novo. Ela viu Wilde como o menininho encontrado na floresta, como o adolescente com David na cozinha dela, como o astro do esporte no ensino médio, o cadete de West Point, o homem que parecia completamente deslocado de smoking no casamento de David e Laila (Wilde provavelmente teria sido o padrinho, mas Hester meio que insistira para que David escolhesse os irmãos), o padrinho de Matthew segurando o bebê recém-nascido, o homem que ficou de cabeça baixa ao contar para ela que era o responsável pela morte de David.

– Você deixou a barba crescer – disse Hester.

– Gostou?

– Não.

Ele continuava lindo, claro. Quando o menino foi encontrado na floresta, os jornais o chamaram de Tarzan dos tempos modernos, e, fisicamente, era quase como se ele tivesse crescido nesse papel. Wilde era cheio de músculos e ângulos rígidos. Tinha cabelo castanho-claro, olhos com flocos dourados, pele bronzeada. Ele se mantinha totalmente parado, feito uma pantera, como se estivesse excepcionalmente pronto para dar o bote, o que, no caso dele, talvez fosse verdade.

– Desapareceu mais alguém? – perguntou Wilde.

Esse fora o motivo pelo qual ela viera atrás dele desse jeito da vez anterior.

– Sim – disse Hester. – Você.

Wilde não respondeu.

– Adivinha quem deu queixa do seu desaparecimento – continuou ela. – Adivinha quem estava tão preocupado que me pediu para procurar você.

Wilde meneou a cabeça devagar.

– Matthew.

– Francamente, Wilde.

Ele não falou nada.

– Por que você está ignorando seu próprio afilhado?

– Não estou ignorando.

– Ele ama você. Você é o que ele tem que mais se aproxima... – Hester deixou as palavras no ar. Ela mudou de assunto por um instante. – Eu fiz tudo que você pediu, não foi?

– Foi – disse Wilde. – Obrigado.

– Então o que aconteceu quando você achou seu pai?

– Não deu em nada.

– Sinto muito. Então, qual é o próximo passo?

– Não tem próximo passo.

– Vai desistir?

– Já conversamos sobre isso. Descobrir como eu vim parar na floresta não vai fazer diferença.

– E Matthew?

– O que tem ele?

– Ele faz diferença? Eu sei que é para a gente dar um desconto para suas excentricidades, "Ah, Wilde é assim mesmo", mas isso não é desculpa para ignorar Matthew.

Wilde refletiu por um momento. Por fim, meneou a cabeça e disse:

– Certo.

– Então, qual é o problema?

– Matthew está na faculdade.

– Ele voltou de férias.

– É, eu sei.

Hester meneou a cabeça.

– Você continua de olho neles.

Wilde não respondeu.

– Então por que...? – Hester balançou a cabeça. – Deixa pra lá. Entra no carro. A gente vai junto até lá.

– Hum, melhor não.

– Sério?

– Eu entro em contato antes do fim do dia – disse Wilde. – Diga isso a Matthew.

Ele se virou e se pôs a caminhar rumo à floresta.

– Wilde?

Ele parou.

Hester tentou manter a voz equilibrada. Ela não pretendera tocar nesse assunto, pelo menos ainda não. Ela havia pensado em vê-lo algumas vezes, ir com calma, mas esse não era o estilo dela, e também não era o dele, e uma parte dela temia que se o confrontasse agora com o trágico evento que os unira para sempre, ele só se aprofundaria mais ainda na floresta.

– Pouco antes de você sair do país – ela ouviu a própria voz vacilar e tentou se recompor –, pedi para Oren me levar até aquele lugar na Mountain Road. Até o penhasco.

Wilde não se mexeu, não se virou para encará-la.

– Ainda tem uma cruz improvisada lá. Na beira da estrada. Depois de todos esses anos. Está desgastada e velha, talvez, mas ainda marca o lugar onde o carro de Matthew saiu da pista. Provavelmente você já sabe. Que a cruz continua lá. Aposto que você a visita às vezes, né?

Wilde ainda se recusava a encará-la.

– Eu olhei para aquele penhasco. Onde o carro derrapou. Imaginei a cena, a situação toda. A estrada gelada. A escuridão.

– Hester.

– Quer me contar o que realmente aconteceu naquela noite?

– Eu já falei.

Os olhos dela ficaram marejados.

– Você sempre disse que foi culpa sua.

– E foi.

– Não acredito mais nisso.

Wilde não se mexeu.

– Quer dizer, nunca acreditei completamente, acho que não. Fiquei em choque por muito tempo. E eu não via necessidade de saber a verdade. Como você. Com o seu passado. Você sempre dizia: que diferença faz? Você vai continuar sendo o menino abandonado na floresta. E eu falava para mim mesma: que diferença faz? Meu filho vai continuar morto.

– Por favor. – Lentamente, Wilde se virou para ela. Seus olhares se cruzaram. – Desculpa.

– Você já disse isso antes. Mas eu nunca culpei você. E não quero que você peça desculpa.

Ele ficou parado, o semblante de quem estava totalmente perdido.

– Wilde?

– Diga ao Matthew que vou entrar em contato – respondeu Wilde, e então desapareceu na mata.

capítulo seis

HESTER TINHA RAZÃO SOBRE Matthew, Wilde sabia disso. Ele não deveria ter se afastado.

As coisas tinham mudado. Foi esse o raciocínio dele. Matthew havia crescido e estava na faculdade. E, mais especificamente, Laila agora estava namorando, era o primeiro cara com quem ela ficava firme desde a morte de David, onze anos antes. Wilde não tinha direito a nada. Não tinha lugar. Não queria se envolver. No passado, ele esperava que sua presença servisse de consolo para ela. Ele tivera uma função. Agora, essa função não existia mais. Ele só provocaria transtornos.

Então se manteve afastado.

Claro que Wilde continuava clandestinamente de olho em Laila e Matthew a partir da floresta – por isso ele sabia sobre a volta de Matthew –, mas suas observações estavam ficando cada vez menos frequentes. Era tênue a linha que separava uma proteção adequada de uma espreita sinistra.

Mesmo assim, Laila era uma coisa. Matthew era outra. Portanto, talvez ele estivesse apenas inventando desculpa. Talvez tivesse sido só egoísmo. No último ano, ele havia corrido riscos demais em relação a envolvimentos pessoais. Agora, ele não queria correr nenhum.

Hester também o surpreendera ao falar do acidente. Por quê? E por que agora?

Wilde parou perto de uma árvore específica e desenterrou um de seus cofres de aço inoxidável escondidos. Ele tinha seis desses recipientes à prova de intempéries distribuídos pela floresta, todos com documentos de identidade falsos, dinheiro, passaportes, armas e celulares descartáveis.

Wilde acomodou a caixa embaixo do braço e voltou às pressas para sua microrresidência – um refúgio isolado de última geração chamado Ecocapsule. O hábitat de ponta era minúsculo, menos de 7 metros quadrados de espaço habitável, mas tinha tudo de que Wilde precisava: uma cama dobrável, mesa, armários, minicozinha, chuveiro e um vaso sanitário com incinerador que transformava os dejetos em cinzas. A ecocápsula incorporava energia solar e eólica. A fachada externa em forma de pílula não só minimizava a perda de calor, como também facilitava a coleta de água da chuva em reservatórios de onde ela podia ser filtrada para uso imediato. Como a cápsula era móvel e revestida de estampa camuflada, sem falar dos recursos avançados de segurança que Wilde havia instalado, ele se certificara de que seria muito difícil encontrá-lo.

Ele abriu a caixa e tirou um celular descartável de padrão militar. Com os recursos de segurança, era praticamente impossível rastreá-lo, mas o mais importante era a palavra "praticamente". Digam o que for, toda tecnologia sempre tem alguma brecha, sempre tem alguma forma de ser rastreada e descoberta; sempre, no fim das contas, há um ser humano capaz de ver o que uma pessoa descuidada está fazendo. Wilde tentava mitigar isso com o uso de diversos VPNs e sistemas de ocultamento de sinal.

Após ativar os protocolos de proteção, Wilde ligou o aparelho e conferiu as mensagens e os e-mails. Por um segundo, se perguntou se seu pai, mais conhecido como Daniel Carter, havia escrito, mas seria impossível. Wilde não lhe dera nenhuma informação de contato. Quando os alarmes soaram antes – quando Hester entrara na trilha de mato alto para a floresta –, ele se deixara levar pela ideia de que era mesmo Daniel Carter; de que, depois que Wilde desaparecera sem avisar nem se despedir, o pai dele tratara de investigar um pouco e descobrira onde Wilde podia estar, ou pedira ajuda de Hester para encontrá-lo, ou...

Não tinha importância.

Wilde conferiu as mensagens pela primeira vez em meses. Viu algumas de Matthew, sempre breves, basicamente perguntas sobre onde ele estava. Havia duas de Lola, sua irmã adotiva, a primeira para perguntar onde ele estava e a outra:

Afe. Não seja assim, Wilde.

Ele deveria ligar para ela também.

Nada de Ava. Nada de Naomi. Nada de Laila.

E então viu uma mensagem que o surpreendeu.

O remetente era PB, enviada pelo serviço de mensagens do DNAYourStory. O e-mail era de 10 de setembro, oito meses antes. Wilde clicou no link da mensagem, que abriu o histórico completo da conversa entre ele e PB, por ordem cronológica ascendente.

O primeiro contato tinha sido de PB para Wilde, havia cerca de um ano, antes de ele viajar para a Costa Rica:

Para: WW
De: PB
Oi. Desculpa não dizer meu nome verdadeiro, mas tenho motivo para não gostar de deixar que as pessoas saibam minha identidade. Meu passado tem muitos buracos e um monte de turbulência. Você é o parente mais próximo que já encontrei neste site, e me pergunto se o seu passado também é assim. Se sim, talvez eu tenha algumas respostas.

Wilde só respondera meses depois, quando estava no aeroporto de Libéria, esperando o voo para Las Vegas para confrontar o pai:

Para: PB
De: WW
Desculpe não ter respondido antes. Achei meu pai aqui. Vou colar um link para o perfil dele. Pode me dizer se ele também apareceu como parente seu? Assim, vamos saber se você e eu somos parentes pelo lado da minha mãe ou do meu pai. Obrigado.

Mas, depois da ida a Las Vegas, Wilde decidira não investigar mais nem conferir a caixa de e-mails. De que adiantava? Agora ele percebia que parecia estar com pena de si mesmo, mas não era isso. Ele desejava isolamento. Era o jeito dele, apenas. Os psicólogos se refestelaram com a maneira como o passado dele o deixara desse jeito, a importância dos primeiros cinco anos de vida, e o fato de que a falta de vínculos nesse período, a falta de contato físico ou emocional, a solidão distante de outros seres humanos, tudo isso causara danos irreversíveis nele.

Talvez, pensou Wilde.

Ele não sabia, e também não sabia se queria saber. Ele nunca perseguira a sério sua identidade verdadeira porque não via motivo para isso. Nada mudaria aqueles primeiros cinco anos, e, embora ele compreendesse que não era "normal", ele também não era tão infeliz assim. Ou talvez fosse e só estivesse se iludindo. Morar no mato não deixava ninguém menos suscetível aos mesmos delírios do restante da humanidade.

Reflexão demais por hoje. Isso tinha a ver com Matthew, claro. E Laila.

Especialmente Laila.

O link vermelho-vivo dizia CLIQUE AQUI PARA UMA NOVA MENSAGEM! Wilde clicou, e a mensagem abriu.

Para: WW

De: PB

O perfil do seu pai não tem parentesco comigo, então acho que somos parentes pelo lado da sua mãe. Tomara que dê tudo certo com a visita ao seu pai. Depois conta como foi.

Depois da minha última mensagem para você, minha vida foi para o buraco. Quando você descobrir quem eu sou, provavelmente vai me odiar igual a todo mundo. Recebi o alerta de que isso iria acontecer. Tudo o que sobe tem que descer. É o que sempre dizem. Quanto mais alto se chega, pior é a queda. Bom, eu estava nas alturas e rindo à toa, então imagine como foi a queda.

Desculpa se parece que não estou falando coisa com coisa. Não sei por onde começar. São muitas as mentiras sobre mim. Por favor, não acredite nelas.

Estou no limite. Não enxergo mais nenhum jeito de sobreviver. Aí, sua mensagem chegou, e foi como se alguém tivesse jogado uma boia para um homem que estava se afogando. Você acredita em destino? Eu nunca acreditei. Não tenho parentes em quem possa confiar. Descobri que tudo que eu sabia sobre mim e meu passado é mentira. Você é meu primo. Eu sei que isso não significa nada, mas talvez signifique. Talvez seja tudo. Talvez sua mensagem de resposta para mim agora seja o destino.

Nunca me senti tão perdido e sozinho. As paredes estão se fechando à minha volta. Não consigo escapar mesmo. Só quero dormir. Só quero paz. Quero que tudo suma. Você deve estar achando que sou maluco por escrever assim para um desconhecido. Talvez eu seja. Antes, mentiram para mim. Agora, estão mentindo sobre mim. São incansáveis. Não consigo resistir mais. Eu tento, mas só piora a situação.

Você poderia me ligar? Por favor? Meu celular particular segue abaixo. Não dou este número para qualquer um. Por favor. Você vai entender quando nos falarmos.

Wilde olhou além dos galhos para o céu. Fazia quase quatro meses que a mensagem fora enviada. Qualquer que fosse a crise de PB, provavelmente já havia passado. Mesmo que não tivesse, Wilde não sabia como poderia ajudar. Parecia que o que PB mais precisava era de um ombro amigo. Essa não era a praia de Wilde.

Hester já devia estar com Matthew. Seria errado fazê-los esperar.

Por outro lado, que mal um telefonema faria?

Wilde estava cheio de receio, claro. Ter que se explicar. Falar para PB que ele era o WW anônimo. Pedir desculpa por não responder antes. E depois? Que rumo a conversa tomaria?

Wilde se pôs a andar para o outro lado da montanha, em direção à casa de David. Ele ainda a considerava assim, embora já fizesse onze anos desde a morte dele. Depois de percorrer uns 200 metros, Wilde parou, pegou o telefone e discou o número de PB. Ele pôs o celular no ouvido e sentiu o peito martelar enquanto escutava o toque. De alguma forma, ele sabia que essa decisão – a decisão de tentar entrar em contato com PB, que parecia angustiado – mudaria tudo. Ele não acreditava no sobrenatural nem em nada do tipo, mas a vida em meio aos animais ensina a confiar em certo zumbido que vibra no corpo. O instinto de perigo é uma realidade. Você também tem. Se sua linhagem sobreviveu até aqui, é porque, mesmo que você não saiba, esse instinto primitivo faz parte do seu DNA.

E, falando em DNA...

O telefone de PB chamou seis vezes até uma voz robótica anunciar que esse número não tinha caixa postal. Interessante.

Wilde desligou. E agora?

Ele ponderou se deveria mandar uma mensagem de texto anônima, mas não sabia muito bem o que dizer. Ele queria revelar que a mensagem era de WW?

Ou seria melhor só deixar para lá?

Não era bem uma opção. Agora, não. Fora a possibilidade de que podia ser uma pista sobre sua mãe, PB havia pedido socorro a Wilde. PB estivera desesperado e não podia recorrer a ninguém, e Wilde ignorara esse apelo por quatro meses.

Ele mandou uma mensagem breve:

Aqui é WW. Desculpe a demora, PB. Escreva ou ligue de volta quando puder.

Ele enfiou o celular no bolso da frente e começou a descer a montanha.

capítulo sete

Quinze minutos depois, Wilde estava na faixa de árvores que separava as montanhas Ramapo do quintal dos Crimsteins. Ele notou uma movimentação na janela do segundo andar à direita. O quarto de Laila. Era estranho pensar isso, mas verdade fosse dita: Wilde havia passado as melhores noites de sua vida ali dentro.

Wilde recordou a primeira vez que ficara em meio a essas árvores, embora a lembrança já estivesse turva. David, com 6 anos, estava brincando no quintal com os dois irmãos mais velhos. Havia um balanço relativamente sofisticado feito de cedro, com escorregas, uma casinha e um trepa-trepa. Após a conversa com o pai, Wilde agora sabia que tinha 5 anos na época. Até aquele dia, Wilde nunca havia falado com outro ser humano.

Ou pelo menos não que ele se lembrasse.

O pequeno Wilde sabia falar. Ele tinha passado a maior parte daquele inverno em uma cabana junto a um lago perto da divisa entre Nova York e Nova Jersey. A maioria das pessoas costumava usar essas casas só no verão. Wilde se lembrava de ir de casa em casa, tentando abrir portas e janelas, frustrado porque estavam todas trancadas. Por fim, ele arrombou uma janelinha de porão e fez uma abertura que mal permitia sua passagem. Felizmente, a cabana tinha sido adaptada para o inverno, e, embora isso representasse o risco constante de que alguém aparecesse, também era uma chance de o pequeno Wilde ter água encanada e energia elétrica. A família que morava ali tinha filhos ou netos. Havia brinquedos e, sobretudo, fitas VHS de programas educativos como *Vila Sésamo* e *Reading Rainbow*. Wilde passava horas assistindo, falando alto; então, a despeito das comparações com Tarzan e Mogli, ele se educara o bastante para compreender que havia um mundo lá fora, que o mundo era maior do que ele e a floresta.

Era para os irmãos mais velhos de David ficarem de olho no caçula, mas eles estavam ocupados brincando entre si. Wilde os observou. Não era a primeira vez que ele se aventurava perto da faixa de árvores e via outras pessoas interagirem. Ele até chegara a ser visto algumas vezes, por pessoas fazendo caminhadas ou acampando, ou até por donos de residências, mas Wilde sempre fugia. Provavelmente algumas pessoas falaram dele para as autoridades, mas o que elas diriam? "Vi um menino no mato." E daí? Não era um garoto correndo por aí com um tapa-sexo – ele tinha roubado roupas das casas que invadira –, então o máximo que todo mundo ia pensar era que se tratava de um menino vagando sozinho.

Haviam surgido histórias sobre o "menino selvagem", mas a maioria das pessoas as considerava mero resultado de insolação, exaustão, drogas, desidratação, álcool, etc. Os meninos Crimsteins mais velhos agora brincavam de brigar na grama, rindo e se agarrando e rolando pelo chão. Wilde ficou olhando, fascinado. A porta dos fundos se abriu e a mãe deles gritou:

– Jantar em quinze minutos, e não vou chamar de novo!

Tinha sido a primeira vez que Wilde ouvira a voz de Hester Crimstein.

Wilde ainda estava olhando os irmãos rolando pelo chão quando ouviu uma voz perto dele:

– Oi.

Era um menino mais ou menos da idade dele.

Wilde estava prestes a fugir. De jeito nenhum esse garoto conseguiria persegui-lo pelo labirinto da floresta, mesmo que tentasse. Mas o mesmo instinto que normalmente o impelia a escapar falou para ele ficar. Foi simples assim.

– Oi – respondeu ele.

– Meu nome é David. Qual é o seu?

– Não tenho – disse Wilde.

E assim começou a amizade deles.

Agora, David estava morto. A viúva e o filho dele moravam nessa casa.

A porta dos fundos se abriu. Matthew saiu para o quintal e disse:

– Oi, Wilde.

Os dois homens – sim, Wilde admitiu para si mesmo, com relutância, que Matthew agora era mais homem que menino – foram um em direção ao outro e se encontraram no meio do quintal. Quando Matthew passou os braços em volta dele, Wilde se perguntou quanto tempo fazia desde que ele tivera contato físico com outra pessoa pela última vez. Ele encostara em alguém desde Las Vegas?

– Desculpa – disse Wilde.

– Não tem problema.

– Tem sim.

– É verdade, tem sim. Eu fico preocupado com você, Wilde.

Matthew era tão parecido com o pai que chegava a doer. Wilde decidiu evitar que a conversa seguisse por esse caminho.

– Como vai a faculdade?

O rosto de Matthew se iluminou.

– Incrível.

A porta dos fundos se abriu de novo. Era Laila. Quando seus olhos se encontraram, Wilde sentiu o coração dar uma cambalhota. Laila estava usando uma blusa branca social com a gola desabotoada e uma saia-lápis preta. Ele imaginou que ela havia acabado de chegar da firma, tirado o blazer do tailleur e o salto alto do trabalho e calçado o tênis branco. Ele ficou olhando, só olhando, por um ou dois segundos, e não dava a mínima se alguém percebesse.

Laila desceu os degraus para o quintal como se estivesse flutuando. Deu um beijo na bochecha de Wilde.

– Que bom ver você – disse ela.

– Também acho – disse Wilde.

Ela pegou na mão dele. Wilde sentiu o rosto corar. Ele a havia abandonado. Sem ligar, sem mandar e-mail, sem mandar mensagem.

Alguns segundos depois, Hester se inclinou para fora da porta e gritou:

– Pizza! Matthew, me ajuda a pôr a mesa.

Matthew deu um tapinha nas costas de Wilde e voltou rápido para a casa. Quando ele já tinha se afastado, Laila se virou para Wilde.

– Você não me deve nenhuma explicação – declarou Laila. – Pode me ignorar à vontade.

– Eu não...

– Deixa eu terminar. Você não me deve nada... mas deve para o seu afilhado.

Wilde meneou a cabeça.

– Eu sei. Desculpa.

Ela piscou e desviou o olhar.

– Há quanto tempo você voltou?

– Alguns meses.

– Então acho que você já está sabendo de Darryl.

– Você não me deve nenhuma explicação – comentou Wilde.

– Com certeza.

Eles foram para dentro. Os quatro – Wilde, Laila, Matthew e Hester – se sentaram em volta da mesa da cozinha. Havia duas pizzas do Calabria's. Uma foi dividida pelos três adultos mais velhos – a outra era praticamente só para Matthew. Entre uma garfada e outra, Hester interrogou Wilde sobre o tempo que ele passou na Costa Rica. Wilde se esquivou da maioria das perguntas. Laila ficou em silêncio.

Matthew cutucou Wilde.

– O Nets está jogando com o Knicks.

– Eles estão bons este ano?

– Cara, você está por fora mesmo.

Todo mundo pegou uma fatia e foi para a sala de TV. Wilde e Matthew assistiram ao jogo na televisão de tela grande em um silêncio confortável. Wilde nunca foi muito fã de assistir esportes. Ele gostava de praticá-los. Não entendia direito a graça de assistir. O pai de Matthew gostava de tudo isso, de colecionar cartões e objetos decorativos, de ir ao estádio com os irmãos mais velhos, de acompanhar tabelas e ver jogos assim noite adentro.

Laila e Hester também foram para a sala, mas as duas passaram mais tempo olhando para o celular do que para o jogo. No intervalo, Hester se levantou e disse:

– É melhor eu voltar para a cidade.

– Você não vai ficar por aqui com Oren? – perguntou Laila.

Oren Carmichael era o chefe de polícia aposentado de Westville. Ele também havia morado com a família ali, fora amigo de Hester e Ira, e até servira de técnico para dois dos filhos de Hester, incluindo David. Agora, Hester era viúva e Oren tinha se divorciado, então os dois começaram a namorar.

– Hoje não. Pode ser que o júri de Levine volte amanhã de manhã.

– Eu acompanho você até o carro – disse Wilde.

Hester franziu o cenho. Quando os dois saíram para o caminho pavimentado da frente e estavam longe o bastante dos outros, Hester perguntou:

– O que você quer?

– Nada.

– Você nunca me acompanha até o carro.

– É verdade – disse Wilde.

– Então?

– Então, foi difícil conseguir o endereço do meu pai no DNAYourStory?

– Muito. Por quê?

– Preciso descobrir os detalhes sobre outro perfil do site.

– Outro parente?

– É. Um primo de segundo grau.

– Não dá para você responder e marcar um encontro normal?

– É mais complicado – disse Wilde.

Hester suspirou.

– Com você, sempre é.

Wilde esperou.

– Está bem, me manda uma mensagem com os detalhes.

– Você é o máximo.

– É, é, eu sou fantástica – disse Hester. Ela se virou para a casa de novo. – Como você está?

– Em que sentido?

– No sentido de que eu percebi o jeito como você olha para Laila. Eu percebi o jeito como ela olha para você.

– Não tem nada entre a gente.

– Ela está saindo com um cara.

– Eu sei.

– Imaginei.

– Não vou interferir.

Tim abriu a porta para Hester. Ela deu um abraço forte em Wilde e sussurrou:

– Não suma de novo, está bem? Pode morar no mato e tal, mas você precisa dar notícias de vez em quando. – Ela se afastou e olhou para a cara dele. – Entendeu?

Ele fez que sim. Hester se sentou no banco traseiro. Wilde viu o carro dar ré pela rua sem saída. Ele pegou o celular e ligou para a irmã adotiva. Quando ela atendeu, deu para ouvir a cacofonia típica de uma família. Lola Naser tinha cinco filhos.

– Alô?

Ele sabia que seu nome não apareceria porque estava usando um celular descartável.

– Podemos pular a parte em que você me dá um esporro por não manter contato?

– Nem pensar – disse ela.

– Lola...

– Qual é a pê... e só estou falando "pê" porque tem criança por perto, mas eu quero muito *mesmo* falar a palavra inteira... qual é a pê do seu problema, Wilde? Espera. Não responde. Quem sabe melhor que eu?

– Ninguém.

– Exato. Ninguém. E da última vez você prometeu que não faria isso de novo.

– Eu sei.

– Parece a Lucy chutando a bola com o Charlie Brown.

– Lucy não chuta a bola.

– O quê?

– Lucy segura a bola e tira quando Charlie está prestes a chutar.

– Você está de sacanagem? É isso que você tem pra dizer, Wilde?

– Você está sorrindo, Lola. Dá para ouvir na sua voz.

– Estou brava.

– Brava, mas sorrindo.

– Já faz mais de um ano.

– Eu sei. Você engravidou de novo?

– Não.

– Perdi alguma coisa importante?

– No último ano? – Lola suspirou. – O que você quer, Wilde?

– Preciso que você rastreie um número de celular para mim.

– Pode falar.

– Agora?

– Não, espera mais um ano e fala depois.

Wilde disse o número que PB havia informado. Dez segundos depois, Lola disse:

– Interessante.

– O quê?

– Está no nome de uma empresa de fachada chamada PB&J.

– Donos? Endereço?

– Sem donos. O endereço fica nas ilhas Cayman. De quem é esse telefone?

– Meu primo, eu acho.

– Como é?

Quando foi encontrado na floresta, o pequeno Wilde foi acolhido pela boa e generosa família Brewer. Os Brewers haviam acolhido mais de trinta crianças adotivas, e para todas a experiência fora positiva. A maioria ficava só alguns meses. Algumas, como Wilde e Lola, ficaram anos.

– É uma longa história – disse ele.

– Você está procurando seus pais biológicos?

– Não. Quer dizer, estava.

– Mas você botou seu DNA em um daqueles sites de genealogia?

– Botei.

– Por quê?

– Qual parte de "longa história" você não entendeu?

– Você nunca contou nenhuma história longa. Acho que você nem consegue. Dá as linhas gerais logo.

Ele falou da troca de mensagens com PB. Não falou do pai.

– Lê a mensagem para mim – pediu Lola, quando ele terminou.

Wilde leu.

– Então esse tal PB é famoso?

– Ou acha que é – disse Wilde.

– Tomara que ele seja só melodramático.

– Em que sentido?

– No sentido de que isso parece um bilhete suicida – explicou Lola.

Wilde definitivamente havia reparado no desespero da mensagem.

– Pode ver se você acha alguma informação sobre a empresa de fachada?

– Você vem me visitar e ver as crianças?

– Vou.

– Não é uma troca de favores. Vou arranjar as informações para você de qualquer jeito.

– Eu sei – disse Wilde. – Eu te amo, Lola.

– É, eu sei. Você voltou da Costa Rica?

– Voltei.

– Sozinho?

– Aham.

– Puxa. Que pena. Voltou para a floresta?

– Voltei.

– Puxa.

– Está tudo bem.

– Eu sei – disse Lola. – O problema é esse. Vou ver o que consigo achar sobre PB&J, mas duvido que dê em alguma coisa.

Ele desligou e voltou para dentro. Laila tinha saído da sala. Matthew estava dividido entre ver a segunda metade do jogo e fazer qualquer coisa no laptop. Wilde se deixou cair ao lado dele no sofá.

– Cadê sua mãe? – perguntou ele.

– Está trabalhando lá em cima. Você sabia que ela está namorando?

Wilde preferiu responder à pergunta com outra pergunta.

– Você está bem com isso?

– Por que eu não estaria?

– Só para saber.

– Não é da minha conta.

– É verdade – disse Wilde.

O jogo voltou de um comercial. Matthew cruzou os braços e se concentrou na tela.

– Darryl é um pouco formal demais.

Wilde respondeu com um "Ah" neutro.

– Tipo, ele sempre conjuga verbos no imperativo de acordo com a gramática. "Faça isso", em vez de "faz isso". "Fale", em vez de "fala". Isso me irrita pra cacete.

Wilde não falou nada.

– Ele usa pijama de seda de uma cor só. Preto. Parece um terno. Até a roupa dele de malhar é de uma cor só.

Wilde continuou sem falar nada.

– Nenhuma opinião?

– Ele parece um monstro – respondeu Wilde.

– Né?

– Não. Vamos deixar sua mãe fazer o que ela quiser.

– Se você está dizendo.

Eles se acomodaram em um silêncio confortável do mesmo jeito que Wilde fazia com o pai de Matthew.

Alguns minutos depois, Matthew disse:

– Uma observação.

– O que foi?

– Você está distraído, Wilde. Ou, se eu fosse Darryl, eu diria: "*Fale* por que você está distraído, Wilde."

Wilde não conseguiu conter um sorriso.

– Entendi por que isso é irritante.

– Né?

– Conheci meu pai biológico.

– Espera, como é que é?

Wilde confirmou com um aceno de cabeça. Matthew se sentou direito e concentrou toda a atenção em Wilde. O pai dele também fazia isso – uma daquelas pessoas que conseguiam passar a impressão de que a gente é a pessoa mais importante do mundo. Abrir o coração não era nem um pouco a praia de Wilde, mas talvez ele devesse pelo menos isso a Matthew depois daquele sumiço idiota.

– Ele mora em Las Vegas.

– Legal. Tipo um cassino?

– Não. Ele trabalha com construção civil.

– Como você ficou sabendo dele?

– Por um daqueles sites de genealogia por DNA.

– Uau. Aí você foi para Las Vegas?

– Fui.

Matthew abriu as mãos.

– E?

– E ele não sabia que eu existia e não sabe quem é a mãe.

Matthew ficou calado enquanto Wilde explicava. Quando ele terminou, Matthew franziu a testa.

– Que estranho.

– O quê?

– Ele não se lembrar do nome dela.

– Estranho por quê?

Matthew franziu o cenho de novo.

– Tudo bem, vai, o cara dorme com um monte de mulheres, então talvez não se lembre do nome de todas. Dá para entender. É bizarro, Wilde. Mas dá para entender.

– Valeu.

– Mas seu pai? Esse Daniel Carter? Ele tinha dormido só com uma garota antes. Dormiu só com uma garota, a mesma, depois. Seria de se esperar que ele se lembrasse do nome das garotas nesse intervalo.

– Você acha que ele mentiu para mim?

Matthew deu de ombros.

– Só acho estranho, só isso.

– Você é jovem.

– Seu pai também era, na época em que você foi concebido.

Wilde meneou a cabeça.

– Bem lembrado.

– Você deveria ligar para ele e dar uma pressionada.

Wilde não respondeu.

– Não desiste fácil, Wilde.

– Não desisti. Meio que o contrário, na verdade.

– Como assim?

– Foi por isso que comentei com você. Eu queria sua opinião e tal.

Um sorriso se abriu no rosto de Matthew.

– Claro.

– Fiquei sabendo de outro parente no site. Ele se identifica como PB.

Wilde mostrou para Matthew a mensagem mais recente de PB. Matthew leu duas vezes e disse:

– Espera, essa mensagem chegou quando?

– Há quatro meses.

– Tem o dia exato?

– Bem aqui. Por quê?

Matthew ficou olhando para a mensagem.

– Por que você não respondeu antes?

– Não tinha visto.

Matthew olhou um pouco mais para a tela.

– Então é isso.

– Isso o quê?

– É por isso que você está distraído.

– Não entendi.

– Você está se sentindo culpado. – Matthew não tirou os olhos da tela. – Esse parente de sangue pediu socorro a você. E você não se permitiu nem ouvir o apelo dele.

Wilde olhou para ele.

– Pesado.

– Mas?

– Mas justo. Ele fala como se fosse famoso, você não acha?

– Pode ser exagero – disse Matthew.

– Pode ser – concordou Wilde.

– Quer dizer, as redes sociais são assim. Um garoto da minha turma postou uma música e conseguiu cinquenta mil visualizações no canal dele do YouTube. Agora ele se acha um Drake da vida.

Wilde não sabia quem era Drake, então ficou quieto.

– Mas tem alguma coisa nisso... – continuou Matthew.

– O quê?

– Talvez Sutton saiba mais.

– Sutton, a garota de quem você é a fim desde o oitavo ano?

Um sorriso se insinuou nos lábios de Matthew.

– Desde o sétimo, na verdade.

– A que está namorando Crash Maynard?

– *Estava* namorando. – Matthew não conseguiu mais segurar o sorriso.

– Você ficou muito tempo longe, Wilde.

– Fiquei, é?

– Sutton e eu estamos namorando há quase um ano já.

Wilde sorriu também.

– Boa.

– É. – Matthew ficou vermelho. – É, é bem legal.

– Ah, a gente não precisa ter aquela conversa, né?

Matthew deu uma risadinha.

– Está tranquilo.

– Tem certeza?

– Aham, já era, Wilde.

– Desculpa.

– A mamãe resolveu. Está tudo bem.

Quando o jogo entrou nos comerciais, Matthew disse:

– Falando nisso.

– O quê?

– Vou tomar um banho – disse Matthew, já de pé. – Odeio aparecer só para comer, mas vou passar a noite na casa de Sutton.

– Ah – disse Wilde. E acrescentou: – Sua mãe não tem problema com isso?

Matthew fez uma careta.

– Sério?

– Tem razão. Não é da minha conta. – Wilde se levantou. – É melhor eu ir andando também.

Matthew subiu correndo a escada, dois degraus de cada vez, e sumiu para dentro do quarto. Wilde estava prestes a subir e se despedir de Laila quando seu telefone tocou. Era Lola.

– Fala.

– Sucesso – disse Lola.

– Sou todo ouvidos.

– Consegui um endereço de PB&J. Mas não faz muito sentido.

capítulo oito

O ENDEREÇO DE CORRESPONDÊNCIA DA PB&J era em Manhattan, um apartamento de luxo no 78º andar de um arranha-céu chamado Sky, perto do Plaza Hotel, na Central Park South. O prédio tinha mais de 400 metros de altura e era o segundo edifício residencial mais alto de Nova York.

– Não é só rico – disse Lola. – *Ryco*, com Y.

– Com Y?

– Aprendi essa na internet.

Wilde nem queria saber.

– A PB&J é dona do apartamento?

– Não sei. Por enquanto, aparece para mim como endereço de correspondência.

– Você não consegue ver quem é o dono?

– Não tem nenhum dado da venda, mas é o seguinte: os apartamentos nesse prédio não saem por menos que 10 milhões.

– De dólares?

– Não, de pesetas – retrucou Lola. – Claro que é de dólares. O duplex da cobertura está anunciado por 75 milhões.

Wilde esfregou o rosto e olhou o relógio.

– Aposto que consigo chegar lá em uma hora de carro.

– Se você sair agora, 46 minutos, segundo o Waze – disse Lola.

– Vou ver se Laila me empresta o carro.

– Uuuh – disse Lola, estendendo as letras em tom de deboche. – Você está com Laila?

– E Matthew – disse Wilde. – E Hester estava aqui também.

– Não precisa ficar na defensiva.

– Não fiquei.

– Eu gosto da Laila – disse Lola. – Gosto bastante dela.

– Ela tem namorado.

– É, mas sabe o que você talvez tenha?

– O quê?

– Um parente ultrarrico que mora no Sky. Me liga quando souber mais.

Wilde foi até a escada e chamou os dois. Matthew desceu correndo, bateu na palma aberta de Wilde sem diminuir o passo e foi para a porta.

– Até mais! – gritou Matthew antes de sair e bater a porta.

Wilde ficou parado por um instante. Do alto da escada, Laila disse:

– Ele cresceu.

– É.

– Que droga.

– É.

– Vai passar a noite com a namorada.

– Ele falou.

– Jurei que não seria aquele tipo de mãe, mas...

– Eu entendo. – Wilde se virou para ela. – Posso pegar seu carro emprestado?

– Claro.

– Eu trago de volta ainda hoje.

– Não se preocupa. Só vou precisar dele amanhã, ao meio-dia.

– Tudo bem.

– Você sabe onde fica a chave.

Wilde fez que sim.

– Obrigado.

– Boa noite, Wilde.

– Boa noite, Laila.

Ela se virou, indo para o escritório. Wilde pegou a chave no cesto perto
da porta. Laila havia trocado o BMW por um Mercedes-Benz SL 550 preto
– o mesmo modelo de Darryl. Ele franziu a testa ao constatar isso, ligou o
rádio em uma estação de rock clássico e dirigiu para a cidade. O trânsito
na George Washington Bridge estava espantosamente tranquilo. Wilde foi
pela pista superior e diminuiu a velocidade na faixa da direita. Mesmo dali,
a mais de cem quadras ao norte da Central Park South, já dava para ver o
Sky penetrando as nuvens.

Ele deixou o carro no estacionamento embaixo do Park Lane Hotel. Sky
era uma torre de vidro puro e impassível. O saguão era cheio de cristais re-
luzentes, brancos e cromados. Durante o percurso, Wilde havia ponderado
sobre como agir, o que esperava conseguir de fato ali. Ele entrou.

Um guarda olhou para Wilde como se ele tivesse sido escarrado por
alguém.

– A entrada para entrega de restaurantes é pelos fundos.

Wilde ergueu as mãos vazias.

– Está vendo alguma comida?

Uma mulher bem-vestida que estava atrás da recepção se aproximou e disse:

– Posso ajudar?

Quem não arrisca não petisca.

– Apartamento 78, por favor.

A recepcionista trocou um olhar sugestivo com o guarda.

– Seu nome?

– WW.

– Como?

– Diga que é WW.

Ela lançou outro olhar para o guarda. Wilde tentou interpretar a expressão deles. Um edifício desses teria mesmo um forte esquema de segurança. Não era surpresa nenhuma. Mesmo se ele desse um jeito de passar por esse guarda, havia mais dois perto dos elevadores. A expressão e a postura deles pareciam ter mais a ver com cansaço e resignação do que com alerta ou preocupação. Era como se já tivessem passado por isso antes, desempenhado esse papel várias vezes, e só estivessem repetindo a rotina.

A recepcionista voltou à mesa e pegou o interfone. Ela manteve o fone no ouvido por um minuto, mais ou menos, e não falou nada. Depois, aproximou-se de novo e disse:

– Não tem ninguém em casa.

– Que estranho. PB me falou para visitar.

Tanto o guarda quanto a recepcionista não falaram nada.

– PB é meu primo – tentou Wilde.

– Aham – disse o guarda, como se já tivesse ouvido a mesma história mil vezes. – Você já não passou da idade de fazer isso?

– Isso o quê?

A recepcionista falou:

– Frank.

O guarda Frank balançou a cabeça.

– Acho que está na hora de você ir embora, hã... – ligeira revirada de olhos – WW.

– Posso deixar um recado para ele? – perguntou Wilde.

– Para quem?

– PB.

Os dois o encararam.

– Você entende – disse a recepcionista – que não podemos confirmar nem negar quem mora neste prédio.

Ele tentou decifrar o rosto deles. Havia algo estranho.

– Posso deixar um recado ou não?

Wilde não sabia o que escreveria. A resposta simples seria explicar que ele era o WW do site de DNA e anotar o número de um dos telefones irrastreáveis. Mas ele queria fazer isso? Queria aparecer no radar assim? Pensando bem, o que ele estava fazendo ali? Ele não conhecia PB. Não era responsável por ele. Wilde havia passado a vida inteira satisfeito sem saber todas as respostas do mistério de quem ele era.

O que ele estava fazendo ali?

– Claro – disse a recepcionista, e pegou uma caneta e uma folha de papel. – Pode me mostrar um documento de identidade?

Ele tinha um com o nome Jonathan Carlson, mas isso só levaria a perguntas sobre WW e o parentesco deles, e, sério, de que adiantava? Ele queria matar um nome falso perfeitamente razoável por causa disso?

Não.

– Vou tentar o celular dele mais tarde – disse Wilde.

– Isso – disse Frank –, tenta.

Wilde saiu andando pela Central Park South no sentido oeste. Seria de se esperar que ele ficaria pouco à vontade nas ruas de Manhattan, o chamado Menino do Bosque, mas na verdade era o contrário. Ele adorava a cidade de Nova York. Adorava as ruas, os sons, as luzes, a vida. Era uma contradição? Talvez. Ou talvez ele tivesse sido conquistado pelo contraste. Talvez, da mesma forma como não se pode ter um alto sem um baixo ou escuridão sem luz, não fosse possível apreciar o rural sem o urbano. Talvez fosse porque essa cidade, por mais tumultuada e imensa que fosse, deixava as pessoas em paz, permitia que se caminhasse e observasse solitariamente mesmo em meio a uma multidão.

Talvez Wilde precisasse cortar o papo filosófico e comprar um café e um croissant de chocolate na Maison Kayser de Columbus Circle.

Ele parou em um caixa eletrônico no caminho e sacou seu limite diário de 800 dólares. Ele tinha mais ou menos um plano: esperar um dos funcionários, como o guarda ou a recepcionista, encerrar o expediente e suborná-lo em troca de informações sobre o morador do apartamento. Ele achava que daria certo? Não. O guarda parecia ter mais chance de aceitar suborno do que a recepcionista, mas talvez fosse só preconceito dele.

Ele atravessou a rua para a calçada do parque e se acomodou perto do muro de pedra de onde poderia ver quando algum funcionário saísse. Bebeu o café. Estava sensacional. Deu uma mordida no croissant de chocolate e se perguntou por que não saía da floresta com mais frequência. Tentou imaginar o que PB quisera, o que o deixara tão desesperado, o que levara um homem naquela torre deslumbrante a procurar um completo desconhecido, ainda que esse desconhecido tivesse um pouco de DNA em comum com ele.

Fazia uma hora que Wilde estava parado ali quando seu celular tocou.

Era Laila.

Wilde atendeu.

– Oi.

– Oi.

Silêncio.

– Matthew vai passar a noite fora – disse ela.

– Eu sei.

– Wilde?

– Oi, Laila.

– Quando acabar o que você está fazendo, vem pra cá.

Ela não precisou pedir duas vezes.

Quando eles terminaram, Wilde mergulhou em um sono extremamente profundo. Ele acordou pouco antes das seis da manhã. Laila estava dormindo ao seu lado. Ele a observou por alguns instantes e depois se deitou de costas, pôs as mãos atrás da cabeça e olhou para o teto. Laila gostava de lençóis brancos luxuosos com uma quantidade infinita de fios. O gasto parecia uma obscenidade, mas de vez em quando, como neste momento, Wilde compreendia.

Laila se virou e apoiou a mão no peito dele. Os dois estavam nus.

– Oi – disse ela.

– Oi.

Laila chegou mais perto. Ele a abraçou com força.

– Então – disse ela –, Costa Rica.

– O que é que tem?

– Não deu certo?

– Deu – disse Wilde. – Só não durou.

Wilde a amava. Laila o amava. Eles haviam tentado levar uma vida mais doméstica no começo. Não funcionara. A culpa era dele. Havia quem culpasse o fantasma de David – isso havia sido uma questão no início, claro – ou um medo de compromisso. Não era nada disso. Não exatamente. Wilde não levava jeito para o que a maioria das pessoas consideraria um relacionamento normal. Laila precisava de mais. O ciclo era sempre assim: Laila começava um relacionamento novo com algum cara. Wilde a deixava em paz e desejava sucesso para os dois. Ele queria que ela fosse feliz. Mas, com o tempo, o relacionamento desandava, não porque Laila estivesse apaixonada por Wilde, mas porque ainda não conseguira superar a morte de David, sua alma gêmea. Nenhum outro relacionamento dava conta. Então ela terminava com o cara, e aí ficava se sentindo solitária, e lá, sozinho na mata, à sua espera, estava a segurança, a conveniência e a falta de compromisso de Wilde.

E recomeçava.

Wilde fizera uma última tentativa de viver um "relacionamento normal" na Costa Rica com outra mulher e a filha dela. Essa domesticidade dera muito certo, por incrível que parecesse, até que não deu mais. Todos os relacionamentos morrem, racionalizou Wilde. Os dele só morriam mais rápido.

– Que horas são? – perguntou Laila.

– Quase seis.

– Duvido que Matthew volte para casa antes de meio-dia.

– Mas é melhor eu ir embora mesmo assim.

– É.

Parte dele queria perguntar sobre Darryl; a maior parte não queria. Ele saiu de cima dos lençóis de seda luxuosos. Sentiu os olhos dela ao andar descalço até o chuveiro. Ser o Sr. Vida Ecológica era bom e tal, mas eram poucos os luxos que ele apreciava tanto quanto a pressão forte e a água quente aparentemente infinita do chuveiro de Laila. Ele torceu para que ela fosse se juntar a ele, mas Laila não foi. Quando ele saiu, ela estava sentada na beira da cama, de roupão.

– Está tudo bem? – perguntou ele.

– Está. – E: – Eu te amo, Wilde.

– Também te amo, Laila.

– Eu fui um dos motivos pelos quais você foi para a Costa Rica?

Ele nunca mentira para ela.

– Um deles, foi.

– Por mim? Ou por você?

– É.

Laila sorriu.

– Você ficou bastante tempo com ela.

– Com *elas* – corrigiu Wilde. – Pois é.

– As coisas deveriam ser mais simples, né?

Wilde se vestiu. Sentou-se ao lado dela na cama e amarrou o tênis. O silêncio era confortável. Havia mais a ser dito, mas podia esperar. Ele se levantou. Ela se levantou. Os dois ficaram abraçados por um bom tempo. Tinha muita história ali. David também estava no quarto. Sempre estivera. Nenhum dos dois negava, mas eles também não se incomodavam mais com a presença. Já fazia anos que eles irem para a cama juntos deixara de parecer uma traição.

Wilde não disse se ligaria. Também não disse que ela deveria ligar. Os dois entendiam a situação. O passo seguinte caberia a ela.

Wilde desceu sozinho a escada e atravessou a sala. Quando abriu a porta da cozinha, ficou surpreso ao ver Matthew. Ele estava sentado à mesa da cozinha, com uma tigela de cereal.

Matthew lançou um olhar bravo para Wilde.

– Parece que é de família.

– O quê?

– Transar com qualquer uma, trair, sei lá.

Wilde não respondeu. A mãe dele explicaria ou não da forma que achasse melhor. Não cabia a Wilde. Ele se dirigiu à porta dos fundos.

– Até mais.

– Você não quer saber o que eu quis dizer com "parece que é de família"?

– Se você quiser me contar.

– É simples – disse Matthew. – Eu sei quem é PB.

capítulo nove

WILDE SE SENTOU AO lado dele. Matthew manteve os olhos no cereal frio à sua frente.

– Achei que você e a mamãe tivessem terminado.

Wilde não falou nada.

– Eu sei que você costumava passar a noite aqui. Achou que eu não ouvia quando você ia embora de fininho?

– Não vou falar disso com você – declarou Wilde.

– Então talvez eu não queira falar de PB.

Wilde continuou calado. Pegou a caixa de cereal e despejou alguns na mão. Comeu enquanto esperava Matthew parar de pirraça.

– Ela está envolvida com alguém agora – disse Matthew. – Já falei isso.

– Não vou falar disso com você.

– E por que não? Não sou mais criança.

– Mas está se comportando como se fosse.

– Ei, não sou eu que estou escapulindo de fininho da casa às seis da manhã.

Matthew pegou uma colherada de cereal e enfiou na boca com raiva.

Wilde falou:

– O que você quis dizer com "é de família"?

– Você e PB.

– O que tem a gente?

– Você já viu algum reality show?

Wilde o encarou com uma expressão neutra.

– É verdade – disse Matthew. – Pergunta idiota. Mas você já ouviu falar, né? Programas como *The Bachelor* e *No Limite*?

Wilde continuou olhando para ele.

– O nome verdadeiro de PB é Peter Bennett. Ele venceu um reality show grande.

– Venceu?

– Isso.

– Que nem um programa de auditório?

– Não exatamente. Quer dizer, não é *Jeopardy!* Você já ouviu falar de *Love Is a Battlefield*?

– Aham – disse Wilde. – Pat Benatar.

– Quem?

– Ela cantava a música.

– Que música? *Love Is a Battlefield* é um reality show.

– A pessoa vence um programa?

– Claro. Meu Deus, Wilde, onde é que você se escondeu? É tipo um concurso. O programa começa com três mulheres e 21 homens, todo mundo tentando encontrar o amor verdadeiro. Mas é difícil chegar lá. Brutal, como o apresentador sempre diz. O amor é que nem uma guerra. Adivinha onde eles produzem o programa?

– Em um campo de batalha? – respondeu Wilde, com um sorrisinho sarcástico.

– Isso.

– É sério?

Matthew fez que sim.

– No fim, fica só uma mulher, que escolhe um homem. Destinados a ficar juntos. Eles são os dois únicos que sobram. Ficam noivos ali mesmo. No episódio final.

– Em um campo de batalha?

– É. A última temporada foi em Gettysburg.

– E esse parente meu, PB...

– Peter Bennett.

– Isso. Ele venceu?

– Ele e Jenn Cassidy, seu amor verdadeiro.

– Jenn?

– Isso.

Wilde disse:

– Por favor, fala que é brincadeira.

– O quê?

– Peter Bennett e Jenn – disse Wilde. – É isso que PB&J significa?

– Engenhoso, né?

Wilde balançou a cabeça.

– Acho que não quero conhecê-lo.

Matthew começou a rir.

– Eles são bem famosos. Ou eram. Isso foi há um ou dois anos.

– Foi quando ele venceu esse programa?

– Foi.

– Imagino que PB&J não estejam mais juntos – disse Wilde.

– Por que você acha isso?

– Porque, em primeiro lugar, acho, e pode ser só impressão minha, que talvez esse não seja o melhor jeito de conhecer uma alma gêmea para a vida toda. Na TV, durante uma competição.

– Virou especialista em relacionamentos agora?

– Justo – disse Wilde de novo. – Pesado, mas justo.

– E em segundo lugar?

– Em segundo lugar, você ficou bravo comigo e disse que "é de família". Então imagino que PB traiu essa Jenn.

– Você é bom – disse Matthew.

– Como você descobriu isso tudo? – perguntou Wilde.

– Vi um ou dois episódios, mas Sutton e as amigas da faculdade assistem religiosamente. Antes de cada episódio, elas devoram petiscos, assistem e riem de gargalhar.

– E onde ele está agora?

– Peter Bennett?

– Isso.

– Aí é que está. Ninguém sabe. Ele desapareceu.

A porta da cozinha se abriu. Laila entrou, com um roupão felpudo e o cenho franzido.

– Droga – disse Laila. – Achei que tinha ouvido vozes.

Os dois homens olharam para ela. Matthew rompeu o silêncio.

– Quer me contar o que está rolando?

Laila dirigiu o olhar para ele.

– Agora eu tenho que dar satisfação a você?

– Talvez seja bom.

– Não, vou continuar sendo a mãe, e você continue sendo o filho.

– Você terminou com Darryl?

Laila lançou um olhar para Wilde e voltou para Matthew.

– E o que você está fazendo em casa? Achei que fosse passar a noite com Sutton.

– Boa esquiva, mãe.

– Não preciso me esquivar. Eu sou a mãe.

– Bom, meu plano *era* ficar na casa de Sutton, mas eu precisava falar um negócio com Wilde. Então voltei para pegar a chave do carro e ouvi um barulho lá em cima.

Silêncio.

Laila fitou Wilde com um olhar que deixou óbvio o que ele deveria fazer. Wilde se levantou e foi em direção à porta.

– Vou deixar vocês dois a sós.

Sem nem olhar para trás, Wilde saiu pela porta dos fundos, fechou os olhos e respirou fundo. Ele refletiu por alguns instantes sobre as consequências da noite anterior. Perguntou-se o que Laila queria, por que ela o chamara, o que faria agora. Talvez fosse uma boa ideia ele sumir de novo, para não complicar a vida dela, mas pensar assim era um insulto contra Laila. Ela não era uma flor delicada. Era capaz de decidir o que queria ou precisava sem depender dele como salvador.

Quando chegou ao início da floresta, Wilde ligou para Lola. Era cedo, mas ele imaginou que ou ela estaria acordada, ou seu telefone estaria desligado. Ela atendeu no primeiro toque. Dava para ouvir ao fundo a cacofonia do café da manhã com cinco crianças.

– O que foi? – perguntou Lola.

Ele contou o que Matthew havia falado sobre Peter Bennett.

– Quando você fala que ele está desaparecido... – começou ela.

– Não sei. Preciso pesquisar um pouco também.

– Bom, agora a gente tem o nome dele. Deve bastar. Vou puxar as faturas de cartão de crédito, telefone, o de sempre. Não deve ser difícil descobrir onde ele está.

– Certo.

– Também estamos com um cara novo na CRAW, Tony, que é bom com árvores genealógicas.

– Por que uma empresa de segurança precisa de "árvores genealógicas"?

– Você acha que é a única pessoa tentando achar os pais biológicos?

– Filhos de adoção sigilosa?

– Cada vez menos. O que acontece é que muita gente se cadastra em um desses sites de DNA, mais pela graça da coisa. Para saber sobre sua ascendência e tal. Mas aí acaba descobrindo que o pai (geralmente é o pai, mas também pode ser a mãe ou os dois) não é o pai biológico. Isso acaba com a família.

– Dá para imaginar.

– Várias vezes, o pai nem sabe. Ele achava que a criança era sua e criou, e aí, quando a criança já está adulta, com seus 20, 30, 40 anos, ele descobre que a esposa dormiu com outro e que a vida inteira dele é uma mentira.

– Deve ser desagradável.

– Você nem imagina. Enfim, vou pedir ao Tony para começar a montar uma análise genealógica de Peter Bennett. Alguém ali deve ter ligação com você.

– Valeu.

– Eu ligo de novo quando tiver novidades – disse ela, antes de encerrar a chamada.

Wilde pegou seu laptop recarregado na ecocápsula e foi para um lugar a 3 quilômetros de distância onde poderia se conectar à internet sem perigo de ser rastreado. Ele jogou "Peter Bennett" e "PB&J" no Google. A vasta quantidade de resultados o pegou de surpresa. *Love Is a Battlefield* havia gerado milhares, se não milhões, de páginas de fãs, perfis de redes sociais, podcasts, murais de Reddit, etc.

Peter Bennett.

Wilde olhou uma das muitas, muitas imagens do rosto de seu primo na internet. Ele percebia alguma semelhança entre seu rosto e o de Bennett? Sim. Ou achava que sim. Talvez fosse projeção ou desejo, mas a pele mais escura, os olhos cheios de bolsas, o formato da boca... tinha algo ali. O Instagram de Peter Bennett tinha 2,8 milhões de seguidores. Wilde presumiu que isso era muito. Havia mais de três mil posts. Wilde passou os olhos por eles. A maioria exibia um Peter Bennett sorridente com uma extasiada Jenn Cassidy, e o enquadramento indicava que os dois estavam apaixonados, eram ricos e, provavelmente, inspiravam mais inveja do que admiração em muita gente. Wilde clicou no link do perfil de Jenn Cassidy e viu que ela tinha 6,3 milhões de seguidores.

Interessante. Mulheres celebridades de reality shows tinham mais fãs?

Ele voltou ao perfil de Peter Bennett para explorar mais a fundo. A imagem de perfil de Bennett era dele sem camisa. O peito estava depilado. A barriga tinha o tipo de tanquinho esculpido que gritava exibicionismo (em vez de força). Durante alguns anos, Peter Bennett postara pelo menos uma foto por dia – ele e Jenn de férias nas Maldivas, comparecendo a inaugurações e estreias, experimentando roupas de grife, comendo pratos extravagantes, malhando, jantando em restaurantes chiques, dançando em boates. Mas a frequência dos posts tinha diminuído ao longo do último ano, mais ou menos, até parar de vez com a imagem, de quatro meses antes, de uma vista de um penhasco grande com uma cachoeira. O lugar estava identificado como penhasco de Adiona, na Polinésia Francesa. A legenda dizia:

Só quero paz.

Eram exatamente as mesmas palavras da mensagem desesperada de PB. Não restava mais muita dúvida: Peter Bennett era PB.

Wilde clicou nesse último post e leu os comentários:

Pula logo!

Tchau, tchau!

Não vejo a hora de você morrer.

Tomara que você caia em cima de uma pedra dura e sobreviva e comece a agonizar e aí um animal chegue e comece a comer a sua pele e aí formigas--vermelhas entrem pelo seu ânus e...

Wilde recuou. *Que p...?*

Ele voltou um pouco. As fotos de Bennett ao longo dos últimos meses eram dele sozinho. Sem Jenn. Wilde voltou mais. A última foto com a *hashtag* #PB&J e os dois era de 18 de maio. O #CasaldosSonhos, como a *hashtag* frequente os descrevia, estava sentado em cadeiras de praia iguais em Cancún, ambos com uma *frozen margarita* em uma das mãos e uma garrafa de tequila de marca famosa na outra. Patrocínios, percebeu Wilde. Praticamente todas as fotos serviam como publicidade paga.

Depois dessa última foto do belo casal, a página de Bennett ficou sem posts novos por três semanas – uma vida inteira, pelo visto, nesse mundo das redes sociais. E aí apareceu uma imagem simples com uma citação:

Não acredite tão fácil
em tudo o que escuta,
porque mentiras se espalham mais rápido
do que a verdade.

O total de curtidas da última foto com Jenn em Cancún: 187.454.

O total de curtidas dessa frase: 743.

Wilde passou as duas horas seguintes levantando o máximo possível de informações sobre o primo na internet. Wilde leu fóruns, redes sociais e – antro dos antros – seções de comentários. Isso tudo fez Wilde ter vontade de tomar um banho e se embrenhar mais ainda na floresta.

Evitando os detalhes por enquanto, o que Wilde conseguiu apreender foi:

Peter Bennett participou de um reality show chamado *Love Is a Battlefield*. Bonito, simpático, gentil, educado, modesto, Bennett logo se tornou o participante masculino mais popular da temporada. A audiência do episódio final – quando Jenn Cassidy escolhe Peter Bennett em vez do *bad boy* Bob Jenkins, o Bobzão, na Última Batalha – foi a mais alta da década no canal.

Isso já fazia três anos.

Ao contrário da maioria dos casais formados em programas do tipo, Peter e Jenn – PB&J – superaram as expectativas e continuaram juntos. As festividades do casamento deles – sem falar de festa de noivado, despedida de solteiro, despedida de solteira, chá de panela, almoço das madrinhas, noite de charutos dos padrinhos, festa de boas-vindas, cervo e corça (o que quer que fosse isso), jantar de ensaio, café da manhã pós-cerimônia, lua de mel – foram eventos com enorme presença na televisão e nas redes sociais. Pelo visto, a vida inteira deles existia para ser consumida pelo público e comercializada, e o casal feliz parecia não se incomodar nem um pouco com isso.

A vida era ótima. Aparentemente, a única coisa que faltava era um bebê PB&J. Os fóruns começaram a especular quando Jenn engravidaria. Havia enquetes e até centros de apostas especulando se ela teria primeiro um menino ou uma menina. Mas, como não ocorreu gravidez alguma no ano seguinte, Peter e Jenn anunciaram em conjunto, com um tom muito mais sóbrio do que tudo que Wilde havia visto nas redes sociais deles até então, que o casal feliz estava enfrentando problemas de fertilidade e lidaria com isso da mesma forma com que faziam tudo na vida: com amor e união.

E publicidade.

Peter e Jenn começaram a documentar os procedimentos médicos que tiveram que suportar – injeções, tratamentos, cirurgias, coleta de óvulos, até coleta de esperma –, mas as três primeiras tentativas de fertilização *in vitro* fracassaram. Jenn não engravidou.

E, aí, tudo foi para o espaço.

Aconteceu no videopodcast *Reality Ralph*, provavelmente da forma mais cruel possível. Ralph havia convidado Jenn para o programa supostamente para falar das dificuldades que ela estava enfrentando com a infertilidade a fim de oferecer esperança e apoio a outras pessoas com o mesmo problema.

Ralph: E como Peter está encarando esse estresse?
Jenn: Ele é incrível. Eu sou a mulher mais sortuda do mundo.
Ralph: É mesmo, Jenn?
Jenn: Claro.
Ralph: De verdade?

Jenn: (risos nervosos) O que você está tentando me dizer?

Ralph: Estou dizendo que talvez Peter Bennett não seja a pessoa que todo mundo achava. Estou dizendo que talvez você queira dar uma olhada nisto...

Ralph mostrou para Jenn, que estava chocada, mensagens de texto, capturas de tela, fotos de pênis – tudo, segundo Ralph, enviado por Peter Bennett. Jenn pegou a garrafa d'água com a mão trêmula.

Ralph: Sinto muito por mostrar isso...

Jenn: Você sabe como é fácil forjar esse tipo de coisa?

Ralph: A gente contratou peritos para analisar. Sinto muito dizer, mas tudo veio do celular de Peter, do computador de Peter. As, hã, fotos mais íntimas – quer dizer que esse não é seu marido?

Silêncio.

Ralph: E piora, pessoal. Uma das mulheres está aqui com a gente.

Jenn tirou o microfone e se levantou com raiva da cadeira.

Jenn: Não vou ficar aqui e...

Ralph: Convidada, por favor, pode falar.

Convidada/Marnie: Jenn?

Jenn ficou paralisada.

Convidada/Marnie: Jenn? (Soluço) Sinto muito...

Jenn não conseguiu falar. Marnie, no fim das contas, era a irmã mais nova de Jenn Cassidy. Usando algumas mensagens e capturas de tela, Marnie contou uma história de perseguição constante por parte de Peter até que, em uma noite horrível, Marnie ficara bêbada perto do cunhado, muito bêbada. Ou talvez – ela não sabia dizer – Marnie tivesse sido dopada.

Convidada/Marnie: Quando eu acordei... (soluço)... eu estava sem roupa e dolorida.

A reação foi rápida e óbvia. A *hashtag* #cancelapeterbennett ficou nos *top 10 trending topics* do Twitter durante quase uma semana. Uma salada de ex-participantes de *Love Is a Battlefield* apareceu em uma variedade de podcasts, *streamers* e plataformas de redes sociais para contar aos incansáveis fãs que sempre desconfiaram que havia algo "estranho" em relação a Peter Bennett. Algumas fontes anônimas "confirmaram" que Peter Bennett havia enganado a produção do programa com uma falsa imagem de bonzinho; havia quem afirmasse que os produtores tinham "criado" um Peter Bennett bonzinho porque sabiam que ele era um sociopata capaz de desempenhar qualquer papel.

Quanto ao próprio, Peter Bennett proclamou sua inocência, mas essas alegações não surtiram o menor efeito na turba crescente. Quanto a ela, Jenn Cassidy se recusou a falar qualquer coisa e optou pela reclusão, mas "fontes próximas a ela" revelaram que Jenn estava "arrasada" e "entraria com um processo de divórcio". Jenn emitiu uma declaração para pedir "privacidade neste momento pessoal e doloroso", mas quem ostenta as alegrias da vida com muito barulho não consegue privacidade para as tragédias.

Wilde sentiu o telefone vibrar. Era Lola.

– Má notícia – disse ela.

– O quê?

– Acho que Peter Bennett morreu.

capítulo dez

– **VOCÊ TEVE TEMPO DE** pesquisar seu primo no Google? – perguntou Lola.

– Tive.

– Então você já viu toda a história sórdida de PB&J?

– O bastante – disse ele.

– Credo, né?

– É.

– Muita gente acha que ele pulou daquele penhasco.

– E você concorda?

– Concordo, sim.

– Por quê?

– Porque ou Peter Bennett morreu, ou ele sabe se esconder muito bem, e a maioria das pessoas não é tão boa nisso. Ainda estou analisando, mas, até agora, não tem nenhuma atividade nos cartões de crédito dele, nas faturas, no telefone, nenhum saque em caixa eletrônico, nada. Então pega isso, inclui aqueles posts das redes sociais, aquela mensagem enigmática para você, a perseguição merecida ou não, a dor do cancelamento e, convenhamos, o ódio do mundo inteiro. Joga isso tudo no liquidificador e liga no máximo, e o resultado provavelmente vai ser bem ruim.

Wilde refletiu.

– Alguma novidade sobre a árvore genealógica? – perguntou ele.

– O pai de Peter Bennett morreu há quatro anos. A mãe, Shirley, mora em uma casa de repouso em Albuquerque.

– Um desses é meu parente de sangue.

– Isso. Ele também tem três irmãos mais velhos. A melhor opção? Vicky Chiba, irmã de Peter. Vicky também é a agente ou administradora ou sei lá o quê dele. Ela mora com o marido, Jason Chiba, em West Orange.

– Entendi.

– Wilde, você sabe que West Orange fica bem perto da minha casa, né?

– Sei.

– Vou mandar o endereço de Vicky Chiba para o seu celular. Talvez depois de você falar com ela...?

Lola não viu necessidade de completar a frase. West Orange ficava a apenas meia hora de distância sem trânsito. Wilde alugou um carro na locadora Hertz da Rota 17 e, antes de meio-dia, já estava parando na frente da casa de Chiba. Ele tocou a campainha. Hesitante, Vicky Chiba abriu a porta de madeira, mas não destrancou a porta telada.

– Pois não? – perguntou.

O cabelo de Vicky Chiba era branco. Tão branco que chegava a ofuscar a vista. Branco de cal. O tipo de branco que só podia ser obtido na farmácia, não com a idade. Ela usava um estilo de franja reta que batia acima dos olhos. Os braços tilintavam com pulseiras. Os brincos eram penas compridas.

– Estou procurando Peter, seu irmão.

Vicky Chiba não parecia surpresa.

– E você é?

– Meu nome é Wilde.

Ela suspirou.

– É um fã?

– Não, sou seu primo.

Ainda sem destrancar a porta telada, Vicky cruzou os braços e olhou para ele de cima a baixo como se fosse um produto que ela cogitasse comprar.

Wilde disse:

– Seu irmão Peter...

– O que tem ele?

– Ele se cadastrou em um site de genealogia por DNA.

Os olhos dela vacilaram por um instante ínfimo.

– O site acusou compatibilidade entre nós – continuou Wilde. – Como primos de segundo grau.

– Espera, por que você me parece familiar?

Wilde não falou nada. Ele já tinha passado por isso muitas vezes. A história do Menino do Bosque havia sido manchete mais de três décadas antes. Vicky devia ser adolescente na época, mas uma vez por ano, mais ou menos, algum canal de TV a cabo, desesperado por conteúdo, fazia uma matéria de "por onde ele anda" sobre Wilde, embora ele nunca colaborasse.

– Ou seja – tentou insistir Wilde –, você e eu também somos primos.

– Entendi – disse ela com um tom neutro. – E o que você quer com o meu irmão? Dinheiro?

– Você falou que eu pareço familiar.

– Falei.

– Lembra da história do Menino do Bosque?

Vicky estalou os dedos e apontou para ele.

– É daí que eu conheço você!

Wilde esperou.

– Você nunca descobriu como foi parar na floresta, né?

– É.

– Espera... – A boca dela formou um "O" quando a ficha caiu. – Então você e eu somos parentes?

– Pelo visto, sim.

Vicky destrancou a porta telada rápido.

– Entra.

A decoração da casa, tal como o visual dela, era o que se poderia chamar de boêmia. Estampas caóticas, texturas irregulares e camadas desordenadas, turbilhões de cores, tudo parecia se mexer e fluir, mesmo que nada estivesse se mexendo ou fluindo. Havia algo que lembrava uma bola de cristal na mesa, com cartas de tarô e livros de numerologia. Uma parede estava coberta por uma tapeçaria gigantesca da silhueta de uma pessoa sentada em posição de lótus, com os sete chacras descendo da coroa da cabeça até a raiz. Ou era o contrário? Wilde não lembrava.

– Você parece cético – disse Vicky.

Ele não tinha a menor intenção de entrar nesse assunto, então disse:

– De jeito nenhum.

– Isso me ajudou a vida inteira.

– Imagino.

– Sua presença aqui. Não é por acaso.

– Eu sei.

– Mas preciso dizer que estou surpresa. Quer dizer que meu irmão se cadastrou em um site de DNA?

– Exato.

Vicky balançou a cabeça, as penas dos brincos batendo nas bochechas.

– Isso não é a cara dele. E ele disse como se chamava?

– Não. Ele usou só as iniciais.

– Ele não falou o nome?

– Não.

– Então como você descobriu quem ele era?

Wilde não queria entrar nesse assunto, então respondeu:

– Fiquei sabendo que seu irmão está desaparecido.

– Peter não desapareceu – disse Vicky. – Peter morreu.

capítulo onze

VICKY QUERIA OUVIR A história de Wilde antes, então ele contou.

– Uau – disse Vicky quando Wilde terminou. – Deixa eu ver se entendi direito: uma parente nossa viajou para a Europa em 1980. Lá, ela conheceu um soldado de folga, que a engravidou. Até aqui, acertei?

Wilde fez que sim.

– De alguma forma, esse bebê, você, um menino, foi abandonado na floresta tão pequeno que não se lembra de nada antes da época em que precisava sobreviver sozinho. Com o tempo, você foi resgatado e adotado, e agora, uns 35 anos depois, você *ainda* não sabe como foi parar naquela floresta. – Vicky olhou para ele. – É isso?

– É.

Vicky pareceu se perder em pensamentos.

– E você pensou que, se fosse alguma parente minha, eu teria ficado sabendo.

– Talvez ela tenha guardado segredo sobre a gravidez – disse Wilde.

– Pode ser – concordou Vicky. – Com base no que você falou, sua mãe devia ter o quê, 18 anos, no mínimo, provavelmente menos de 25, quando conheceu seu pai biológico?

– Por aí – disse Wilde.

Ela ponderou por um tempo.

– Bom, meu pai já morreu, e a mamãe, bom, ela vai e vem, se é que você me entende. Mas posso tentar arranjar uma árvore genealógica para você. Alguns parentes paternos meus se interessam por genealogia. Talvez eles consigam ajudar.

– Obrigado – disse Wilde. E então mudou de assunto. – Por que você acha que seu irmão morreu?

– Fala a verdade. Você assiste?

– O quê?

– *Love Is a Battlefield* ou algum desses. Isso faz parte do seu interesse de vir aqui?

– Não – respondeu Wilde. – Só descobri que esse programa existia hoje de manhã.

– Mas você entrou em contato com Peter por esse site de genealogia?

– Eu não sabia quem ele era. Ele usou as iniciais. – E Wilde acrescentou: – Peter escreveu para mim primeiro.

– Sério? – Vicky gesticulou na direção do celular de Wilde. – Posso ver o que ele disse?

Wilde abriu o aplicativo de mensagens do site de genealogia e entregou o telefone para ela. Enquanto Vicky lia as palavras do irmão, seus olhos marejaram.

– Uau – disse ela, em voz baixa. – É difícil ler isso agora.

Wilde não falou nada.

– Tanto sofrimento, tanta dor. – Ela balançou a cabeça, ainda olhando a mensagem. – Você viu alguma coisa das redes sociais do meu irmão?

– Vi.

– Então você sabe o que aconteceu com ele?

– Em parte – disse Wilde. – Você acha que ele pulou daquele penhasco do último post?

– Acho, claro. Você não?

Wilde preferiu não responder.

– Peter deixou algum bilhete suicida?

– Não.

– Ele mandou alguma mensagem qualquer para você?

– Não.

– Ele mandou algum bilhete suicida para outra pessoa, talvez sua mãe ou Jenn Cassidy?

– Não que eu saiba.

– E nunca encontraram o corpo.

– Raramente encontram quem pula no penhasco de Adiona. Faz parte do apelo do lugar. As pessoas pulam do fim do mundo.

– Estou tocando nesse assunto – disse Wilde – porque eu queria saber como você tem tanta certeza de que ele morreu.

Vicky pensou um pouco.

– Alguns motivos. Um, bom, você não vai gostar porque não é algo que você entenda.

Wilde não falou nada.

– Existe uma força vital no universo. Não vou entrar nos detalhes, especialmente com um cético que está com os chacras bloqueados. Não vale a pena. Mas eu sei que meu irmão morreu. Eu senti quando ele partiu deste mundo.

Wilde reprimiu um suspiro. Esperou um instante, até o instante acabar com um baque surdo.

– Você falou "alguns motivos".

– Foi.

– Um é que você *sente* que Peter morreu. Quais são os outros?

Vicky abriu as mãos.

– Onde mais ele estaria?

– Não sei – disse Wilde.

– Se Peter estivesse vivo – continuou ela –, bom, cadê ele? Quer dizer, você sabe de alguma coisa dessa situação que eu não sei?

– Não. Mas eu gostaria de procurá-lo mesmo assim, se não for problema.

– Por quê? – E então Vicky Chiba entendeu. – Ah, espera, já sei. – Ela levantou o celular de Wilde antes de devolvê-lo. – Você se sente responsável. Peter mandou esse pedido de socorro, e você não respondeu.

Vicky Chiba não falou de um jeito acusatório, mas, por outro lado, seu tom também não o perdoava.

– Eu também me sinto culpada, se serve de consolo. Quer dizer, olha o rosto dele.

Vicky pegou uma foto emoldurada com quatro pessoas: Peter, Vicky e o que Wilde presumiu que fossem os outros dois irmãos.

– São sua irmã e seu outro irmão?

Vicky fez que sim.

– Os quatro filhos dos Bennetts. Eu sou a mais velha. Essa é minha irmã, Kelly. Nós duas éramos unha e carne. Aí chegou nosso irmão Silas. Kelly e eu mimávamos demais ele até, bom, até Peter chegar. Olha a cara dele. Olha só.

Wilde olhou.

– Você está sentindo, né?

Wilde não falou nada.

– A inocência de Peter, a ingenuidade, a fragilidade. Nós três, bom, a gente até era bonito, eu acho. Mas Peter? Ele tinha esse algo intangível. Esses reality shows, claro, são todos falsos e roteirizados, mas o público ainda consegue dar um jeito de enxergar através disso tudo e encontrar a pessoa de verdade. E o Peter de verdade era bondade pura. Sabe a expressão "bom demais para este mundo"?

Wilde assentiu. Ele pensou em perguntar por que alguém "bom demais" doparia a cunhada, mas imaginou que Vicky Chiba só negaria ou se retrairia de vez, e nada disso seria útil; então ele perguntou:

– Você disse que se sente culpada.

– É, isso.

– Pode me dizer por quê?

– Porque fui eu que meti Peter nisso – disse Vicky. – Eu sabia que ele seria um astro, e aí consultei o tarô, que me incentivou a ser ativa, não reativa. Ele me falou isso várias vezes, "Seja ativa, não reativa", e eu tinha passado a vida inteira sendo reativa... Então inscrevi Peter para participar do programa. Achei que não daria em nada. Ou talvez eu soubesse. Não sei mais. Só que eu não compreendia de fato o impacto de longo prazo na psique de Peter.

– Em que sentido? – perguntou Wilde.

– A fama transforma todo mundo. Eu sei que parece um clichê, mas ninguém sai ileso. Quando o holofote da fama acerta a gente, é um calor agradável, é a droga mais viciante do mundo. Todas as celebridades negam, todo mundo finge estar acima do desejo de fama, mas é muito pior para as celebridades de reality shows.

– Por quê?

– Nenhuma celebridade de reality show continua celebridade. Sempre tem alguma data de validade. Trabalhei por um tempo em Hollywood. Sempre ouvi falar que "Quanto maior o astro, mais legal a pessoa". E quer saber? É verdade. Os maiores astros geralmente são muito legais, mas sabe por quê?

Wilde balançou negativamente a cabeça.

– É porque eles podem. Esses superastros gigantes têm certeza de que sempre vão contar com um estoque farto de fama. Mas as celebridades de reality show? Acontece o contrário. Essas celebridades sabem que o holofote brilha mais intensamente assim que se acende, e depois só vai ficando mais fraco com o tempo.

Wilde gesticulou para a foto de família na mão dela.

– E foi isso que aconteceu com seu irmão?

– Achei que Peter encarou da melhor forma possível. Achei que ele tinha construído uma vida com Jenn, uma vida feliz, mas aí quando tudo caiu por terra... – A voz dela se apagou. Seus olhos ficaram úmidos. – Você acha mesmo que Peter está vivo?

– Não sei.

– Não faz sentido – disse ela, tentando parecer resoluta. – Se Peter estivesse vivo, ele teria entrado em contato comigo.

Wilde esperou. Vicky Chiba entenderia em algum momento.

– Por outro lado, se Peter tivesse decidido deixar este mundo... – Vicky Chiba parou de falar, piscou para conter as lágrimas, recuperou a compostura. – Acho que ele teria entrado em contato comigo. Para me avisar. Para se despedir.

Os dois ficaram calados por um instante. E, então, Wilde disse:

– Vamos voltar um pouco. Quando foi a última vez que você viu Peter?

– Ele estava morando comigo.

– Aqui?

– É.

– Quando ele foi embora?

– Você viu os perfis dele nas redes sociais?

– Alguns – disse Wilde.

– Ele saiu três dias antes do último post dele no Instagram.

– O do penhasco?

– Sim.

– Como foi isso?

– Como assim?

– Você disse que ele estava morando com você.

– Aham.

– O que o fez ir embora? O que ele falou para você?

Os olhos dela se encheram de lágrimas de novo.

– Por fora, parecia que Peter estava melhorando. Teve aquele post sobre não acreditar em tudo que se escuta. Você viu esse?

Wilde fez que sim.

– Então achei que Peter estivesse superando, mas, vendo em retrospecto, era tudo forçado. Como se ele estivesse se preparando psicologicamente para uma batalha que ele sabia que não tinha como vencer. – Ela foi até um computador em uma mesa no canto. – Você leu os comentários de alguns dos posts?

– Li – disse Wilde.

– Monstruosos, né?

– É.

– Nos últimos dias em que ele esteve aqui, Peter leu todos. Sem exceção. Não sei por quê. Eu falei para ele não ler. Eles o deixavam doido. E aí, no último dia, era isso que ele estava fazendo. Ele leu os comentários. Depois, viu centenas de DMs.

– DMs?

– Mensagens diretas. É como o serviço de mensagens do seu site de DNA. Os seguidores no Instagram podem escrever diretamente para as pessoas. A maioria das mensagens nunca é lida. Tentei acompanhar durante o auge da popularidade de Peter, ele achava importante isso, tratar bem os fãs, mas eram tantas mensagens que era impossível. Enfim, ele recebeu uma particularmente horrível. E isso, sei lá, parece que foi a gota d'água.

– Quando foi que ele recebeu essa mensagem?

– Um ou dois dias antes de ir embora. Algum cretino tóxico vinha perseguindo ele, mas essa mensagem específica... foi a primeira vez que percebi um vislumbre de raiva nele. Em geral, Peter ficava só confuso e perplexo com a coisa toda, não bravo. Era como se o mundo desse um soco na cara dele e ele só tentasse se orientar e descobrir o motivo. Mas, com essa mensagem, ele quis partir pra cima do cara.

– O cara que mandou a mensagem tóxica?

– Isso.

– O que a mensagem dizia?

– Não sei. Peter não me deixou ver. Alguns dias depois, ele fez as malas e foi embora.

– Ele disse se estava indo embora ou para onde iria?

Vicky fez que não com a cabeça.

– Quando eu voltei do trabalho, ele já tinha saído.

– Imagino que você tenha tentado falar com ele.

– Tentei. Mas ele não respondeu. Liguei para Jenn. Ela disse que fazia semanas que eles não se falavam. Liguei para outros amigos. Nada. Depois de três dias, fui para a polícia.

– O que a polícia disse?

– O que eles iam dizer? – respondeu Vicky, dando de ombros. – Peter era adulto. Eles registraram meu depoimento e me mandaram embora.

– Pode me mostrar a mensagem? – perguntou Wilde. – A que você diz que o abalou.

– Por quê? – Vicky balançou a cabeça. – Tem tanto ódio lá. Depois de um tempo, fica difícil suportar.

– Eu gostaria de ver, se não for problema.

Vicky hesitou, mas não por muito tempo. Ela abriu o Instagram e acessou o perfil do irmão. Lá estava de novo o penhasco e aquela legenda:

Só quero paz.

Ela mexeu o cursor para exibir o post anterior. Wilde leu de novo as palavras na imagem:

Não acredite tão fácil
em tudo o que escuta,
porque mentiras se espalham mais rápido
do que a verdade.

– Tinha um cretino com o nome de perfil RodagnivSeud que comentava muito – disse Vicky. – Vivia falando coisas horríveis como "Você vai pagar" ou "Eu sei a verdade sobre você", "Tenho provas", "Você deveria morrer", etc. Mas olha aqui o que ele escreveu embaixo deste post.

Ela desceu a tela até um comentário de RodagnivSeud. A imagem de perfil era um botão vermelho grande escrito CULPADO. O comentário dizia:

Olha suas DMs.

Vicky disse:

– Vai ver RodagnivSeud gosta de rodas, sei lá.

– Não – disse Wilde.

– Não?

– RodagnivSeud – disse Wilde – é Deus Vingador ao contrário.

Ela balançou a cabeça.

– Louco. Um louco maldito.

– A gente pode ver a mensagem?

Vicky hesitou.

– Posso ser sincera?

Wilde esperou.

– Eu não gosto. Quer dizer, de mostrar a mensagem.

– Por quê?

– Existe um fluxo no universo, e parece que isso é uma perturbação cósmica errada.

Wilde reprimiu outro suspiro.

– Eu também não quero perturbar o cosmo, mas o que é mais perturbador que perguntas sem resposta? Essas incertezas não perturbam a força vital ou algo do tipo?

Vicky refletiu.

– Eu não pediria se não achasse importante – acrescentou Wilde.

Ela meneou a cabeça e começou a digitar. Alguns segundos depois, Vicky franziu a testa, hesitou, resmungou alguma coisa e continuou digitando.

– Que estranho.

– O quê?

– Não estou conseguindo entrar na conta de Peter do Instagram. – Ela olhou nos olhos de Wilde. – Está dando "senha incorreta".

Wilde deu um passo na direção dela.

– Quando foi a última vez que você acessou?

– Não lembro. A gente deixava logado, sei lá. Não sou muito boa com coisas técnicas.

– Peter administrava as próprias redes sociais?

– Nessa época, sim. Por um tempo, quando ele e Jenn faturavam centenas de milhares de dólares por mês, eles contrataram uma empresa profissional para cuidar da publicidade e dos patrocínios.

– Centenas de milhares por mês?

– Fácil. No ano em que Peter venceu o programa? Acho que deve ter chegado perto de um milhão.

Wilde estava com dificuldade para compreender.

– Por mês?

– É. – Vicky tentou de novo e balançou a cabeça. – Vai ver ele mudou a senha. Vai ver ele não queria que a gente visse essas mensagens. – Ela piscou e virou o rosto. – Eu sei que suas intenções são boas, Wilde, mas talvez seja melhor a gente não fazer isso.

Vicky estava se retraindo. Wilde teve uma ideia.

– Tudo bem, vamos deixar isso para lá por enquanto – disse ele. – Você tem acesso ao e-mail dele?

– Tenho.

– Você tem olhado?

– Não nos últimos tempos. Por quê?

– Pode ser que tenha alguma coisa lá. Podemos ver, por exemplo, se ele mandou algum e-mail nas últimas semanas...

– Ele raramente usava e-mail. Era mais de mandar mensagens de texto.

– Mas vale a pena conferir, não acha? Vai que ele tentou entrar em contato com alguém. Vai que alguém entrou em contato com ele.

Vicky abriu o navegador de novo e clicou no ícone da conta do Gmail. Apareceu o endereço de e-mail dela própria, então ela clicou em cima e digitou um que começava com Pbennett447, e depois digitou a senha dele. Seus olhos percorreram a caixa de entrada.

– Alguma coisa chama atenção? – perguntou Wilde.

Ela balançou a cabeça.

– As novas são só spam, newsletters ou coisa de trabalho. Nada foi aberto desde que Peter sumiu.

Wilde reparou que dessa vez ela disse "sumiu", em vez de "morreu".

– Olha a aba "Enviados" – sugeriu Wilde, embora não fosse para isso que ele quis que Vicky acessasse o e-mail do irmão. Agora era só uma distração. Wilde já tinha obtido o que queria de Vicky Chiba. – Vê se ele mandou alguma coisa.

Ela clicou no lugar que ele pediu.

– Nada novo ou relevante.

– Você sabe se ele falou ou se comunicou com alguém depois de sair daqui?

– Conferi o telefone dele. Ele não usou.

– E seus irmãos?

Ela negou com a cabeça.

– Kelly mora na Flórida com o marido e três filhos. Ela disse que não fala com Peter há meses. E Silas, bom, desde que os dois eram bebês Silas sempre teve inveja de Peter. Sabe como é. Peter era mais bonito, mais popular, melhor atleta. Enfim, acho que a última vez que Peter e Silas se falaram foi quando a gente apareceu no programa.

– Vocês quatro apareceram no *Love Is a Battlefield*?

Vicky fez que sim.

– Tem um episódio mais para o final chamado "Em Casa". Os finalistas apresentavam Jenn para suas respectivas famílias, então eram só Peter e Bobzão.

– Bobzão?

– Era o outro finalista. Bob Jenkins. Ele chamava a si mesmo de Bobzão. Enfim, os produtores queriam a família inteira lá, e queriam drama. Era para a gente mostrar ceticismo e interrogar Jenn, sabe, criar caso. Os produtores queriam os três irmãos lá. Silas não gostou.

– Mas ele foi mesmo assim?

– Foi. Era um bom dinheiro, e deixaram a gente se hospedar de graça em um resort legal em Utah, então ele pensou: "Por que não?" Mas, quando chegou lá, Silas só ficou emburrado. Acho que ele não falou nem duas palavras. Acabou virando um meme bem popular.

– Meme?

– Acho que é assim que se fala. As pessoas postam fotos de Silas e o chamam de Silas Silêncio ou Silas Birras e acrescentam algum comentário sobre rabugice, tipo "Eu antes do café". Silas não gostou nada disso. Queria processar o programa.

– Silas está onde agora?

– Não sei. Ele é caminhoneiro, então passa a maior parte do ano viajando. Posso dar o celular dele para você?

– Seria ótimo.

– Mas acho que Silas não vai ajudar muito.

– E Jenn?

– O que tem ela?

– Peter ainda mantinha contato com ela?

Vicky balançou a cabeça.

– Não no final.

– Você e Jenn costumam se falar?

– A gente se falava. Quer dizer, antes disso tudo, éramos todos bem unidos. Ela ficou arrasada com a traição.

– Então você acredita que Peter fez aquilo?

Vicky hesitou.

– Ele disse que não fez.

Wilde esperou.

– Faz diferença agora?

– Não estou julgando – disse Wilde. – Eu só...

– Só o quê? – disse Vicky, e seu tom agora estava ríspido. – Isso não é da sua conta. Já falei que eu veria a árvore genealógica para você. É para isso que você veio, né? Para descobrir por que você foi abandonado na floresta?

De repente Wilde se deu conta de que, pela segunda vez desde que ele se entendia por gente – a primeira tinha sido alguns meses antes, com seu pai –, Wilde estava conversando com um parente de sangue. Ele imaginou que isso não fosse causar nenhum impacto nele. Havia passado a vida inteira convicto de que as respostas não lhe dariam nenhum sentimento importante nem mudariam sua vida, especialmente depois do encontro com o pai, que claramente não queria nada com ele, mas, agora, diante de uma pessoa do mesmo sangue, ele sentia uma força inegável.

– Vicky?

– Quê?

– Você fala de chacras e sensações e tal.

– Não debocha de mim.

– Não estou debochando. Mas tem alguma coisa nessa história que não bate.

– Ainda não sei como isso seria da sua conta.

– Talvez não seja. Mas vou investigar, com ou sem sua permissão. Na melhor das hipóteses, você vai conseguir algumas respostas. Na pior, só fiz você perder tempo.

– Você não me fez perder tempo – disse Vicky Chiba. E acrescentou: – Você é nosso primo. E tem minha permissão.

capítulo doze

LOLA DISSE:

– Peter Bennett provavelmente está morto.

– Eu sei.

– Não consigo entender por que você está procurando o cara.

Lola Naser, a irmã adotiva de Wilde, morava com a família em um sobrado clássico dos anos 1970 com um anexo espaçoso construído na parte de trás. Havia uma bagunça sortida de brinquedos de criança – bicicletas, triciclos, pula-pulas, tacos de beisebol de plástico laranja, um gol de lacrosse, bonecos, caminhões – esparramada pelo jardim, como se alguém tivesse jogado tudo aquilo lá do alto.

Eles estavam sentados em volta da mesa da cozinha. Um dos filhos de Lola estava no colo de Wilde. Outra estava comendo um donut recheado, e havia geleia espalhada pelo rosto dela. Os dois mais velhos estavam no canto, fazendo uma dancinha de TikTok, para a qual era preciso tocar repetidamente uma música que perguntava "Pra que tua obsessão comigo?".

Wilde balançava o menino no colo para ele não chorar.

– Você passou anos insistindo que eu deveria procurar minha família biológica.

– É verdade.

– Me perturbou sem parar com isso.

– É verdade.

– E então?

– Então a irmã de Peter Bennett... como é que ela se chama, mesmo?

– Vicky Chiba.

– Isso. Ela disse que faria uma árvore genealógica para você, né?

– É.

Lola virou as mãos abertas para cima.

– Ela é mais velha que o irmão, deve saber mais sobre a família do que ele. Então é só disso que você precisa, né? Eu li sobre Peter Bennett na internet, parece que ele é um babaca de primeira. Por que a gente precisa ajudar esse cara?

Uma explicação demoraria demais e provavelmente não faria sentido, nem para ele.

– Podemos deixar minhas motivações de lado, por enquanto?

– Se você quiser. Posso arranjar alguma coisa para você comer? "Arranjar", no caso, significa pedir mais pizza.

– Estou bem.

– Não importa. Já pedi uma pizza a mais. O que eu posso fazer para ajudar?

Wilde apontou com o queixo para o laptop.

– Posso usar isso?

Lola apertou algumas teclas e o virou para Wilde. Ele passou o braço em volta da cintura do pequeno Charlie para poder digitar e equilibrar o garoto ao mesmo tempo. Abriu o Gmail.

– O que foi?

– Vi quando Vicky Chiba digitou o e-mail e a senha de Peter.

– Deixa eu adivinhar. Você decorou a senha.

Ele fez que sim.

– Sem que ela percebesse?

Ele fez que sim de novo.

– Qual é a senha?

– JennAmor447.

Ele digitou no campo da senha, apertou no botão *enter* e, pronto, conseguiu entrar. Wilde começou a olhar os e-mails. Era exatamente o que Vicky dissera – nada de útil, nada de pessoal. Wilde abriu a pasta da lixeira. Nada também. Ele daria uma explorada mais a fundo depois.

– Alguma ideia do que significa 447? – perguntou Lola.

– Não.

– Você não confia na irmã? Ou melhor, na sua prima?

– Não é isso – disse Wilde.

Ele explicou que Vicky havia ficado um pouco ressabiada com a invasão de privacidade quando se deu conta de que o irmão tinha trocado a senha do Instagram. Com a senha JennAmor447, Wilde tentou acessar o Instagram de Peter.

Não. Senha incorreta.

Wilde já esperava por isso. Embaixo da mensagem havia o link comum que perguntava se ele havia esquecido a senha e se gostaria de redefini-la. Ele clicou. Ao fazer isso, o Instagram, assim como quase todo site diante de um pedido de redefinição de senha, enviava um link para o e-mail cadastrado.

O e-mail cadastrado era – rufem os tambores – o Gmail que Wilde acessara ao ver Vicky Chiba fazer o login.

– Esperto – disse Lola, quando ele explicou o que tinha feito. – Primitivo, mas esperto.

– Meu epitáfio – disse Wilde.

Ele esperou chegar a mensagem do Instagram. Quando chegou, mudou a senha para algo fácil. Em seguida, acessou o Instagram com a senha nova. Clicou no ícone de mensagens. Havia um monte na parte de "solicitações", mas Wilde clicou na categoria "principal".

As mensagens de RodagnivSeud estavam bem em cima.

Lola leu por cima do ombro de Wilde quando ele clicou na conversa.

RodagnivSeud: Se você tentar fazer um retorno, Peter, eu te destruo. Eu sei o que você fez. Tenho provas.
Peter: Quem é você?
RodagnivSeud: Você sabe.
Peter: Não sei.

RodagnivSeud mandou uma foto – uma imagem mais explícita do que as que Marnie havia apresentado naquele podcast. Embaixo da foto havia outra mensagem.

RodagnivSeud: VOCÊ SABE.

Não havia marcação de horário, então era difícil saber quanto tempo Peter levou para responder.

Peter: Quero marcar um encontro. Meu celular é este. Por favor.

Lola estava cobrindo os olhos do pequeno Charlie.

– Uau.

– É.

– E que bela iluminação na foto do pinto – disse ela.

– Quer que eu imprima para você?

– Só me manda uma imagem da tela. E é só isso? RodaSeiLá não respondeu à proposta de encontro de Peter?

– Não por aqui. Mas Peter deu o número do celular para ele ou ela. Talvez a pessoa tenha ligado ou mandado alguma mensagem. Tem algum jeito de rastrear RodagnivSeud?

Lola abriu a geladeira, pegou uma maçã e jogou para o filho Elijah.

– A melhor chance que a gente tem é se esse cara... ou essa garota, a gente não sabe, né? A melhor chance que a gente tem é se RodaSeiLá tiver mandado uma mensagem de texto ou ligado para o celular de Peter Bennett.

– E se não tiver?

Lola deu de ombros.

– A gente pode tentar rastrear pela conta no Instagram, mas é mais difícil. A gente trabalha muito com isso hoje em dia, geralmente com empresas. Existe muita conta falsa que é criada para difamar e assediar. Quer dizer, tipo, olha a conta do seu primo. Tem gente fazendo ameaças de morte. É bizarro. Por que esses *trolls* ligam para pessoas que não conhecem? Enfim, a gente recebe esse tipo de coisa direto, mas por motivos mais concretos.

– Mas ainda assim vocês conseguem descobrir a identidade verdadeira das pessoas?

– Às vezes. Sempre existem pegadas digitais. Geralmente dá para rastrear os metadados, fazer uma análise de links ou usar ferramentas de busca avançada, esse tipo de coisa. Em casos mais sérios, como uma ameaça de morte de verdade, podemos arranjar uma intimação para tentar obter o endereço de IP do cara. Imagino que você queira encontrar esse tal RodaSeiLá.

– Quero.

– Vou botar meu melhor pessoal para trabalhar nisso.

– Obrigado.

– Mas, Wilde?

Ele esperou.

– Você não deve nada a Peter Bennett.

capítulo treze

WILDE CONFERIU SUAS MENSAGENS. Nada de Laila. Ele esperaria para ver o que aconteceria. Devolveu o carro alugado e subiu de novo as montanhas Ramapo até sua ecocápsula. A floresta é serenidade e solidão, mas nunca é silêncio. Ela vibra cheia de vida, geralmente em ruídos abafados, e isso tem algo de majestoso e fascinante. Em seu caminho por entre as árvores, Wilde sentiu os músculos das costas e dos ombros relaxarem. Sua respiração ficou mais profunda. Seus passos, mais lânguidos. Ele deixou o cérebro sossegado encarar Peter Bennett com uma perspectiva relativamente renovada.

Lola dissera que Wilde não devia nada a Peter Bennett. Talvez. Mas fazia diferença? É preciso estar em dívida com alguém para ajudar essa pessoa?

Ele pegou o celular e ligou para o número de Silas, o irmão de Vicky – e primo de Wilde. A chamada foi atendida no terceiro toque.

– Quem fala? – disse uma voz.

Wilde escutou o ronco abafado de trânsito e deduziu que Silas devia estar no caminhão.

– Meu nome é Wilde – disse ele. – Consegui seu número com sua irmã, Vicky.

– O que você quer?

– Sou seu primo.

Wilde explicou sobre o teste de DNA, as mensagens de Peter, a procura por ele.

– Caramba – disse Silas, depois que Wilde terminou. – Isso é muito doido. Então a gente tem algum parentesco pelo lado da sua mãe?

– É o que parece.

– E ela nunca falou de você para o seu pai e só largou você na floresta?

Isso não era totalmente verdade, mas Wilde não viu motivo para corrigi-lo.

– Mais ou menos isso.

– Por que você me ligou, Wilde?

– Estou tentando encontrar Peter.

– Por quê? Você é da polícia?

– Não.

– É um Batalheiro?

– Um o quê?

– É assim que as pessoas chamam os fãs de *Love Is a Battlefield*. Batalheiros. Você é um Batalheiro?

– Não.

– É porque os Batalheiros fizeram um meme comigo. Aquele programa idiota, fala sério. Quase todo dia, até hoje!, algum babaca chega para mim e fala: "Ei, você é aquele cara da birra!" Eu fico puto, sabia?

– Imagino.

– Aliás, todo mundo acha que Peter morreu.

– E você?

– Sei lá, primo. – Silas deu uma risadinha. – Primo. É esquisito, né?

– Um pouco.

– Olha, faz muito tempo que eu não falo com Peter. Na verdade, a gente não era muito chegado, mas Vicky já deve ter falado isso. Você disse que achou Peter em um site de DNA?

– Isso.

– Pode me falar qual foi?

– O site? DNAYourStory.

– Ah, isso explica – disse Silas.

– Explica o quê?

– Por que você e eu não batemos. Eu coloquei meu DNA em um chamado MeetYourFamily.

– E teve algum resultado?

– Apareceu um de 23%.

– Qual seria o parentesco?

– Podem ser várias coisas. O mais provável? Um meio-irmão. Meu velho era um galinha. Não fala pra Vicky. Ela acha que o velho Phil era um pai ótimo. Ia ficar chateada à toa.

– Você não acha que ela gostaria de saber que tem um meio-irmão?

– Quem sabe? Talvez você tenha razão. Talvez eu deva contar. Mas não sei de que isso vai adiantar.

– Você entrou em contato com esse parente?

– Tentei. Mandei uma mensagem pelo aplicativo do MeetYourFamily, mas ninguém respondeu.

– Você poderia me enviar uma mensagem com os dados?

– Sobre...? Ah, o perfil? Não sei o que eu poderia mandar. Deletaram a conta.

Curioso, pensou Wilde. Igual à conta de Daniel Carter.

– Você conseguiu ver um nome, as iniciais ou algo do tipo?

– Nah, o MeetYourFamily só revela identidades se as duas partes concordarem, então não sei nada sobre ele. Ou ela. Ou sei lá quem. Só sei que a gente é 23% compatível.

– Deve ser uma sensação curiosa – comentou Wilde.

– O quê? – perguntou Silas.

– Talvez você tenha um meio-irmão ou meia-irmã, e nem você nem a pessoa sabem nada a respeito disso.

– É, talvez. Parece que muita gente vem descobrindo coisas estranhas nesses sites. Um amigo meu descobriu que o pai dele não era seu pai de verdade. Ele ficou bem bolado. Não falou nem para a mãe, porque não queria que eles se separassem.

– Você conseguiu mais algum resultado?

– Nada muito interessante. Eu mando uma mensagem com o que eu tenho quando voltar para o meu computador de casa. A propósito, primo, onde você mora?

– Nova Jersey.

– Perto de Vicky?

– Não é longe – disse Wilde. – E você?

– Minha casa é no Wyoming, mas eu nunca fico lá. Agora, estou transportando uma carga no Kentucky para a Yellow Freight. – Ele pigarreou. – Mas eu passo por Nova Jersey com alguma frequência. Qual é o nosso grau de parentesco?

– Temos um bisavô ou bisavó em comum.

– Não é muita coisa – disse Silas. – Mas também não é zero.

– Não é zero.

– Especialmente para você, eu acho. Quer dizer, não quero te ofender, mas você não tem ninguém além da gente. Pode ser legal se cumprimentar e tal. Tomar um café, talvez.

– Quando você vai passar por Nova Jersey de novo?

– Em breve. Geralmente eu fico na Vicky.

– Da próxima vez que você estiver por aqui – disse Wilde –, me dá um toque.

– Pode deixar, primo. E vou tentar pensar na nossa família e ver se consigo me lembrar de alguma coisa.

– Agradeço.

– Você ainda vai procurar Peter?

– Vou.

– Boa sorte com isso também. Não quero culpar ninguém, mas Vicky, ela enfiou ele nessa porcaria de reality. Acho que ela tinha boas intenções, mas Peter não foi feito para esse mundo. Se eu puder ajudar na busca por ele...

– Eu aviso.

Silas desligou. Wilde guardou o celular no bolso traseiro e continuou a caminhada. Respirou fundo, enchendo os pulmões com o ar puro da montanha. Levantou devagar o rosto para o sol agradável e deixou os pensamentos correrem livremente. Eles correram, como geralmente faziam quando Wilde deixava, para um rosto familiar, reconfortante, lindo.

Laila.

A vibração do celular o pegou de surpresa. Era Hester.

– Oi – disse Wilde, permanecendo o máximo possível nesse semitorpor agradável.

– Tudo bem?

– Tudo.

– Pela sua voz, parece que você tomou alguma coisa que te deu um barato.

– É o barato da vida. O que foi?

– Recebi sua mensagem – disse Hester. – Então você já conseguiu achar seu parente do site de DNA.

– A identidade dele, sim. Ele, não.

– Explica.

– Você já viu um reality show chamado *Love Is a Battlefield*?

– Todos os episódios – disse Hester.

– Sério?

– Não, claro que não. Não consigo nem entender esse conceito. Vida real na TV? Eu vejo TV para *escapar* da realidade. Mas o que é que tem?

Wilde tinha tempo para a caminhada, então contou para Hester tudo sobre Peter Bennett e a saga subsequente de escândalo e desaparecimento. Quando terminou, Hester disse:

– Que confusão.

– Pois é.

– Você achou sua família, e ela é tão disfuncional quanto todas as outras.

– Eu fui abandonado na floresta quando era pequeno – disse Wilde. – Não dava para esperar nada funcional.

– Bem lembrado. Então você vai procurar seu primo desaparecido?

– Vou.

– Talvez você só confirme que ele cometeu suicídio – acrescentou Hester.

– Talvez.

– E se for isso mesmo?

– Aí a resposta vai ser essa.

– Vai deixar o assunto pra lá?

– O que mais eu posso fazer?

– Então, próximos passos – disse Hester, prática. – Parece que a pessoa com chance de ter mais informações é a esposa dele, ou ex, seja lá o que for, Jenn Qualquer Coisa.

– Cassidy.

– Que nem o David? Cara, eu tinha uma queda por ele nos velhos tempos.

– Quem?

– David Cassidy. *A Família Do-Ré-Mi*?

– Certo.

– As meninas falavam do cabelo e do sorriso, mas ele também tinha um belo traseiro.

– Bom saber – disse Wilde. – Como a gente aborda Jenn Cassidy?

– Conheço vários agentes de Hollywood – disse Hester. – Posso ver se ela falaria com um de nós.

– Ótimo.

– Imagino que você tenha pedido a Lola para trabalhar na identidade verdadeira desse *trol!* Roda, né?

– Sim.

– A propósito – começou Hester, tentando adotar um tom casual e fracassando miseravelmente –, você mandou ver com Laila ontem à noite?

– Hester.

– Mandou?

– Você mandou ver com Oren? – rebateu ele.

– Faço isso sempre que dá. Oren tem um traseiro melhor que o de David Cassidy. – E: – Por acaso essa pergunta era para me impedir de perguntar sobre você e minha ex-nora?

Wilde continuou sua caminhada pela montanha.

– Onde você está?

– No escritório, esperando o veredito do caso Levine.

– Alguma ideia de quando vai sair?

– Nenhuma. Essa pergunta era para me impedir de perguntar sobre você e minha ex-nora?

Wilde ficou calado.

– Tudo bem, tudo bem, não é da minha conta. Deixa eu dar uns telefonemas, ver o que eu consigo descobrir. Até mais.

Wilde fez um pouco de manutenção na ecocápsula. Não havia chovido muito desde que ele voltara, então ele levou o reservatório de água até o riacho mais próximo para enchê-lo. A ecocápsula tinha rodas, para que Wilde pudesse deslocá-la a intervalos de algumas semanas, só para garantir que ninguém conseguisse encontrá-lo, mas ele sempre ficava perto de um dos cursos d'água da montanha para o caso de períodos de seca como esse.

Quando terminou, Wilde foi até o mirante que lhe dava uma visão panorâmica da casa de Laila no final da rua sem saída. Nenhum carro. Nenhuma movimentação.

O telefone dele vibrou de novo. Era Lola.

– Demos sorte. Mais ou menos.

– Explica.

– Conseguimos rastrear o provedor de internet de RodagnivSeud. Parece que ele mantém uma fazenda de *bots* enorme, e alguns desses trollaram seu primo fingindo ser pessoas diferentes. Então, além de fazer posts tóxicos sobre Peter Bennett, "Roda" também os amplificou como se fosse um monte de gente concordando.

– Isso não é incomum – declarou Wilde.

– Mas continua sendo horrível. Qual é o problema das pessoas?

– Você conseguiu algum nome ou endereço para RodagnivSeud?

– Mais ou menos. Sabe como um provedor de internet funciona?

– Aham.

– O que eu tenho é o endereço de cobrança que esse provedor de internet específico utiliza. Pode ser qualquer pessoa da casa.

– É, entendi.

– O provedor de internet está no nome da residência de Henry e Donna McAndrews, em Wake Robin Lane, 972, Harwinton, Connecticut. São duas horas de viagem daí de onde você está.

– Estou indo.

Dessa vez, Wilde não usou a locadora. Ele tinha um lugar onde podia pegar "emprestado" um carro com placa que não dava para ser identificada nem rastreada – a versão automotiva de um celular descartável. Ele achou que seria melhor assim. Levou também roupa preta, máscara, luvas e um disfarce adequado, mas sutil, para o caso de precisar. Wilde tinha consciência de que era fina a linha que separava a cautela da paranoia. Talvez ele estivesse flertando com o lado da paranoia, mas essa parecia ser a postura mais prudente.

Ele pegou a Rota 287 no sentido leste e atravessou o que antes havia sido a Tappan Zee Bridge, que fora demolida e substituída pela nova Governor Mario M. Cuomo Bridge, e, embora não tivesse nada contra o governador Mario Cuomo, Wilde ainda se perguntava por que haviam trocado um nome tão perfeito para uma ponte – "Tappan", do povo indígena da América do Norte, "Zee", de "mar" em holandês – para homenagear um político qualquer.

A paisagem foi ficando mais e mais rural a cada quilômetro. O condado de Litchfield tinha muitas áreas de floresta deslumbrantes. Cinco anos antes, quando Wilde precisou escapar das montanhas Ramapo, mas quis continuar na Costa Leste, ele havia vivido naquelas matas por dois meses.

Já estava anoitecendo quando Wilde chegou à Wake Robin Lane. A rua estava vazia e silenciosa. Ele diminuiu a velocidade. Todas as casas tinham um terreno de milhares de metros quadrados. Luzes de residências cintilavam em meio à vegetação densa.

Mas não havia luz no número 972 da Wake Robin Lane.

Wilde sentiu de novo aquela comichão primitiva, aquele instinto de sobrevivência que muitos de nós sufocamos ou deixamos se esvair desde que "progredimos" e passamos a morar em casas robustas com tranca na porta e o apoio de figuras de autoridade confiáveis. Ele continuou dirigindo até o fim da rua e virou à direita na Laurel Road. Passou pelo Wilson Pond e achou um lugar discreto perto do Santuário Kalmia, que, segundo a placa, fora criado por uma Sociedade Audubon local. Wilde já estava vestido de preto. Ele calçou as luvas, pôs um boné preto e guardou no bolso uma máscara preta leve de esqui por precaução. Já estava um breu completo, mas isso não o incomodava. Wilde conhecia bem o céu e as estrelas para atravessar os bosques dos quintais. Tinha também uma lanterna, caso fosse necessário – dominar técnicas de sobrevivência não significa ser capaz de enxergar no escuro –, mas o céu essa noite estava bem claro.

Quinze minutos depois, Wilde estava no quintal dos McAndrews. Antes da viagem, ele havia pesquisado a casa na internet. Os McAndrews a haviam comprado em 2018 por 345 mil dólares. Eram 240 metros quadrados, três quartos, três banheiros, construção relativamente nova, instalados em um terreno isolado de 8 mil metros quadrados.

Estava silencioso. Silencioso demais.

Nenhuma luz nos fundos.

Ou a família McAndrews estava toda dormindo – eram só nove da noite – ou, o que era mais provável, não tinha ninguém em casa. Wilde sentiu o telefone vibrar. Ele tinha um AirPod no ouvido esquerdo. Apertou nele para atender. Não era preciso falar alô. Lola sabia o que fazer.

– Henry McAndrews tem 61 anos, e a esposa, Donna, tem 60 – disse Lola. – Eles têm três filhos, todos homens, de 28, 26 e 19 anos. Vou continuar pesquisando.

Lola desligou.

Wilde não sabia o que tirar disso. Se fosse para traçar um perfil com base em idade e gênero, os filhos tinham mais chance de ser RodagnivSeud do que os pais. Mas a questão era: algum dos filhos ainda morava com os pais?

Wilde vestiu a máscara. Não aparecia nada de sua pele. A maioria das residências atualmente usa algum sistema de segurança ou circuito de câmeras. Não todas. Mas uma quantidade suficiente. Ele se aproximou da casa. Se fosse visto por alguém ou por uma câmera, seria apenas um homem vestido de preto da cabeça aos pés. Só isso, e isso, Wilde sabia, não era nada.

Quando chegou mais perto da casa, ele se agachou na floreira e pegou umas pedrinhas. Ainda agachado, Wilde jogou as pedrinhas na porta de correr dos fundos e esperou.

Nada.

Fez a mesma coisa nas janelas do segundo andar, jogou mais pedras, dessa vez com um pouco mais de força. Era um método das antigas: um jeito simples, mas eficaz, de ver se tinha alguém em casa. Se acendessem as luzes, ele iria embora e pronto. Ninguém conseguiria encontrá-lo antes que ele sumisse no meio do mato.

Wilde jogou mais algumas pedras, ligeiramente maiores, um punhado de cada vez. Elas fizeram bastante barulho. Era a intenção dele, claro.

Nenhuma reação. Nenhum grito. Nenhuma exclamação. Nenhuma luz. Nenhuma silhueta olhando pela janela.

Conclusão: ninguém em casa.

Essa conclusão, claro, não era definitiva. Podia ter alguém com sono pesado, mas Wilde não estava particularmente preocupado. Ele agora procuraria alguma porta ou janela destrancada. Se não funcionasse, ele tinha as ferramentas necessárias para invadir qualquer residência. Pensando bem, era engraçado – ele invadia casas desde tão pequeno que mal se lembrava de quando começou. Claro que, naquela época, o "Menino do Bosque" não usava ferramentas. Ele só experimentava janelas e portas e, se nenhuma abrisse, ele ia para a casa seguinte. Uma vez – ele devia ter 4 ou 5 anos –, ele estava morrendo de fome e não conseguia achar nenhuma casa vazia e destrancada, então jogou uma pedra na janela de um porão e entrou por ali. Essa lembrança veio à tona, a dor da fome daquela criança, o medo e o desespero mais fortes do que a cautela. Ele havia cortado a barriga nos cacos de vidro ao se enfiar por aquela janela. Até esse instante, ele tinha se esquecido completamente disso. O que ele fizera depois de se cortar? O menino teve o discernimento de procurar um estojo de primeiros socorros em um banheiro da casa? Ele se limitou a pressionar a camisa no ferimento? O corte foi profundo ou superficial?

Ele não lembrava. Só lembrava que tinha cortado a pele nos cacos de vidro. Muitas vezes, era assim que as lembranças vinham – em cacos fragmentados. Suas lembranças mais antigas: um corrimão vermelho, um retrato de um homem com bigode e o grito de uma mulher. Ele havia passado a vida inteira sonhando com essas imagens, mas ainda não sabia o significado por trás delas, se é que havia algum.

Wilde tentou primeiro as janelas do térreo. Trancadas. Tentou a porta dos fundos. Trancada. Tentou a porta de vidro de correr.

Deu certo.

Wilde ficou um pouco surpreso com isso. Por que trancar todas as janelas, mas não a porta de correr? Talvez fosse só esquecimento ou descuido, claro. Não era nada de mais. No entanto...

Lá estava a comichão de novo.

Wilde se agachou. Ele só havia deslizado a porta uns dois centímetros. Deslizou mais dois. Nenhum ruído. Wilde continuou abaixado e deslizou a porta um pouco mais. Devagar. Talvez fosse exagero, mas, com muita frequência, o excesso de confiança podia ser um perigo maior do que qualquer adversário. Ele esperou e prestou atenção.

Nada.

Quando a porta estava aberta o suficiente, Wilde se esgueirou para dentro do cômodo. Ele ponderou se deveria fechar a porta atrás de si, mas, se precisasse sair às pressas, uma porta aberta pouparia tempo. Permaneceu completamente imóvel por um minuto inteiro, esforçando-se para escutar qualquer barulho.

Não tinha nada.

Observou um computador servidor na mesa no canto.

Deu certo de novo.

Não tinha ninguém em casa. Agora ele tinha certeza. Mas aquela comichão continuava lá. Ele não era um supersticioso biruta. Não acreditava em nada disso. Mesmo assim, havia uma tensão inconfundível no ar.

O que ele não estava percebendo?

Não sabia. Talvez fosse só imaginação. Ele não descartou a possibilidade. Por outro lado, uma dose a mais de cautela não fazia mal. Wilde continuou abaixado e se arrastou até a mesa. Era esse o objetivo e o propósito da invasão à casa dos McAndrews: baixar tudo que pudesse do computador deles e levar para os especialistas de Lola fazerem uma análise completa. Em algum momento ela interrogaria a família McAndrews, mas provavelmente não daria em nada. O mais importante era descobrir como o *troll* RodagnivSeud obtivera aquelas fotos comprometedoras que haviam virado o mundo de Peter Bennett de pernas para o ar.

O computador era Windows e tinha senha. Wilde pegou dois pen drives. Encaixou o primeiro na entrada USB. O pen drive era uma ferramenta completa de hacker. Tinha programas autoexecutáveis como mailpu.exe e mspass.exe e, quando era inserido em uma entrada USB, coletava diversas senhas de Facebook, Outlook, dados bancários, etc.

Wilde não precisava disso tudo.

Só precisava da senha do sistema operacional, para poder copiar todo o conteúdo do computador no segundo pen drive. Nos filmes, isso leva relativamente muito tempo. Na verdade, a senha é quebrada em questão de segundos, e não deve demorar mais de cinco minutos para baixar todo o conteúdo.

Com o computador desbloqueado, Wilde abriu o navegador para ver o histórico. Ele sabia que computadores não eram mais tão reveladores assim. Em geral, as pessoas usavam o celular para acessar a internet e fazer pesquisas hoje em dia. Era possível espionar e-mails ou mensagens de texto, mas, muitas vezes, as informações mais interessantes estavam escondidas em aplicativos de mensagem protegidos.

O primeiro site dos favoritos: Instagram.

Incomum. Normalmente, o Instagram era um aplicativo de celular, não algo que as pessoas usavam no computador. Wilde clicou rápido no link. O Instagram abriu. Ele esperava ver o nome de usuário de RodagnivSeud na caixa de perfil, mas o login que apareceu era EnfermeiraAmoreSaude24. A foto de perfil era de uma mulher de ascendência asiática, com no máximo 30 anos. À direita, Wilde viu a opção de trocar de perfil. Ele clicou.

Apareceram dezenas de contas.

Era uma enorme variedade – todos os credos, gêneros, nacionalidades, profissões e inclinações estavam representados. Wilde desceu a tela, contando. Pegou o celular e fotografou os nomes só para o caso de eles não serem baixados no pen drive. A conta já estava em mais de trinta quando finalmente ele viu uma com o nome RodagnivSeud.

Clicou no perfil e viu a página carregar. RodagnivSeud só havia postado doze fotos, todas de paisagens da natureza. Tinha 46 seguidores, e, pelo que Wilde estava vendo, parecia que todos eram outras contas abertas naquele computador. Wilde clicou no ícone de mensagens particulares. Viu a mesma conversa entre RodagnivSeud e Peter Bennett que ele tinha visto na casa de Lola, mas o mais curioso, muito mais curioso, era a mensagem acima disso, a última que RodagnivSeud recebeu.

Era de alguém chamado BotedaPantera88. A mensagem era de uma simplicidade alarmante:

Te peguei, McAndrews. Você vai pagar.

Uau, pensou. Wilde. Essa conta Pantera havia identificado McAndrews.

O pen drive piscou duas vezes, o que indicava o fim do download. Wilde o removeu e guardou no bolso. Clicou no perfil BotedaPantera88, mas não existia mais. Quem quer que o tivesse criado – e enviado aquela mensagem ameaçadora – deletara a conta.

O que estava acontecendo?

Pela primeira vez desde que tinha entrado na residência, Wilde ouviu um som.

Um carro.

Ele foi às pressas até a janela da frente e chegou a tempo de ver o farol de um carro sumir à esquerda. Não era nada. Um carro passando. Só isso. A rua ficou em silêncio de novo.

Mas a comichão voltou.

Wilde recuou para o cômodo do computador, se perguntando se deveria ficar mais e vasculhar o computador ou se ia embora logo, quando captou o cheiro pela primeira vez.

Parou de se mexer na hora.

O coração de Wilde se apertou. Ele estava ao lado de uma porta que ele imaginava dar no porão. Inclinou-se para ela e inspirou mais.

Ah, não.

Wilde não queria abri-la. Queria fugir. Mas não podia. Agora não.

Com a luva, ele ergueu a mão e encostou na maçaneta. Abriu uma fresta da porta. Foi só o necessário. O fedor horrível de decomposição veio de repente como se estivesse batendo na porta, exigindo liberdade.

Wilde acendeu a luz e olhou escada abaixo.

Havia sangue.

Muito sangue.

capítulo catorze

QUANDO WILDE LIGOU, HESTER estava deitada de costas na cama, *post flagrante delicto* e ainda tentava recuperar o fôlego. Ao lado dela, olhando para o teto com um sorriso no rosto, estava seu – Hester era muito velha para usar a palavra "namorado"? – rolo: Oren Carmichael.

– Essa – disse Oren, logo antes de o telefone tocar – foi incrível.

Eles estavam no duplex de Hester em Manhattan. Assim como Hester, Oren vendera a casa de Westville onde ele e Cheryl, a ex, haviam criado os filhos, que agora já eram adultos. Fazia muito tempo que Oren estava na periferia da vida de Hester. Ele fora o técnico de dois dos filhos dela na liga mirim. E fora um dos policiais que encontraram o pequeno Wilde na floresta.

Oren sorriu para ela.

– O que foi? – perguntou Hester.

– Nada – disse Oren.

– Então por que esse sorrisão?

– Que parte de "essa foi incrível" você achou confusa?

Após a morte de Ira, Hester achara que não queria mais saber de homem. Não foi uma conclusão motivada por raiva, ressentimento ou mesmo tristeza, embora tivesse bastante disso. Ela amara Ira, um homem querido, gentil, inteligente, engraçado. Tinha sido um parceiro maravilhoso. Hester não conseguia se imaginar em um novo relacionamento. Tinha uma carreira agitada e uma vida plena, e a toda aquela ideia de se preparar para um encontro com outra pessoa lhe dava calafrios. Parecia trabalhoso demais. A perspectiva de um dia ficar sem roupa na frente de um homem que não fosse Ira a deixava apavorada e exausta. Quem precisava disso? Ela não.

Oren Carmichael, o chefe de polícia de Westville, tinha sido uma surpresa. Ele, um superpedaço de mau caminho com ombros largos e uniforme ajustado no corpo, jamais seria o tipo de Hester e vice-versa. Mas ela se apaixonara e ele se apaixonara, e agora ali estavam os dois. Hester não conseguia deixar de pensar no que Ira teria achado. Ela gostava de pensar que ele ficaria feliz por ela, da mesma forma como ela teria ficado feliz por Ira se ele tivesse ficado com Cheryl, a ex-mulher suntuosa de Oren que ainda postava fotos de biquíni – se bem que, por outro lado, talvez Hester tivesse assombrado Ira que nem Fruma-Sarah na cena do sonho em *Um violinista no telhado*.

115

Ela ia querer que Ira fosse feliz com outra pessoa. Ira não desejaria o mesmo para ela? Hester esperava que sim. Ira às vezes era muito ciumento e nos velhos tempos Hester gostara de flertar um pouco. Mesmo assim, Hester estava ridiculamente feliz com Oren. Eles estavam preparados para um compromisso maior, mas, na idade deles, o que isso significava? Filhos? Hahaha. Casamento? Quem precisava disso? Morar junto? Não, não. Ela gostava de ter seu próprio espaço. Não queria um homem por perto o tempo todo, mesmo que fosse alguém tão maravilhoso quanto Oren. Isso indicava em alguma medida que ela o amava menos? Difícil saber. Hester amava Oren o máximo possível, mas não queria amá-lo como se tivesse 18 anos, ou mesmo 40.

Mas havia uma verdade que sempre marcava: o relacionamento com Oren era físico – mais físico, embora a comparação jamais pudesse ser justa, do que com Ira. Ela se sentia culpada por isso. A vida sexual dela com Ira havia esfriado. Era normal, claro. É a construção de uma vida, duas carreiras, a gravidez, a criação de filhos pequenos, a exaustão, a falta de privacidade. Essa era uma história que se repetia demais. Ainda assim, Ira ficara incomodado. "Eu tenho saudade da paixão", dissera ele, e, embora Hester tivesse atribuído isso à típica manipulação do "homem que quer transar mais", ela pensava nisso.

Certa noite, não muito tempo antes da morte de David no acidente, Ira se sentara no escuro com um copo de uísque na mão. Ele raramente bebia, e, quando bebia, o álcool ia direto para a cabeça. Ela entrara na sala e ficara atrás dele. Achara que ele nem sabia de sua presença ali.

– Se eu morresse e você voltasse a namorar – dissera ele –, ia querer que a vida sexual com o homem novo fosse a mesma que nós temos?

Ela não respondera. Mas tampouco esquecera.

Talvez Ira não ficasse feliz com o que estava acontecendo em sua antiga cama. Ou talvez ele compreendesse. Quando se é jovem, espera-se demais de um relacionamento; um dia a gente olha em retrospecto e entende isso.

O telefone tocou de novo.

Oren perguntou:

– O veredito?

Antes, durante o jantar, ela e Oren tinham conversado sobre o caso de homicídio de Richard Levine.

– Ou se acredita no sistema – comentara Oren, na sua condição de agente da lei –, ou não.

– Eu acredito no nosso sistema – respondera ela.

116

– Nós dois sabemos que o que o seu cliente fez não foi legítima defesa.

– Nós não sabemos de nada disso.

– Se ele se safar, isso significa que nosso sistema não funciona?

– Talvez signifique o contrário – disse ela.

– Como assim?

– Talvez signifique que nosso sistema tem a flexibilidade necessária para funcionar.

Oren refletiu sobre isso.

– Levine teve seus motivos. É isso que você quer dizer?

– De certo modo.

– Todo assassino acha que tem motivo para matar.

– É verdade – disse Hester.

– E você acha certo matar alguém por isso?

– Só quando é com nazistas – disse ela, dando um beijo de leve na bochecha dele. – Quando é com nazistas, eu não tenho o menor problema.

Hester se sentou na cama e olhou o celular.

– Não é o veredito – disse ela. Apertou o botão de atender e pôs o telefone na orelha. – Alô.

– Está sozinha? – perguntou Wilde.

Ela não gostou da oscilação na voz dele.

– Não.

– Pode ficar?

Ela gesticulou para Oren que iria para outro cômodo. Oren meneou a cabeça para indicar que entendera. Quando estava na sala de estar, com a porta do quarto fechada, ela disse:

– Certo, qual é o problema?

– Tenho uma pergunta hipotética para você.

– Eu não vou gostar, né?

– Duvido.

– Pode falar.

– Digamos, hipoteticamente, que eu tenha encontrado um corpo.

– Eu sabia que não ia gostar. Onde?

– Em uma residência particular onde eu não deveria estar.

Wilde explicou a busca pelo primo e o fato de ter ido parar na porta dos McAndrews.

– Você sabe de quem é o corpo?

– Do pai. Henry McAndrews.

– Você ainda está na casa?

– Não.

– Alguma chance de a polícia descobrir que você esteve na casa?

– Não.

– Você falou com muita confiança – declarou Hester.

Wilde não respondeu.

– Há quanto tempo você acha que ele morreu?

– Não sou legista.

– Mas...?

– Eu estimaria uma semana, pelo menos.

– Interessante – disse Hester. – Seria de esperar que a esposa ou os filhos avisassem a polícia ou algo do tipo. Imagino que você tenha ligado para pedir conselhos de ordem legal.

Wilde não respondeu.

– Duas opções – continuou ela. – Primeira: abrir o jogo e chamar a polícia.

– Eu invadi a casa.

– Daria para contornar isso. Você passou pela casa. Sentiu um cheiro estranho.

– Aí, todo vestido de preto, com máscara preta e luvas, eu abri a porta de correr dos fundos de uma casa isolada no meio de um terreno particular de milhares de metros quadrados, longe de qualquer lugar onde alguém faria uma caminhada casual...

– Daria para explicar tudo – disse Hester.

– Sério?

– Talvez demorasse um pouco. Mas eles saberiam que você não o matou, porque a autópsia revelaria que ele foi morto há pelo menos uma semana. Com o tempo, eu livraria você.

– E a segunda opção? – perguntou ele.

– Você está com medo de que a polícia não acredite?

– Se eu me apresentar, vão me investigar, vão investigar meu passado, tudo. Talvez até deem mais uma olhada no caso Maynard.

Hester não havia pensado nisso. O caso Maynard parecera um sequestro "comum" para o mundo; mas de comum não teve nada. Isso fora abafado por vários bons motivos.

– Entendi – disse ela.

– E, na melhor das hipóteses, caso eu abrisse o jogo... quem seria o principal suspeito?

– Não entendi... ah, espera. Seu primo?

– Quem mais?

– É, mas fala sério, Wilde. Você o protegeria se ele tiver matado esse cara?

– Não.

– Ser vítima de *troll* não é justificativa para assassinato – disse Hester.

– A menos que seja um nazista.

– Isso é piada?

– Não muito boa, mas é. Não sei se Peter Bennett estava envolvido. Não temos a menor ideia do que está acontecendo.

– Você não pode largar um corpo para apodrecer – explicou Hester. – Minha recomendação como advogada é chamar a polícia.

– Qual é a segunda opção?

– Essa é a segunda opção. A primeira era abrir o jogo. A segunda é fazer uma denúncia anônima. Eu recomendo a primeira opção, mas meu cliente é teimoso.

– E você entende o lado dele – acrescentou Wilde.

– Entendo. – Hester trocou o telefone de mão. – Vamos fazer o seguinte. Eu chamo a polícia. Ninguém pode me obrigar a revelar nomes. Sigilo profissional, mas assim talvez eles me mantenham informada. Imagino que seja impossível rastrear este nosso telefonema, né?

– Exato.

– Certo, eu aviso se descobrir alguma coisa.

Ela desligou. Quando voltou para o quarto, Oren estava se vestindo. Ela não o impediu. Ela não se incomodava de ele passar a noite toda ali, mas isso era algo que nenhum dos dois estimulava.

– Está tudo bem? – perguntou Oren, cobrindo aqueles ombros com a camiseta.

– Você conhece algum policial do condado de Litchfield?

– Posso achar algum, por quê?

– Preciso avisar sobre um corpo.

capítulo quinze

WILDE LARGOU O CARRO com Ernie. Ele faria todo o necessário para garantir que o carro nunca fosse associado a ele. Geralmente, quando esse tipo de coisa acontecia, o veículo precisava ser todo depenado. Ernie não pediria detalhes a Wilde, e Wilde não pediria a Ernie. Mais seguro para os dois lados.

Lola foi buscá-lo. Wilde entregou o pen drive a ela. E, enquanto Lola dirigia sua minivan Honda cheia de cadeirinhas infantis, ele a deixou a par de tudo. O rosto dela ficou sério ao longo do relato.

– Esse pen drive – disse ela. – É melhor eu fazer uma análise completa pessoalmente.

– Você consegue fazer isso?

– Se não for complicado demais, consigo. Não me leve a mal. Eu confio nos meus especialistas. Eles sabem ser discretos.

– Mas você não quer colocá-los nessa posição.

– Não quando tem um cadáver na história.

Wilde meneou a cabeça.

– Faz sentido.

– Ainda assim, não dá para a gente ser o vilão aqui. Se a gente achar alguma coisa que possa ajudar a polícia a encontrar o assassino, vamos entregar, né?

– Vamos.

– Mesmo se for seu primo?

– Especialmente se for ele.

Lola pegou a saída para a Rota 17.

– Você pode dormir na minha casa hoje, se quiser. Minha internet é ótima.

– Estou bem.

Dez minutos depois, ela ligou a seta e parou no acostamento em um lugar completamente escuro. Wilde deu um beijo no rosto dela, saiu e sumiu floresta adentro. Não havia mais nada a fazer essa noite. Ele voltaria para a ecocápsula e dormiria um pouco. Faltava uns 100 metros para chegar lá quando seu celular vibrou. Era uma mensagem de Laila.

Laila: Vem pra cá.

Wilde digitou uma resposta: Você conversou com Matthew?

Laila: É o fim da picada.
Wilde: O quê?
Laila: Se eu precisar pedir "Vem pra cá" duas vezes para você, vai ser o
"fim da picada".

Ele sorriu no escuro e caminhou na direção do quintal de Laila. Ele não estava muito preocupado com Darryl. Isso era problema dela, não dele. Ele não se preocupava de fazer o certo com Laila e ficar longe nem nada do tipo porque, na verdade, seria um jeito muito condescendente de tratar Laila. Ele era transparente com ela, e ela entendia a situação. Quem era ele para "salvá-la" de suas próprias decisões, mesmo se ele questionasse a sensatez dessas decisões?

Bela racionalização.

Laila o recebeu na porta dos fundos. Matthew não estava em casa. Eles subiram direto. Wilde tirou a roupa e entrou no chuveiro. Laila o acompanhou. Às sete da manhã, depois do maior período que ele passara dormindo em muito tempo, Wilde abriu os olhos, piscou e viu Laila sentada na beira da cama, olhando pela janela para a floresta atrás do quintal. Ele ficou observando o perfil dela e não falou nada.

Sem se virar para ele, Laila disse:

– A gente vai ter que conversar sobre isso.

– Tudo bem.

– Mas não hoje. Ainda preciso entender algumas coisas.

Wilde se sentou.

– Quer que eu vá embora?

– Não. – Laila se virou para encará-lo, e, quando ela fez isso, Wilde sentiu um baque no peito. – Quer me contar?

Ele não queria. Não muito. Algumas pessoas gostam de discutir as coisas. Isso as ajuda a encontrar soluções para os problemas. Para Wilde, era o contrário. Ele achava que, muitas vezes, descobria mais quando mantinha tudo guardado, deixando a pressão aumentar até as respostas subirem à superfície. Trocando de metáfora, quando começava a discutir as coisas ele se sentia como se fosse um balão perdendo ar.

Mesmo assim, ele compreendia o valor de trocar ideias com outro ser humano, sobretudo alguém perspicaz como Laila, sem falar do fato de que ele percebia que ela sentiria alguma felicidade ou satisfação com isso. Ele contou tudo o que pôde sobre Peter Bennett, exceto a descoberta do cadáver na noite anterior.

– A Navalha de Ockham – disse Laila, quando ele terminou.

Ele esperou.

– A resposta mais provável é que seu primo tenha ficado consternado com esse escândalo que lhe custou o casamento, a fama, a vida aos olhos dele... e deu um fim a tudo.

Wilde meneou a cabeça.

– Mas você não acredita nessa explicação – completou Laila.

– Não sei.

– O que quer que tenha acontecido com Peter Bennett, provavelmente tem a ver com o status de celebridade de reality show dele.

– Provavelmente.

– E imagino que seu conhecimento sobre esse mundo seja um tanto ou quanto limitado.

– Você tem alguma sugestão?

– Tenho.

– E qual é?

– Você precisa se educar sobre o assunto.

– Como?

– Matthew e Sutton vão chegar daqui a uma hora.

– Quer que eu vá embora?

– Não, quero que você fique. Eles é que vão providenciar a sua educação.

Os quatro – Wilde, Laila, Matthew, Sutton – passaram as horas seguintes assistindo a episódios da temporada de PB&J de *Love Is a Battlefield*.

Sutton olhou para Wilde.

– Você está odiando isso, né?

Ele não viu motivo para mentir.

– É, estou, sim.

Seria clichê Wilde comentar que o programa era vazio, repetitivo, manipulativo, desonesto, forçado, até abusivo – quase nenhum participante saía ileso, sem ser submetido a deboches ou ridicularização ou pintado de maligno, magoado ou lunático –, mas geralmente era fina a linha que separava o clichê da verdade. Wilde tentara assistir ao programa de mente aberta e com pouca expectativa, ciente de que ele não tinha nada a ver com o público-alvo, mas *Love Is a Battlefield* era pior e muito mais destrutivo do que ele imaginara.

Matthew e Sutton assistiam de mãos dadas. Wilde estava sentado na cadeira à direita deles. Laila entrava e saía da sala.

– Meu pai acha que isso marca o fim da civilização – comentou Sutton.

Wilde sorriu.

– Mas a questão é que a gente entende – disse Sutton. – Os pais olham e pensam: "Ah, esses participantes são exemplos horríveis para os nossos filhos, blá-blá-blá". Mas é o contrário. Eles servem de lição.

– Em que sentido? – perguntou Wilde.

– Ninguém quer ser que nem esses desastres – respondeu Sutton, apontando para a tela. – Seria o mesmo que ver uma série policial e ficar com medo de ter vontade de matar alguém. Geralmente a gente vê essas pessoas e pensa: "Ah, não quero ser como elas de jeito nenhum."

Argumento interessante, pensou Wilde, mas isso estava longe de redimir o horrível apelo voyeurista do programa. Por outro lado, claramente os participantes sabiam em que haviam se metido, e não cabia a Wilde julgar os outros. Se não prejudicava ninguém, quem era ele para torcer o nariz?

Entretanto, havia vidas prejudicadas?

Pegar jovens desconhecidos, geralmente pessoas emotivas e voláteis demais, encharcá-las de gasolina e jogá-las nesse barril de pólvora não era pedir para dar problema?

Esse programa de TV destruíra Peter Bennett?

Os elementos do enredo de *Love Is a Battlefield* eram mais ou menos o que ele havia imaginado, ainda que ridiculamente ampliados, mas alguns episódios ajudaram a passar uma noção completa. Havia muitos personagens (cujos nomes o programa sabiamente exibia em um letreiro na parte de baixo da tela) e um monte de drama forçado, mas, no fim das contas, tudo se resumia a uma história simples que todo mundo já viu inúmeras vezes. Jenn precisava escolher entre dois homens. Um era "Bobzão", perigosamente sexy. Era assim que o arrogante Bob Jenkins se referia a si mesmo no programa – Bobzão –, sempre falando de si na terceira pessoa ("Bobzão curte uma bunda redonda, meninas. Nem vem com bunda chapada pra cima de mim, beleza?") durante as "entrevistas" inúteis que apareciam entremeadas no drama. A outra opção era o belo, educado e gentil Peter Bennett, moldado ali como o menino ideal para apresentar à mamãe e ao papai. A princípio, Peter era apresentado como a opção "segura demais" para Jenn, mas, com o tempo, e também com base em reações do público, o programa abandonou todo resquício de sutileza: Bobzão era o vilão malvado, fingido, seboso, e Peter era o cavaleiro heroico que proporcionaria amor verdadeiro e realização a Jenn, se ela conseguisse enxergar a verdade.

As vinhetas intermináveis, especialmente conforme a série se prolongava, passavam tanto a impressão de que Jenn ia escolher Bobzão, que o público tinha certeza de que ela jamais ficaria com Peter. Ainda assim, os produtores extraíram cada molécula de "suspense" na Última Batalha, incluindo uma cena de "Luta" com muita fumaça em que parecia que Bobzão tinha saído como vencedor, mas acabou sendo abandonado por Jenn, que preferiu Peter Bennett, o "vencedor do seu coração".

Som de violinos.

– A família de Bobzão é uma comédia, né? – disse Sutton. – A mãe dele entrou para o *Battlefield* da Terceira Idade.

– Terceira Idade? Então é...?

– Mais ou menos o mesmo programa, mas com idosos. Essas visitas à família são bem doidas. Você viu Silas, o irmão de Peter? O cara não falou nada o tempo todo. Ele só ficava abaixando aquele boné de caminhoneiro. Foi tão ranzinza que acabou ficando meio famoso. Enfim, as irmãs dele pareciam legais, mas nenhuma tinha potencial como celebridade. Mas a mãe de Bobzão? É uma comédia.

– Bobzão ficou contrariado com a derrota? – perguntou Wilde.

– Não muito – disse Sutton. – Não acredito que você nunca tenha ouvido falar em Bobzão.

Wilde deu de ombros.

– Enfim, Bobzão foi imediatamente para o *Combat Zone*, um *spin-off*.

– *Spin-off?*

– Basicamente, jogam todos os participantes derrotados mais populares em uma ilha, e eles começam a se pegar. Um monte de drama e babado. Enfim, Bobzão vivia indo para a Linha de Frente com várias mulheres. Fez tanto Brittany quanto Delila se apaixonarem por ele e depois executou as duas no Paredão de Fuzilamento... no primeiro episódio. As duas. Acho que foi a primeira vez que teve uma execução dupla no programa.

Wilde manteve o rosto impassível.

– E Jenn e Peter?

– Eles viraram PB&J – respondeu Sutton –, talvez o casal mais querido da história do programa. Eu sei que você acha o programa idiota, a gente também acha, mas a gente se junta para assistir, comentar, rir... a gente entende, Wilde. Sabe como é?

– Acho que sei.

– Tem outra coisa. Talvez seja só impressão minha, mas acho que é verdade.

– O quê?

– Realmente, tem manipulação, é editado para contar uma história específica e tal, mas os participantes não conseguem enganar o público para sempre.

– Não entendi.

– Seu primo Peter. Não acho que seja fingimento. Ele é mesmo uma pessoa boa... e Bobzão é mesmo um babaca. Não são só papéis sendo interpretados. Depois de um tempo, por mais que eles tentem disfarçar o que são, a câmera dá um jeito de revelar o caráter verdadeiro.

Wilde sentiu o telefone vibrar. Era uma mensagem de uma palavra só de Hester:

Liga.

Wilde pediu licença e saiu da casa. Ele tinha procurado na internet qualquer menção a um assassinato em Connecticut ou alguma coisa sobre McAndrews. Até então, não havia nada. Ele ligou para Hester. Ela atendeu no primeiro toque.

– Vou dar a boa notícia antes – disse Hester –, porque a notícia ruim é muito ruim.

– Tudo bem.

– Falei com o agente de Jenn Cassidy. Jenn está na cidade para algum troço promocional e aceitou me receber.

– Como você a convenceu?

– Querido, eu trabalho com televisão. É só isso que o agente de Jenn quer saber. Vai ver acham que eu vou fazer um perfil favorável sobre ela, sei lá. Não importa. Vou me encontrar com ela. Posso perguntar sobre seu primo Peter. Essa é a boa notícia.

– E a ruim?

– A vítima do assassinato em Connecticut era mesmo Henry McAndrews.

– Certo.

– Henry McAndrews – repetiu Hester –, também conhecido como "ex--chefe-assistente do Departamento de Polícia de Hartford".

Wilde sentiu o estômago dar um nó.

– Ele era policial?

– Aposentado e cheio de condecorações.

Wilde não falou nada.

– Um deles foi morto, Wilde. Você sabe que rumo isso vai tomar.

– Como eu disse, não me interessa proteger um assassino.

– Correção: assassino de *policial*.

– Anotado – disse Wilde.

– Oren está muito abalado.

– Me fala o que eles sabem até agora.

– McAndrews está morto há pelo menos duas semanas.

– Tem algum boletim de ocorrência do desaparecimento dele?

– Não. Henry e Donna estavam separados. Ele usava aquela casa, e ela ficou em Hartford. Não tinham contato.

– Causa da morte?

– Três tiros na cabeça.

– O que mais?

– Só isso. A mídia não vai demorar para entrar na história. Wilde?

– Quê?

– Você pode conversar com Oren. Extraoficialmente.

– Ainda não, mas pede para ele avisar à polícia para investigar o computador de McAndrews. – Algo deu um estalo na cabeça de Wilde. – Eu também gostaria de saber o que McAndrews estava fazendo na aposentadoria.

– Como assim?

– Ele estava trabalhando? Estava vivendo só da pensão?

– O que isso tem a ver com a história?

– Se o assassinato dele estiver relacionado com meu primo...

– O que parece provável, não?

– Talvez, não sei, tanto faz. Mas o que McAndrews estava fazendo? Era só um fã *troll* anônimo comum? Ou foi contratado para trollar?

– Seja como for, você sabe quem vai ser o principal suspeito?

Ele sabia. Peter Bennett.

capítulo dezesseis

Chris Taylor estava no Twitter quando topou com a manchete:

HOMEM DE CONNECTICUT ENCONTRADO MORTO

A matéria não lhe despertou nenhum grande interesse. Era só um assassinato em outro estado, nada a ver com ele, mas Chris achou vagamente curioso a história estar tendo uma presença tão forte nas redes sociais. Ele clicou no link e sentiu o sangue gelar:

Henry McAndrews, chefe-assistente aposentado da polícia de Hartford, foi encontrado executado a tiros no porão de sua residência em Harwinton, CT.

Tudo bem, era um chefe de polícia aposentado. Isso explicava por que a matéria estava circulando mais do que um assassinato comum.

Henry McAndrews.

Esse nome parecia familiar. E não no bom sentido.

Chris tirou o gorro hipster. Ele também deixara crescer uma barba hipster. Usava jeans justos e tênis irônicos e camisetas básicas, tudo um esforço hipster relativamente bem-sucedido para desfazer o visual mais nerd do Estranho. Tinha funcionado mais ou menos, especialmente considerando que ele quase não saía do apartamento. Na encarnação anterior, Chris revelara segredos que achava serem prejudiciais à humanidade. A própria vida dele havia sido arruinada por segredos. Portanto, sua filosofia passara a ser simples: arrastar esses segredos para a luz do dia. Quando fossem expostos ao sol, os segredos definhariam e morreriam.

Mas ele se enganara.

Às vezes, os segredos definhavam e morriam mesmo – mas, em outros momentos, eles se fortaleciam demais, alimentando-se do sol e espalhando destruição. As repercussões haviam pegado Chris de surpresa. Ele acreditava que injustiças eram corrigidas pela verdade, mas, no fim das contas, muitas vezes o tiro saía pela culatra. Ele havia aprendido por mal – com sangue e violência. Pessoas inocentes se feriram e até morreram. No entanto, quando se enfrenta um contratempo ao tentar fazer o bem, a solução é desistir e dizer que não dá para fazer nada? Jogar as mãos para o alto e se render às maldades perniciosas que infectam todo mundo? Essa teria sido a opção fácil. Chris conseguira escapar em segurança da confusão que ajudara a criar. Tinha dinheiro de suas atividades. Levava uma vida confortável e podia continuar assim sem se preocupar em corrigir injustiças. Mas ele não era assim. Ele tentara deixar para lá, mas não adiantou.

Então, agora, Chris ajudava as pessoas de outro jeito.

Ele formara o Bumerangue para ajudar vítimas de ataques que elas não tinham como revidar. Castigava não só pessoas que criavam segredos, mas também quem mentia, maltratava, perseguia – e fazia isso no anonimato. Ele ia atrás de gente que não cumpria absolutamente nenhum propósito positivo na sociedade e só degradava e destruía o bem. Ele se esforçava muito para minimizar os erros cometidos como o Estranho. Seu antigo trabalho tinha sido um composto volátil. Ele não conseguira controlar.

Com isto – o Bumerangue –, ele podia garantir a segurança.

Nem sempre. Não em 100% das vezes. Sempre havia a chance, apesar de todos os esforços dele, de que uma pessoa inocente fosse castigada. Ele entendia. Não era cego nem burro. Era por isso que conferia tudo duas, três vezes. Se era para o Bumerangue partir para cima de alguém, Chris queria se assegurar de que a pessoa merecia. Claro, ele podia parar tudo, deixar nas mãos das autoridades ainda atrasadas demais na defesa das vítimas do novo mundo digital, mas o medo de cometer erros era motivo para deixar de fazer o certo? Nosso sistema judiciário é imperfeito, mas ninguém sugere abandoná-lo por causa de um ou outro equívoco, né? Não é para desistir. É para tentar se aprimorar e ser melhor. A gente faz o possível e torce para o saldo no fim das contas pender mais para o bem do que para o mal.

O Bumerangue ajudava as pessoas. Protegia os inocentes e castigava os culpados.

Mas então ele leu o nome de novo.

Henry McAndrews.

Chris pesquisou o nome e achou o arquivo.

Era má notícia. Péssima notícia.

Chris – o Leão – pegou o celular descartável. Ele tinha um sistema de comunicação pela *dark web* que era praticamente impossível de ser rastreado. Compôs uma mensagem que apenas Alpaca, Girafa, Gatinho, Pantera e Urso-polar entenderiam.

CATEGORIA 10

O sinal urgente. E acrescentou, só por garantia:

NÃO É UM EXERCÍCIO.

capítulo dezessete

– É UM PRAZER CONHECÊ-LA – disse Jenn Cassidy para Hester. – Eu adoro ver você analisar casos de tribunal na TV.

– Obrigada.

– Sou sua fã há anos.

A voz de Jenn era um pouco aspirada. Geralmente Hester sabia interpretar bem as pessoas, mas era difícil saber se a celebridade de reality show estava sendo sincera ou não. Jenn Cassidy tinha aquela beleza americana clássica – loura, sorriso largo, olhos bem azuis. A maquiagem, como era o costume ultimamente, era um pouquinho pesada demais para o gosto de Hester. Jenn estava com aqueles cílios obviamente falsos que pareciam duas tarântulas deitadas de costas em cima do asfalto quente. Mesmo assim, passava uma impressão amistosa, acessível, até confiável, e Hester entendeu por que ela fora selecionada como exemplo perfeito de boa menina em um reality show. Nada na beleza dela parecia intimidar.

O porteiro abriu a porta para elas. Jenn conduziu Hester pelo saguão da enorme torre de vidro do edifício Sky. Lá dentro, ela apertou o botão do segundo andar.

– Antes a gente ficava mais alto – explicou Jenn.

– Perdão, não entendi.

– Eu ainda falo "a gente"... Peter e eu. Preciso parar com isso. Enfim, quando a gente... olha eu de novo... quando Peter e eu estávamos juntos, nos puseram para morar no 78º andar, em um duplex de quatro quartos. Agora estou no apartamento do segundo. Deve ter um terço do tamanho.

– Você reduziu a escala depois do término?

– Eu não. Eles. Os donos do prédio, no caso. É que prédios assim sempre têm apartamentos não vendidos. Já que eles ficam vazios, os donos deixam influenciadores morarem de graça com a condição de que a gente poste fotos.

– Entendi – disse Hester. – Vocês fazem propaganda do prédio?

– É.

– Tipo uma aprovação de celebridade?

– Exato.

– E é disso que você vive – continuou Hester. – De patrocínios. Você usa certo vestido de grife ou vai a uma boate nova, e milhões de pessoas veem, então essas empresas pagam.

– É. Ou, como neste caso, é uma permuta. Quando Peter e eu estávamos no auge da popularidade, o Sky alugou para nós a suíte do 78º andar por dois anos, com a condição de que o apartamento aparecesse nas nossas redes sociais pelo menos uma vez por semana. Quando chegou a hora de renovar, passaram a gente... bom, só eu agora... aqui para baixo.

– Celebridade menor, espaço menor – disse Hester, bruscamente.

– Não me leve a mal – disse Jenn, colocando a mão no braço de Hester. – Não estou reclamando. Ainda é maravilhoso estar aqui. – A porta do elevador fez "plim" e se abriu. – Eu entendo como o ramo funciona. A vida de influenciadora tem prazo de validade curto. É para servir de ponto de partida.

– Então quais são seus planos para o futuro, Jenn?

A porta do apartamento se abriu com um controle eletrônico, em vez de uma chave.

– Ah – disse Jenn, com um tom meio decepcionado. – Achei que fosse por isso que você queria falar comigo. Eu trabalhava com direito antes de *Love Is a Battlefield*.

– Fazendo o quê?

– Era auxiliar jurídica, mas tinha passado para uma faculdade de direito.

– Que interessante.

Jenn deu um sorriso ao mesmo tempo fofo e lindamente tímido.

– Obrigada.

– Você pretende se matricular agora que o programa acabou?

– Na verdade, eu estava pensando em tentar ser uma analista de TV especializada em direito.

– Ah – disse Hester. – Eu adoraria conversar sobre isso com você em outra ocasião, mas não foi por isso que vim aqui.

Jenn gesticulou para elas se sentarem em um sofá bege-claro. Havia espelhos e quadros genéricos nas paredes. Nenhuma foto, nada pessoal, mais parecia que era tudo um hotel elegante, ainda que não acolhedor, e não um lar de fato. Hester se perguntou se aquele era um apartamento-modelo.

– Estou aqui para falar de Peter Bennett – disse Hester.

Jenn piscou, surpresa.

– Peter?

– É. Estou tentando encontrá-lo.

Ela levou um ou dois segundos para absorver a informação.

– Posso perguntar o motivo?

Hester refletiu sobre como tratar a questão.

– É para um cliente.

– Um dos seus clientes está procurando Peter?

– Isso.

– Então é uma questão jurídica?

– Não posso dizer mais nada – respondeu Hester. – Como profissional da área, você sabe como é.

– Sim, eu sei. – Jenn ainda parecia chocada. – Faz meses que não tenho notícias de Peter.

– Você pode ser mais específica?

– Não sei onde ele está, Dra. Crimstein. Sinto muito.

– Pode me chamar de Hester – disse ela, abrindo seu sorriso mais encantador. – Vocês eram casados.

Ela respondeu em voz baixa:

– É.

– De verdade? Não era só, sei lá, um casamento de TV?

– Sim. Legalmente e em todos os sentidos.

– Certo, e aí, claro, todo mundo sabe o que aconteceu naquele podcast *Reality Ralph*. Foi aquilo que fez vocês terminarem?

– Isso é tudo... – Jenn manteve os olhos no piso de madeira clara. – Estou me sentindo um pouco encurralada aqui.

– Por quê? Você falou que não sabe onde Peter está...

– Não sei.

– ... mas com certeza já deve ter ouvido os boatos sobre o que aconteceu com ele, né?

Jenn não disse nada. Hester insistiu.

– Estou falando daqueles que especulam que Peter teria ficado tão transtornado com a onda de ódio que acabou se matando.

Jenn fechou os olhos.

– Já ouviu esses boatos?

A voz de Jenn ficou ainda mais baixa.

– Claro.

– E acha que é verdade?

– Que Peter se matou?

– É.

Jenn engoliu em seco, com força.

– Não sei.

– Vocês eram casados. Você o conhecia bem.

– Não, Dra. Crimstein, eu *achava* que o conhecia bem. – A voz de Jenn agora tinha um tom cortante. Ela levantou o rosto. – Eu me dei conta de uma coisa.

– O quê?

– Talvez eu nunca tenha conhecido Peter de verdade – disse Jenn. – Talvez seja impossível conhecer as pessoas.

Hester decidiu não reagir a essa declaração dramática, embora compreensível.

– Então, eu ouvi o podcast, aquele em que sua irmã denunciou seu marido.

– Dra. Crimstein?

– Hester.

– Hester, acho que já falei o bastante.

– Mas você não falou nada ainda. Você ficou com raiva dela?

– Dela?

– Da sua irmã. Você ficou com raiva dela?

– O quê? Não, por que eu ficaria com raiva dela? Ela também foi uma vítima.

– Como assim?

– Talvez tenha sido dopada por Peter.

– *Talvez?* É, mas, antes disso, sua irmã... como é que ela se chama, mesmo? Eu vivo me esquecendo.

– Marnie.

– Marnie. Obrigada. Então, o que eu acho curioso é o seguinte, Jenn, e talvez a gente, duas pessoas do direito, consiga se ajudar. Marnie falou que seu marido mandou fotos dele pelado *antes* desse incidente em que ela talvez tenha sido dopada. Por que ela não falou nada para você imediatamente?

– Não é tão simples.

– Para mim, é – disse Hester. – Esclareça para mim.

– Marnie foi uma vítima. Você está acusando a vítima.

– Não, meu bem, você vai saber quando eu acusar a vítima. Nada de modular discurso aqui. O que eu não entendo é o seguinte, vê se você me explica: digamos que você se chama Marnie Cassidy. Você ama sua irmã Jenn, mais velha e muito bem-sucedida. Ela acabou de se casar com um cara incrível chamado Peter. Um dia, Peter manda para você, posso ser vulgar?, uma foto de pinto. Você, Marnie, não fala nada para sua querida irmã Jenn?

133

Você não avisa que ela está casada com um pervertido infiel destrutivo? – Hester balançou a cabeça. – Entendeu o meu problema? Agora inverta a situação. Imagine que Marnie se apaixonou e se casou com um cara que ela conheceu em um programa de TV. Esse cara manda fotos do bilau dele para você. Você não contaria para Marnie?

– Contaria – disse Jenn, devagar. – Mas, repito, não é tão simples.

– Tudo bem, então complica para mim. Me fala o que eu estou deixando passar.

– Marnie não é forte. Ela é muito manipulável.

– Certo, mas como ela poderia ser manipulada para não contar para a própria irmã de quem ela tanto gosta?

Jenn começou a retorcer as mãos.

– Também já pensei nisso.

– E?

– Não estou a fim de falar disso.

– É difícil. Mas me conta mesmo assim.

– Acho que Marnie achou, ou talvez Peter a tenha convencido, que, se ela me falasse das fotos, eu botaria a culpa nela.

– Na sua irmã?

– É.

– E não no seu marido?

– Exato.

– Ah, que interessante – disse Hester. – Como se, por algum motivo, você fosse achar que talvez a iniciativa tivesse partido de Marnie.

– Ou, sei lá, que ela tivesse dado abertura ou pedido, sei lá.

– Cá entre nós, garotas, você acha que foi isso que aconteceu?

– Quê?

– Você acha que a iniciativa partiu de Marnie?

– Quê? Não. Não foi isso que eu disse...

– É o que parece, para mim. E talvez não tenha sido intencional. Talvez sua irmã tenha só flertado com Peter, e ele entendeu errado.

– Que coisa horrível de se falar.

– Bom, a teoria é sua, não minha. Seja como for, Marnie nunca falou das fotos de pinto para você. Ela nunca disse que teve qualquer contato ilegítimo com seu marido, correto?

Jenn não falou nada.

– Na verdade – continuou Hester –, você só ouviu essas verdades terríveis sobre o seu marido quando sua irmã Marnie divulgou naquele podcast. Ela não contou para você antes. Ela contou para o mundo inteiro. Você não achou isso estranho?

– O que exatamente você está insinuando? – perguntou Jenn.

– Acho que é bem óbvio. Marnie é o que antigamente a gente chamava, deve ser politicamente incorreto agora, de "maria holofote".

– Espera aí...

– Para de agir como se não fizesse a menor ideia do que estou falando. É um insulto para nós duas. Sua irmã fez testes para um monte de reality shows, mas nunca foi selecionada. Ninguém reparou, ninguém deu a mínima. Ela chegou a conseguir uma vaga na produção de um canal miúdo, mas só porque era irmã de Jenn Cassidy, e foi eliminada na primeira semana. A fama dela, qualquer que fosse, desabou. Mas, ora, veja só, desde que Marnie denunciou seu marido e destruiu seu casamento, bom, agora Marnie é uma grande celebridade. Virou jurada no RuPaul e...

– Qual é o propósito disso tudo?

– Talvez Marnie tenha mentido. Talvez ela tenha inventado a história toda.

Jenn fechou os olhos e balançou a cabeça.

– Não. Marnie não mentiu sobre Peter.

– Como você pode ter tanta certeza?

Ela abriu os olhos.

– Você acha que eu também não desconfiei?

– Da sua irmã?

– De tudo. Você sabe como funciona um reality show?

– Não.

– É tudo ilusão. Tem teatro, sim, mas parece mais um truque de mágica. Não dá para confiar em nada do que se vê. Eu vivo com isso todo dia. Então, sim, eu confiava na minha irmã. Ainda confio e sempre vou confiar. Mas eu não ia jogar meu casamento fora com base em drama de podcast.

– Você disse que sua irmã era manipulável. Você achou que talvez...

– Não achei que talvez nada – retrucou Jenn, meio ríspida. – Eu queria uma confirmação.

– E conseguiu?

– Consegui.

– Como?

Jenn respirou fundo.

– Peter não sabe mentir muito bem.

Geralmente Hester metralhava as perguntas, mas ela esperou Jenn dar mais detalhes.

– Peter admitiu. Aqui mesmo. Bem neste sofá.

– Quando?

– Uma hora depois do podcast.

Hester abaixou a voz.

– O que ele disse?

– A princípio, ele insistiu que nada daquilo era verdade. Eu fiquei aqui olhando para ele, olhando, tentando fazer com que ele olhasse para mim, e ele não conseguia. Ah, eu queria acreditar nele. Queria muito acreditar nele. Mas dava para ver na cara dele. Esse é o tamanho da minha estupidez e ingenuidade.

– Ele tentou explicar?

– Ele disse que não era o que eu estava imaginando. Disse que eu não entenderia.

– O que ele quis dizer com isso?

Jenn jogou as mãos para o alto.

– Não é isso que todo homem fala nessas situações? Vai ver foi o estresse de participar do programa e viver sob o julgamento do público. Aí junta os nossos problemas de fertilidade. Com o histórico de Peter, acho que essa parte foi especialmente delicada. Ele queria muito ter filhos.

– Que histórico?

– Como assim?

– Você disse que, por causa do histórico de Peter, os problemas de fertilidade eram mais delicados. Como assim?

– Você não sabe?

Hester deu de ombros para indicar que não fazia ideia.

– Ah, claro – disse Jenn. – Como você poderia saber? Peter mantinha isso em segredo. Eu mesma só fui saber depois que a gente se casou.

– Saber o quê?

– Peter era adotado. Ele não faz a menor ideia de quem eram seus pais biológicos.

capítulo dezoito

Quando Katherine Frole atende a porta, eu pareço uma daquelas celebridades que fingem que não querem ser reconhecidas.

O que isso significa?

Simples. Um boné. E óculos escuros.

Todas as celebridades – certo, é mais justo dizer *A maioria* em vez de *Todas* – fazem isso, por mais óbvio que seja. Sempre que tem alguém em um ambiente fechado ou em algum lugar sem sol e a pessoa está de boné e óculos escuros, bom, ela está assim para evitar ser reconhecida – ou está anunciando com um letreiro de neon para o mundo que ela é importante e que é alguém que *deveria* ser reconhecido?

Não dê ouvidos para as queixas dessas pessoas: celebridades querem ser reconhecidas. Sempre. Elas não existem sem isso.

Já eu não quero que ninguém me reconheça. Especialmente hoje.

Katherine está feliz de me ver. Isso é bom. Significa que ela ainda não sabe de Henry McAndrews. Curiosamente, ela aponta para mim – meu boné e meus óculos escuros, especificamente – e pergunta:

– Para que o disfarce?

– Ah, nada – respondo, entrando na sala dela. – Sabe como é.

– Que surpresa ver você de novo. É que eu já infringi o protocolo por você...

– E eu agradeço – acrescento, rápido, com o sorriso mais largo que eu consigo dar.

Katherine não fala nada por um instante. Acho isso um pouco preocupante, porque ela trabalha para a polícia – o FBI, para ser mais exato. Isso acarreta uma série de problemas particulares, mas não posso me preocupar com isso agora. Katherine está vestida com uma blusa justa e jeans *skinny*. Ou seja, dá para ver que ela não está armada.

Já eu estou com um casacão amarelo. Disfarça bem minha Glock 19.

Só disparei uma arma uma vez na vida. Bom, três vezes, na verdade. Mas os três tiros foram todos consecutivos, pá-pá-pá, então eu conto como uma vez só. Ouvi dizer que na vida real era difícil mirar, complicado, ao contrário do que parece na televisão e nos filmes, que é preciso ter bastante treino e experiência.

Mas, no meu caso, todos os três tiros foram no alvo.

Eu estava perto, claro.

Katherine continua sorrindo para mim, quase alegre por estar na minha presença. É isso que eu acho mais peculiar em relação à fama. Katherine Frole é uma mulher importante. Ela trabalha com perícia forense para o FBI. Tem dois filhos promissores e um marido que é o principal responsável por cuidar da casa, o que a deixa livre para investir na carreira. Os dois estão juntos desde que se conheceram no segundo ano no Dartmouth College, há vinte anos. Resumindo, Katherine Frole tem alto nível de instrução e uma vida estável e bem-sucedida – e, apesar disso, é doida, doida, doida por *Love Is a Battlefield*.

Todo mundo tem suas contradições, né?

– Tentei vir aqui semana passada – digo –, mas você não estava.

– É. – Ela pigarreia. – Estava em Barbados com a família.

– Que bom.

– Acabei de voltar.

E, claro, é por isso que estou aqui agora.

– Então – Katherine se deixa cair na cadeira atrás da mesa –, o que posso fazer por você?

– Quando você estava investigando meu caso... – começo.

– Deixa eu interromper – diz ela, levantando a mão. – Como eu falei antes, já infringi o protocolo porque, bom, você sabe o motivo.

Eu sei.

– Mas já chega. Não posso oferecer mais nada.

– Eu sei. – Faço questão de sorrir com a boca e os olhos. – E eu agradeço por tudo o que você fez. Sério. É só que me bateu a curiosidade de saber se você conseguiu descobrir mais alguma coisa.

Pela primeira vez, vejo a dúvida tocar o rosto dela.

– Não sei do que você está falando.

– Você faz esse tipo de coisa com muita frequência – digo. – Não é?

– Isso não é relevante. – As palavras de Katherine agora estão saindo em sopros nervosos. – Não posso falar mais nada. Infringi o protocolo. Não deveria ter feito isso. Mas não posso fazer de novo.

– Preciso confessar uma coisa – eu digo.

– É?

– Você precisa entender – digo. – Não dava para eu só saber o nome.

O sorriso desaba do rosto dela como uma bigorna.

– Como assim?

– Eu tive que ir até ele.

– Meu Deus.

– Para conseguir respostas. Quer dizer, como poderia não ir?

– Mas você prometeu...

– Só saber o nome... não foi suficiente. Você precisa entender. Eu tinha que confrontá-lo.

A voz de Katherine agora é um sussurro.

– Ah, não. – Ela fecha os olhos, espera um segundo, pigarreia. – Você falou com McAndrews?

– Falei.

– O que ele disse?

– Que estava agindo sozinho – respondo.

– Só isso?

– Só. É por isso que eu preciso saber mais, Katherine. Considerando todo o seu apoio, toda a pesquisa que você fez para mim, tenho que perguntar: você achou mais coisa?

Katherine continua calada.

– Você tem uma casa legal e uma sala na sede do FBI – continuo, inclinando a cabeça com a maior sutileza. – E, apesar disso, mantém esta salinha fajuta que ninguém conhece. Por quê?

– Preciso pedir que você vá embora.

– Você mantém os segredos aqui? É por isso? Os segredos estão nesse computador?

O celular dela está em cima da mesa. Ela tenta pegar. Ao mesmo tempo, eu abro o zíper do meu casaco amarelo e saco a arma. Não treinei, mas faço o movimento sem me atrapalhar. Sempre tive uma boa coordenação motora e agilidade de atleta. Deve ser isso.

– Larga o telefone – eu digo.

Os olhos de Katherine estão arregalados feito dois pires.

– Henry McAndrews morreu, Katherine.

– Ai, meu Deus. Você...?

– Matei, sim. Você não acha que ele merecia?

Ela é esperta demais para responder.

– O que você quer?

– O resto dos seus nomes.

– Mas ele foi o principal responsável.

– Não só os envolvidos neste.

Ela parece confusa.

– Quero todos os nomes que você achou que não mereciam castigo.

– Por quê?

Acho que é bem óbvio, mas não entro em detalhes.

– Não vou machucar você – digo, com a voz mais reconfortante possível. – Já ouviu falar de garantia de destruição mútua? Somos nós, Katherine. Você e eu. Se você tentar me incriminar pelo assassinato de McAndrews, vai dar ruim para você. Foi você que me deu o nome dele. Ia acabar se revelando. Viu? Você tem um podre meu, eu tenho um podre seu.

– Está bem – diz ela, com um gesto excessivamente dramático da cabeça. – Vai embora, então. Prometo que não vou falar nada.

Ela acha que eu sou idiota.

– Preciso dos nomes antes.

– Não tenho.

– Por favor – peço. – Mentir para mim não vai ajudar em nada. Você não concordou que McAndrews deveria ter sido castigado?

– Sim, castigado, mas...

Eu levanto a Glock. Katherine para de falar e olha fixamente para a arma na minha mão. É assim. Ela mal tem olhos para mim. Seu mundo inteiro encolheu até ficar do tamanho da boca da minha arma.

– Ah... certo – gagueja ela –, você tem razão. Vou te dar os nomes. Só abaixa a arma, por favor.

– Já que vai dar na mesma, vou ficar com ela até a gente terminar. – Gesticulo com a arma na direção do monitor dela. – Abre os arquivos. Quero ver o que você tem aqui.

Os seres humanos são uma grande salada de comportamentos, né? Então não consigo deixar de imaginar: se não fosse o podcast *Reality Ralph* e o horror daquela exposição, onde eu estaria agora? Meu palpite: eu estaria com minha vida "normal" – eu penso essa palavra entre aspas –, em vez de estar me preparando para cometer meu segundo assassinato. Se não fosse por aquele podcast, eu jamais teria procurado a identidade do homem que mandou aquelas mensagens e fotos horríveis. Eu jamais teria comprado uma arma. Jamais teria tirado uma vida.

Claro que, mesmo assim – e essa é a parte interessante –, a morte de McAndrews podia – *devia* – ter sido o fim da história. Eu teria me vingado. O assassinato dele jamais seria associado a mim. Daria tudo certo.

Esse era o plano.

Mas aí, quando fiquei cara a cara com McAndrews, quando apertei o gatilho pela primeira vez. Pela segunda. Pela terceira...

Sabe o que eu descobri?

Para falar a mais pura verdade, sabe o que eu percebi?

Que eu tinha gostado. Muito.

Tinha gostado de matá-lo.

Todo mundo já leu livros e viu filmes sobre assassinos psicopatas, que não conseguem se conter, que ficam viciados na descarga de adrenalina, que começam na infância com animais pequenos. O gato de um vizinho some. Depois é um cachorro. Dizem que é assim que acontece. Um desenvolvimento gradual. Eu acreditava nisso antigamente.

Não mais.

Acho que, se as circunstâncias não tivessem me obrigado a matar, eu jamais teria descoberto essa onda. Eu só teria seguido minha vida. Como você. Como a maioria das pessoas. Essa necessidade, essa ânsia, teria continuado adormecida.

Mas, quando apertei aquele gatilho...

"Êxtase" é a palavra certa? Ou será que é mais uma compulsão?

Não sei.

Quando matei Henry McAndrews – quando tive esse gostinho –, vi que não tinha mais volta.

Aquilo me transformou. Eu não conseguia dormir. Não conseguia comer. Não por causa da culpa. Eu não dava a mínima para isso. Eu não parava de pensar no gatilho sendo apertado e na cabeça dele explodindo em uma nuvem vermelha. Mais do que isso, eu estava – estou – obcecado em repetir a experiência.

Então eu penso: se não fosse pelo podcast *Reality Ralph*, se não fosse pela vergonha, violência e traição, eu teria passado o resto da vida sem conhecer essa sensação, sem experimentar essa energia – e a abstinência.

Teria sido uma vida melhor ou pior? Não sei. Com certeza, teria sido uma vida menos autêntica.

Estou sorrindo enquanto penso nisso tudo, e Katherine está apavorada. Abandonei os costumes antigos, as cordialidades da vida, as máscaras do cotidiano que a gente usa. É absurdamente libertador poder viver do jeito que a gente quer.

Não tenho vontade de matar Katherine. No futuro, a meta – a justificativa que pretendo adotar para o que estou fazendo – é matar só quem merece. É por isso que eu preciso da lista de nomes. Vou matar as pessoas que trollam e se divertem machucando os outros anonimamente.

Katherine Frole não é assim. Ela tem bom coração.

Mas também reconheço que meu argumento de que "eu tenho um podre seu e você tem um podre meu" é extremamente fraco. O mais provável é que ela conte para as autoridades em algum momento, mesmo que acabe sofrendo consequências brandas.

Logo, não posso deixá-la viva.

Katherine agora está ansiosa para me agradar. Ela digita no computador e vira o monitor para mim.

– Os nomes estão todos aqui – diz ela, com voz nervosa. – Não vou falar nada. Prometo. Por favor, eu tenho família. Tenho filhos...

Aperto o gatilho três vezes.

Como da outra vez.

capítulo dezenove

QUANDO WILDE CHEGOU, Vicky Chiba, a irmã de Peter Bennett, estava cuidando do jardim no quintal. Suas luvas de jardinagem eram tão grossas que as mãos dela pareciam as do Mickey. Ela estava olhando para baixo, trabalhando na terra solta com uma pazinha.

Wilde havia decidido fazer uma abordagem direta. Antes mesmo que ela pudesse se virar, ele disse:

– Você mentiu para mim.

Vicky girou a cabeça na direção dele.

– Wilde?

– Você disse que ia conferir sua árvore genealógica para mim.

– Sim, claro. Eu vou, prometo. Qual é o problema?

– Minha colega se encontrou com Jenn.

– Tudo bem. E daí?

– Ela disse que Peter foi adotado.

O queixo dela caiu.

– Vicky?

– Jenn falou isso?

– Falou.

Ela fechou os olhos.

– Então Peter contou para ela. Eu não sabia.

– É verdade?

Vicky assentiu, devagar.

– Então você não tem parentesco genético comigo. Seus pais, seus outros dois irmãos, nenhum de vocês tem o meu sangue.

Vicky se limitou a olhar para ele.

– Por que você mentiu para mim? – perguntou Wilde.

– Não menti. – Ela se mexeu, inquieta. – Só achei que não cabia a mim falar para você. Peter não queria que ninguém soubesse.

– Você sabe alguma coisa sobre a família biológica dele?

Vicky suspirou, ficou de pé e espanou a terra do corpo.

– Vamos entrar. Eu conto tudo. Mas, antes: você achou Peter?

– Você não tinha certeza de que ele estava morto?

– Tinha, sim. Mas não tenho mais.

– O que fez você mudar de ideia?

– Achei que Peter tivesse se matado por causa dos efeitos de PB&J e daquele podcast.

– E agora?

– Agora, meu irmão tem parentesco de sangue com você.

– E daí?

– E daí que estou pensando que o que quer que tenha acontecido com ele – disse ela, devagar – talvez não tenha a ver com Jenn e aquele programa. Talvez seja algo mais.

– Tipo o quê?

– Tipo *você*, Wilde. Tipo o que aconteceu quando você era criança, sei lá, como se, anos depois, o eco disso tivesse chegado até ele.

Wilde ficou parado, sem saber o que dizer.

– Preciso de um segundo – disse Vicky. – Isso tudo me deixa muito abalada. Mas vou contar tudo.

Vicky Chiba preparou um "chá herbal de cura" que ela disse ter "propriedades medicinais mágicas". Wilde queria que ela falasse logo, mas havia o momento certo para pressionar e havia o momento de dar espaço. Ele esperou e a observou. Ela estava completamente concentrada no preparo do chá, com movimentos deliberados. Em vez de sachês, usou folhas soltas e um coador. Sua chaleira tinha acabamento de pedra cinzenta e cabo cor de madeira e apitou alto quando o chá ficou pronto. Uma das xícaras de cerâmica dizia "Om Namastê" (ela deu essa para Wilde), e a outra, "O que pensamos nos tornamos – Buda".

Ela tomou um gole do chá. Wilde fez o mesmo. Havia notas de gengibre e lilás. Ela tomou outro gole. Abaixou a xícara e a afastou.

– Um dia, quase trinta anos atrás, meus pais voltaram do que devia ter sido uma viagem de férias na Flórida. Não lembro quanto tempo passaram por lá. Nós três, eu, Kelly e Silas, estávamos com a Sra. Tromans. Era a nossa babá na época. Uma senhora simpática. – Vicky balançou a cabeça, estendeu a mão para pegar o chá, parou, voltou a apoiar a mão no colo. – Enfim, a gente morava em Memphis. Eu lembro que meu pai pegou a gente na casa da Sra. Tromans. Ele estava se comportando de um jeito estranho, fingindo empolgação. Falou que a gente ia se mudar para uma casa nova grande e bem legal. Silas tinha só uns 2 ou 3 anos, mas Kelly e eu já tínhamos idade para entender o que estava acontecendo. Lembro que olhei para Kelly. Ela começou a chorar. Estava preocupada porque a amiga dela, Lily, ia fazer a festa de aniversário de 11 anos no Chuck E. Cheese na sexta-feira daquela semana, e ela queria muito ir. Eu perguntei onde a mamãe estava. O papai disse que ela estava na nossa casa nova e que mal podia esperar para ver a gente. Enfim, a gente ficou muito tempo no carro. Kelly chorou por horas. Quando finalmente chegamos, a mamãe estava lá, com um bebê. Ela disse que era nosso novo irmão, Peter.

Vicky levantou a mão.

– Eu sei que eu deveria ter falado, mas você precisa entender. A gente nunca conversava sobre isso. Nem antigamente. Contar para você teria sido, sei lá, trair a família. Eu sei que parece loucura, mas minha mãe e meu pai só falaram: "Este é o irmão de vocês, Peter." Sem explicação... pelo menos não a princípio. Eu lembro que eles estavam cheios de sorrisos e empolgação, mas até eu e Kelly achamos que parecia forçado. Eles estavam tentando nos convencer, sabe, com frases do tipo: "Não vai ser legal o Silas ter um irmãozinho?" e "Não é uma surpresa maravilhosa?". E eu lembro que Kelly perguntou de onde o bebê tinha vindo, e meu pai só disse: "Ah, querida, do mesmo lugar que vocês."

Ela parou e, com a mão trêmula, pegou o chá.

Wilde perguntou com cuidado:

– Seus pais não falaram para vocês que ele era adotado?

– Não. Não na época. Depois de um tempo, eles tiveram que contar.

– O que eles disseram?

– Só isso. Disseram que era uma adoção particular, mas que parte do acordo era que ninguém podia saber. Meus pais fizeram a gente jurar nunca contar para ninguém. E, depois de um tempo, eu sei que parece estranho, mas virou o normal. A gente amava muito Peter.

– Peter sabia que era adotado?

Ela balançou a cabeça devagar.

– Meus pais nunca contaram. Ele era bebezinho quando veio para casa. Nunca soube que era adotado.

– Quando Peter descobriu?

– Só quando entrou para o *Love Is a Battlefield*.

– Quem falou?

– Eu devia ter contado, provavelmente. Ele era adulto. Tinha o direito de saber. – Ela olhou fixamente para a xícara de chá. – Ele descobriu com os produtores.

– Os produtores de *Love Is a Battlefield*?

Vicky fez que sim.

– Foi o que ele me disse. Eles fazem um exame clínico completo em todos os participantes. Alguma coisa acusou que não tinha como ele ser filho biológico dos nossos pais.

– Deve ter sido um choque.

Ela não respondeu.

– Como Peter reagiu?

– Ele ficou bravo, desorientado, confuso, até deprimido, que é algo que eu nunca tinha visto nele. Mas ele também disse que era um alívio. Saber a verdade, finalmente. Ele disse que sempre se sentiu fora de lugar, como se fosse diferente. Comecei a escutar um monte de podcasts sobre o assunto. Tem um chamado *Segredos de Família*; depois de adulta, a apresentadora descobriu que o pai que a criou não era seu pai biológico. Ouvi várias histórias como a dela e a de Peter, de gente que descobriu, principalmente por testes de DNA, que eram adotados, ou resultado de doação de esperma ou de um caso extraconjugal, etc. O que todos pareciam ter em comum era uma vida inteira sentindo-se deslocados, como se eles não pertencessem ao ambiente em que viviam. Não sei se isso é verdade.

– Você acha que esse sentimento não é real?

– Você sente isso, Wilde? Falam de deslocamento, raiva, confusão. Você foi abandonado do pior jeito quando era criança.

– Não estamos falando de mim.

– Não? Olha, não sei se Peter sentia isso de verdade. Não sei se ele se sentiu deslocado pensando em retrospecto, já que ele sempre pareceu bem resolvido, ou se de alguma forma, em algum tipo de nível celular relacionado ao DNA, ele sempre soube que tinha algo estranho. Não faz diferença. Todos os anos de mentira e falsidade acertaram Peter em cheio. Então ele se cadastrou em vários sites de DNA. Ele queria descobrir a verdade sobre sua família biológica.

– Você sabe o que ele descobriu?

– Não. Ele nunca me disse.

– Peter falou para Kelly que sabia?

– Não.

– Nem para Silas?

– Não.

– Espera. Quantos anos Silas tinha quando seus pais adotaram Peter?

– Menos de 3.

– Então... – Wilde não sabia bem aonde pretendia chegar. – Silas sabia que Peter era adotado?

Vicky balançou a cabeça devagar.

– A gente nunca falou.

– "Nunca" em que sentido?

– Nunca. Até hoje. O segredo era de Peter. Ele me obrigou a prometer que eu não contaria para ninguém.

– Nem para o próprio irmão dele?

– A relação deles é complicada. Você tem algum irmão? Espera, desculpa, pergunta idiota, desculpa. Silas estava dois anos à frente de Peter na escola, mas, apesar disso, vivia à sombra dele. Peter era mais popular, melhor atleta, tudo. Silas tinha inveja e talvez até se ressentisse, e aí com o programa e a fama toda que Peter ganhou... A situação piorou.

Wilde refletiu sobre isso, mas não lhe ocorreu nada. Ele mudou de tática.

– O nome Henry McAndrews significa alguma coisa para você?

– Não. – Vicky inclinou a cabeça. – É o pai biológico de Peter?

– Não, acho que não.

– Então quem é ele?

– RodagnivSeud.

Ela arregalou os olhos.

– Você encontrou o maluco? Como?

– Não tem importância.

– Ele pode ir preso? Quer dizer, eu sei que as leis sobre perseguição e agressão cibernética não são rigorosas o bastante, mas se tiver provas de que ele...

– Henry McAndrews morreu. Foi assassinado.

A mão de Vicky pairou até a boca.

– Minha nossa.

– A polícia vai cuidar disso agora.

– Do quê?

Ele esperou um segundo. Ela entendeu.

– Espera. Você quer dizer que Peter pode ser um suspeito?

Wilde não falou nada.

– É claro que ele seria – disse Vicky, respondendo à própria pergunta. – Mas não foi ele. Você precisa saber disso.

Wilde estava pensando em tudo que Peter Bennett enfrentava quando desapareceu. A ascensão meteórica à fama, a descoberta de que era adotado, as revelações brutais da cunhada naquele podcast, o cancelamento impiedoso dos dias atuais, a destruição de seu casamento, da fama, da carreira, da vida toda. A sensação de isolamento que o primo de Wilde deve ter vivido. O desespero, a tal ponto que ele procurou WW como PB, e WW nem se deu ao trabalho de responder.

– O que seus pais faziam da vida?

– Meu pai era zelador. Depois da mudança, ele foi trabalhar na Universidade Estadual da Pensilvânia, no Alojamento Pollock. Mamãe trabalhava em meio período no departamento de matrículas.

Wilde registrou a informação. Ele pediria a Lola para investigar a passagem deles na Universidade Estadual da Pensilvânia, mas o que ele esperava encontrar? A melhor pista talvez fosse descobrir a certidão de nascimento e os documentos de Peter Bennett. Mesmo que a adoção tivesse sido particular, devia existir alguma informação sobre os pais biológicos dele.

Só que os Bennetts decidiram se mudar.

De repente. Sem qualquer aviso. Eles deixam os filhos com uma babá, o pai volta para casa, leva as crianças para um lugar distante onde ninguém os conhece, e agora eles têm um bebê novo.

Tinha alguma coisa muito estranha nisso tudo.

– Você disse que seu pai morreu, e sua mãe, pelo que me lembro das suas palavras, "vai e vem".

– Demência. Provavelmente Alzheimer.

– Acho que talvez valha a pena falar com ela.

Vicky balançou a cabeça.

– De que adiantaria, Wilde?

– A gente quer respostas.

– *Você* quer respostas. Eu entendo. Mas, o que quer que tenha acontecido há tantos anos, seja lá como minha família recebeu Peter, quer dizer, de que adianta revirar isso tudo agora? Ela é idosa. Frágil. Ruim da cabeça. Ela ficava tão agitada quando eu perguntava sobre o nascimento de Peter que parei de perguntar.

Wilde não via motivo para insistir nisso agora. Lola conseguiria descobrir onde a mãe estava internada. Aí eles poderiam decidir o que fazer.

– Wilde?

Ele olhou para ela.

– Não sei como dizer isto, mas, para mim e para minha família, acho que acabou.

– Como assim?

– Você disse que Peter é suspeito no assassinato desse McAndrews.

– Acho que ele vai ser, sim.

– Então pense bem. Peter foi destruído de muitos jeitos. Ele perdeu tudo. Vamos considerar o que nós dois achamos possível. Digamos que ele encontrou esse McAndrews e, de alguma forma, acabou se envolvendo na morte do sujeito. Acidente. Legítima defesa. Ou até, mesmo que eu não acredite, assassinato. Isso seria a gota d'água para qualquer homem, né? Seria o momento em que um homem fugiria, iria até um penhasco ou uma cachoeira e...

Wilde balançou a cabeça.

– Mas e o último post dele?

– O que é que tem?

– Peter disse que mentiras se espalham mais rápido que a verdade, e que não se deve acreditar tão fácil em tudo que a gente ouve. Ele disse a mesma coisa na mensagem que mandou para mim... que estavam mentindo sobre ele.

– Isso foi antes.

– Antes do quê?

– Acho que é melhor você ir embora.

– Se tiver mais alguma coisa...

– Não tem, Wilde. Só... chega. Peter morreu.

– E se não tiver morrido?

– Então ele fugiu e não quer ser encontrado. Vou ver se consigo um...

De qualquer jeito, acho que é melhor você ir embora.

capítulo vinte

Chris Taylor esperou o zoológico inteiro do Bumerangue entrar na video-conferência segura. Girafa entrou primeiro, seguida por Gatinho e Alpaca. Um minuto depois, Urso-polar apareceu. Agora eles tinham quórum. Quando iniciaram esse projeto, todos concordaram com algumas regras para proteger suas identidades, o grupo como um todo e o trabalho deles. E também estabeleceram regras sobre o quórum: cinco dos seis tinham que estar presentes para tratar de qualquer assunto. Se dois não pudessem participar, a reunião era adiada.

– Vamos esperar Pantera só um segundo.

Eles esperaram bem mais que um segundo. Chris enviou outro lembrete. Também por motivo de segurança, ninguém no grupo podia enviar mensagens diretamente a outro integrante. Todas as mensagens tinham que ir para todo o zoológico do Bumerangue.

– Pantera não está respondendo – disse Girafa.

– Elu também não respondeu ao chamado de antes – acrescentou Gatinho.

Eles todos se referiam uns aos outros usando "elu", não tanto por questão de gênero ou por política, mas por ser mais uma camada de proteção. Chris não fazia ideia do gênero real dos outros integrantes. O grupo podia ser composto por ele e cinco mulheres, ou ele e cinco homens, ou qualquer outra combinação possível. Ele não fazia a menor ideia do lugar onde cada um morava, exceto por Gatinho, que dizia estar no fuso da Europa Central para facilitar o agendamento de reuniões para quando todos estivessem acordados.

– Não há motivo para pânico – disse Urso-polar. – Só recebemos a mensagem de Leão hoje.

Era verdade, mas Chris não estava gostando. Não estava gostando nem um pouco. Uma coisa seria um dos outros faltar. Ele se preocuparia, claro, mas a ausência tinha que ser justamente de Pantera?

– Já temos quórum – declarou Girafa. – Quer contar logo o que houve, ou você quer esperar Pantera?

Chris pensou.

– Eu ficaria mais feliz se Pantera, especificamente, estivesse aqui.

– Por que especificamente?

– Porque tem a ver com elu.

– Em que sentido?

Então, depois de pensar mais um pouco, Chris disse:

– Vou compartilhar algo com vocês na tela.

Ele abriu uma reportagem da primeira página do *Hartford Courant*. Era uma foto grande do rosto de Henry McAndrews, com o uniforme azul. O título acima da expressão sorridente dizia:

MORRE CHEFE-ASSISTENTE DE POLÍCIA APOSENTADO

Policial é executado a tiros em casa em Harwinton. Indícios apontam atuação de gangues.

Urso-polar foi o primeiro a falar:

– Henry McAndrews. Por que eu conheço esse nome?

– Era um caso – disse Chris.

– Vítima ou meliante? – perguntou Girafa.

Chris apertou outro botão em seu computador.

– Acabei de mandar o arquivo para vocês. Pantera apresentou o caso. McAndrews era o meliante.

– Meu Deus, qual foi o nível de castigo que definimos?

– Nenhum – disse Chris.

– Não entendi – disse Girafa.

– Lembrando rapidamente. Pantera apresentou o caso de uma celebridade de reality show que estava sendo vítima de *trolls* na internet.

– Ah, é – disse Urso-polar. – O PB de PB&J. Minha filha adora... – Urso-polar se calou, provavelmente ao se dar conta de que ia revelar alguma informação pessoal. – Eu conheço o programa.

– Peter Bennett – disse Chris. – Ele se envolveu em um escândalo e, como de costume, a internet explodiu com discurso de ódio e difamação ao ponto de arruinar a vida do cara. Há rumores de que ele cometeu suicídio ou talvez tenha fingido, não importa.

– Eu me lembro – comentou Gatinho. – Mas esse Peter Bennett também não era um babaca?

– Provavelmente – disse Chris. – Ele foi denunciado em um podcast por traição e talvez até por dopar mulheres. Sem provas nem nada. Só uma acusação. Mas nós todos decidimos, corretamente ao meu ver, que outras vítimas mereciam mais nossa atenção.

– A gente o desconsiderou?

– Exato.

– E, se bem me lembro, Pantera não ficou feliz – disse Gatinho. – Pantera sugeriu a tempestade mais fraca... só um Categoria 1 para esse tal McAndrews. Para ensinar a não ser mais babaca.

– Nós sabíamos que o *troll* era da polícia? – perguntou Urso-polar.

– Não nos aprofundamos tanto porque decidimos não seguir adiante – explicou Chris. – Teria feito alguma diferença?

– Acho que não.

Silêncio.

– Espera – disse Gatinho. – Todos nós já tivemos vários casos que não avançaram para a fase de castigo. Faz parte do nosso acordo. Você está sugerindo que Pantera se rebelou?

– Não estou sugerindo nada – disse Chris.

– McAndrews era um policial de cidade grande – disse Urso-polar. – Imagino que ele tenha feito alguns inimigos. Então talvez a morte dele seja só coincidência. Talvez não tenha nada a ver com a gente.

– Talvez – concordou Chris, sem o menor entusiasmo.

– A manchete fala de "atuação de gangues". Talvez seja isso mesmo. Ou talvez, ué, o cara fosse um *troll* pesado.

– E daí?

– E daí que talvez tenha trollado outra pessoa, que foi atrás dele.

– Isso – acrescentou Girafa. – Ou talvez tenha sido uma invasão rotineira. Ou talvez, como Urso-polar e Gatinho estão dando a entender, esse McAndrews fosse só um babaca com uma arma, distintivo e o tipo de complexo de inferioridade lunático que o fez virar *troll*.

– Isso – interveio Gatinho. – A gente sabe que Pantera jamais trairia a nossa confiança.

– A gente sabe? – perguntou Chris.

– Quê?

– Ninguém conhece ninguém aqui – disse Chris. – A ideia meio que é essa mesmo. E, em circunstâncias normais, eu concordaria com vocês. Acharia que era muito grande a chance de o assassinato de Henry McAndrews não ter nada a ver com a gente. Na verdade, até uma hora atrás, eu estimava uns 60% a 75% de chance de o Bumerangue não ter absolutamente nenhuma relação com a morte dele.

– Então o que fez você mudar de ideia? – perguntou Girafa.

– Ora, Girafa. – Era Gatinho, com seu sotaque britânico. – É bem óbvio.

– O quê?

Chris respondeu:

– Pantera não está aqui. Ele... – Chris parou no meio da frase e voltou ao pronome neutro. – Quer dizer, *elu* é a única ausência.

– Pantera nunca faltou a nenhuma reunião antes – acrescentou Girafa.

– Em todas as nossas reuniões – disse Urso-polar –, o grupo inteiro sempre compareceu. Exceto aquela única vez em que Gatinho avisou que não viria.

– Exato – disse Chris. – Era um caso de Pantera. E agora Pantera não está respondendo às nossas mensagens.

Silêncio.

– Então o que a gente faz? – perguntou Girafa.

– Temos um protocolo muito específico preparado – declarou Chris.

Urso-polar:

– Você está falando de quebrar o vidro?

– Estou.

– Concordo – disse Gatinho.

– Parece uma medida extrema – disse Girafa.

– Também acho – concordou Urso-polar. – Nós prometemos que só quebraríamos o vidro na emergência mais grave. Todos nós precisamos concordar. Não dá para ser quatro de cinco.

– Eu sei – disse Chris.

Essa havia sido a medida de segurança máxima do Bumerangue desde o início. Ninguém conhecia os outros. Isso era uma parte crucial. Se alguém fosse pego, não teria como entregar os demais, mesmo se quisesse, por maior que fosse a pressão para dedurar. Era impossível um rastrear o outro.

A menos que eles "quebrassem o vidro".

O nome de todos estava em um arquivo protegido com todas as medidas de segurança humanamente possíveis. Cada integrante do Bumerangue havia criado seu próprio código de segurança individual com 27 dígitos. Se todos os cinco inserissem seus códigos dentro de um período de até dez segundos, os cinco animais veriam o nome do sexto integrante do Bumerangue. Era o único jeito. Todos os cinco precisavam inserir seus códigos pessoais ao mesmo tempo – e, mesmo assim, só conseguiriam a identidade do sexto integrante.

– Vamos analisar passo a passo por um instante – sugeriu Chris. – Temos um alvo antigo, Henry McAndrews, que foi assassinado.

– Ele não era um alvo antigo – interveio Urso-polar. – Era um alvo *em potencial*. Acabamos decidindo não agir.

– Erro meu. Um alvo em potencial. O caso dele foi apresentado por Pantera, que no momento não está respondendo às nossas mensagens. Existem diversas possibilidades, incluindo algumas que podem se resumir ao seguinte: pura coincidência. Lidamos com muita gente que se comporta de forma imprudente. O fato de uma pessoa ser assassinada não é garantia de qualquer relação conosco.

– Esse foi o argumento que a gente defendeu sem muito ânimo – disse Gatinho – antes de lembrarmos que Henry McAndrews foi trazido à nossa atenção pela única pessoa ausente aqui.

– Certo. Acho que, para os fins desta discussão, é melhor deixarmos de lado a hipótese da coincidência. Digamos que o assassinato de Henry McAndrews tenha relação direta conosco. Mais especificamente, digamos que o assassinato tenha relação direta com o desaparecimento de Pantera.

– Epa, isso é um pouco forte – disse Urso-polar. – Desaparecimento? Não sabemos disso. Já se passaram 24 horas? Olha, todos nós lidamos de perto com o mundo da tecnologia. Do contrário, não estaríamos aqui. Não sei vocês, mas quando eu preciso de uma folga, e às vezes acontece, eu me desligo completamente. Pego um barco e vou navegando até não ter nenhum sinal de celular ou internet. Existe a chance, razoável, de que Pantera tenha feito o mesmo.

– Sem falar com a gente? – rebateu Gatinho. – E, coincidentemente, resolveu fazer isso justo agora?

– Então o que é que você acha, Gatinho? Que Pantera matou um chefe de polícia porque ele chateou um mauricinho vencedor de reality show?

– Não foi isso que eu falei.

– Então o que você está falando?

Chris interveio:

– Acho que o que Gatinho está querendo dizer, ou pelo menos é o que eu quero dizer, é que a gente precisa descobrir o que aconteceu.

– Revelando Pantera?

– Pegando o nome de Pantera, sim. Com isso, podemos conferir se elu está bem.

– Concordo – disse Gatinho.

– Eu sou contra – disse Urso-polar. – Por vários motivos.

– Quais?

– Em primeiro lugar, desculpa, mas ainda é cedo demais. Se fosse comigo, se eu fosse Pantera nesta situação, não ia querer que vocês revelassem a minha identidade. Então acho complicado fazer isso com Pantera.

– O que mais?

– Se você tiver razão, Leão, se isso estiver diretamente associado a Pantera, então só percebo duas possibilidades. Uma: Pantera ficou tão revoltada com nossa decisão de não castigar esse McAndrews que resolveu agir por conta própria. Eu sei, eu sei. Eu não deveria falar de Pantera no feminino. Até onde eu sei, Pantera pode ser homem. Mas eu acho esquisito, então me deixa falar assim, tudo bem? Então, essa é uma possibilidade, certo? Que Pantera surtou e matou McAndrews, e agora ela está dando um perdido na gente.

– Certo.

– Só que isso é bastante improvável. Sim, Pantera insistiu que a gente aprovasse um furacão de nível baixo em McAndrews, mas não pareceu ficar tão transtornada. Se tivesse ficado, se Pantera tivesse implorado para a gente castigar McAndrews, acho que a gente teria cedido. Mas ela não implorou. Então por que matá-lo?

– Faz sentido – admitiu Chris.

– E digo mais. Se Pantera decidiu mesmo matar McAndrews e dar um perdido na gente, bom, ela sabe que a gente poderia quebrar o vidro. A gente veria o nome de verdade dela. A gente poderia ir atrás dela. Então dar um perdido na gente não faz o menor sentido.

Chris meneou a cabeça. Na tela, ele viu Leão repetir o gesto.

– Então o que resta? – perguntou Urso-polar. – Bom, uma possibilidade, talvez a mais óbvia, é que Pantera tenha sido descuidada. Talvez esse Peter Bennett tenha conseguido rastrear o contato até Pantera.

– Impossível – disse Chris. – Temos medidas de segurança demais.

– É, mas não somos infalíveis. Não foi à toa que estabelecemos a quebra do vidro e todos os nossos protocolos. É porque sabíamos que havia a chance de alguém vir atrás da gente. Nós armamos isso para que, caso isso acontecesse, e talvez seja o que aconteceu, o restante de nós pudesse continuar em segurança. Então, digamos que alguém encontrou Pantera. Não sei como nem por quê. Mas encontraram. Digamos, na pior das hipóteses, que Pantera virou a casaca, ou se feriu, ou morreu. Nesse caso, se formos correndo ajudá-la, talvez sejamos expostos a mais perigo.

Todos refletiram sobre o argumento de Urso-polar.

– O que você está dizendo faz sentido – respondeu Chris –, mas um homem foi assassinado. Ainda voto por revelarmos a identidade de Pantera.

– Concordo com Leão – disse Gatinho.

– Eu também – disse Alpaca.

– Eu ainda estou em cima do muro – disse Girafa.

– Não importa – disse Urso-polar. – Precisa ser unânime, e, sinto muito, mas quero esperar um ou dois dias. Vamos dar uma chance para Pantera responder. Vamos dar uma chance para a polícia solucionar o assassinato. Não vai fazer diferença se esperarmos alguns dias. Não corremos perigo se não agirmos.

Chris não tinha tanta certeza assim.

– Você está barrando formalmente a quebra do vidro, Urso-polar?

– Sim, estou.

– Tudo bem – disse Chris –, então está decidido. Vamos manter contato e ficar de olho no caso McAndrews por enquanto. Alpaca, que tal dar uma olhada no que Pantera preparou? Talvez o arquivo mostre alguém que possa ter a ver com o crime.

– Pode deixar.

– Quanto tempo você quer esperar, Urso-polar?

– Quarenta e oito horas – disse Urso-polar. – Se, até lá, não tivermos notícia de Pantera, aí quebramos o vidro.

capítulo vinte e um

— Certo – disse Hester para Wilde –, vamos ver em que pé estamos.

Eles estavam no Tony's Pizza & Sanduíches, que era exatamente o que se esperaria de um lugar com um nome desses. Dois caras com braços peludos giravam massas de pizza. A toalha xadrez vermelha das mesas era de vinil. Cada mesa tinha um porta-guardanapos de papel e um porta-condimentos com queijo ralado, orégano e pimenta-calabresa.

– Por onde a gente começa? – perguntou Wilde.

– Você não quer que eu diga "pelo começo", né?

– Por favor, não.

– Então é o seguinte – começou Hester. – Em primeiro lugar, Peter Bennett foi adotado uns 28 anos atrás. A irmã... como é mesmo o nome dela?

– Vicky Chiba.

– Vicky falou quantos anos ele tinha?

– Não, só que era um bebê.

– Certo, acho que não faz diferença se ele tinha 2 ou 10 meses. Ele é adotado. Cresce perto da Universidade Estadual da Pensilvânia. Será que foi nessa região rural porque eles queriam privacidade?

– Pode ser. Eles moravam em Memphis antes.

– Certo, então Peter cresce sem saber que é adotado. A família toda mente sobre isso. É um pouco suspeito, não?

– É.

– Mas vamos deixar isso de lado por enquanto. Peter cresce, etc. e tal. Ele se inscreve em um reality show e descobre que foi adotado. Ele fica chateado, claro. Faz cadastro em vários sites de DNA na esperança de obter algum resultado. Um deles é você. – Hester parou. – Bom, isso leva à pergunta óbvia.

– Qual?

– Você só colocou seu nome em um banco de dados, né?

– Só.

– Peter Bennett pôs o dele em vários, segundo a irmã. Então talvez ele tenha conseguido outros contatos. Você precisa investigar isso, Wilde. Talvez ele tenha encontrado outros parentes de sangue. Talvez eles tenham escrito.

– Bem pensado.

– Voltando à nossa linha do tempo. Peter vai para o programa. Vence. Ele e a bela Jenn se casam. Ele fica famoso. Fica rico. Está com tudo. A gente não sabe o que ele está fazendo quanto ao fato de ser adotado. Talvez tenha esquecido. Talvez esteja recebendo notícias de mais parentes. Tanto faz. Peter está na crista da onda, de bem com a vida, e aí, bum, o podcast acaba com tudo. Ele desaba. É vilipendiado e cancelado, perde tudo. A gente sabe que ele estava transtornado, não só pelo que outras pessoas dizem, mas pelas mensagens que ele mandou para você no site de DNA. Então, juntando tudo: a ascensão e a queda, a confusão, o fato de se sentir deslocado, a perda de tudo, inclusive do casamento. Ele se afunda cada vez mais. Está se afogando. Tenta subir à superfície, mas aí McAndrews ou esse RodaSeiLáoQuê bate na cabeça dele de novo. É isso. Acabou para ele. Aí, e agora é só especulação, Peter acha McAndrews, mata o cara por vingança, percebe o que fez, viaja para aquele penhasco de suicídios e pula.

Wilde meneou a cabeça.

– Não é uma hipótese improvável – disse ele.

– Mas você não acredita.

– Não acredito.

– Porque você percebe uma falha na lógica ou porque não quer acreditar?

Wilde deu de ombros.

– Não importa.

– Você vai até o fim nisso.

– Vou.

– Porque é o que você faz.

– Porque eu não sei fazer diferente. Não acho que dá para parar agora, né?

– É. Outra coisa.

– O quê?

– Tem algo estranho naquele podcast *Reality Ralph*.

– Tipo?

– Tipo talvez Marnie, a irmã de Jenn, esteja mentindo.

– Peter não confessou?

– Se acreditarmos em Jenn – disse Hester.

– Você não acredita?

Hester fez uma cara de talvez sim, talvez não.

– Seja como for, precisamos conversar com a irmã. Talvez eu tenha fechado essa porta ao falar com Jenn.

Wilde assentiu.

– Eu posso tentar ir atrás de Marnie.

Os dois pegaram mais uma fatia de pizza.

– Mas é estranho – disse Hester, dando uma mordida delicada. – Quando era pequeno, você foi encontrado na floresta. Não se lembra de como foi parar lá. Você foi só, sei lá, abandonado ou coisa do tipo. Você acredita mesmo que passou anos na floresta...

– Não vamos revirar esse assunto de novo.

– Deixa eu falar, está bem? Eu sei que já questionei sua memória antes. Vários especialistas também questionaram. A maioria concluiu que não tinha como você sobreviver tanto tempo sozinho, que você foi abandonado só por alguns dias ou semanas, mas o trauma fez você achar que passou mais tempo. Eu também acreditava nisso. Faz sentido, quando a gente para e pensa.

– E agora?

– Agora, trinta e poucos anos depois de você ter sido encontrado, a gente descobre um parente de sangue seu que foi adotado em segredo em um estado vizinho... outra criança que parecia não ter passado. Então temos dois bebês sem história que surgem do nada. É bizarro, Wilde. Então, é, isso começou como uma empreitada motivada pela curiosidade. Sempre morri de vontade de saber a sua origem, mesmo que você fosse reticente quanto a isso. Mas agora, bom, agora talvez seja algo maior. Algo mais monstruoso.

Wilde se recostou e assimilou o que ela disse.

Hester deu uma mordida bem maior na fatia da pizza. Ainda mastigando, ela disse:

– Sério, essa pizza não é incrível?

– É.

– O segredo é o mel.

– Tem mel?

Hester fez que sim.

– Mel, *soppressata* calabresa picante, muçarela.

– Combina.

– O Tony's está aberto há eras. Você sabe.

Wilde meneou a cabeça.

– E você já veio aqui antes, né?

– Claro.

– Até quando era criança?

Wilde não fazia ideia do que ela estava pensando.

– Sim.

– Mas nunca com David.

Bum. Na lata. Wilde não respondeu.

– Meu filho era seu melhor amigo. Vocês passavam muito tempo juntos. Mas você nunca veio aqui com David, né?

– David não gostava de pizza – respondeu Wilde.

– Foi isso que ele falou para você? – Hester fez uma careta. – Qual é, Wilde. Quem não adora pizza?

Wilde não falou nada.

– Quando Ira e eu nos mudamos para cá, quer dizer, no primeiro dia, a gente trouxe os meninos aqui para jantar. O lugar estava lotado, e o garçom implicou com a gente porque um dos meninos, acho que foi Jeffrey, queria só uma fatia e o garçom insistiu que ele tinha que pedir um prato completo. Uma coisa levou a outra. Ira começou a perder a paciência. O dia tinha sido longo, e todo mundo estava com fome e de mau humor, e aí o gerente falou que a gente não podia se sentar à mesa por causa da fatia de pizza. Ira ficou furioso. Os detalhes não importam, mas a gente foi embora sem comer. Chegamos em casa e Ira escreveu uma carta de reclamação. Tinha duas páginas, espaço simples. Ele enviou, mas nunca recebeu resposta, então Ira estabeleceu a regra de que a família jamais pediria comida no Tony's nem viria aqui de novo.

Wilde sorriu.

– Uau.

– Pois é.

– Eu lembro quando nosso time venceu o campeonato de beisebol do condado – disse Wilde. – David e eu estávamos no oitavo ano. A gente veio comemorar aqui, mas David inventou uma desculpa para não vir.

– Meu David era leal.

Wilde assentiu.

– Era mesmo.

Hester pegou um guardanapo no porta-guardanapo e secou os olhos. Wilde esperou.

– Vai comer mais?

– Estou satisfeito.

– Eu também. Podemos ir?

Ele fez que sim. A conta já estava paga. Hester se levantou para ir embora. Wilde fez o mesmo. Quando eles saíram, Tim ligou o carro de Hester. Ela pôs a mão no braço de Wilde.

– Eu nunca culpei você pelo que aconteceu – disse Hester. – Nunca.

Wilde não falou nada.

– Mesmo sabendo que você mentiu para mim.

Wilde fechou os olhos.

– Quando você vai me dizer o que realmente aconteceu com meu filho, Wilde?

– Já falei.

– Não. Oren me levou até o lugar do acidente. Eu contei para você? Foi logo antes de você se mandar para a Costa Rica. Ele me mostrou o lugar onde o carro de David saiu da pista. Ele me explicou. Oren sempre soube que você não disse a verdade.

Wilde não falou nada.

– David era seu melhor amigo – disse ela, em voz baixa –, mas era meu filho.

– Eu sei. – Wilde olhou nos olhos dela. – Eu jamais compararia.

Tim saiu do carro e deu a volta para abrir a porta para Hester.

– A gente não vai fazer isto hoje – murmurou Hester para Wilde. – Mas em breve. Entendeu?

Wilde não falou nada. Hester deu um beijo no rosto dele e se sentou no banco traseiro. Quando o carro sumiu de vista, ele se virou e saiu andando pela rua. Mandou uma mensagem para Laila.

Wilde: Oi.

Os pontinhos piscando indicaram que ela estava digitando uma resposta.

Laila: Que mulher resiste a uma cantada dessas?

Wilde não conseguiu deixar de sorrir enquanto escrevia outra mensagem.

Wilde: Oi.
Laila: Galante. Vem pra cá.

Ele guardou o celular e apertou o passo. Laila tinha sido a esposa de seu melhor amigo. Não tinha como ignorar isso. Ela e David foram almas gêmeas. Wilde e Laila tinham passado anos, provavelmente tempo demais, tentando afastar o fantasma em vez de deixá-lo em paz.

Seu telefone vibrou de novo com outra mensagem. Wilde olhou para a tela.

Laila: Falando sério, vem pra cá quando você puder. Está na hora de a gente conversar.

Ele estava lendo a mensagem pela segunda vez, de cabeça abaixada, com o rosto iluminado pela tela do celular, quando dois carros pararam cantando pneu.

– Polícia! Deita no chão agora!

Wilde ficou tenso e ponderou sobre o que fazer. Ele podia tentar fugir. Provavelmente conseguiria, mas aí o acusariam de escapar da polícia e resistir à prisão, mesmo sendo inocente. Ele teria que se esconder justo quando a busca por Peter Bennett estava ganhando tração.

Wilde não queria isso.

– AGORA, BABACA!

Quatro homens – dois de uniforme, dois à paisana – apontaram armas para ele.

Estavam todos com balaclava.

Nada bom.

– AGORA.

Três correram até ele, um manteve a arma apontada. Com a mão ainda no celular, Wilde se abaixou lentamente no chão, não tanto para se render pacificamente, mas para ter tempo de abaixar o volume do telefone com o polegar e apertar o botão de chamada. Não havia oportunidade de procurar o número certo. O telefone de Laila era o último que tinha aparecido na tela. A chamada iria para ela.

Os três homens continuaram com a investida.

– Não estou resistindo – disse Wilde, fazendo o possível para apertar os botões certos no celular. – Estou me rendendo...

Os três homens não queriam saber. Eles acertaram Wilde com força e o derrubaram no asfalto. Viraram-no de bruços. Um se levantou e meteu o joelho no rim dele, impactando o fígado e outros órgãos. Os outros dois pegaram os braços de Wilde e o puxaram com força demais por trás. Wilde sentiu a ruptura nos ligamentos dos ombros, mas estava mais concentrado nas ondas de dor que ainda emanavam do golpe no rim. Os homens torceram o pulso dele e o fizeram largar o telefone. Eles o algemaram, apertando com força para bloquear a circulação.

Um dos policiais de uniforme – era difícil enxergar o número do distintivo ou qualquer outra coisa na penumbra – pisou no telefone, e voltou a pisar. O aparelho quebrou.

Caído de bruços, com o rosto pressionado contra o asfalto duro, Wilde conseguiu reparar que o primeiro carro, o que estava mais próximo, tinha todos os sinais de uma viatura policial à paisana – um Ford Crown Vic com placa da prefeitura, um punhado de antenas, vidros escuros, luzes atípicas nos espelhos e uma grade frontal que disfarçava as luzes estroboscópicas. O outro veículo era uma viatura normal. Na lateral, Wilde viu três palavras pintadas:

Polícia de Hartford.

A antiga força de Henry McAndrews. Ah, pensou Wilde, isso definitivamente não era nada bom.

O policial que dera a joelhada aproximou os lábios da orelha de Wilde.

– Você sabe por que a gente está aqui?

– Para servir e proteger?

Um soco atrás da cabeça de Wilde o atordoou e o fez ver estrelas.

– Tenta de novo, assassino de policial.

Eles enfiaram um saco preto na cabeça de Wilde, mergulhando-o na escuridão, e o jogaram no banco traseiro, fazendo questão de bater a cabeça dele no processo.

– Vai – disse um dos homens, e o carro começou a andar.

– Eu quero saber do que estou sendo acusado – disse Wilde.

Silêncio.

– Também quero ligar para a minha advogada – continuou Wilde.

– Depois.

– Não quero ser interrogado sem antes falar com a minha advogada.

Mais silêncio.

Wilde tentou de novo.

– Eu falei que não...

Alguém o calou com um soco forte na boca do estômago. Wilde se curvou, tossindo, sem ar nos pulmões. Quem já perdeu o fôlego ao levar um soco sabe que é uma sensação horrível, como se estivesse morrendo sufocado e não houvesse o que fazer. Wilde tinha experiência suficiente para saber que essa sensação ia passar, que era causada apenas por um espasmo do diafragma, que o melhor a fazer era endireitar as costas e respirar devagar.

Levou trinta segundos, talvez um minuto, mas ele se recuperou.

Wilde queria perguntar aonde eles estavam indo, mas o golpe no plexo solar ainda doía. Fazia diferença? Se eles o estivessem levando para Hartford, seriam mais de duas horas desconfortáveis. As algemas ainda estavam fechadas em seus pulsos. Havia um policial ali atrás com ele, e outro no banco do motorista, óbvio. Talvez tivesse um terceiro. Não dava para saber com a cabeça coberta pelo saco. Ele considerou as opções e não viu nenhuma. Qualquer ação que ele fizesse seria temerária. Mesmo se ele conseguisse incapacitar o cara do banco traseiro – apesar do saco e das algemas –, a porta de trás não abriria por dentro.

Não tinha jeito.

Dez minutos depois, o carro parou. Wilde sabia que não era Hartford. Não era Connecticut. A porta do carro se abriu. Mãos fortes o agarraram e o puxaram para fora. Wilde pensou em fazer corpo mole, deixar-se cair no chão, mas imaginou que isso só lhe renderia um chute nas costelas. Ele ficou de pé e manteve o passo, deixando os homens o conduzirem.

Até com o saco por cima da cabeça, ele conseguiu sentir os aromas de pinho e lavanda ao inspirar fundo. Wilde tentou escutar. Não havia nenhum barulho de trânsito. Nada de ruído urbano, vozes, zumbidos mecânicos. Seus pés estavam pisando em terra e em uma ou outra raiz. Era impossível ter certeza absoluta, mas Wilde achou bem capaz que eles estivessem em algum lugar tranquilo e rural, provavelmente dentro ou perto de uma floresta.

Nada bom.

Eles o fizeram subir três degraus – ele arrastou os pés, testando a superfície, percebendo que era madeira –, e então ele escutou o rangido de uma porta telada. O ar tinha um ligeiro toque de bolor. Não era uma delegacia. Uma cabana, talvez, em algum lugar remoto. Uma mão em cada ombro o empurrou para uma cadeira dura. Ninguém falou. Ele ouvia os homens se movimentando, cochichando. Wilde esperou, tentando manter a respiração calma. O saco preto continuava por cima da cabeça dele, impedindo-o de enxergar ou identificar seus agressores.

Os cochichos pararam. Wilde se preparou.

– Chamam você de Wilde – disse uma voz grosseira. – Correto?

Ele não viu motivo para não responder.

– Correto.

– Certo, ótimo – disse a voz grosseira. – Vou pular a parte do policial bonzinho, Wilde, e ir direto para a do malvado. Nós somos quatro. Você sabe. Queremos justiça para o nosso amigo. Só isso. Se conseguirmos, está tudo certo. Mas, se não, você, Wilde, vai ganhar uma morte bem lenta e dolorosa, e seu corpo vai ser enterrado em um lugar que ninguém vai achar. Fui claro?

Wilde não falou nada.

Foi nesse momento que ele sentiu algo frio e metálico encostar em seu pescoço. Houve um instante de hesitação, e então um som elétrico. Uma corrente o atravessou. Seus olhos se arregalaram. Seu corpo se convulsionou. Suas pernas se esticaram. A dor foi absoluta, uma criatura viva e pulsante que bloqueou tudo, exceto a vontade de fazê-la parar.

– Fui claro? – repetiu a voz grosseira.

– Foi – disse Wilde, com dificuldade.

Ele sentiu o metal frio encostar em seu pescoço outra vez.

– Que bom, fico feliz de ver que a gente se entende. Isto aqui é um bastão de choque para manejo de gado, aliás. Por enquanto, ele está na potência mínima. Isso vai mudar. Entendeu?

– Entendi.

– Você sabe quem é Henry McAndrews?

– Sei.

– Como você sabe?

– Li sobre o assassinato dele no jornal.

Silêncio. Wilde fechou os olhos e travou o maxilar, na expectativa da descarga de alta voltagem. Mas, claro, eles sabiam que ele estava esperando. E não queriam isso. Queriam bagunçar a cabeça dele.

– A gente sabe que você esteve na casa dele, Wilde. Você entrou pela porta de vidro de correr. Você mexeu no computador dele. Ele tinha um sistema sofisticado de câmeras. A gente sabe tudo.

– Se vocês sabem tudo – disse Wilde –, então sabem que eu não o matei.

– Pelo contrário – disse a voz grosseira. – A gente sabe que você matou. A gente quer saber por quê.

Sem aviso, o bastão o eletrocutou de novo. Wilde sentiu todos os músculos do corpo se enrijecerem involuntariamente. Ele escorregou para fora da cadeira e caiu no chão, debatendo-se feito um peixe no cais.

Duas mãos fortes o levantaram e o largaram em cima da cadeira de novo.

A voz grosseira disse:

– É o seguinte, Wilde. A gente quer jogar limpo. Você vai ter uma chance, ao contrário do que você fez com Henry. A gente só quer saber o que aconteceu. Depois, vamos encontrar as provas para corroborar essa verdade. Você vai ser preso. Vai ter um julgamento justo. Claro, você vai falar para alguém sobre esta conversinha, mas não vai existir nenhuma prova de que ela aconteceu. Não vai afetar o julgamento. Ainda assim, esta é sua única opção. Você fala para a gente o que aconteceu com Henry. A gente solta você e arranja as provas. Tudo limpo e justo. Entendeu?

Wilde sabia que não adiantava contrariar Voz Grosseira.

– Entendi.

– Não temos interesse em incriminar você, se você não matou.

– Que bom, porque não matei. E, antes que você me dê outro choque, eu sei que vocês não têm nenhuma imagem de câmera minha. Se McAndrews tivesse esse tipo de vídeo de segurança, vocês também teriam visto o assassino semanas antes.

– Você invadiu a casa.

O metal no pescoço de Wilde de novo. Ele se estremeceu.

– Vai negar isso?

– Não.

– Por que você invadiu a casa?

– Ele estava assediando uma pessoa anonimamente.

– Quem?

– Uma celebridade de reality show. Ele usou *bots* e contas falsas.

Outra voz:

– Você acha mesmo que pode falar merda sobre Henry?

Esse choque do bastão devia estar com uma potência maior, porque Wilde teve a sensação de que seu crânio havia explodido em mil pedaços. O corpo dele não parava de convulsionar. Ele caiu no chão de novo, mas, dessa vez, a pessoa com o bastão continuou dando o choque. A eletricidade atravessava o corpo dele. Suas pernas se retorciam. Seus braços se debatiam. Os olhos começaram a se revirar para trás. Foi como se os pulmões e os órgãos internos de Wilde estivessem sofrendo uma sobrecarga, como se o coração fosse estourar como uma bexiga cheia demais.

– Você vai matar o cara!

No meio do barulho, Wilde escutou o zumbido de um celular. O bastão de choque foi desligado. Wilde continuou sofrendo convulsões. Ele virou o corpo e vomitou.

Como se estivesse muito longe, Wilde escutou uma voz dizer:

– O quê? Mas como?

Tudo parou, menos Wilde, que ainda tremia freneticamente, tentando resistir à agonia, à eletricidade intensa que queimava seu sangue. Seus ouvidos estavam apitando. Seus olhos começaram a se fechar. Ele deixou. Ele queria desmaiar, qualquer coisa para ter algum alívio. E então sentiu as mãos fortes o levantarem de novo. Wilde tentou ajudar, mas suas pernas se recusaram a obedecer.

Logo ele estava de volta no carro.

Quinze minutos depois, o carro parou de repente. Alguém soltou suas algemas. A porta do carro foi aberta de novo. As mãos fortes o empurraram para fora. Wilde caiu no asfalto e rolou no chão.

– Se você falar disso para alguém – disse a voz grosseira –, a gente volta e te mata.

capítulo vinte e dois

Quando Oren Carmichael abriu a porta para Wilde, seus olhos se arregalaram.

– Minha nossa, o que aconteceu com você?

Oren Carmichael estivera lá naquele dia, 35 anos antes, quando o pequeno e "selvagem" Wilde foi encontrado no bosque. Oren fora o primeiro a falar com ele, abaixando-se até ficar da altura dele e, com uma voz muito reconfortante, dizer: "*Filho, ninguém vai machucar você, eu prometo. Você pode me dizer o seu nome?*" Oren Carmichael havia levado Wilde até a primeira residência temporária dele, ficara no quarto até ele dormir, estivera lá quando ele acordou na manhã seguinte. Oren Carmichael havia investigado implacavelmente como Wilde fora parar naquela floresta e contribuíra muito para a transição daquele menino perdido a este novo mundo. Oren Carmichael fora o técnico de Wilde em diversos esportes, escolhera o menino para seus times, cuidara dele, fizera de tudo para que Wilde sentisse que fazia parte da comunidade na medida do possível para um menino como ele. Oren Carmichael oferecera conselhos quando achava que Wilde precisava, e até ajudara o rebelde Wilde a superar questões da adolescência. Oren Carmichael fora o primeiro policial a chegar ao acidente de carro que matara David.

Oren sempre fora bondoso, compassivo, forte, comedido, profissional, inteligente. Wilde admirava a maneira como ele se portava e ficara feliz quando Oren e Hester começaram a namorar. Hester era o que Wilde tinha que mais se aproximava de uma figura materna, e, embora não chegasse a ponto de encará-lo como figura paterna, Oren Carmichael era o que Wilde tinha que mais se aproximava de referência masculina.

– Wilde? – perguntou Oren agora. – Você está bem?

Da mesma forma como havia acontecido com Wilde menos de uma hora antes, Wilde acertou o plexo solar de Oren com a base da mão, paralisando temporariamente o diafragma dele e deixando-o sem ar. Oren soltou um *uf* e cambaleou para trás. Wilde entrou e fechou a porta atrás de si. Seus olhos observaram tudo. Oren não estava de uniforme e não estava armado. Não havia arma alguma nas imediações. Wilde procurou gavetas ou lugares à sua volta onde Oren poderia guardar sua arma. Não havia nada.

Oren olhou para Wilde com uma expressão tão sofrida – Wilde não sabia se era pela dor física ou emocional, mas tinha um palpite – que Wilde precisou virar o rosto. O golpe fora necessário; foi o que Wilde disse a si próprio, mesmo questionando a necessidade e lembrando que Oren Carmichael já tinha 70 anos.

Wilde estendeu a mão para ajudar. Ainda arfando, Oren deu um tapa para afastá-la.

– Respira fundo – disse Wilde. – Tenta endireitar as costas.

Levou um ou dois minutos. Wilde esperou. Ele havia tentado não bater com força demais, só o suficiente, mas ele também nunca havia batido em um homem de 70 anos. Quando conseguiu falar, Oren disse:

– Quer se explicar?

– Você primeiro – disse Wilde.

– Não faço a menor ideia do que você está falando.

– Quatro policiais de Hartford acabaram de me pegar na rua, cobriram minha cabeça com um saco preto e me torturaram com um bastão de choque.

Aos poucos, o rosto de Oren mostrou que a ficha tinha caído.

– Ah, meu Deus.

– Quer me dizer o que está acontecendo?

– O que eles fizeram com você, Wilde?

– Acabei de falar.

– Mas eles soltaram você.

– Você acha que isso melhora a situação? – Wilde balançou a cabeça. – Consegui ligar para Laila antes de me pegarem. Ela ligou para Hester, que ligou para alguém de Hartford e fez ameaças que nem eu nem você queremos saber. Esse alguém fez um telefonema, então me soltaram.

– Merda. – Oren abaixou a cabeça. – Hester? Ela está sabendo?

– Ela não sabe que eu estou aqui.

– Você deduziu – disse Oren. – Quanto tempo você acha que vai levar até ela deduzir também?

– Não é problema meu.

– Tem razão. É meu. – Ele esfregou o rosto com as mãos. – Fiz uma cagada, Wilde. Desculpa.

Wilde esperou. Ele não precisava instar Oren a abrir o jogo. Ele falaria. Wilde tinha certeza.

– Preciso beber alguma coisa – disse Oren. – Quer também?

Wilde achou uma ótima ideia. Oren serviu um uísque *single malt* Macallan para os dois.

– Sinto muito mesmo – disse ele. – Eu sei que não adianta muita coisa, mas um policial foi assassinado.

– Me fala o que aconteceu.

– Como você já sabe, Hester ligou em nome de – Oren fez sinal de aspas – "um cliente anônimo protegido pelo sigilo profissional" para falar que o corpo de Henry McAndrews tinha sido encontrado. Você nem imagina como a polícia de Hartford ficou furiosa com isso. Um deles leva três balas na cabeça dentro da própria casa, e uma advogada metida da cidade se recusa a dizer o nome de quem encontrou o corpo? Eles ficaram irados. Claro. Você entende.

Oren olhou para Wilde, cuja expressão não revelava nada.

– E depois? – perguntou Wilde.

– E depois os policiais, ainda furiosos, pesquisaram Hester e, grande surpresa, descobriram que ela estava namorando outro policial.

– Você – disse Wilde.

Oren fez que sim.

– Então vieram atrás de você.

– Foi.

– E você traiu o sigilo profissional dela.

– Em primeiro lugar, você não é cliente dela, Wilde. Você não paga para ela. É um amigo.

Wilde franziu o cenho.

– Sério?

– É, sério. Mas, em segundo lugar, e muito mais importante, Hester não me disse que era você. Eu não perguntei. Não ouvi a conversa dela. Não obtive a informação de que você era o cliente em questão de forma ilegal. Eu *supus*, independentemente do meu relacionamento pessoal com Hester, que você era o cliente que ela estava protegendo de maneira antiética.

Wilde balançou a cabeça.

Oren inclinou o corpo para a frente.

– Digamos que isso tivesse acontecido antes de Hester e eu começarmos a namorar. Os policiais de Hartford chegam para mim e falam: "Aquela advogada bambambã de Nova York que morava na sua cidade está protegendo alguém que invadiu a casa de um policial assassinado, você tem alguma ideia de quem pode ser?" Meu palpite, ainda assim, teria sido você, Wilde.

– Legal – disse Wilde.

– O que é legal?

– A racionalização. "Se eu não soubesse o que eu sabia, talvez eu soubesse o que eu disse que sabia."

– Foi um erro de cálculo – disse Oren.

– Você falou meu nome para eles, não foi?

– Falei, sim, mas também deixei claro que você e eu éramos próximos. Falei que conversaria com você e pediria para você colaborar, porque você não era do tipo que deixaria um assassino se safar. Nunca imaginei que eles agiriam por conta própria.

– Sério?

– Sério.

– Até quando a vítima é "um deles"?

Oren meneou a cabeça.

– Tudo bem. Olha, Wilde, quero saber quem fez isso com você. Quero que sejam punidos.

– Não vai acontecer – disse Wilde. – Eles cobriram minha cabeça com um saco, então não vi o rosto de ninguém. Agiram em uma parte erma da rua onde não tinha câmeras. Mesmo se eu conseguisse descobrir quem foi, seria a minha palavra contra a deles. Eles sabiam o que estavam fazendo. – Wilde tomou um gole e olhou para Oren por cima do copo. – E você sabe como os policiais são unidos.

– Droga. Sinto muito.

Wilde esperou. Ele sabia o que estava para acontecer. Só precisava tirar proveito da situação.

– Mas você precisa me escutar – disse Oren.

Lá vem, pensou Wilde.

– Um policial, pai de três, foi assassinado. Você tem informações relevantes. Não dá para ignorar isso. Você tem a responsabilidade de se apresentar.

Wilde ponderou o que fazer. Por fim, perguntou:

– A polícia analisou o computador de McAndrews?

– Estão analisando – respondeu Oren. – A segurança é bastante sofisticada, e tem muita coisa nele. O que eles deveriam procurar?

– Que tal a gente trocar?

– Trocar o quê? – disse Oren.

– Você me diz o que a polícia sabe sobre o assassinato de McAndrews – sugeriu Wilde. – Com base nisso, eu falo o que acho que você deveria fazer ou procurar.

– Está falando sério?

– Você tem outras opções – disse Wilde. – Por exemplo, pode pedir a seus colegas para me torturarem de novo.

Oren fechou os olhos.

Wilde estava furioso, mas, no fim das contas, Oren queria que a pessoa que matou McAndrews fosse capturada. Se Wilde tinha informações que pudessem ajudar a encontrar o assassino, paciência. Ele queria encontrar Peter Bennett, não protegê-lo.

– Eu fui à casa de McAndrews – disse Wilde – porque estava procurando uma pessoa.

– Quem? – perguntou Oren.

– Peter Bennett. É uma celebridade de reality show que desapareceu, acredita-se que tenha morrido.

Oren fez uma careta.

– E por que você está procurando por ele?

Wilde não viu motivo para não responder.

– Pus meu nome em um site de genealogia por DNA. Ele apareceu como parente meu.

– Espera. Tipo...?

– É, estou tentando descobrir como eu fui parar na floresta. Eu sei que faz muito tempo que você insiste para eu fazer isso. Então eu fiz.

– E?

– E achei meu pai. Ele mora perto de Las Vegas.

– O quê? – Oren arregalou os olhos. – O que ele disse?

– É uma longa história, mas não deu em nada. Então tentei de novo, só que com um parente pelo lado da minha mãe biológica.

– E essa celebridade...

– Peter Bennett.

– Ele é parente da sua mãe?

– É. Mas, depois que escreveu para mim, ele desapareceu.

– Como assim, desapareceu?

– Você pode pesquisar o nome dele no Google e ver os detalhes – disse Wilde. – É famoso. Se ele tiver envolvimento com o assassinato, quero que seja capturado. Não tenho nenhuma questão de amor ou lealdade de sangue. Meu único interesse em encontrá-lo é saber mais sobre minha mãe biológica.

– Então você estava procurando esse Peter Bennett e, de alguma forma, acabou chegando em McAndrews?

– Exato.

– E foi por isso que você invadiu a casa dele?

– Achei que estava vazia.

– Então, se tudo isso é verdade, por que você não se apresentou de uma vez? Por que pediu para Hester ligar?

Wilde o encarou.

– Não é possível que você seja tão burro.

– Eu sei que a invasão da casa talvez pegasse mal...

– *Talvez* pegasse mal. Qual é, Oren. Você sabe o que iam pensar.

Oren fez que sim diante da constatação.

– Eu sei. Um cara solitário e excêntrico... sem ofensa, Wilde...

Wilde fez um gesto de que não estava ofendido.

– ... invade a casa de um policial, e esse policial acaba morto.

– Eu não teria a menor chance.

– Você podia ter falado comigo.

– Não.

– Por que não?

– Você é o policial mais confiável que eu conheço – disse Wilde –, e olha como você contornou as regras com a ideia de achar alguém que matou um policial.

Oren franziu o nariz.

– Acho que mereço essa.

Chega, pensou Wilde. Era hora de pressionar.

– McAndrews era policial, né?

– Aposentado, é.

– A maioria dos policiais continua trabalhando depois de se aposentar. O que ele fazia?

– Era investigador particular.

Exatamente o que Wilde imaginava.

– Autônomo ou em uma empresa grande?

– Que diferença faz? – Oren viu o rosto de Wilde e suspirou. – Autônomo.

– Ele tinha alguma especialidade?

– Não me sinto à vontade para falar disso – disse Oren.

– E eu ainda sinto vontade de vomitar depois de ser eletrocutado várias vezes com um bastão de choque para manejo de gado – declarou Wilde. – Pela sua resposta, imagino que o trabalho de McAndrews era escuso.

Oren pensou.

– Você acha que a vida profissional dele teve alguma relação com o assassinato?

– Acho, sim. Qual era a especialidade dele?

– A maior parte do trabalho de McAndrews poderia ser classificada, em termos generosos, como "segurança corporativa".

– E sem termos generosos?

– Falar mal da concorrência na internet.

– Explica isso daí – disse Wilde.

– Você e Hester jantaram no Tony's hoje, né?

– O que isso...?

– Digamos que sua cidade tenha uma pizzaria consagrada já estabelecida. Você, Wilde, decide abrir uma concorrente por perto. O problema é que as pessoas são leais ao Tony's. Então, como você pega a freguesia do Tony's nos dias atuais?

Wilde disse:

– Imagino que a resposta seja "falando mal da concorrência".

– Exato. Você contrata um cara como McAndrews. Ele cria contas falsas, *bots*, que postam avaliações negativas sobre o Tony's. Eles enchem alguns sites com boatos sobre problemas de higiene, comida estragada, atendimento ruim. Tanto faz. Isso, claro, derrubaria a nota do Tony's no Yelp ou em qualquer outro lugar onde as pessoas procuram avaliações. Os *bots* podem comentar, em tom casual, que tem uma pizzaria muito melhor na cidade, e aí outras contas falsas começam a fazer coro: "É, o lugar novo é incrível" ou "A borda fina deles é o máximo". Como eu disse, esse exemplo é simples. Mas as empresas também estão fazendo isso em grande escala.

– A lei permite isso? – perguntou Wilde.

– Não, mas é quase impossível processar alguém por isso. Alguém escreve uma avaliação negativa falsa sobre você na internet. Sabe qual é a chance de se conseguir rastrear a identidade verdadeira da pessoa que postou, especialmente considerando softwares de anonimato e VPN?

– Zero – disse Wilde.

– E mesmo se alguém der um jeito de descobrir a identidade por trás de um dos *bots*, e daí? A pessoa poderia dizer: "Ah, essa é minha opinião mesmo, mas eu estava com medo de colocar meu nome de verdade e Tony querer retaliar."

Wilde refletiu sobre isso.

– McAndrews fazia alguma coisa além de prestar serviços corporativos?

– Em que sentido?

– Imagino que alguns clientes quisessem falar mal de pessoas, em vez de empresas.

– Desde que o mundo é mundo – disse Oren. – Por que a pergunta?

– Quando você pesquisar sobre Peter Bennett – disse Wilde –, vai ver que muitos *trolls* dominaram os perfis de rede social dele, destruindo sua reputação e inflamando seus antigos fãs. Sempre que o escândalo perdia embalo, esses *trolls* voltavam e agitavam tudo de novo. Grande parte do ódio dirigido a Bennett foi amplificada pelo exército de *bots* de Henry McAndrews.

– Então alguém estava atacando esse Peter Bennett?

– Exato.

– E contratou McAndrews para fazer isso?

– Pode ser.

– Como você descobriu que era McAndrews?

– É confidencial. Não vai ajudar a descobrir quem o matou.

– Vai sim – rebateu Oren. – É evidente que McAndrews não soube ocultar sua identidade tão bem quanto pensava. Você descobriu. Sem querer ser óbvio, mas, se você conseguiu achar a identidade de McAndrews, Peter Bennett também pode ter conseguido. E quem teria mais motivo para sentir raiva de McAndrews do que ele?

– Talvez – admitiu Wilde. – Olha, Oren, preciso do nome da pessoa que contratou McAndrews para falar mal de Peter Bennett.

– Partindo do pressuposto de que alguém de fato contratou McAndrews para isso, e é um pressuposto meio grande esse, talvez seja complicado obter a informação.

– Qual é a complicação? – perguntou Wilde.

– Um dos filhos de McAndrews é advogado. Para reforçar a segurança, McAndrews dizia que tudo que ele fazia era associado ao exercício da advocacia e, portanto, era protegido pelo sigilo profissional. Os clientes não pagavam diretamente a ele; quem emitia a fatura era a firma do filho dele. – Oren olhou para Wilde com uma expressão dura. – Sabe como é, algumas pessoas tiram proveito das normas que regem o sigilo profissional. Algumas pessoas deturpam o espírito dessa garantia de formas que podem ser consideradas antiéticas.

– Um de nós é o vilão aqui, Oren. E não sou eu.

Essa pegou. Os dois homens ficaram ali por um instante, sem se mexer.

– Alguém relatou o desaparecimento de Peter Bennett para a polícia? – perguntou Oren.

– Talvez a irmã dele, mas acho que ninguém investigou. No fim das contas, ele é um adulto que se mandou. Não havia indício algum de crime.

– Até agora – disse Oren. E: – Obrigado, Wilde. Agradeço sua colaboração. Vou dar uma olhada nisso tudo. E vou ajudar o máximo possível. Nós dois queremos encontrar Peter Bennett.

O telefone de Oren tocou. Ele olhou o identificador de chamadas.

– Merda. É Hester.

Wilde se levantou. Ele tinha mais para dizer a Oren, o quanto ele o decepcionara, o quanto Wilde antes o considerava uma das poucas pessoas no mundo em quem podia confiar, o quanto essa confiança agora estava arruinada para sempre. Mas agora não era o momento para isso. Wilde foi para a porta.

– É melhor você atender.

capítulo vinte e três

WILDE PEGOU OUTRO CELULAR descartável em um de seus cofres e ligou para Laila.

– Você está bem? – perguntou ela.

– Estou.

– Se você não tivesse conseguido me ligar...

– Teria ficado tudo bem – disse Wilde. – Só queriam me assustar.

– Não faz isso, Wilde, por favor.

– O quê?

– Eu ouvi derrubarem você e aí, puf, o telefone ficou mudo. Não me insulte com esses clichês.

– Tem razão. Desculpa. Obrigado por ligar para Hester.

– Claro.

Wilde disse:

– Eu sei que você queria conversar hoje...

– Está falando sério? Não depois do que aconteceu. Eu ainda estou tremendo aqui.

– Se não for problema, acho que vou para a cápsula dormir um pouco.

– Não, Wilde.

– Não?

– A gente não vai conversar – disse Laila. – A gente também não vai transar. Mas preciso de você aqui. Preciso abraçar você hoje, senão não vou conseguir dormir, tudo bem?

Wilde assentiu, mesmo sabendo que ninguém estava olhando. Ele só precisava desse segundo.

– Estou indo, Laila.

No dia seguinte, bem cedo, Wilde estava na Amsterdam Avenue entre a 72nd Street e a 73rd Street, observando Marnie Cassidy, a irmã de Jenn, a pessoa que fizera as alegações mais graves sobre Peter Bennett no podcast *Reality Ralph*, sentada à mesa da janela do Utopia Diner, do outro lado da rua. Ela estava tomando café com o que Wilde presumiu ser uma amiga. Marnie estava animada, sorridente, gesticulando.

Lola disse:

– Marnie parece insuportável.

Wilde fez que sim com a cabeça.

– Parece que ela se acha divertida demais, doida demais, o tipo de pessoa que grita "Uhuu" na pista de dança.

Wilde assentiu de novo.

– Ela parece a namorada irritante de um amigo que insiste em ir com os rapazes para o bar ver o jogo e se veste toda com adereços de futebol e pinta a cara e passa o jogo todo torcendo alto demais até a gente ficar com vontade de socar a cara dela.

Wilde se virou e olhou para Lola. Ela deu de ombros.

– Esse tipinho me irrita.

– Está parecendo.

– Olha só para ela – disse Lola. – Fala se eu estou errada.

– Você não está errada.

– Wilde, eu quero achar aqueles policiais de Hartford e fazê-los pagar.

– Deixa pra lá – disse ele.

Marnie e a amiga se levantaram e foram até o caixa para pagar a conta.

– Tem certeza de que você quer cuidar disso sozinho? – perguntou Lola.

– Tenho.

– A gente se encontra no Central Park depois?

– Sim.

Lola deu um beijo na bochecha dele.

– Que bom que você está bem.

Lola seguia pela calçada quando Marnie saiu para a rua. Marnie deu um abraço forte e um beijo na companheira de café da manhã e começou a caminhar na direção – pelo que Wilde sabia da investigação de Lola – dos estúdios da ABC na Columbus, entre a 66th e a 67th. Wilde havia planejado a rota. Queria alcançar Marnie antes que ela avistasse os estúdios. Ele deu a volta na quadra, a passos rápidos. Quando Marnie virou na 67th Street, Wilde estava vindo na direção contrária.

Ele parou de repente.

– Com licença – disse Wilde, dando o maior sorriso e arregalando os olhos –, você não é Marnie Cassidy?

Marnie Cassidy não teria feito uma cara tão satisfeita se ele tivesse entregado um cheque enorme para ela.

– Ué, sou, sim!

– Ai, cara, mil desculpas por incomodar. As pessoas devem importunar você o tempo todo na rua.

– Ah – disse Marnie, fazendo um gesto com a mão –, não tem problema.

– É que sou muito seu fã.

– Sério?

Quando o assunto era massagear o ego de uma celebridade, não havia limites para a baixeza de um capacho.

– Minha irmã e eu vemos você o tempo todo no... – Wilde esqueceu o nome do programa, então ele foi em frente. – Enfim, a gente acha você muito divertida.

– Quanta gentileza, a sua!

– Será que eu poderia pedir um autógrafo e talvez uma *selfie*? Jane, a minha irmã, vai pirar quando eu mostrar para ela.

Jane. Tudo bem, Wilde não era muito bom de inventar nomes sob pressão.

Marnie abriu um sorriso largo.

– Claro! O que você quer que eu escreva?

– Ah, pode ser "Para Jane, minha maior fã", algo assim. Ela vai ficar doida! – Wilde apalpou o corpo como se estivesse procurando algo para escrever. – Ah, puxa, acho que estou sem caneta.

– Sem problema! – disse Marnie. Parecia que todas as frases de Marnie terminavam com uma exclamação. – Eu tenho uma!

Agora que Marnie estava parada e tinha começado a revirar a bolsa, Wilde se posicionou de modo a ficar de frente para ela e bloquear sutilmente seu caminho. Ele não a impediria se ela quisesse passar. Era tudo questão de linguagem corporal.

– Posso perguntar mais uma coisa? – disse Wilde.

– Claro!

– Por que você mentiu sobre Peter Bennett?

Bum. Na lata.

O sorriso continuou fixo na boca de Marnie, mas fugiu dos olhos dela e perdeu aquele brilho interior. Wilde não esperou, não deu tempo para ela se recuperar do golpe nem para respirar. Ele insistiu.

– Eu trabalho para a CRAW Securities. A gente já está sabendo de tudo, Marnie. Você tem duas opções. Ou você fala comigo agora e se safa, ou a gente pode te destruir, em todos os sentidos. A escolha é sua.

Marnie continuou piscando. Era um risco calculado que Wilde havia decidido correr. Se ele a abordasse de forma razoável, Marnie Cassidy rea-

179

firmaria o relato que havia feito no podcast *Reality Ralph*. A única maneira de ter uma conversa útil com Marnie era desestabilizando-a a ponto de ela mudar algo na história. Assim, Wilde teria material para trabalhar. Não havia desvantagem nessa abordagem. Se ele a entrevistasse sendo direto, não conseguiria nada. Se ela fosse embora imediatamente, ele também não conseguiria nada – daria na mesma.

Mas, se ela reagisse agora de alguma forma que indicasse falsidade, aí sim ele teria chance de descobrir alguma coisa.

Marnie tentou endireitar um pouco o corpo.

– Não sei do que você está falando.

– Você sabe exatamente do que estou falando – retrucou Wilde, sem qualquer hesitação no tom de voz. – Vou deixar claro. Estamos conversando só nós dois. Não tem ninguém ouvindo. Somos só você e eu. Prometo. Se você me contar a verdade agora, acaba aqui. Ninguém vai saber que você me contou qualquer coisa. É um segredo só entre nós. Você segue seu caminho para fazer o cabelo e a maquiagem no estúdio e continua sendo uma celebridade. E eu não falei de brincadeira. Eu te vi, Marnie. Você tem talento. Você tem um *quê* intangível. As pessoas te amam. Você está em ascensão. Eu tenho certeza. E, se você me ajudar agora, vai continuar nas alturas como se a gente nunca tivesse se falado, exceto pelo fato de que, bom, vou ser seu aliado pelo resto da sua vida. Você quer isso, Marnie. Você quer que eu fique do seu lado.

Ela abriu a boca, mas não saiu som algum.

Wilde continuou, voltando às ameaças:

– Mas, se você sair daqui agora, vou garantir que você seja cancelada com tanta brutalidade que você vai sentir inveja de Peter Bennett. Não vou ser seu amigo, Marnie. Arruinar você vai ser a missão da minha vida.

Uma lágrima desceu pelo rosto de Marnie.

– Por que você está sendo tão cruel?

– Não estou sendo cruel. Estou sendo sincero.

– Por que você acha que estou mentindo?

Wilde mostrou um pen drive. Não tinha nada nele. Era só um adereço, parte do teatro.

– Eu *sei*, Marnie.

Foi aí que Marnie disse:

– Se você *sabe*, por que precisa de mim?

Pronto. A confissão. Uma pessoa que diz a verdade não tem motivo para falar isso ou se preocupar. Ela não havia sido completamente sincera naquele podcast. Wilde agora tinha certeza.

– Porque eu preciso de confirmação. Só para mim. Amarrar todas as pontas. Não é à toa que estou fazendo isto. Eu *sei* que você não disse a verdade no podcast. Tenho provas. Isso já basta para te arruinar.

– Para de falar isso!

Marnie tinha razão. Wilde agora estava improvisando, e não estava indo muito bem. Ele também se deu conta de que aqueles policiais de Hartford haviam feito algo parecido com ele em termos de tentativa de blefe. Ele se sentiu mal por isso, por usar as técnicas deles, mas não o bastante para parar.

– E eu fiz o que era certo – disse Marnie. – Se você sabe de tudo, então sabe disso também.

O que era certo? Eita. Ele precisava tomar cuidado agora.

– Não, Marnie, eu não sei disso. Não sei nada disso. Do meu ponto de vista, você é culpada e eu vou acabar com você por isso. – Wilde interrompeu as negações dela fazendo um gesto com a mão. – Agora, se tiver alguma outra perspectiva que eu não estou vendo, você precisa abrir o jogo já, Marnie. Porque, agora, sem mais explicações, não sei como você pode dizer que fez "o certo".

Os olhos verdes de Marnie foram de um lado para o outro enquanto ela considerava as opções. Wilde sabia que era nesse momento que ele precisava ser delicado. Se a pressionasse demais, talvez ela só fugisse. Se ele parasse de salpicar ameaças, ela podia recuperar a compostura a ponto de perceber que esse interrogatório era todo uma farsa.

– Deixa pra lá – disse Wilde.

– Quê?

Wilde deu de ombros.

– Não estou gostando de nada disso.

– Como assim?

– Vou divulgar a informação no *Reality Ralph*.

– Como é que é?

– Não vale a pena te salvar, Marnie. Você merece ser cancelada.

As lágrimas começaram a cair de novo.

– Por que você está sendo tão cruel?

De novo isso.

– Você sabe por quê.

– Eu só estava tentando ajudar!

– Ajudar quem?

Marnie soluçou mais um pouco.

– Olha, eu dei a chance para você se salvar, Marnie. Não deveria ter dado. Mas eu e minha irmã somos fãs mesmo – cava, cava –, então eu dei. Meu chefe falou que você não valia a pena. Acho que ele tinha razão.

Wilde se arriscou a dar as costas para ela. Ela chorou com mais força.

Ele ouviu uma voz de mulher.

– Está tudo bem, querida? Esse homem está importunando você?

Merda, pensou Wilde.

Ele se virou. A mulher era miúda, encarquilhada, empurrava um carrinho de mercado e fuzilava Wilde com os olhos.

– Quer vir comigo, meu bem? A gente pode ir para um lugar seguro.

Wilde decidiu brincar um pouco com a sorte.

– Não se preocupe. A gente já tinha terminado de conversar.

– Quê? – Marnie se virou para a mulher encarquilhada e abriu um sorriso largo, mas triste. – Não, não, estou bem. De verdade. Esse homem é um amigo querido.

A mulher encarquilhada não se convenceu.

– Amigo querido, é?

– É. A irmã dele, Jane, era minha colega de dormitório na faculdade. Ele só... Estou chorando porque ele acabou de me dar uma notícia sobre o câncer de Jane. Estágio quatro.

Uma atuação digna de Oscar, assim do nada. A mulher encarquilhada olhou para Wilde, e então olhou de novo para Marnie. Um segundo depois, coisa típica de Nova York, ela deu de ombros e foi embora.

– Chega – disse Wilde, quando eles voltaram a ficar sozinhos. – Conta.

– Você vai manter a promessa?

– Vou.

– Não vai vazar?

– Prometo.

Marnie respirou fundo e piscou para conter mais lágrimas.

– Ele fez com outra pessoa, não comigo. Peter.

– Ele fez o quê com outra...?

– Para – retrucou ela. – Você sabe do que eu estou falando. Peter assediou uma garota. Ele mandou fotos dele pelado para ela e, quando teve chance, ele a dopou e... – A voz dela se apagou.

– Que garota?

– Foi o que me contaram.

– Quem contou?

– A própria garota, por exemplo. Ela não queria se apresentar. Foi parte do acordo que a gente fez. Se ela fizesse as acusações pessoalmente, a vida dela mudaria para sempre. Milhões de pessoas escutariam... e ela não daria conta desse tipo de holofote. Ela não é uma celebridade. Precisavam de alguém que contasse a história por ela.

Wilde entendeu.

– Você.

– A história dela era horrível. Horrível. O que Peter, meu próprio cunhado, fez com ela. Eu me acabei de chorar. Ele precisava ser castigado. A gente percebeu na hora. A garota pensou em ir à polícia, mas também não queria fazer isso. Então a gente teve uma ideia.

– Você iria ao podcast – disse Wilde – e falaria que aconteceu com você.

Minha nossa, pensou Wilde. Era horrível na medida certa para fazer sentido.

– Eu queria ajudar a garota... e queria que minha irmã soubesse o tipo de homem com quem ela tinha se casado.

– E quem é ela? Essa "garota" que Peter atacou?

– Não posso falar. Eu prometi.

– Marnie...

– Não, pode me ameaçar à vontade, não vou revelar a identidade de uma vítima.

Wilde decidiu não insistir nisso por enquanto.

– Mas por que ir para um podcast?

– Já falei. Para ajudar a garota. Ajudar Jenn.

– Mas você podia só ter contado a Jenn, né? Não precisava ter ido a público daquele jeito.

– Você acha o quê, que eu quis fazer isso?

E a resposta era óbvia, pensou Wilde. Sim. Sim, ela quis fazer exatamente isso. Precisava. Ela queria atenção e notoriedade, e com certeza funcionou. Hester acertara. Marnie queria fama, custasse o que custasse, e conseguiu.

– De qualquer jeito, eu não tinha escolha – disse Marnie. – Tinha um contrato.

– Com quem?

– Com o programa. É assim que funcionam os reality shows. Você assina um contrato. Os produtores dão alguma instrução, e você segue para incrementar a trama.

– Mas você não estava participando de nenhum programa.

– Ainda não. Mas eu tinha me inscrito e cheguei à fase do contrato. Se eu quisesse participar da temporada seguinte, era importante eu dar tudo de mim.

Wilde não conseguia acreditar no que estava ouvindo, mas tudo se encaixava.

– Um produtor mandou você mentir em troca de uma vaga no programa?

– Ei, eu consegui a vaga por mérito próprio – retrucou Marnie, cheia de indignação na voz. – Com o meu talento. E não era mentira. Aconteceu exatamente o que eu falei.

– Mas não com você.

– Que diferença faz? Aconteceu. Eu conversei pessoalmente com a garota. Ela tinha provas.

– Que tipo de provas?

– Fotos. Um monte.

– Elas podiam ter sido falsificadas.

– Não. – Marnie suspirou e balançou a cabeça. – Olha, Jenn e eu éramos bem próximas. A gente enchia a cara e conversava, sabe, sobre Peter. É constrangedor, mas eu sabia como *aquilo* era. Não era a cabeça de Peter colada em outro corpo.

– Eram bem próximas – disse Wilde.

– Quê?

– Você disse "Jenn e eu éramos bem próximas".

– Ainda somos. Quer dizer, estamos de novo. Peter... ele não foi bom para a nossa relação.

– Por que não?

Marnie deu de ombros.

– Sei lá. Não foi.

– Você gostava dele?

– Quê? Não. – O celular dela vibrou. Ela leu. – Droga, vou me atrasar para arrumar o cabelo e a maquiagem por sua causa. Preciso ir.

– Só mais uma coisa.

Marnie deu um suspiro.

– Tudo bem, mas lembra sua promessa?

– Você chegou a contar a verdade para Jenn?

– Já falei. É verdade...

Wilde tentou não erguer a voz.

– Você chegou a contar para Jenn que o que você disse sobre Peter aconteceu com outra mulher, não com você?

Marnie não respondeu, mas o rosto dela ficou pálido.

– Então sua irmã ainda acha... – disse Wilde, sem conseguir acreditar.

– Você não pode contar – disse Marnie, sussurrando rispidamente. – Eu fiz aquilo por Jenn. Para proteger minha irmã daquele monstro. E Peter confessou. Você não entendeu? Era tudo verdade. Agora me deixa em paz.

Marnie secou os olhos e foi embora às pressas.

capítulo vinte e quatro

Deixa que eu falo o tipo de pessoa que Martin Spirow é.

Quando uma "modelo fitness" de 26 anos chamada Sandra Dubonay morreu em um acidente de carro no ano passado, a família postou um obituário nas redes sociais dela com um retrato comovente da menina sorrindo para o sol e o epitáfio: *Você estará sempre em nossos corações*. Embaixo desse obituário, na seção de comentários, Martin Spirow, com uma conta falsa, postou o seguinte:

É uma pena quando uma gostosa vai pro brejo.

Eu pergunto: você precisa saber mais?

O Bumerangue investigou o caso e acabou dando um puxão de orelha em Martin. Nas redes sociais, Martin Spirow segue muitas "modelos fitness" – um eufemismo intrigante – de porte robusto, mas alega não se lembrar de ter escrito aquelas palavras cruéis horríveis e diz que deve ter postado quando estava bêbado.

Sim, claro.

Alguém acreditaria que, no torpor do álcool, Martin Spirow teve a presença de espírito de acessar a conta falsa em vez de usar a conta que tinha o próprio nome? Que ele teve presença de espírito de manter o anonimato na internet enquanto estava "imerso" em seus notórios problemas com a bebida?

Acho que não.

E, mesmo se eu acreditasse, não me importa, né?

Assim como Katherine Frole tinha falado sobre Henry McAndrews, o crime de Martin Spirow provavelmente não exige pena de morte. Eu sei disso. Mas ele também não merece viver. Ainda tenho noção suficiente para entender que estou justificando o que eu quero fazer, mas isso não significa que minhas justificativas são infundadas.

Não sou, de forma alguma, especialista em cometer assassinatos. A maior parte do meu conhecimento, como o seu, vem de ver séries policiais na TV. Eu sei que preciso dar um tempo entre essas mortes ou usar armas diferentes. Sei que preciso dedicar dias, semanas, meses ao planejamento, que existem câmeras de segurança por todo canto, que fragmentos minúsculos de fibras ou DNA (a propósito, quem entende mais da capacidade do DNA de mudar vidas do que eu?) podem ser usados para identificar a pessoa responsável. Vou tomar cuidado, mas será que vai ser suficiente?

Acho que vai. Eu tenho um plano. Tenho um objetivo. Se eu fizer tudo certo, haverá uma ressurreição que só se compara à...

É blasfêmia dizer.

Comprei um silenciador (ou "supressor", como o cara da loja de armas não parava de chamar) por 189 dólares.

Martin Spirow mora com a esposa, Katie, em uma casa pequena não muito longe da Rehoboth Beach, em Delaware. Tem um carro na entrada da garagem. Às 9h45, Katie sai pela porta. Ela está vestida com jeans azul e um colete de funcionária do Walmart. A caminhada até o Walmart próximo onde ela trabalha é de só 400 metros. O marido, Martin, está desempregado e frequenta reuniões do AA duas vezes por dia.

Tudo isso estava nos arquivos do Bumerangue.

A maioria dos turnos no Walmart dura de sete a nove horas. Isso me dá bastante tempo. Não quero desperdiçar nada. Quando Katie some de vista, vou até a porta. Minhas roupas são todas marrons, boné inclusive. Não tenho a logo da UPS em lugar nenhum, mas acho que não preciso. Estou segurando uma caixa vazia. É um disfarce primitivo, mas eficaz — entrega de encomenda —, e não vou ficar à vista por muito tempo mesmo.

Para mim, o maior problema é meu veículo. Eu sei que, com a tecnologia moderna, existem câmeras em todos os pedágios e outras formas de encontrarem a gente. Estacionei a algumas quadras de distância, em um edifício comercial neutro que abriga consultórios médicos, escritórios de advocacia, esse tipo de coisa. Não vi nenhuma câmera de segurança. Reparei em uma caçamba verde de lixo no caminho, e posso jogar estas roupas marrons ali e ficar com a camisa azul e a calça jeans que estou usando por baixo.

Em resumo, eu tenho mais ou menos um plano. Infalível? De jeito nenhum. Mas, por ora, deve bastar.

Toco a campainha. Ninguém atende. Toco de novo. E de novo.

Uma voz mal-humorada e cansada diz:

— Quem é?

Eu pigarreio.

— Entrega.

– Credo, não está cedo? Deixa aí na porta.

– Preciso de uma assinatura.

– Ah, pelo amor de Deus...

Martin Spirow abre a porta. Eu não hesito. Saco a arma e aponto bem para ele.

– Para trás – eu digo.

Martin arregala os olhos, mas me obedece. Ele até levanta as mãos, embora eu não tenha falado para ele fazer isso. Dá para sentir o cheiro de medo que ele exala em ondas quando entro na casa e fecho a porta.

– Se você veio roubar a gente...

– Não – eu digo.

– Então o que você quer?

Miro a arma para o rosto dele.

– É uma pena quando uma gostosa vai pro brejo.

Espero um segundo para ver se minhas palavras surtem efeito nos olhos dele.

Quando acontece, não vejo motivo para perder tempo.

Aperto o gatilho três vezes.

capítulo vinte e cinco

WILDE FOI ATÉ A 72nd Street e andou no sentido leste até entrar no Central Park. Lola estava comprando uma casquinha de baunilha em um carro de sorvete.

– Quer uma? – perguntou ela.

– São dez da manhã.

– É um sorvete, não tequila.

– Dispenso.

Lola deu de ombros com um "você que sabe". Eles passaram pela multidão agressiva de ofertas de *pedicabs* e seguiram pela via estreita que dava no Strawberry Fields.

– Você não está com uma cara boa – comentou Lola.

– Valeu.

– Aqueles policiais.

– Deixa pra lá.

– Está bem. Como foi com Marnie Cassidy?

Wilde contou enquanto eles passavam pelos turistas aglomerados em volta do mosaico *Imagine* em homenagem a John Lennon. Quando ele terminou, Lola disse:

– Está de sacanagem.

– Sem sacanagem.

– Alguém a botou para fazer aquilo?

– Pelo que entendi – disse Wilde –, reality shows pegam vidas de verdade e as transformam em histórias interessantes. Não precisam ser verdadeiras. Só precisam fazer as pessoas assistirem. A maioria dessas celebridades entende que a ideia é essa. É preciso alimentar o monstro do drama. Mas o personagem Peter havia se tornado meio sem graça. Fazia algum tempo que ele estava casado. Sem filhos. Meu palpite é que alguém do programa armou isso para dar uma agitada. Maximizar o interesse do público.

– E maximizou mesmo – disse Lola.

– Maximizou bem.

– Além disso, os produtores sabiam que a irmã de Jenn faria qualquer coisa para ter um gostinho de fama.

– É.

– Então a grande pergunta: Peter dopou ou assediou outras mulheres?

– Existe alguma prova de que ele fez isso?

– As coisas que você baixou do computador de Henry McAndrews – disse ela.

– O que é que tem?

– Achamos mais fotos de Peter.

– E?

– Pedi a um especialista que conferisse, mas parecem legítimas. E eram bem explícitas.

Wilde refletiu a respeito disso.

– Alguma ideia de quem mandou as fotos para McAndrews?

– Não. Sabe aquilo de ele faturar através da firma do filho?

– Sei.

– Então, parece que todos os e-mails foram enviados antes para a firma, com um VPN e uma conta de e-mail anônima. Não é difícil, como você sabe. A firma depois encaminhou os e-mails e anexos para Henry McAndrews.

Eles passaram pelo monumento em bronze de Daniel Webster. Os dois pararam e leram a mensagem na base: "LIBERDADE E UNIÃO, AGORA E PARA SEMPRE, JUNTAS E INSEPARÁVEIS."

– Profético – disse Lola.

– Pois é.

– Mas acho que faz sentido vindo do cara do dicionário.

Esse era Noah Webster, não Daniel, mas Wilde deixou para lá.

– Se estou entendendo o que você quer dizer – continuou Lola –, você acha que os produtores decidiram cancelar Peter, e digo "cancelar" em dois sentidos. Cancelar na versão moderna de arruiná-lo. Cancelar em termos de tirá-lo do programa.

– Talvez.

– Parece extremo. Brincar com a vida das pessoas assim.

– É só isso que esses programas fazem. Você já viu? Eles pegam jovens manipuláveis que estão loucos por fama e bagunçam com eles. Presa fácil. Eles embebedam as pessoas. Criam dramas destrutivos. Todo participante já inseguro é submetido a um calvário emocional, sem estar preparado para isso.

– Eu entendo a manipulação – disse Lola –, mas não dá para inventar as coisas.

– Dá, sim.

– Não, você não está entendendo. Uma coisa é chegar para alguém e falar "Briga com aquele participante" ou até "Termina com aquele cara". Tanto faz. Outra coisa é armar uma situação em que se acusa um homem de ter cometido um crime para, assim, destruir completamente a reputação dele. Não importa o que o comunicado à imprensa diz... ele poderia mover uma ação indenizatória.

Bem observado.

– A menos que – disse Wilde – seja verdade.

– É isso que estou tentando dizer. Vai que uma mulher falou com os produtores. Ou sei lá quem. Ela contou a história de ter sido dopada. Apresentou algumas provas. As fotos, mensagens, o que seja. Aí, agora, os produtores podem revelar isso e ainda por cima alegar que assim não só ajudam o programa, como também tornam o ambiente mais seguro para as outras funcionárias.

Wilde franziu o cenho.

– O quê? – perguntou Lola.

– Faz sentido. É horrível, mas faz sentido.

– Né? E aí junta Marnie. Ela faria qualquer coisa para entrar no programa e é facilmente manipulável. Como você disse, todos esses participantes são. Seu primo também parece ingênuo pra burro. De repente, o bonzinho Peter se transforma no vilão supremo. Ele não só traiu e agrediu sexualmente, como foi com a própria irmã da querida Jenn.

– Chamou bastante atenção.

– É.

Wilde balançou a cabeça.

– Credo.

– Pois é.

– Qual é o próximo passo, então? Confrontar os produtores?

– O que eles vão falar? – rebateu Lola. – Até parece que vão admitir alguma coisa a respeito disso. Mas, principalmente, que diferença faz? Em que isso nos ajuda a encontrar Peter Bennett? – Lola parou e se virou para ele. – A gente está tentando achá-lo, né?

– É.

– Porque está parecendo mais que você quer reabilitar a imagem dele.

– Reabilitar a imagem de uma celebridade de reality show – disse Wilde. – Não ligo mesmo.

– Justamente. Então me deixa seguir para assuntos mais importantes, porque é estranho. Muito estranho. Consegui uma cópia da certidão de nascimento de Peter Bennett. Ele nasceu em 12 de abril, há 28 anos. O documento identifica os pais dele como Philip e Shirley Bennett.

Wilde franziu o cenho.

– Mas são os pais adotivos dele.

– A questão é essa. Não há qualquer sinal de que Peter foi adotado. Segundo isso, ele nasceu no Lewistown Medical Center, que fica a meia hora da Universidade Estadual da Pensilvânia. Tem um médico indicado. Curtis Schenker. Ainda está vivo. Eu mesma falei com ele.

– O que ele disse?

– O que você acha que ele disse?

– Sigilo profissional?

– Basicamente. Violação da HIPAA, e além disso ele fez uns cem milhões de partos e não conseguia se lembrar de todos. Mas tem um detalhe: dois anos depois do dia do nascimento de Peter Bennett, o Dr. Schenker teve o registro suspenso durante cinco anos por causa de fraude médica.

– Ou seja, é suspeito.

– É.

– Suspeito o bastante para aceitar suborno para assinar uma certidão de nascimento?

– Pode ser. Mas vamos recapitular. A família Bennett mora em Memphis. Mãe, pai, duas filhas. Eles se mudam para perto da faculdade estadual da Pensilvânia e, de repente, têm um bebê chamado Peter.

Foi nesse momento que Wilde viu.

– Presta bastante atenção – disse Wilde.

– O quê?

– Continua andando como se não tivesse nada diferente.

– Ah, merda, o que foi? Tem alguém seguindo a gente?

– Só continua andando. E fala comigo. Não muda nada.

– Entendi. Qual é a situação?

– Vi três. Provavelmente tem mais.

– Cadê eles?

– Não importa. Não procura, nem discretamente. Não quero que saibam que a gente percebeu.

– Entendido – disse Lola de novo. – São da polícia?

– Não sei. Com certeza são de alguma agência. E são bem bons nisso.

– Então não devem ser os caras de Hartford de novo.

– Provavelmente não. Mas podem estar fazendo um favor para eles.

– Você tem algum plano?

Wilde tinha. Eles continuaram atravessando o parque. À esquerda, um monte de turistas estava aglomerado no calçamento de tijolos vermelhos do Bethesda Terrace à beira do lago que, em um arroubo de criatividade, foi batizado de The Lake, "o lago" em inglês. Havia uma abundância de *selfies*, extensores de câmera e toda sorte de fotografia de celular para redes sociais. Wilde e Lola caminharam pelo meio da multidão, sem parar a conversa fingida. Seria difícil para as pessoas que os seguiam acompanhar e continuar escondidos na massa de turistas. Wilde tomou o cuidado de não olhar para trás. Agora que sabia onde eles estavam, não adiantava nada correr o risco de dar uma olhada.

Ele pegou o celular e apertou o número de Hester. Ela atendeu no terceiro toque.

– Articule.

– Estou no Central Park, tem gente me seguindo – disse Wilde.

Wilde e Lola pegaram o caminho à esquerda do chafariz e cruzaram a Bow Bridge, adentrando a parte de vegetação mais densa do Ramble.

– Você acha que vão te dar voz de prisão?

– Acho.

– Manda sua localização.

– Lola está comigo.

– Fala para ela me mandar a localização também. Me deixa dar uma pesquisada. Já, já eu ligo.

Ele e Lola haviam entrado pela West 72nd Street, não muito longe do estacionamento onde Lola havia deixado o carro. A presença da polícia – ou quem quer que fosse – seria maior lá porque eles teriam previsto que Wilde e Lola conversariam durante o passeio pelo parque e depois voltariam ao estacionamento. Essa previsão teria sido correta se Wilde não os tivesse visto. Então, agora, à medida que eles percorriam as vias tortuosas do Ramble e se afastavam daquele epicentro, seria mais difícil para os observadores acompanharem.

– Deve ter a ver com o assassinato de McAndrews, né? – disse Lola.

– Não sei.

– Será que eles encontraram mais alguma ligação entre você e o crime?

– Duvido.

O telefone dele vibrou.

– Não se rende – orientou Hester.

– É tão ruim assim?

– É – disse Hester. – Você consegue vir para o meu escritório?

– Acho que sim.

– Tem algum plano?

– Você confia no Tim? – perguntou Wilde.

– Confio a minha vida.

Ele disse o que pretendia fazer. Lola escutou também e meneou a cabeça. Eles apertaram o passo. Não queriam ficar tempo demais no Ramble. Talvez a polícia os cercasse e os pegasse ali. A boa notícia era que a área florestada tinha uma quantidade razoável de gente. Eles já haviam passado por dois grupos grandes de observadores de pássaros. A polícia se arriscaria a prendê-los no meio de tanta gente? Improvável. Esperariam até ele estar mais isolado, como perto do carro de Lola.

Lola disse:

– Mulher com agasalho cinza e Adidas branco?

Wilde fez que sim enquanto os dois mandavam sua localização para Hester, que, por sua vez, mandou a de Tim. Pelo que Wilde estava vendo, Tim levaria cerca de quinze minutos para chegar ao ponto de encontro. Hora de protelar. Ele repassou o plano com Lola. Como a maioria dos planos decentes, esse era assustadoramente simples. Wilde precisava fazê-los pensar que ele e Lola estavam só conversando. Ele tomou o cuidado de ficar em lugares onde havia muitos pedestres, para que quem os estivesse seguindo não conseguisse agir. Tentou também entrar e sair de caminhos arborizados, considerando que provavelmente havia alguém observando de longe e que, assim, seria difícil vê-lo.

– Cara de boné azul e óculos escuros que fica fingindo olhar o celular – disse Lola.

Wilde fez que sim.

Eles seguiram no sentido norte e passaram pelo Delacorte Theater com a disposição dos assentos em forma de ferradura, local do famoso Shakespeare in the Park e com o espetacular fundo do Turtle Pond atrás do palco.

Lola disse:

– Lembra quando a gente viu *A tempestade* aqui?

Ele lembrava. Os dois estavam no ensino médio na época, e uma fundação relacionada ao sistema de adoção havia obtido ingressos para os "desprivilegiados" do norte do condado de Bergen. Ele se sentara naquele mesmo anfiteatro ao lado de Lola. Eles moravam juntos na casa dos Brewers na época e imaginaram que ficariam meio entediados – Shakespeare no parque? –, mas a produção, com aquele Turtle Pond ao fundo, os fascinou.

– Uma jovem de rabo de cavalo e mochila da North Face.

– Você é boa – disse ele.

– Muito jovem. Deve ser novata.

– Pode ser.

– Ah, e o empresário com o jornal. Jornal. Essa é clássica.

– Não vi esse, mas não me mostra.

– Vixe, Wilde, você acha que eu sou amadora?

– Não.

– Faço isso há mais tempo que você.

– Tem razão – disse Wilde.

Ele parou por um instante e olhou para o Delacorte Theater. Ele se lembrava muito bem de *A tempestade*. Patrick Stewart, de *Jornada nas Estrelas*, havia interpretado Próspero. Carrie Preston fora Miranda, Bill Irwin e John Pankow estavam muito engraçados como Trínculo e Estéfano.

– Você guardou o programa? – perguntou Wilde.

– De *A tempestade*? Claro que guardei.

Ele meneou a cabeça. Lola guardava tudo.

– Sinto muito mesmo – disse Wilde.

– Por quê?

– Por nem sempre estar presente – disse ele. – Eu amo você. Você é minha irmã. Sempre vai ser minha irmã.

– Wilde?

– O quê?

– Você está morrendo?

Ele sorriu. Era estranho pensar nisso, no centro de toda aquela esquisitice, mas talvez esse fosse o único momento em que ele podia ser franco consigo mesmo. No silêncio era fácil reprimir coisas. Em uma tempestade caótica, Wilde às vezes achava mais fácil se colocar no centro e enxergar o óbvio.

– Eu sei que você me ama – declarou Lola.

– Eu sei que você sabe.

– Mesmo assim – disse ela –, é legal ouvir. Você pretende sumir de novo?

– Acho que não.

– Se for sumir, me manda mensagem uma vez por semana. Só peço isso. Se não mandar, eu vou saber que você não me ama.

Eles começaram a seguir no sentido leste em direção ao Metropolitan Museum of Art. No caminho, a quantidade de gente aumentou. Eles já estavam quase saindo do parque. Eles estariam na Quinta Avenida e vulneráveis se a polícia estivesse preparada e com pessoal presente. Wilde duvidava que estivesse preparada, mas, já na Quinta Avenida, eles apertaram o passo e andaram em zigue-zague pela multidão. Eles entraram no Met pela porta reservada para "parceiros". Lola comprava uma parceria todo ano para ajudar o museu. Ela ia muito com os filhos. Eles passaram pela segurança. Quando atravessaram o corredor, Lola disse:

– Tchau.

E entrou na fila da bilheteria. Wilde nem hesitou. Foi até a escada e desceu para o estacionamento subterrâneo. Não tinha ninguém atrás dele.

Um minuto depois, Wilde estava deitado no chão da limusine de Hester. Tim saiu com o carro.

Passados mais vinte minutos, ele entrou na garagem do prédio de Hester. Ela os esperava.

– Tudo bem?

– Tudo.

– Ótimo. Oren está na minha sala lá em cima. Ele quer conversar com você.

capítulo vinte e seis

HESTER APONTOU PARA UMA CADEIRA.

– Sente-se ali, por favor – disse ela para Oren Carmichael. – Wilde, você se senta aqui ao meu lado.

Oren Carmichael foi para um dos lados da longa mesa de reuniões, Hester e Wilde se posicionaram no outro. Eles estavam em uma sala com paredes de vidro no alto da paisagem de Manhattan. A sala era usada majoritariamente para depoimentos extrajudiciais e Hester providenciara para que Oren se sentasse no lugar onde os depoentes costumavam ficar. Wilde não achava que essa disposição de confronto fosse por acaso.

– Preciso que vocês dois me escutem – começou Oren. – Temos um policial assassinado...

– Oren? – Foi Hester.

– Quê?

– Shhh. Fala por que Wilde estava sendo seguido no parque.

– Espera – disse Wilde –, ele não falou?

– Ainda não. Só disse que era ruim.

Wilde se virou para Oren.

– Ruim como? – perguntou ele.

– Ruim, *ruim*. Mas antes preciso que você me diga...

– Você não precisa de nada primeiro – retrucou Hester. – Você violou meu sigilo profissional com meu cliente...

– Já falei, Hester. Não violei...

– Violou, droga. – Wilde percebeu algo diferente na voz de Hester. A firmeza de sempre estava lá, claro, mas tinha também uma tristeza profunda. – Você realmente não sabe o que fez?

Oren também se retraiu com o tom de voz dela, mas persistiu.

– Preciso que vocês me escutem. Os dois. Porque isto é gravíssimo. Temos um policial assassinado...

– Você insiste nisso – interveio Hester.

– Quê?

– Você insiste em falar "policial assassinado". Policial Assassinado. Que diferença faz se ele é policial?

– Está falando sério?

– Seriíssimo. Por que a morte de um policial é mais importante do que a de qualquer cidadão?

– Sério, Hester? É disso que você quer falar?

– As forças da lei deviam fazer o possível por todo mundo, independentemente de posição ou status. Um policial assassinado não deveria ter mais prioridade do que qualquer outro cidadão.

Oren levantou as mãos abertas.

– Está bem, beleza, esquece que ele é da polícia. É um *homem* assassinado. Ficou feliz? Você – ele se virou para Wilde – encontrou o corpo.

– Já falei o que eu sabia ontem à noite – disse Wilde.

– Correto – acrescentou Hester. – E quando foi isso, exatamente? Ah, é, lembrei: logo depois de seus amiguinhos da polícia sequestrarem e torturarem meu cliente. – Ela ergueu a mão para calar Oren. – E nem se atreva a dizer que Wilde é um amigo, não um cliente, senão você vai se arrepender. A propósito, é melhor não se acomodar muito. Você é cúmplice do que aqueles homens fizeram com Wilde.

Essa doeu, e deu para ver na cara de Oren.

– Você é, Oren – continuou Hester, sem dar trégua, e ela parecia arrasada. – Você pode inventar um monte de desculpas, como qualquer criminoso, mas você forneceu as informações que levaram ao sequestro e às agressões. Aliás, como eles sabiam que a gente estaria no Tony's?

– Quê? – Oren se endireitou na cadeira. – Você não acha...

– Você falou para eles?

– Claro que não.

– Então por que a polícia estava atrás de Wilde no Central Park?

– Não era a polícia – disse Oren.

– Então quem era? – perguntou Wilde.

– Agentes do FBI.

Silêncio.

Hester se recostou na cadeira e cruzou os braços.

– Acho bom você explicar.

Oren deu um longo suspiro e meneou a cabeça.

– A perícia balística de Henry McAndrews saiu. Ele foi morto por uma pistola 9 milímetros. O perito inseriu o relatório no banco de dados nacional e apareceu um resultado. Outro assassinato com a mesma arma. Ou melhor, outro assassinato *recente*.

– Recente quanto? – perguntou Wilde.

– Bastante. Nos últimos dois dias.

Wilde persistiu.

– Então foi *depois* de Henry McAndrews?

– Foi. A mesma arma que matou Henry McAndrews foi usada em outro assassinato. Mas isso não é o mais importante.

Hester gesticulou para que ele continuasse.

– Estamos ouvindo.

– A vítima – disse Oren – era uma agente do FBI chamada Katherine Frole. – Ele olhou para Hester. – Então não é mais só um "policial assassinado". É também uma agente federal assassinada. Na Terra da Fantasia, talvez não faça diferença que dois agentes da lei tenham sido mortos, possivelmente pela mesma pessoa. Eles deveriam ser tratados da mesma forma que dois Cidadãos Comuns seriam se fossem mortos. Mas, no mundo real...

– Qual é a ligação entre eles? – perguntou Wilde.

– Até onde a gente sabe, nenhuma, exceto o fato de que os dois levaram três tiros na cabeça disparados pela mesma arma.

– O trabalho deles não tinha pontos de contato?

– Pelo que deu para ver, não. McAndrews era um policial aposentado de Connecticut. Frole trabalhava na divisão forense do FBI em Treston. Até agora, a única anomalia é, bom, você.

Hester usou o máximo de sua postura de advogada ao fazer a pergunta seguinte.

– Eles têm algo que ligue meu cliente a McAndrews ou Frole?

– Quer dizer, além do fato de que ele invadiu a casa de McAndrews e encontrou o corpo?

Hester pôs a mão no peito e fingiu espanto.

– E como eles sabem disso, Oren?

Ele não falou nada.

– Eles têm as impressões digitais dele? Têm testemunhas? Que provas eles têm de que meu cliente...?

– Podemos parar com isso, por favor? – perguntou Oren. – Duas pessoas foram mortas.

Hester estava a ponto de rebater, mas Wilde pôs a mão no braço dela. A queda de braço entre os dois estava virando uma distração. Ele queria avançar a conversa.

– E Peter Bennett? – perguntou Wilde.

– Ah – disse Oren. – Esse é o outro motivo pelo qual eu queria ver você.

– Por quê? – perguntou Hester.

Oren voltou os olhos na direção dela. Seus olhares se cruzaram e, por alguns instantes, eram só eles dois. Dava para sentir. Wilde quase quis sair da sala. Aqueles dois tinham encontrado o amor e agora havia fissuras, e, embora eles tivessem que se preocupar com problemas maiores no momento, Wilde ainda queria que ficasse tudo bem.

Ainda sustentando o olhar de Hester, Oren disse:

– Prometi a Wilde ontem à noite que investigaria Peter Bennett.

Hester meneou a cabeça devagar.

– Vamos lá, então – disse ela, com uma voz mais terna. – Pode falar.

Oren piscou e voltou a atenção para Wilde.

– Pelo que você me disse, Peter Bennett passou a ser considerado uma pessoa envolvida no assassinato de Henry McAndrews, naturalmente. Relatei o que você me disse ao detetive de homicídios que está à frente do caso, um cara chamado Timothy Best. A propósito, acho que Best não teve nada a ver com o que aconteceu com você ontem. A polícia de Hartford não está cuidando do caso, e ele é da polícia estadual. O assassinato de McAndrews ocorreu fora da jurisdição deles, sem contar o conflito de interesses.

Wilde assentiu. Ele não ligava para nada disso no momento.

– E Peter Bennett?

– Eu o estava ajudando a investigar Peter Bennett, mas, quando a perícia saiu com o resultado de Katherine Frole, o FBI entrou com tudo. Então ontem à noite, antes da nossa conversa, só você estava procurando Bennett. Agora, o FBI e a principal agência policial do estado de Connecticut também estão.

– Eles já encontraram alguma coisa? – perguntou Wilde.

– Já, bastante.

Hester se enervou de novo.

– Fala logo.

Oren pôs os óculos de leitura e pegou um bloquinho de anotações.

– Você falou da última foto no Instagram de Peter Bennett no penhasco de Adiona.

– Isso.

Oren leu com uma voz monótona:

– Três dias antes da data da foto, segundo dados de voo e controle de imigração, Peter Bennett viajou do aeroporto de Newark para a Polinésia Francesa. Ele ficou hospedado em um hotel pequeno perto do penhasco de Adiona por duas noites. Na manhã do dia em que a foto foi tirada, ele deu a mochila e as roupas para uma camareira do hotel e disse que era tudo dela. Ele pagou a conta do hotel, fez o check-out e pegou um táxi para ir até a base da montanha. O taxista viu seu primo subir a trilha em direção ao topo do penhasco.

Oren fechou o bloquinho de repente.

– E é isso.

– Como assim, é isso? – perguntou Hester.

– Ninguém viu Peter Bennett desde então. Até onde sabemos, ele nunca mais foi visto. Não há qualquer indicativo de que ele tenha descido a trilha de novo. Seu passaporte não foi usado. Seus cartões de crédito e débito não foram usados. Ele não apareceu em nenhum manifesto de avião ou lista de travessia de fronteiras.

– Tem alguma hipótese principal? – perguntou Wilde.

– Em relação a Peter Bennett? O FBI acredita que de fato ele tenha cometido suicídio.

– Ou forjado – disse Hester.

– O FBI acha que não – disse Oren.

– Por que não? – perguntou Hester.

– Além do que eu já falei? Mais dois motivos: um, Peter Bennett pôs seu espólio em ordem antes de ir embora. Falamos com o cara de finanças dele, um consultor chamado Jeff Eydenberg, do Bank of USA. A princípio, Eydenberg não quis falar por causa do sigilo, mas o FBI arranjou um mandado. Com isso resolvido, ele colaborou, em parte porque também estava preocupado com seu cliente. Segundo Eydenberg, Peter Bennett foi ao banco sozinho e dividiu seu espólio entre as duas irmãs. Por enquanto, está tudo preso em depósito, já que o divórcio dele com Jenn Cassidy não foi concluído. Mas esse Jeff Eydenberg conversou pessoalmente com Peter Bennett. Ele disse que Peter parecia abatido e deprimido.

Hester pensou nisso.

– Ainda poderia ser teatro de um homem que vai forjar um suicídio.

– Acho que tudo é possível.

– Você disse que eram "mais dois motivos". Qual é o segundo?

Wilde respondeu a essa.

– Nenhum bilhete suicida.

Oren fez que sim. Hester parecia confusa.

– Espera – disse Hester. – Por que a *falta* de um bilhete suicida faria alguém pensar que *foi* suicídio?

– Quem quer forjar um suicídio – disse Wilde – definitivamente deixa um bilhete. Se Peter Bennett fez todo esse esforço de postar a foto, botar o espólio em ordem e voar até aquela ilha só para forjar um suicídio, pela lógica faria sentido ele deixar um bilhete escrito de próprio punho para reforçar.

– Entendi – disse Hester. – Mas então tenho outra pergunta. Seja como for, forjado ou real, por que não tem um bilhete suicida?

Wilde também vinha se perguntando isso.

– Se vocês leram o último post dele no Instagram – disse Oren –, meio que tem, sim.

– O que ele escreveu? – perguntou Hester.

Wilde respondeu:

– "Só quero paz."

Os três ficaram em silêncio.

– Uma amiga minha gostava de citar Sherlock Holmes o tempo todo – disse Hester por fim. – Não lembro as palavras exatas, mas era um aviso de que não se deve formular teorias antes de ter os fatos, porque assim se acaba moldando os fatos para corresponder às hipóteses, e não o contrário. Em suma, nós não sabemos o bastante.

– Exato – concordou Oren. – E é por isso que vocês dois precisam colaborar com o FBI agora e tomar a iniciativa.

– Você sabe tudo agora – disse Wilde. – Não tem mais nada que eu possa acrescentar.

– Eu sei. Mas eles insistem. Não vão desistir até você colaborar.

– Em outras palavras, eles vão assediar ilegalmente meu cliente – concluiu Hester.

– Talvez.

– Como assim, talvez?

– Eu sou um mísero chefe de polícia de cidade pequena – declarou Oren. – O FBI não confia tudo a mim.

– Não sei o que você quer dizer com isso – respondeu Hester.

– Quero dizer que acho que tem algo mais, algo grande, que eles não me contaram.

– No entanto, sua sugestão é que a gente dê um pulo lá e converse com eles?

– Acho que vocês têm duas opções – disse Oren, dirigindo a atenção para Wilde de novo. – A primeira é você se apresentar e colaborar, com a presença da sua advogada.

– E a segunda?

– Você foge.

capítulo vinte e sete

O zoológico do Bumerangue entrou nesta ordem: Alpaca, Girafa, Gatinho, Urso-polar. O Leão de Chris Taylor presidiu a reunião, como sempre. Quando todo mundo estava lá, ficaram todos em silêncio, de repente muito cômicos em seus disfarces digitais, aguardando, na esperança de que Pantera também se conectasse.

Pantera não apareceu.

Chris foi o primeiro a falar.

– Precisamos identificar Pantera.

– Você entende o que isso significa? – perguntou Urso-polar.

– Entendo.

– É o fim do Bumerangue – disse Gatinho. – Fazia parte do nosso acordo. Uma vez quebrado o vidro de emergência, acabou. Nós nos dispersamos. Nunca mais nos comunicamos uns com os outros.

O Leão de Chris meneou a cabeça.

– Vocês se lembram de outro caso de Pantera com um *troll* abusivo chamado Martin Spirow?

– Vagamente – disse Alpaca.

– Vou compartilhar o resumo do arquivo na tela.

Chris Taylor apertou o botão de compartilhar.

– Ah, eu me lembro dele – disse Urso-polar.

– Era o nojento que atormentou a família enlutada – acrescentou Gatinho.

– Exato – disse Chris. – No fim das contas, foi só um post. A gente conferiu. Não teve mais nenhum. Descobrimos que talvez Spirow estivesse bêbado quando postou aquilo.

– Isso nunca me convenceu – declarou Gatinho. – Quem posta coisas bêbado não se dá ao trabalho de usar uma conta anônima nova.

– E foi esse o argumento de Pantera. No fim das contas, Spirow recebeu só uma resposta de Categoria 1.

– Leão, por que você está tocando nesse assunto agora?

– Porque Martin Spirow foi assassinado. Também com tiros na cabeça. Silêncio.

Por fim, Urso-polar disse:

– Meu Deus.

– O que é que está acontecendo? – perguntou Gatinho.

– Não sei – disse Chris. – Mas acho que não temos mais escolha. Urso-polar?

– Agora eu concordo. Precisamos saber a identidade de Pantera.

– Não podemos nos iludir – acrescentou Alpaca. – Este é o fim do Bumerangue.

– Não tenho tanta certeza disso – disse Chris.

Urso-polar pigarreou.

– Essas foram as regras que todos nós definimos. Quando uma identidade fosse descoberta por qualquer pessoa, fosse polícia, meliantes, vítimas, até um de nós, a gente precisaria desaparecer, para a nossa segurança.

– Não sei se podemos fazer isso – disse Chris. – Alguém matou duas pessoas.

– Repito – disse Urso-polar –, essa é uma conclusão que você está presumindo sem provas.

– O quê, você acha que é coincidência?

– Não, não acho. Mas não sei se a mesma pessoa cometeu os dois assassinatos. Você sabe? Com certeza?

– E do que exatamente estamos falando aqui? – perguntou Girafa. – As duas vítimas mortas eram assediadores investigados por Pantera. Todos concordamos que os dois eram culpados. Um, decidimos que não valia o esforço de castigar. O outro levou um puxão de orelha.

– Agora Pantera deu um perdido na gente – acrescentou Gatinho.

– Ou não está em condições de se juntar a nós – disse Alpaca.

– Ou – disse Girafa –, convenhamos, está cada vez mais provável, Pantera se rebelou e começou a fazer justiça com as próprias mãos.

– Seja como for – disse Chris –, precisamos revelar Pantera.

– Concordo – disse Alpaca.

– Eu também – disse Gatinho.

– E eu – disse Girafa.

Urso-polar deu um suspiro.

– É a decisão certa, então, sim, eu também concordo. Mas, assim que fizermos isso, vamos nos dispersar, então eu só gostaria de dizer que foi uma honra...

– Ainda não – disse Chris.

– Mas é...

– Se Pantera estiver por trás disso, nós precisamos impedir. Quando soubermos a identidade de Pantera, precisamos entrar em contato.

– É perigoso demais – disse Urso-polar.

– Não podemos ignorar – retrucou Chris.

– Foi o acordo que nós todos fizemos – disse Urso-polar. – Não somos a polícia. Não vou caçar um membro nosso para impedi-lo.

– Então o Bumerangue vai atrás de pessoas que perseguem e assediam pela internet – disse Chris –, mas a gente não vai atrás de assassinos?

– É – afirmou Urso-polar. – Nossa missão é muito específica. Nossos protocolos existem para nos proteger. Não estamos aqui para resolver as mudanças climáticas, a guerra ou mesmo assassinatos. O Bumerangue era só isso: jogar o carma de volta na cara de quem persegue, assedia e atormenta pela internet.

– Nós criamos isto – disse Chris. – Não podemos deixar pra lá.

– Leão? – Era Gatinho.

– Sim?

– Vamos pegar a identidade. Aí cada um de nós pode decidir se vai se separar ou não.

– Não – disse Urso-polar. – Não podemos sair pela tangente. Não foi o que nós combinamos fazer no início.

– A situação mudou – disse Gatinho.

– Para mim, não – respondeu Urso-polar.

– Tudo bem – concedeu Chris. – Vamos pegar a identidade e decidir o que fazer. Não previmos essa complicação. A falha é nossa. Vamos preparar nossas senhas para digitar no campo que eu vou mandar agora. Todo mundo pronto?

Todos responderam que sim.

– Certo, temos dez segundos. Quando eu falar "três", vamos digitar nossas senhas e apertar Pantera. Vou contar. Um, dois... três.

Levou muito pouco tempo. O nome apareceu na tela de Leão. Chris não havia falado para eles, mas tinha programado um atraso de sete segundos para os outros, então ele viu o nome antes:

Katherine Frole.

Pantera era mulher. Ou se identificava como mulher. Ou tinha nome de mulher. Que seja. Por algum motivo, provavelmente machismo, Chris sempre imaginara que Pantera seria um cara. Fazia diferença? Nem um pouco. Ele já estava digitando o nome de Katherine Frole no computador, e apareceu uma reportagem.

Chris abriu o microfone de novo para o grupo todo.

– Ah, não.

capítulo vinte e oito

ANTES DE SE REUNIR com o FBI, Hester garantiu imunidade total para Wilde por ter invadido a residência de McAndrews e por quaisquer crimes subsequentes exceto o assassinato propriamente dito. Hester também insistira que a conversa ocorresse em sua firma, não na sede do FBI, e que a sessão toda fosse registrada pelo cinegrafista e pela estenógrafa da firma, mas que as gravações e a transcrição não seriam fornecidas ou disponibilizadas ao FBI.

Foram necessárias algumas horas para acertar todos os detalhes, mas, no fim das contas, o FBI aceitou as condições de Hester. Agora, Hester e Wilde estavam sentados nas mesmas cadeiras de antes, enquanto uma agente do FBI, que se apresentara como Gail Betz, ocupou a cadeira que Oren tinha usado antes, e o outro agente, um homem que se apresentou como George Kissell, ficou em pé, encostado na parede.

Betz conduziu o interrogatório e Kissell se manteve calado e com cara de tédio. Wilde não viu muito motivo para omitir qualquer coisa sobre sua busca por Peter Bennett e a relação disso com a ida à casa de Henry McAndrews. Hester o interrompeu algumas vezes, especialmente quando Betz insistiu para saber detalhes sobre a invasão. Betz então se concentrou em Katherine Frole. Ela perguntou se Wilde a conhecia. A resposta era não. Betz procurou possíveis ligações. Frole trabalhava em Trenton – Wilde já fora a Trenton? Só em uma viagem com a turma da escola à capital de Nova Jersey no sétimo ano. Frole morava em Ewing, Nova Jersey. Wilde nunca havia ido até lá. O corpo dela fora encontrado em uma sala que ela alugava em Hopewell. Wilde já fora lá?

– Que tipo de sala? – perguntou Wilde.

Gail Betz olhou para ele.

– Como é?

– Katherine Frole era uma agente do FBI que trabalhava em Trenton, certo?

– Certo.

– Então por que ela alugava uma sala em Hopewell?

Kissell falou pela primeira vez.

– Nós é que vamos fazer as perguntas aqui.

– Vejam só – disse Hester. – Ele fala. Eu estava prestes a aplaudir o FBI por ter contratado um mudo.

– Você não é engraçada – disse Kissell.

– Uau, assim você me magoa. De verdade. Mas, sério, meu cliente tem colaborado. Ele quer que a pessoa que matou a agente especial Frole seja punida. Então, por que não responder à pergunta dele?

Kissell deu um suspiro e se desgrudou da parede. Ele olhou para Betz.

– Já terminou, agente especial Betz?

Betz fez que sim. Kissell puxou a cadeira ao lado dela. Sentou-se pesadamente, como se estivesse carregando o peso do mundo, e moveu a cadeira com rodinhas até a mesa de modo a apoiar a barriga nela. Cruzou as mãos sem a menor pressa. Por fim, pigarreou:

– Você já foi a Las Vegas, Wilde?

Um alerta apitou na cabeça de Wilde. Na de Hester também. Ela pôs a mão no antebraço dele, indicando que não era para responder.

– Por que você quer saber disso? – perguntou Hester.

– Eu estava querendo umas dicas de hotéis – respondeu Kissell. Então completou: – É relevante para esta investigação.

– Você poderia explicar o motivo?

– Seu cliente sabe. Você, Dra. Crimstein, provavelmente sabe. Mas não estou a fim de fazer joguinhos, então vou ser mais direto. Sabemos que você esteve em Las Vegas quatro meses atrás. E, o mais importante, sabemos que você foi à casa de Daniel e Sofia Carter. Eu gostaria de saber por quê.

Wilde estava chocado.

A mão de Hester continuava em seu braço. Ela apertou de leve.

– Qual é a ligação? – perguntou ela.

– Perdão?

– Qual é a ligação entre esse assunto e o assassinato de McAndrews e Frole?

– Que tal vocês me dizerem?

– Não sabemos de nada disso.

– Bom, Dra. Crimstein, a questão é que eu também não. Ainda. É por isso que estou perguntando. Minha esperança é conseguir uma resposta e, assim, encontrar uma ligação. Aí eu posso fazer mais perguntas e encontrar mais ligações. Ou, vê se você me acompanha, eu faço perguntas e não encontro nenhuma ligação, e assim eu posso seguir em frente. É assim que uma investigação funciona. Então talvez você possa orientar seu cliente a nos dizer por que ele estava em Las Vegas, conversando com os Carters, e aí a gente pode ver se é relevante ou não.

– Não estou gostando disso – declarou Hester.

– Assim eu fico triste – disse Kissell. – Quero que você goste das minhas perguntas.

Hester apontou para o próprio peito.

– Ei, cara, presta atenção. Eu é que sou a sabichona debochada aqui, ouviu bem?

– Não tive a intenção de usurpar sua função, Dra. Crimstein. Você não vai permitir que seu cliente responda?

– Quero discutir com meu cliente – disse Hester.

Kissell deu de ombros em sinal positivo.

Hester murmurou no ouvido de Wilde.

– Tem alguma ideia de qual é o propósito disso?

Wilde balançou a cabeça.

– Não gosto de você respondendo perguntas às cegas assim – murmurou ela.

Wilde fez um cálculo rápido. Se eles sabiam da visita dele a Daniel Carter, que mal fazia saberem o motivo?

Ele indicou a Hester que não se incomodava de responder e disse:

– Daniel Carter é meu pai biológico.

Kissell era um veterano astuto. Estava acostumado a ouvir respostas malucas e manter uma expressão impassível. Ele olhou para Betz, que não se deu ao trabalho de disfarçar a surpresa.

Kissell esperou um instante e perguntou:

– Pode explicar isso?

– Explicar o quê? – perguntou Hester.

– Todo mundo conhece a história de Wilde – disse Kissell. – É de conhecimento geral. Sempre tive a impressão de que ninguém sabia a identidade dos pais dele.

– Era verdade – disse Wilde.

– Como você descobriu...?

– O mesmo site de genealogia por DNA.

– Espera aí. – Kissell se apoiou na mesa. – Quer dizer que o DNA de Daniel Carter apareceu nos resultados de um site?

– Exatamente.

– Deixa eu ver se entendi. Você coloca uma amostra do seu DNA nesse site, o site diz: "Ei, achamos um resultado para você... este é seu pai."

– Eles usam percentuais, mas é isso mesmo.

– Então você entrou em contato com ele e os dois marcaram uma visita?

– Não – disse Wilde.

– Não?

– Tentei entrar em contato quando vi o resultado, mas minha mensagem voltou.

Kissell se apoiou no encosto e cruzou os braços.

– Alguma ideia do motivo?

– A mensagem dizia que a conta dele tinha sido encerrada.

– Entendi. Então você entrou em contato, mas ele claramente não quis saber de você, então encerrou a conta.

– Meu cliente não disse isso – interveio Hester. – Ele disse que a conta foi encerrada. Ele não faz a menor ideia do motivo.

– Erro meu – disse Kissell. – O que você fez depois?

– Viajei para Las Vegas.

– Então você tinha o endereço dele?

– Consegui, sim.

– Como?

Hester se adiantou.

– Não é relevante.

– É relevante pra cacete. Eu conheço esses bancos de dados de DNA. Eles não informam endereços. Se a conta dele foi encerrada, preciso saber como você encontrou Daniel Carter.

Hester se inclinou para a frente.

– Agente Kissell, você tem alguma noção de como a internet funciona?

– O que você quer dizer com isso?

– O que eu quero dizer – respondeu ela – é que não existem segredos na web. A gente se ilude achando que existe algum anonimato. Sempre há meios para quem tem jogo de cintura. E eu, agente Kissell, tenho jogo de cintura.

– Você encontrou o endereço, Dra. Crimstein?

Hester abriu as mãos.

– Como?

– Você acha que eu entendo de tecnologia? Em tese, digamos que eu conheço pessoas. Em tese, digamos que o banco de dados de DNA tem pessoas. Ao fim e ao cabo, todos esses sites são geridos por pessoas. Pessoas são movidas por interesse próprio.

– Resumindo, você subornou alguém.

– Resumindo, se você é ingênuo a ponto de achar que é difícil achar esse tipo de informação – rebateu Hester –, não deveria ser agente do FBI.

Kissell refletiu por um instante.

– Certo, então você viajou para Las Vegas.

– Exato.

– Você se encontrou com seu pai biológico.

– Não imediatamente. Esperei alguns dias.

– Por quê?

– Eu ia abrir uma porta grande que tinha mantido fechada a vida inteira – explicou Wilde, surpreso com seu tom vulnerável. – Eu não tinha certeza se queria ver o que havia do outro lado.

– E o que havia do outro lado?

– Como assim?

– Imagino que em algum momento você tenha se apresentado a Daniel Carter.

– Sim.

– O que ele disse?

– Que não sabia da minha existência. Disse que passou um verão na Europa quando servia na Força Aérea. Deduziu que engravidou uma garota em uma noite de sexo casual.

– Ele falou quem seria essa garota?

– Ele disse que dormiu com oito garotas de países diversos. Só sabia o primeiro nome de algumas.

– Entendi. Então, nenhuma pista sobre a sua mãe?

– Nenhuma.

– E foi por isso que você respondeu à mensagem de Peter Bennett.

– Foi.

Kissell apoiou as mãos na barriga.

– Como Daniel Carter reagiu à notícia de que tinha um filho?

– Pareceu ficar abalado.

– Ele parecia feliz?

Hester se virou para olhar o rosto de Wilde.

– Não. Ele disse que aquele verão foi a única vez que ele traiu Sofia e que agora eles tinham três filhas. Ele tinha medo de que meu surgimento fosse jogar uma granada na vida deles.

– Acho que dá para compreender – disse Kissell, meneando a cabeça. – O que aconteceu depois?

– Ele disse que queria um dia para pensar. Sugeriu que a gente se encontrasse no dia seguinte para tomar café da manhã e conversar mais.

– E como foi esse café da manhã?

– Eu não fui. Voltei para casa.

– Por quê?

– Eu não queria ser uma granada.

– Admirável – disse Kissell. Ele lançou um olhar para Betz e perguntou:
– Você e a família Carter tiveram algum contato desde então?

– Não.

– Nenhum mesmo?

– A pergunta já foi respondida – interveio Hester. – O que isso tudo tem a ver com os assassinatos atuais?

Kissell sorriu e se levantou. Betz fez o mesmo.

– Obrigado pela cooperação. Manteremos contato.

capítulo vinte e nove

Katherine Frole.

Quando Chris Taylor jogou o nome no Google, a informação que apareceu era pior do que ele imaginava.

Em primeiro lugar, Katherine Frole – Pantera – era do FBI. Chris Taylor não sabia que conclusão tirar disso. Sempre tivera receio de que a polícia pudesse tentar se infiltrar no grupo, mas, ao mesmo tempo, desconfiara de que pelo menos um integrante do Bumerangue seria da polícia, alguém que enxergava as limitações do sistema de justiça penal tradicional e entendia que a lei ainda não havia se atualizado para esses agressores. Não é preciso ser justiceiro para ver as lacunas do sistema e querer corrigi-las. Além disso, pelo que estava vendo, Katherine Frole não era agente de campo, então provavelmente seu trabalho exigia conhecimento técnico. Chris sabia que isso era algo que o grupo todo tinha. Não dava para entrar no Bumerangue sem ser capaz de entender e transitar pelos cantos mais obscuros da *dark web*.

Mas, claro, para usar um jargão do jornalismo, esse não era o *lead*:

Katherine Frole tinha sido assassinada.

Quando viu isso, quando se deu conta da verdadeira dimensão daquilo, Chris fez algo que provavelmente chocaria Urso-polar, Alpaca, Gatinho e Girafa – os integrantes restantes do Bumerangue.

Ele deletou o Bumerangue. Tudo.

Cada arquivo. Cada correspondência. Cada ligação entre os integrantes.

Chris ainda confiava nos outros animais? Ele não sabia. Mas isso era irrelevante. Uma deles havia sido assassinada. Qualquer caminho que tivesse a menor chance de levar a outro integrante precisava ser eliminado.

Será que algum outro integrante do Bumerangue era o assassino?

Era assustador, mas Chris precisava considerar a possibilidade.

Mas uma coisa era certa: o FBI assumiria o caso imediatamente e acionaria seus melhores agentes. Partindo do princípio de que eles tinham o computador de Katherine, os agentes federais o destrinchariam com todos os recursos de que dispunham. Chris havia estabelecido muitas proteções. Todos os integrantes seguiam um protocolo rigoroso. Mas, óbvio, não tinha funcionado. Ou Pantera infringira o protocolo ou alguém encontrara uma via de acesso. Ou seja, o Bumerangue podia ser exposto, é claro.

Resumindo, cortar todos os laços era obrigatório.

Agora que Chris estava sozinho, qual era o próximo passo?

Ele se deu conta de que talvez soubesse mais do que o FBI. Eles já haviam associado o assassinato de Pantera ao de Henry McAndrews ou de Martin Spirow? Pouco provável. Os jornais e a internet não falavam de qualquer ligação entre os três, mas era impossível ter certeza.

Essa era outra complicação.

Mesmo considerando a gravidade da situação, Chris não podia ir às autoridades. Seria uma quebra de protocolo da pior espécie. Se o FBI pusesse as mãos em qualquer pessoa envolvida com o Bumerangue, essa pessoa acabaria indo parar em uma prisão federal ou pior. Sem dúvida. E, se as vítimas do Bumerangue descobrissem quem estava por trás do grupo, iam querer se vingar violentamente. Havia perigo por toda parte. Mas não por isso Chris deixaria um assassino se safar.

Ele teria que agir por conta própria.

A questão era: como?

Depois que Betz e Kissell foram embora e os dois voltaram a ficar a sós na firma dela, Hester disse:

– Que história é essa, Wilde?

Wilde não disse nada. Buscou o número no celular e ligou para ele.

– Seu pai?

Wilde pôs o telefone na orelha e escutou o toque.

– Peter Bennett é parente seu por parte de mãe, né? – perguntou Hester.

Wilde fez que sim. O telefone continuava tocando. Ninguém atendeu.

– Então o que seu pai tem a ver com isso?

Wilde desligou.

– Ninguém atende na empresa dele.

– Que empresa?

– A do meu pai. De Daniel Carter. DC Dream House Construction.

– Você tem o celular dele?

– Não.

– O telefone de casa?

Wilde balançou a cabeça.

– Vou pedir a Lola para encontrá-lo.

– Alguma ideia do motivo pelo qual o FBI está interessado nele?

– Nenhuma.

– Ou por que eles achariam que sua visita a ele seria suspeita?

– Só uma possibilidade – disse Wilde.

– Que é?

– Daniel Carter mentiu para mim.

– Sobre?

Wilde nem imaginava. Ele ligou para Lola e contou tudo. Visualizou a jovem Lola, estudante aplicada, tomando notas naquele quarto que ela dividia com mais três órfãs. Lola era detalhista, diligente e determinada. Era o que a fazia ser uma investigadora tão boa. Era bom poder contar com ela.

Quando ele terminou, ela disse:

– Puta merda, Wilde.

– Eu sei.

– Tenho gente em Las Vegas. Eu aviso quando achar alguma coisa.

Wilde desligou. Hester tinha ido até a janela. Ela contemplava a vista admirável do horizonte de Manhattan.

– Duas pessoas assassinadas – comentou ela.

– Eu sei.

– O FBI parecia convencido de que seu primo morreu também – continuou Hester. Ela se virou da janela. – O que você acha?

– Não sei.

– Seu sexto sentido não diz nada?

– Eu nunca sigo meu sexto sentido – disse Wilde.

– Nem na floresta?

– Isso é instinto de sobrevivência. É sair do lodo primordial e aprender a continuar vivo. Isso, sim, eu sigo. Mas alguém iludido e narcisista a ponto de acreditar que deve obedecer ao sexto sentido em vez de encarar friamente os fatos, isso é um viés, não um sexto sentido.

– Interessante.

– E, como você disse do Sherlock, não sabemos o bastante para conjecturar.

– Concordo, mas não podemos investigar os assassinatos. O FBI vai entrar com tudo. Por enquanto, só você e eu sabemos que Marnie Cassidy mentiu sobre o que Peter Bennett fez com ela. Isso nos dá uma clara vantagem.

– Qual é a sua sugestão?

– Está a fim de dar uma sacudida nas coisas?

– Estou. Por onde começamos?

Hester já estava indo até a porta.

– Vamos contar para Jenn o que a irmã dela fez.

capítulo trinta

A RECEPCIONISTA DO SKY INTERFONOU para o apartamento que Jenn Cassidy estava ocupando.

– Hester Crimstein está aqui para falar com a senhora.

A recepcionista olhou para Wilde.

– E o seu nome?

– Wilde.

– E também um Sr. Wilde.

A recepcionista escutou por um instante. Ela virou o rosto como se quisesse ser discreta. Hester sabia o que ia acontecer. Então gritou alto o bastante para Jenn ouvir:

– Você vai querer falar com a gente antes que a notícia se espalhe, pode acreditar.

A recepcionista ficou tensa. Logo depois, ela desligou e disse:

– O elevador vai levá-los até a residência da Srta. Cassidy. Tenham uma boa visita.

A porta do elevador se abriu. O botão do segundo andar já estava aceso. Quando a porta deslizou para se abrir, Jenn Cassidy, vestida com um Versace, estava esperando à porta do apartamento 2. Ela não parecia feliz de rever Hester. Hester não dava a mínima.

Jenn fitou Wilde.

– De onde eu conheço você? Espera. Você é aquele garoto Tarzan. Vi um documentário sobre você alguns anos atrás.

Ele estendeu a mão.

– Meu nome é Wilde.

Ela apertou a mão, com relutância.

– Olha – disse Jenn, barrando o acesso ao apartamento e encarando Hester –, não sei o que vocês querem, mas acho que já falamos tudo na outra vez.

– Não falamos – retrucou Hester.

Jenn gesticulou na direção de Wilde.

– E ele está aqui porque...

– Wilde é parente de Peter.

– O meu Peter?

– Bom, ele não é mais seu, né? É por isso que estamos aqui, na verdade.

– Não entendi.

Wilde se adiantou.

– Marnie mentiu. Peter nunca a atacou.

Jenn reagiu com um sorriso. Um sorriso mesmo.

– Não é possível.

– Eu falei com ela – disse Wilde. – Ela admitiu.

O sorriso começou a vacilar.

– Marnie disse...

– É mesmo uma boa ideia a gente conversar sobre isso no corredor? – perguntou Hester.

Jenn continuava sorrindo, mas era um sorriso vazio. Era um mecanismo de defesa, um reflexo, mais nada. Ela recuou para dentro do apartamento, com passos vacilantes. Hester avançou primeiro, seguida por Wilde.

– Vamos nos sentar – sugeriu Hester. – O dia foi longo e eu estou morta.

Eles se sentaram. Jenn cambaleou e desabou no sofá. O sorriso já havia desaparecido. A expressão toda dela tinha implodido, como uma casa cujas vigas de sustentação cederam. Ela pigarreou e disse:

– Por favor, me diga o que aconteceu.

Wilde contou sobre ter parado Marnie na rua. Ela escutou com atenção, mas, de vez em quando, fechava os olhos como se tivesse levado um golpe. Quando Wilde terminou, Jenn perguntou:

– Por que eu acreditaria em você?

– Liga para Marnie – disse Hester.

Jenn deu uma risadinha sem um pingo de humor.

– Não precisa.

– Como assim?

– Marnie está vindo para cá agora. Nós vamos a uma hamburgueria nova em Tribeca.

Levou mais dez minutos para a recepcionista interfonar e anunciar a chegada de Marnie. Hester passou esse tempo conversando com a firma. O júri de Richard Levine ainda não havia voltado e parecia que o juiz estava disposto a anular o julgamento. Wilde relembrou a visita a Daniel Carter em Las Vegas. Qual seria a relação entre o pai biológico dele e o que estava acontecendo com Peter Bennett? O que isso tinha a ver com o assassinato de Henry McAndrews e Katherine Frole?

Quanto a Jenn, ela só ficou encarando o nada.

Ao ouvirem a batida na porta, os três se levantaram. Jenn foi até a porta, atordoada. Quando abriu, Marnie estava no meio de um falatório.

– Você devia me dar uma chave logo, Jenn. É ridículo eu não ter. Quer dizer, acho que você precisa de alguém para cuidar disso aqui quando você não estiver, e qual é o sentido de você ter que se levantar e abrir a porta, ah, e essa hamburgueria, meu amigo Terry, lembra, é o cara alto com pomo de adão esquisito? Ele disse que é ótima e que pagam muito bem por fotos de influenciadores...

Foi nesse momento que ela viu Wilde.

Marnie arregalou os olhos.

– Não! – gritou ela para ele. – Você prometeu! Você prometeu que não contaria a ninguém!

Wilde não falou nada.

Lágrimas escorreram dos olhos dela.

– Por que você é tão cruel?

A voz de Jenn estava baixa demais:

– O que você fez, Marnie?

– O quê? Você acredita nele?

Jenn disse:

– Marnie.

– Eu não fiz nada! – E então completou: – Foi por você! Para proteger você!

Jenn fechou os olhos.

– E era tudo verdade! Você não entende? Peter era um monstro! Ele confessou! Foi isso que você me disse, não foi?

Jenn parecia extremamente exausta ao repetir a pergunta.

– O que você fez, Marnie?

– Eu fiz o que era certo!

Com um tom mais duro, Jenn perguntou de novo:

– O. Quê. Você. Fez?

Marnie abriu a boca, provavelmente para continuar protestando, mas, ao ver o rosto da irmã, ela se deu conta de que continuar negando seria inútil ou pioraria a situação.

Sua voz de repente ficou muito baixa, como uma menininha amuada em um canto.

– Desculpa, Jenn. Desculpa mesmo.

* * *

Marnie confessou.

Levou algum tempo, claro. Foram muitos *Eu fiz por você* e *Peter era um monstro*, mas, no meio da fumaça, a história apareceu. Enquanto Marnie descrevia os acontecimentos que a fizeram apresentar aquelas acusações no podcast, Jenn ficou sentada, em silêncio, encarando o nada de novo.

– Eu estava em Los Angeles, fazendo um monte de testes. Mas não estava conseguindo nada. Não que isso importe. Ai, droga, não estou contando direito, né? Enfim, você sabe que eu era finalista do *Love Is a Battlefield*, mas estava difícil achar uma trama certa que combinasse com os meus talentos. Eles disseram que eu tinha muito potencial de celebridade, mas, como eu era sua irmã, seria estranho lançar um enredo à parte para mim, mas que, se conseguissem juntar as nossas histórias, seria perfeito.

– Quem são "eles"? – perguntou Hester.

– Eu falava principalmente com Jake.

Hester olhou para Jenn. Ela fechou os olhos e disse:

– Produtor júnior.

Marnie relatou o que havia contado para Wilde sobre ter sido chamada, ouvido a história comovente de uma mulher (que, ela confessou agora, Marnie nunca vira antes e nunca mais viu desde então) e aceitado participar do podcast para "ajudar" a mulher a contar sua história. Mais ou menos nesse momento, Jenn se levantou e disse:

– Preciso falar com ele.

– Quem? – perguntou Marnie.

– Quem você acha? – rebateu Jenn.

– Mas Peter admitiu!

Jenn discou o telefone de Peter. A linha havia sido cancelada. As mensagens de texto voltaram. Wilde viu a agitação de Jenn crescer. Ela ligou para outro número, e, quando alguém atendeu, Jenn disse:

– Vicky? Cadê ele? Preciso falar com ele.

Ela fechou os olhos e escutou, certamente ouvindo Vicky dizer que também não sabia onde o irmão estava.

O rosto de Marnie estava coberto de lágrimas.

– Jenn, ele confessou! Você me disse isso! Você disse que ele admitiu!

– Não – respondeu Jenn.

– Espera aí – disse Hester para ela. – Você me disse a mesma coisa... que Peter admitiu para você, que ele confessou neste mesmo sofá.

– Mas você não percebeu?

– O quê?

– O que eu vi no rosto de Peter... não foi culpa. Foi traição. A minha traição. Eu violei nossa confiança quando não acreditei nele. É tudo culpa minha.

– Mas aquelas fotos horríveis! – berrou Marnie. – Eram dele! Não eram adulteradas.

– Preciso falar com ele. – Jenn começou a cutucar o lábio inferior, que tremia. – A gente precisa divulgar isso.

– Divulgar o quê? – Marnie começou a chorar de soluçar. – Você não pode contar para ninguém!

– A gente precisa, sim, Marnie.

– Você ficou maluca?

– Também preciso postar no Instagram imediatamente.

– Quê? Não!

– Precisamos dar um jeito de Peter ver a mensagem e voltar para casa.

– Voltar para casa? – repetiu Marnie. – Ele deve estar morto.

O corpo de Jenn se retesou.

– A gente não sabe disso.

– Por favor, Jenn, respira um pouco, vai. Você não pode botar a culpa disso tudo em mim! Eu falei com aquela mulher, a que Peter dopou...

– Ah, qual é, Marnie – rebateu Jenn –, você não é tão imbecil. Ela era uma farsa. Provavelmente só mais uma produtora júnior fingindo.

Marnie juntou as mãos em posição de oração.

– Por favor, Jenn, estou implorando. Você não pode...

– Marnie?

Marnie parou de falar, como se a palavra tivesse sido um tapa na cara dela.

– Eu amo você. Você é minha irmã. Mas não acha que já fez estrago suficiente? A única chance que você tem agora, de verdade, é fazer algo de bom.

Marnie continuou sentada, com as mãos cruzadas no colo e cara de perdida.

Wilde se virou para Jenn e disse:

– Peter falou para você que era adotado?

A mudança de assunto deixou Jenn desconcertada. Ela demorou um instante, mas então respondeu:

– Sim, e daí? O que isso tem a ver com a história? Aliás, sem ofensa, mas o que *você* tem a ver com essa história toda?

– Você sabia que Peter pôs o DNA dele em um site de genealogia?

– O que isso...? É, eu sabia. Quando ele descobriu que era adotado, é claro que quis saber a verdade sobre sua família biológica. Ele se cadastrou em um monte de sites de DNA, mas achei que tivesse deletado tudo depois de descobrir a verdade.

Wilde olhou para Hester. Ela gesticulou para que ele fizesse a pergunta óbvia.

– Quer dizer que Peter encontrou a família biológica dele?

– É.

– Quem era?

– Ele não me disse.

– Mas ele encontrou? Tem certeza?

Jenn fez que sim.

– Ele encontrou a verdade. Foi isso que ele disse. E acho que para ele foi o suficiente. Quando descobriu a verdade sobre a família, ele não quis nada com ela.

capítulo trinta e um

HESTER HAVIA SIDO CHAMADA de volta ao fórum. Corriam boatos de que sairia uma decisão sobre o julgamento de homicídio de Richard Levine. Wilde voltou para Nova Jersey. Quando estava passando pela saída da Sheridan Avenue na Rota 17, o celular tocou. O identificador de chamadas informou que era Matthew.

– Puta merda – disse Matthew.

– O quê?

– Você não ficou sabendo do post de Jenn Cassidy? Sutton está pirando. Marnie inventou aquela história toda sobre Peter Bennett?

Wilde suspirou.

– O que Jenn disse no post?

– Falou alguma coisa sobre aquela história do Peter não ser verdade e um pedido para todo mundo trazê-lo de volta para casa. Cara, o mundo inteiro está procurando Peter agora. Tem algum dedo seu nisso?

– Indiretamente, eu acho.

– Eu sabia! Sutton está maluca. Os fóruns de Batalheiros estão pegando fogo. Seu nome ainda não apareceu.

– Que bom. Onde você está?

– Em casa.

Wilde teve uma ideia.

– Tudo bem se eu passar aí e usar o computador?

– Claro. Tem o meu laptop ou o Mac na sala...

– Os dois, se possível.

– Sem problema. Sutton só deve vir mais tarde.

– E a sua mãe?

– Por que você não pergunta para ela? – Wilde não respondeu, então Matthew suspirou e disse: – Não sei quando ela volta. Por quê? Quer evitar dar de cara com ela?

– Chego aí em quinze minutos. Posso pedir um favor, enquanto isso?

– O que é?

– Você pode pesquisar sites de bancos de DNA para mim?

– Tipo o 23andMe?

– Isso. De todos que você achar, tenta descobrir quais são os maiores.

Quinze minutos depois, Matthew recebeu Wilde na porta e o levou até o Mac da sala. Ele havia colocado o próprio laptop do outro lado da mesa. Wilde se sentou diante do Mac, e Matthew, do laptop.

– Certo – disse Matthew –, o que a gente faz?

– Conseguiu a lista de bancos de dados de DNA?

– Aham.

– A gente precisa tentar acessar todos.

Wilde deu para ele o e-mail de Peter e a senha JennAmor447 que havia obtido na primeira visita à casa de Vicky Chiba.

Matthew tentou o primeiro.

– Não consegui entrar. Diz que a senha está incorreta. – Ele tentou outro. – Mesma coisa. Tem certeza que é essa senha?

– Não. – Wilde lembrou que havia acessado a conta de Peter no Instagram através do e-mail de Peter. – Aqui, vamos tentar o seguinte. Clica no link de senha esquecida para a gente redefinir.

Enquanto Matthew fazia isso, Wilde acessou o e-mail de Peter Bennett. Ele olhou as mensagens e não havia nada novo. Saiu da aba identificada como "Principal" e clicou na de "Promoções". Assim que fez isso, chegou uma mensagem do MeetYourFamily com instruções sobre como redefinir a senha. Wilde seguiu as orientações. Matthew continuou trabalhando. Chegou outro e-mail na caixa de entrada de Peter com instruções de mais um site de DNA para fazer uma nova senha. Wilde clicou no link de novo.

Quando ele tentou acessar com as senhas novas, surgiu um problema maior. O site de DNA BloodTies23 abriu uma página que dizia:

ERRO: Você confirmou sua solicitação de excluir permanentemente seus dados. De acordo com nossa política, uma vez confirmado, o processo não pode ser desfeito, cancelado, revertido ou anulado. Lamentamos qualquer inconveniente. Se desejar, pode realizar um novo cadastro e enviar outra amostra de DNA.

– Droga – disse Wilde.

– O que foi?

– Peter deletou todas as contas dele.

– Clica em "recuperar", então.

– Aqui diz que é permanente.

Matthew balançou a cabeça.

– Deve ter um jeito de acessar de novo.

– Aqui diz que não tem.

Eles encontraram dez sites grandes que faziam testes de DNA para fins de genealogia genética, incluindo 23andMe, DNAYourStory, MyHeritage, Bloodties23, FamilyTreeDNA, MeetYourFamily e Ancestry. Pelo que Wilde e Matthew estavam vendo, Peter Bennett havia se cadastrado em todos – e excluído a conta em todos. Sete dos dez deixavam claro que as exclusões eram permanentes. Outros dois ofereciam uma forma de "solicitar" que o material, que havia sido "apagado, porém armazenado em arquivo" – o que quer que fosse isso –, fosse disponibilizado de novo. Para isso, Wilde teria que preencher formulários, responder a e-mails com códigos e, claro, pagar uma "taxa de processamento".

Sutton chegou enquanto eles estavam trabalhando. Ela puxou uma cadeira e se sentou ao lado de Wilde.

– Os fóruns de Batalheiros estão pegando fogo – disse Sutton para Wilde. – Conta o bafão.

Wilde arqueou a sobrancelha.

– Conta o quê?

– Dá os podres – disse Matthew, ainda digitando. – Marnie mentiu? Ela tentou seduzir Peter e ele a rejeitou?

– É isso o que diz a declaração?

– Que declaração? – respondeu Sutton. – A única coisa que tem é o post de Jenn no Instagram falando que não era verdade e que ela quer que encontrem Peter. Os Batalheiros estão surtando tentando descobrir o que aconteceu de fato, mas, até agora, não teve um pio do programa ou de Marnie.

Wilde conseguiu a autorização do primeiro site, BloodTies23. Ele acessou de novo como Peter Bennett e clicou no link de parentes. Nenhuma proximidade maior que 2%. Inútil.

– Quer saber qual é a teoria mais estranha que está ganhando espaço? – perguntou Sutton.

Wilde continuou digitando.

– Pode ser.

– Cada vez mais Batalheiros nos fóruns – disse Sutton – acham que Peter está por trás de tudo.

Wilde parou e tirou os olhos da tela.

– Como é que é?

– É mais ou menos assim. – Sutton acomodou uma mecha de cabelo atrás da orelha. Wilde olhou para Matthew, que sorria feito bobo ou, em outras palavras, feito um calouro universitário com a primeira namorada de verdade.

– O estrelato de Peter Bennett tinha desabado. Ele teve uma boa campanha. Ótima, até. Mas, com o tempo, caras legais se tornam muito sem graça... não que você deva se inspirar em nada disso, Matthew...

Matthew ficou vermelho.

– ... e, quando isso acontece – continuou ela –, os fãs perdem o interesse. Então a teoria é que Peter viu o que ia acontecer. Ele se cansou de bancar o mocinho chato e armou tudo para se transformar em vilão.

Wilde franziu o cenho.

– Não é um plano muito bom. Ele não passou a ser detestado?

– É, algumas pessoas estão respondendo com isso, mas talvez, sei lá, Peter tenha previsto mal a gravidade da reação. Há quem diga que ele foi longe demais. Uma coisa é ser um vilão engraçado tipo o Bobzão. Até uma traição teria sido, sei lá, um drama interessante, se bem que Jenn é bastante querida. Mas um estuprador que dopou a própria cunhada?

– Muito além da conta – acrescentou Matthew.

– Exato.

– Então onde Peter está agora, segundo essa teoria? – perguntou Wilde.

– Escondido em algum lugar. A situação ficou tão pesada que ele teve que forjar a própria morte. Agora que passou bastante tempo, Peter está espalhando a ideia de que foi incriminado. Isso vai jogar as expectativas nas alturas pela volta dele. Aí, quando ele voltar de fato, provavelmente de algum jeito maneiro, Peter Bennett vai ser a maior celebridade de reality show da história da televisão.

Era fácil para Wilde enxergar o absurdo da hipótese, mas, por outro lado, tinha o que Marnie havia feito para ficar famosa. No entanto, a hipótese apresentava alguns problemas que não dava para essas pessoas que passavam o tempo ruminando nos fóruns levarem em consideração porque elas não sabiam que existiam – como o assassinato de McAndrews e Frole, a relação genética entre Peter e Wilde, o passado obscuro da adoção de Peter quando era bebê...

Ainda assim. Teria algum fundo de verdade nisso? Seria possível que Peter Bennett estivesse por trás de tudo de alguma forma? Isso fazia sentido?

Tinha alguma coisa que Wilde estava deixando passar.

Seu telefone tocou. Era Oren Carmichael. A voz dele estava ligeiramente trêmula.

– Você conhece alguém chamado Martin Spirow?

– Não – disse Wilde.

– Mora em Delaware. Trinta e um anos. Casado com uma mulher chamada Katie.

– Não mesmo. Por que a pergunta?

– É nossa terceira vítima. Morto pela mesma arma que matou Henry McAndrews e Katherine Frole.

– Quando?

– Hoje de manhã.

Wilde não falou nada.

– Wilde?

– Ele é da polícia?

– Desempregado. Nunca foi policial, agente federal nem mesmo guarda de shopping.

– Então qual é a relação com os outros?

– Nenhuma que o FBI saiba, mas o resultado da perícia balística acabou de sair. Tem gente começando a especular que talvez seja um assassino em série sem qualquer relação com isso.

Wilde não falou nada.

– É – continuou Oren –, eu também não estou convencido.

– Fala mais do assassinato desse Spirow.

– Levou três tiros em casa, perto da porta da frente de casa. Provavelmente no começo da manhã. Foi encontrado pela esposa quando ela chegou do trabalho para almoçar. É uma rua relativamente tranquila, mas estão conferindo imagens de câmeras nas redondezas.

– Três tiros.

– Pois é.

– Como as outras vítimas – comentou Wilde.

– Isso. É esse tipo de coisa que faz o FBI considerar a possibilidade de um assassino em série.

Mais uma vez, Wilde tentou juntar as peças. O mundo dos reality shows. A adoção misteriosa de Peter. O abandono de Wilde. Três assassinatos cujo único fator em comum era uma arma.

Ele ainda não conseguia enxergar nenhuma relação.

Seu telefone vibrou de novo. Estranho Wilde receber mais de um telefonema por vez, mas esse dia não era normal.

– Tem mais alguém me ligando – disse Wilde.

– Eu aviso se ficar sabendo de mais alguma coisa – disse Oren, antes de desligar.

Quando Wilde atendeu à outra chamada, Vicky Chiba estava aos prantos.

– Meu Deus.

– Vicky...?

– Marnie mentiu? Ela inventou a história toda?

– Pelo visto, sim. Como você soube?

– Meu telefone não para de tocar. Silas ficou sabendo pelo rádio.

– Saiu no rádio?

– Um programa sobre entretenimento ou algo do tipo. – Vicky soluçou. – Por quê? Por que Marnie faria isso?

Wilde não respondeu.

– Ela sabe o que fez? Ela matou um homem inocente. Assassinou a sangue--frio. Como se tivesse enfiado uma faca no coração dele. Ela deveria ser presa, Wilde.

– Onde você está? – perguntou ele.

– Em casa.

– Vou aí daqui a pouco e a gente pode conversar.

– Silas vai chegar daqui a algumas horas.

– Ele está na cidade?

– Vai fazer uma entrega em Newark. Depois, vai dormir aqui antes de começar outro serviço amanhã de manhã. Wilde?

– Diga.

– Agora eu preciso contar pro Silas, né? O fato de que Peter foi adotado.

Wilde lembrou que Silas era pequeno quando a família se mudara para o meio da Pensilvânia e o bebê misterioso chegara.

– Você é quem sabe.

– São tantos segredos, há tanto tempo. Ele precisa saber.

– Tudo bem.

– Silas acha que você é primo dele.

– Mas não sou.

– A gente pode contar isso também, se você quiser.

Wilde não gostou de ouvi-la falar de "a gente".

– Você poderia estar aqui quando eu contar a verdade para ele?

Wilde não falou nada.

– Acho que ajudaria. Se uma terceira pessoa estivesse aqui.

Wilde continuou sem falar nada.

– Eu também... faria muito bem para mim... para nós dois, imagino, Silas e eu, se você pudesse contar o que foi que aconteceu com Peter. A verdade da história toda. A gente não merecia ouvir só boatos em sites de fã.

Isso era verdade. Ele devia isso a ela.

– Tudo bem – disse ele. – Estarei aí.

– E obrigada, Wilde. – Vicky começou a chorar de novo. – Não só por aceitar vir aqui hoje à noite, mas por acreditar em Peter. Talvez seja tarde demais, mas pelo menos agora o mundo pode descobrir que tipo de homem ele era de verdade.

Quando Wilde desligou, Matthew e Sutton estavam com os olhos vidrados no laptop.

Matthew disse:

– Puta merda.

Sutton acrescentou:

– Uau.

– O que foi? – perguntou Wilde.

– A gente achou um parente de Peter Bennett. Bem próximo.

capítulo trinta e dois

Aponto a arma – sim, a mesma arma – e, de novo, atiro três vezes.

Fecho os olhos e deixo a nuvem de sangue sujar meu rosto. Algumas gotas caem na minha língua. Não sou canibal nem nada do tipo, mas o sabor metálico do sangue dela tem algo de excitante. Não é nada sexual. Ou talvez seja. Sei lá. Você já ouviu falar disso, né? "Um desejo por sangue." Agora eu entendo. Entendo em muitos sentidos.

O corpo dela está caído no banco traseiro. Os olhos ainda estão abertos. Os olhos de Marnie Cassidy.

Eu a atraí para cá com uma mensagem por uma linha anônima em um aplicativo discreto que muitas "celebridades" (principalmente do mundo dos reality shows) usam. Como fiz isso? Com uma oferta de salvação. Ofereci uma boia salva-vidas quando ela estava no meio de águas turbulentas. Eu sabia que Marnie não conseguiria resistir, que ela daria um jeito de escapulir e vir me ver. O mundo dela estava desabando. A verdade do que ela havia feito tinha começado a se espalhar pelo mundo.

Estamos no meu carro. Roubei outra placa e a adulterei para ficar praticamente ilegível. Estou usando um disfarce. Marnie também estava. Fãs e até pessoas da imprensa tinham se aglomerado em volta do prédio dela depois do post de Jenn, então ela saiu de fininho por uma porta dos fundos. Se a polícia decidisse fazer uma investigação séria, imagino que a veriam em diversas câmeras da cidade até o vagão do metrô. Será que veriam quando ela pegou a linha 1 na 72nd Street no sentido Centro? Provavelmente. Será que veriam quando ela desembarcou na Christopher Street, andou três quadras e entrou no banco traseiro deste carro?

Não sei.

Demoraria. A lavagem cerebral da televisão convenceu a gente de que a justiça quase nunca falha. Mas descobri que isso é bobagem. A polícia comete erros. Demora para obter e analisar informações. As horas de trabalho não são infinitas, e a tecnologia tem limites.

Ainda há assassinatos sem solução.

Dito isso, eu sei que isto aqui não vai durar para sempre. Se eu continuar, vão me pegar. Seria burrice dizer que não. Estacionei em Manhattan, perto da West Side Highway. Achei um lugar calmo – calmo o bastante, pelo menos. Era perto de um canteiro de obras, e agora não tem ninguém trabalhando. Não demorou muito.

Ela entra. Eu me viro. Atiro três vezes na cara ridícula e mentirosa de Marnie.

É ousado? Pode ser. Mas, às vezes, o melhor jeito de se esconder é à vista de todo mundo.

O celular de Marnie estava na mão dela quando atirei. Do banco do motorista, estico o braço e pego o telefone no chão. Aponto para o rosto dela para tentar desbloquear com reconhecimento facial, mas, com o estrago que eu fiz, o celular não abre. Que pena. Eu tinha pensado em talvez mandar uma mensagem para Jenn como se fosse Marnie, dizendo que iria viajar por algumas semanas até a poeira baixar. Agora parece que não vai dar para fazer isso.

Será que vão conseguir rastrear o telefone dela até aqui?

Não sei. Vou destruí-lo – mas a tecnologia permite que vejam quando ela saiu do apartamento e em que direção ela foi? Imagino que a resposta seja sim. Tudo bem, paciência. Eu tenho um plano para isso também.

Estendo um cobertor por cima do corpo dela, mas duvido que uma câmera ou um pedestre consiga ver muita coisa se olhar pela janela de trás. O sangue não espirrou no vidro, então não preciso me dar ao trabalho de limpar. Dirijo pelo Lincoln Tunnel e pego a saída da Boulevard East em direção a Weehawken. Não resisto e faço um pequeno desvio, virando à direita no acesso quase escondido da Hamilton Avenue. A vista de Manhattan deste lado do rio – o lado de Nova Jersey – é arrebatadora. A linha do horizonte se estende em toda a sua glória. Não tem vista melhor de Nova York do que a do lado de Nova Jersey do rio.

Mas não é por isso que eu gosto de passar por aqui.

Ali, em uma rua comum com casas comuns, tem um busto de pedra discreto em cima de uma coluna. O busto de Alexander Hamilton. Uma placa junto a ele celebra o famoso duelo entre Alexander Hamilton e Aaron Burr que resultou na morte de Hamilton. A placa também observa que Philip, filho de Hamilton, tinha morrido nesse mesmo local de duelos três anos antes. Mesmo quando essa história não era tão conhecida, antes do musical, eu adorava andar por aqui. Nunca entendi o motivo. Na época eu achava que era por causa da vista, mas é claro que não era isso. Eram os fantasmas. Era o sangue. Era a morte. Os homens vinham aqui para "defender sua honra" e geralmente morriam em duelos. Sangue foi derramado aqui, talvez bem aqui, talvez no mesmo lugar onde você caminha placidamente pelo boulevard e, por acaso, encontra o monumento.

Mais mórbido ainda é que, atrás do busto de Alexander Hamilton, quase escondido pela coluna de mármore, há um pedregulho grande marrom-avermelhado. O lado virado para Manhattan tem os seguintes dizeres:

NESTA PEDRA REPOUSOU
A CABEÇA DO SOLDADO,
ESTADISTA E JURISTA PATRIOTA
ALEXANDER HAMILTON
APÓS O DUELO COM
AARON BURR.

Sempre achei isso incrível. Mas quem não acha? A pedra é toda cercada por uma grade. É fácil enfiar a mão entre as barras e encostar na pedra. Pensa só. Dá para colocar a mão exatamente na mesma pedra onde, se a lenda for verdade, Alexander Hamilton caiu ferido de morte há mais de dois séculos.

É mórbido e macabro, mas acho isso fascinante. Sempre achei fascinante. E a verdade, a verdade ao mesmo tempo óbvia e implícita, é que você também acha.

Todo mundo acha.

É por isso que temos memoriais assim, né? Não é para servir de lembrete sobre uma época mais perigosa. O apelo nos afeta em um nível muito mais primitivo. Ele nos excita. Talvez, pensando em retrospecto, isso tenha sido minha droga de entrada. É comum ouvir isso. Uma droga serve de entrada para outra e mais outra, até o vício evoluir para heroína.

Será que é igual com assassinatos?

Não diminuo a velocidade. Só quero passar na frente desse monumento modesto e do local do duelo. Para aproveitar a sensação. Só isso. E um bônus: se a polícia for capaz de rastrear a movimentação precisa do celular de Marnie, esse pequeno desvio, que me faz perder só alguns minutos, vai levantar questões sobre o estado mental de Marnie. Isso pode me ajudar.

Viro de novo na Boulevard East e dirijo até o Aeroporto de Newark. O terminal mais tranquilo hoje é o B. Quando chego à área de embarque, pego meu martelo e esmigalho o celular de Marnie. Se rastrearem a movimentação dela, vão chegar a um aeroporto. Isso vai ajudar. Eu sei que provavelmente tem câmeras olhando. Em algum momento talvez chegue ao ponto de olharem para ver se ela saiu. Mas isso também vai demorar.

Agora que é impossível rastrear o telefone, eu contorno o aeroporto e vou aos outros terminais, só para confundir. Saio para a Rota 78 e sigo na direção oeste. Aluguei um depósito em Chatham. Com meu disfarce, saio do carro de cabeça abaixada e subo a porta de enrolar. Volto para o carro, entro com ele na unidade de depósito e fecho a porta. A empresa de depósito tem um sistema de ar-condicionado potente. Fiz questão de já deixar ligado no máximo. Li um bocado sobre cadáveres em decomposição e odores. Tenho tempo. Dias, no mínimo. Provavelmente mais. Depois eu posso dar um jeito de me livrar do corpo. Agora eu faço uma faxina ligeira e deixo Marnie no banco traseiro. Se eu tivesse desovado o corpo, a polícia certamente teria ligado a morte dela às outras na mesma hora. Ah, mas se a coitada e sofrida Marnie só tiver desaparecido, no meio de toda a confusão da vida dela, vai ser mais que plausível que ela tenha decidido fugir e se esconder por um tempo. Eu não sabia quanto isso ia durar, mas conhecia a velha máxima: sem corpo, sem crime.

Essas medidas devem me render dias, se não semanas. É só disso que eu preciso, na verdade.

Ainda tenho trabalho a fazer.

capítulo trinta e três

WILDE OLHOU POR CIMA do ombro de Matthew para ver o Usuário32894, um perfil com 23% de DNA compatível com Peter Bennett no site MeetYourFamily.

– Você viu se Usuário32894 e Peter chegaram a se comunicar? – perguntou Wilde.

– Nenhuma mensagem. Segundo os protocolos do site, ao deletar a conta, todas as mensagens são excluídas de forma irreversível. Mas, caso você queira saber o que significa 23%...

Matthew clicou no link, e apareceu uma explicação:

Se você tem um resultado com aproximadamente 25% de compatibilidade (entre 17% e 34%), significa um dos seguintes graus de parentesco:
Avô/Avó
Neto/Neta
Tia/Tio
Sobrinha/Sobrinho
Meio-irmão

– Estranho não detalharem mais do que isso – disse Matthew.

– DNA é assim – respondeu Sutton. – A gente aprendeu isso tudo na aula de biologia com o Sr. Richardson, lembra? Cem por cento significa um irmão gêmeo idêntico. Cinquenta por cento seria irmão, irmã ou mãe... o pai tem um pouco menos, tipo uns 48%. Não lembro por quê.

– Ainda acho estranho – disse Matthew. – Se Wilde receber um resultado de 50%, por exemplo, ele não vai saber se é a mãe, o pai, um irmão... Espera, quando você achou seu pai em Las Vegas, como soube? Quer dizer, quando você viu no site de DNA, como soube que não era sua mãe ou um irmão, sei lá?

– No começo eu não sabia – explicou Wilde. – Mas aí descobri que era um homem mais de vinte anos mais velho do que eu.

– Ainda poderia ser um irmão.

Wilde não havia pensado nisso.

– É verdade.

– Improvável – disse Sutton. – Se o resultado é 50%, significa irmão de pai e mãe, não meio-irmão. Tipo, claro, existem mães que têm filhos com vinte anos de diferença, mas provavelmente são poucas. A chance de que seja seu pai é muito maior.

– Tudo bem, é mesmo – respondeu Matthew –, mas convenhamos. Nada relacionado com Wilde entra no espectro da normalidade. Ele foi abandonado na floresta quando era pequeno demais para se lembrar. O que você acha, Wilde? Será que aquele cara que você conheceu era seu irmão?

– Nunca cheguei a pensar nisso – disse Wilde.

E ele não havia pensado mesmo. Claro, Sutton tinha razão. Era muito provável que Daniel Carter, com cerca de 50% de compatibilidade, fosse seu pai. Mas mulheres podem dar à luz desde muito jovens – assim que começam a ovular. Se Daniel Carter tivesse nascido quando a mãe tinha 16, 17 ou até 20 e poucos anos, era bem factível que ela desse à luz Wilde também.

Ele pegou o telefone e ligou para Lola.

– Alguma novidade sobre Daniel Carter?

– Nada ainda.

– Por "nada" você quer dizer...

– Exatamente isso. Nada, *nothing*, *niente*, *nichts*, *nic*, patavina, então o fato é o seguinte: Daniel Carter não é o nome verdadeiro dele, Wilde.

– O sujeito tem família, tem uma empresa.

– DC Dream House Construction. Pertence a uma empresa de fachada. Ninguém atende no telefone residencial. Ninguém da empresa fala onde ele está. Ninguém atende à campainha de casa.

– Ele tem filhas.

– Não é recomendável mandarmos um detetive particular local que eu não conheço direito para se meter na vida delas ainda. Só quando tivermos mais informações. Ainda é cedo, Wilde.

– Bota o seu melhor pessoal nisso, Lola.

– Vou botar a melhor de todas.

– Valeu.

– Eu.

– Quê?

– Vou para Las Vegas.

– Não precisa fazer isso.

– Eu quero. As crianças estão me deixando louca mesmo. Preciso de uma folga. Um blackjackzinho. Uma descobertazinha de quem abandonou uma criança na floresta, um caça-niquelzinho. Talvez um show de mágica. E, Wilde?

– Oi.

– O que quer que esteja acontecendo entre seu pai biológico e o FBI... É confusão das grandes.

– Talvez Daniel Carter não seja meu pai.

Wilde explicou brevemente os percentuais de DNA. Algo na conversa de parentesco genético o deixou com a pulga atrás da orelha. Wilde estava deixando alguma coisa passar. Mas outras estavam começando a se encaixar. Ele se lembrou do telefonema com Silas Bennett. Silas dissera que tinha recebido um resultado de 23% no MeetYourFamily.com. Agora que Wilde viu que Peter Bennett também tinha recebido um resultado de 23%, parecia mais ou menos lógico presumir que os dois "irmãos", um dos quais supostamente era adotado, tinham um parentesco genético e provavelmente eram meios-irmãos. Não era uma conclusão definitiva, mas havia formas de confirmar essa hipótese.

Wilde ligou para Vicky Chiba.

– Silas já chegou?

– Não.

– A que horas ele ficou de chegar?

– Ele se atrasou. Mais uma hora, uma hora e meia, provavelmente.

– Você ainda pretende falar para ele que Peter foi adotado?

– Pretendo. Você vai estar aqui para isso, né?

– Vou.

– Ah, obrigada. Agradeço muito. Você descobriu mais alguma coisa sobre Peter?

– Eu conto quando a gente se encontrar.

– Tudo bem, eu mando uma mensagem se receber alguma notícia de Silas.

Wilde desligou. Eles ainda estavam esperando a aprovação de dois dos sites de DNA. Ele tentou juntar as peças. Peter Bennett descobre que era adotado. Inscreve-se em um monte de sites de DNA para ver se encontra perfis compatíveis. Certo, beleza. Isso tudo faz sentido. Ele consegue um resultado próximo – o próprio irmão, Silas. É aí que ele resolve que já sabe o bastante? Não parece plausível. Será que ele achou mais alguém? Por que ele encerrou tudo quando descobriu a verdade? Ele encontrou algo que não queria que mais ninguém soubesse?

O celular de Wilde vibrou duas vezes com uma chamada recebida. Estranho. A vibração dupla indicava alguém que não fazia parte de sua reduzida lista de contatos. Ninguém mais tinha esse número. Ninguém mais sabia esse número. Ele estava prestes a mandar a ligação para a caixa postal quando viu o identificador de chamada:

PETER BENNETT.

Wilde se levantou e foi até um canto enquanto colocava o celular na orelha.
– Alô?
– A gente precisa se encontrar.

capítulo trinta e quatro

QUANDO HESTER VOLTOU PARA CASA, Oren estava lá, esperando. Ele a recebeu com um abraço. Ela adorava os abraços dele. Ele era grande e dava abraços de urso. Faziam Hester se sentir pequena, segura e acolhida. Quem não adora isso? Ela fechou os olhos e inspirou. Ele tinha cheiro de homem, o que quer que isso fosse, e até isso a fazia se sentir feliz e protegida.

– Como foi? – perguntou Oren.

– O júri continua indeciso. O juiz Greiner quer esperar um ou dois dias.

Eles terminaram o abraço e entraram na sala de estar. A melhor forma de descrever o estilo de decoração de Hester era como Frenesi Americano Antigo. Quando ela e Ira se mudaram para Manhattan, eles encheram o apartamento "temporariamente" com quinquilharias e móveis demais da casa de Westville. Os móveis não combinavam, claro, em termos de tamanho, formato, cor, mas haveria tempo de sobra para mudar.

Hester nunca mudara.

– Se o júri voltar indeciso – disse Oren –, acha que vão mover outra ação?

– Vai saber.

Ela se sentou no sofá. Oren serviu uma taça de vinho para ela. Hester estava cansada. Isso não costumava acontecer antes, mas ela vinha sentindo cada vez mais um peso nos ossos.

– Quando isso acabar – disse ela –, quero tirar férias.

Oren arqueou uma sobrancelha.

– Você?

– Para onde a gente vai?

– Onde você quiser, meu amor.

– Antigamente eu odiava tirar férias – declarou Hester.

– Eu sei.

– O trabalho nunca me cansava. Ele me dava energia. Quanto mais eu estava na atividade, mais eu me sentia viva. Quando Ira e eu viajávamos, eu acabava me sentindo mais exausta. Ficava inquieta. Se eu me sentava em uma cadeira de praia, não recuperava as energias... só queria tirar um cochilo.

– Um objeto em repouso – disse Oren – permanece em repouso.

– É. Se me desaceleram, eu desacelero. Se me mantêm em movimento...

– E agora?

– Agora eu quero viajar com você. Estou cansada.

– Alguma ideia do motivo?

– Não quero nem pensar nisso, mas talvez seja a idade.

Oren não respondeu imediatamente. Ele bebericou o vinho e sugeriu:

– Talvez seja o caso Levine.

– Como assim?

– Você nunca foi muito fã de casos de legítima defesa. Eu sei que seu trabalho é oferecer a melhor defesa possível e que se dane a verdade...

– Epa, espera aí. Que se dane a verdade?

– Não foi isso o que eu quis dizer. Você precisa deixar suas opiniões pessoais de lado. Oferecer a melhor defesa possível, qualquer que seja sua opinião sobre o caso.

– Por que acha que não estou fazendo isso com Richard Levine?

– Ele executou um homem – respondeu Oren. – Nós dois sabemos disso.

– Ele matou um nazista.

– Que não era uma ameaça iminente.

– Nazistas sempre são uma ameaça iminente.

– Então por você tudo bem o que ele fez?

– Sim, claro.

– Tudo bem matar um nazista – disse Oren.

– Exato.

– E um membro da Ku Klux Klan?

– Também.

– Qual é o seu limite quanto a quem pode ser morto?

– Nazistas e Ku Klux Klan.

– Mais ninguém?

– Eu preferiria que apanhassem. Adoro a ideia de nazistas levando uma surra.

– Seu cliente não deu uma surra em um nazista.

– Não, mas, se tivesse dado, ele também teria sido preso, e eu também o defenderia. Se um psicopata doente acredita que pessoas de outra raça têm que ser exterminadas, não ligo se alguém o abater por ser uma criatura horrenda.

– Você não está falando sério.

– Estou, sim.

– Então talvez a gente devesse mudar as leis, deixar claro que está liberado caçar nazistas e a KKK.

– É bonitinho quando você tenta debater comigo – disse Hester. – Mas, não, não é isso que estou sugerindo. Estou satisfeita com as leis que temos.

– Só que as leis não autorizam o que Richard Levine fez.

Hester inclinou a cabeça.

– Não? Bom, acho que vamos ver. Talvez o sistema atual funcione e absolva meu cliente. Talvez o sistema atual tenha flexibilidade suficiente para se esticar e fazer o certo.

– E se não tiver? E se o júri der um veredito de culpado?

Hester deu de ombros.

– Então o sistema decidiu.

– Então o sistema sempre tem razão?

– Não, talvez o sistema não seja tão flexível quanto eu acho que deveria ser. Não com esse júri, pelo menos. Não com a defesa que eu apresentei. Eu acredito no sistema. Também acredito que não tem problema matar nazistas. Por que você insiste em achar que as duas coisas são contraditórias?

Ele sorriu.

– Eu adoro seu cérebro, sabia?

– Também adoro o seu, mas não tanto quanto seu corpinho.

– Com razão – disse Oren.

Ela apoiou a cabeça no peito dele.

– Então, para onde a gente vai nas férias?

– Caribe – disse Oren.

– Você gosta do calor?

– Eu gosto da ideia de ver você de biquíni.

– Abusado. – Hester não conseguiu deixar de corar. – Não uso biquíni desde o fim do governo Carter.

– Mais uma vítima do *Reaganomics* – disse Oren.

Hester apoiou a cabeça no ombro dele.

– Ainda estou chateada com você.

– Eu sei.

– Tinha uma parte minha que estava disposta a terminar – disse ela.

Oren não falou nada.

– Por mais que eu seja louca por você, meu trabalho sempre é prioridade. Você ter falado para outros policiais que Wilde encontrou o corpo...

– Inconcebível – disse Oren.

– Então por que você fez isso?

– Porque eu queria pegar um assassino de policiais. Porque às vezes eu sou um idiota. Porque eu sou um chefe de polícia de cidade pequena que nunca trabalhou com homicídio e acho que me deixei levar pelo orgulho.

– A chance de ser importante?

Oren fez uma careta.

– É.

– Você usou sua própria justificativa – disse ela.

– Não significa que o que eu fiz era certo.

– Não.

– Então por que você está me perdoando?

Hester deu de ombros.

– O sistema é flexível. Eu também.

– Faz sentido.

– Também não quero perder você. Todo mundo racionaliza as próprias ações. Você, eu, Richard Levine. A questão é: o sistema é flexível o bastante para admitir isso?

– E neste caso?

– Comigo, está tudo bem.

– Ah, que bom.

– Com Wilde, não sei. Ele tem dificuldade para confiar nos outros.

– Eu sei – disse Oren. – Vou tentar consertar a situação com ele.

Hester não achava que ele ia conseguir, mas não falou nada.

– Encontraram outro corpo – disse Oren. – Morto pela mesma arma.

– Eita. Wilde é suspeito?

– Não. O homem foi morto em Delaware mais ou menos no horário em que Wilde estava sendo vigiado em Nova York. Está seguro.

– Que bom. – Hester se levantou e tomou um gole do vinho. – Nesse caso, tudo bem não falarmos disso hoje?

– Tudo ótimo.

– Só quero descansar.

– Tudo bem.

– Ou talvez chamegar – disse Hester.

Oren sorriu.

– Isso pode levar a outras coisas.

Ela pôs a taça na mesa e estendeu os braços para ele.

– Pode mesmo.

– Achei que você só quisesse descansar.

Hester encolheu os ombros.

– Talvez o sistema tenha flexibilidade.

capítulo trinta e cinco

O IDENTIFICADOR DE CHAMADAS DIZIA "PETER BENNETT".

– Meu nome é Chris – disse a voz.

– Não é o nome que aparece aqui.

– Eu sei. Eu quis chamar sua atenção.

– Como você conseguiu meu número?

– Isso não é relevante. A gente precisa conversar.

– Sobre?

– Peter Bennett, Katherine Frole, Henry McAndrews, Martin Spirow.

O homem chamado Chris esperou uma resposta. Wilde não deu.

– Espero que seja só isso – disse Chris –, mas com certeza vai ter mais se não agirmos.

– Quem é você?

– Já falei. Meu nome é Chris.

– E por que eu deveria confiar em você?

– A pergunta mesmo é: por que *eu* deveria confiar em você? Eu é que tenho muito a perder. A gente precisa se encontrar.

– De onde você está me ligando?

– Olha pela janela da frente.

– Quê?

– Você está na casa dos Crimsteins, no final de uma rua sem saída. Olha para o jardim da frente.

Wilde foi até o janelão ao lado da porta. Ele olhou para a noite. Havia um homem magro envolto pela luz de um poste. Ele levantou o braço e acenou para Wilde.

– Vem aqui fora – disse Chris. – Como eu falei, a gente precisa conversar.

Wilde desligou e se virou para Matthew e Sutton.

– Quem era? – perguntou Matthew.

– Vou sair para o jardim. Tranquem todas as portas. Vão para o andar de cima, os dois. Fiquem olhando a gente pela janela do seu quarto. Se acontecer alguma coisa comigo, liguem para a polícia, sua mãe e Oren Carmichael. Nessa ordem. E se escondam.

– Quem é ele? – perguntou Sutton.

– Não sei. Passem o ferrolho na porta depois que eu sair.

Chris era franzino e pálido, com cabelo louro ralo. Andava para lá e para cá em passos nervosos que mais pareciam um esforço para apagar labaredas de fogo na grama. Ele parou quando Wilde se aproximou.

– O que você quer? – perguntou Wilde.

Chris sorriu.

– Faz tempo que eu não faço aquilo.

Ele esperou Wilde perguntar: *Faz o quê?* Como Wilde não perguntou, ele continuou.

– Eu jogava bombas na vida das pessoas. Quer dizer, não literalmente. Bom, talvez até seja. Eu revelava segredos terríveis para pessoas ingênuas que não sabiam de nada. Falei para uma mulher, na despedida de solteira dela, que seu noivo havia publicado na internet um vídeo de sexo explícito dela por vingança. Falei para um homem casado e pai de dois filhos que a esposa dele tinha fingido a terceira gravidez para que ele não pedisse o divórcio. Esse tipo de coisa. Eu achava que as pessoas tinham o direito de saber. Segredos revelados eram segredos destruídos. Eu achava que estava fazendo o bem.

Ele parou e olhou para Wilde.

– Você deve ter muitas perguntas, então vou direto ao ponto. Eu sei o bastante sobre você para entender que você é um forasteiro. Você vive por conta própria. Você entende de contrariar o sistema. Eu ia fingir que é tudo hipotético para me proteger, mas não dá tempo. Preciso confiar em você. Mas, antes, um pequeno lembrete: você viu a facilidade com que o achei. Não é uma ameaça. É um aviso educado, caso você tome a decisão insensata de vir atrás de mim. Você vive fora do sistema em parte por medo de ser encontrado. No meu caso, pegue esse medo e eleve à décima potência. Tem muita gente que quer me ver preso ou morto. Não quero ter você como inimigo. Você também não me quer nessa posição.

– O que você quer? – perguntou Wilde.

– Já ouviu falar de uma organização na internet chamada Bumerangue?

O nome não era totalmente desconhecido.

– Acho que não.

– É um grupo de mentes afins composto por alguns dos melhores hackers do planeta.

– Imagino que você faça parte.

– Eu era – disse Chris – o líder.

Chris esperou de novo a reação de Wilde. Para fazer a conversa andar, Wilde disse:

– Certo.

– O propósito do Bumerangue era encontrar *trolls* e assediadores na internet, pessoas horríveis, o pior do pior, para detê-los e castigá-los.

– Vocês eram justiceiros – concluiu Wilde.

Chris inclinou a cabeça para trás e para a frente.

– A meu ver, era mais como se estivéssemos tentando preservar a ordem em uma terra sem lei. Nosso sistema de justiça ainda não se adaptou à internet. O mundo virtual ainda é o Velho Oeste. Não existem leis, nem regras, só caos e desespero. Então nós, um grupo de pessoas sérias e éticas, tentamos infundir algum nível de lei e ordem nessa bagunça. Nossa esperança era de que um dia as leis e normas enfim se atualizassem e nos deixassem obsoletos.

– Certo – disse Wilde –, agora que você justificou sua atuação como justiceiro, o que isso tem a ver comigo?

– Você não sabe?

– Finja que eu não sei.

– Ajudaria se você contribuísse, Wilde. Estou me expondo aqui.

Wilde se lembrou da mensagem enviada a RodagnivSeud: "Te peguei, McAndrews. Você vai pagar."

– Imagino que seu grupo tenha encontrado Henry McAndrews. Ele era um assediador virtual em série, embora atuasse como mercenário.

– Sim, encontramos.

– Vocês o mataram?

– Matar? Cruzes, não. Nunca matamos ninguém. Não era assim que funcionava. Cidadãos, ou melhor, vítimas enviavam um pedido de ajuda ao Bumerangue. Pela internet. Nós temos um site. Se a pessoa queria nossa ajuda, ela preenchia formulários, com nome, formas de contato, a natureza do assédio, todos os detalhes. É um processo relativamente longo. De propósito. Se alguém sofreu ataques a ponto de precisar da intervenção do Bumerangue, a pessoa precisava estar disposta a gastar algumas horas para preencher um cadastro. Por outro lado, se a pessoa desistisse do cadastro, então o caso não era sério o bastante para merecer nossa atenção.

Chris se deteve de novo. Wilde disse, para, mais uma vez, fazer a conversa andar:

– Faz sentido.

– Depois, as fichas de cadastro concluídas eram distribuídas entre nossos integrantes e cada um de nós as analisava. A maioria era rejeitada. Só as que mais mereciam recebiam toda a nossa atenção. Está começando a juntar as peças, Wilde?

– Peter Bennett – disse Wilde.

– Exato. Recebemos um cadastro sobre a onda de perseguição e assédio que ele estava sofrendo. Não sei se foi ele que preencheu ou se foi alguém próximo, como a irmã, ou algum fã dedicado se passando por ele.

– O cadastro foi enviado diretamente para você? – perguntou Wilde.

– Não. Pantera cuidou desse.

– Pantera?

– Todo mundo no Bumerangue era anônimo. Então todos nós tínhamos codinomes de animal.

Wilde se lembrou do nome no post "Te peguei, McAndrews": Boteda-Pantera88.

– Pantera, Urso-polar, Girafa, Gatinho, Alpaca e Leão. Nenhum de nós sabia a identidade dos demais. Tínhamos protocolos de segurança muito rigorosos. Na época, eu só a conhecia como Pantera. Não sabia seu nome verdadeiro, nem mesmo seu gênero. Enfim, Pantera recebeu o caso de Bennett. Depois, ela decidiu apresentá-lo ao grupo. Éramos seis: cinco precisavam concordar para aplicar alguma retaliação.

– E vocês aplicaram nesse caso?

– Não. Decidimos que não valia nosso esforço.

– Por quê?

– Como eu disse, não temos condições de aceitar tudo, e muitos entre nós acreditavam que Peter Bennett não era uma vítima muito cativante, considerando as acusações de traição e uso de entorpecentes direcionadas a ele.

Incriminações, pensou Wilde.

– Então vocês desconsideraram?

– Sim. E normalmente não passa disso. Caso encerrado. Avançamos para o seguinte. Foi o que todos fizemos. Menos Pantera.

– O que aconteceu?

– O que eu não sabia de Pantera, eu não tinha nem como imaginar, é que ela era absurdamente fã de *Love Is a Battlefield*. Ela idolatrava o programa. Foi por isso que insistiu em apresentar o caso. Difícil prever quem gosta de quê, né? Pantera era uma técnica calejada do FBI, uma profissional incrível... mas se deixou levar por uma celebridade.

Wilde entendeu.

– Pantera era Katherine Frole.

243

Chris fez que sim.

– Ainda estou juntando as peças, mas, quando descobri o nome de Katherine, consegui invadir algumas contas dela. Não todas. Nem sequer a maioria. Ela era especialista também, lembra? Mas era abertamente muito fã daquele reality show insípido. Então, quando o Bumerangue descartou o caso de Bennett, minha teoria é que Katherine não conseguiu resistir e quebrou o protocolo: entrou em contato diretamente com a pessoa que fez o cadastro.

– Peter – disse Wilde.

– É tudo especulação, mas talvez Katherine tenha ligado para ele e falado que lamentava muito o Bumerangue ter rejeitado o caso. Talvez ela tenha ido além. Talvez tenha se encontrado com ele. Talvez tenha dado o nome do maior perseguidor dele.

– Henry McAndrews – disse Wilde.

Chris meneou a cabeça.

– Você pode imaginar o resto. Não muito depois, alguém mata Henry McAndrews. Quando descobrem o corpo, Katherine Frole talvez perceba o que fez. Talvez confronte Peter. Ou talvez Peter perceba que precisa silenciá-la.

– Muitos talvezes – disse Wilde.

– Seja como for, Katherine Frole acaba morta.

– Então isso pode explicar Henry McAndrews e Katherine Frole – disse Wilde. – Mas o que Martin Spirow tem a ver com a história?

– Spirow foi outro *troll* apresentado ao Bumerangue.

– Ele assediou Peter Bennett?

– Não. Ele postou algo realmente podre no obituário de uma mulher. A família da falecida preencheu o nosso cadastro.

– Você aceitou ou rejeitou o caso?

– Eu, não – corrigiu Chris. – O Bumerangue. Nós fazemos tudo em grupo. Mas, nesse caso, nós aceitamos. Só que o Bumerangue tinha níveis diversos de punição. O dele foi brando. Deixe-me ir direto ao ponto, Wilde. Acho que alguém, e pode ser Peter Bennett, ou a pessoa que preencheu o cadastro dele, alguém próximo ou até um fã maluco, alguém decidiu fazer justiça com as próprias mãos porque o Bumerangue não agiu.

– Matando Henry McAndrews?

– É. E depois matou Katherine Frole para apagar os próprios rastros ou, sei lá, para castigá-la. O corpo dela foi encontrado em uma salinha que ela mantinha perto de casa. Muito discreta. Era onde ela trabalhava em assuntos do Bumerangue. Acho que a pessoa que matou Pantera a obrigou a entregar nomes e arquivos, e agora está em uma onda de assassinatos.

– Você sabe quais nomes? – perguntou Wilde.

Ele balançou a cabeça negativamente.

– Pantera cuidou de mais de cem casos.

– Por que você veio a mim?

– Não tem mais ninguém – disse Chris.

– Por que não foi às autoridades?

Chris deu uma risadinha.

– Você está de brincadeira, né?

– Minha cara é de quem está brincando?

– Todo o zoológico do Bumerangue é alvo prioritário do FBI, do Departamento de Segurança Interna, da CIA, da Agência de Segurança Nacional... – Chris reparou na expressão de ceticismo de Wilde e disse: – É, eu sei. Pareço muito metido. Mas é por isso que tínhamos aqueles protocolos todos. Você nos chamou de justiceiros. Para o governo, somos coisa pior. Já invadimos bancos de dados de agências da lei, sites particulares do governo, sistemas militares protegidos, de tudo. Alguns dos assediadores cibernéticos que castigamos? São pessoas muito poderosas. Do nível mais alto da sociedade. Eles querem vingança. O governo também quer a gente. Talvez você ache que todas as penitenciárias clandestinas foram desativadas. Não foram. Nós seríamos jogados nelas em um piscar de olhos. A melhor das hipóteses? Nós ficamos anos em uma prisão federal.

Wilde sabia que Chris provavelmente tinha razão – no mínimo o governo os prenderia.

– Mas, ao mesmo tempo – disse Chris, e seus olhos marejaram –, eu fui a causa disso. Não posso largar tudo para trás, né? Preciso dar um fim nisso antes que mais alguém morra. Então estou fazendo de tudo e reunindo todo o meu conhecimento, todos os meus recursos. Tenho rastreadores, programas de interceptação e, principalmente, a maior ferramenta de qualquer hacker: pessoas. Todo mundo acha que nós, hackers, fazemos magia, mas o que todos esquecem é o seguinte: por trás de todo firewall, toda senha, todo sistema de segurança, etc., existem seres humanos. E é possível trocar favores com eles.

Curioso, pensou Wilde. Hester Crimstein, que não entende nada de tecnologia, havia chegado a uma conclusão parecida quando falou do interesse próprio das pessoas. Tudo muda, nada muda.

– Quando comecei a destrinchar essa situação toda, um nome estranho volta e meia aparecia. O seu, Wilde. Quando você ligou para Vicky Chiba há meia hora, eu escutei a conversa. Eu sei por que você está envolvido. Você é um independente habilidoso. Você entende o que estou tentando fazer. Não posso recorrer às autoridades. Não posso colocar os outros integrantes do Bumerangue em risco. Não posso traí-los, nem trair a confiança de quem preencheu os cadastros e pediu nossa ajuda. Qualquer exposição seria catastrófica.

– Então qual é a sua sugestão?

– A gente une forças. Eu falo o que eu sei. Você fala o que sabe. Nós nos mantemos informados. Nós pegamos esse assassino antes que ele mate de novo. E talvez, de quebra, você e eu descubramos o que aconteceu de fato quando você era um menininho na floresta.

Wilde não falou nada.

– Nenhum de nós confia nas pessoas, Wilde. Esse é um dos motivos por que estamos nesta situação. Mas isso não importa, não agora. Não posso trair você. Ora, o que eu diria?

– Mas eu posso trair você.

– É verdade – disse Chris. – Mas, em primeiro lugar, não acabaria bem para você. Sou perigoso demais. Tenho garantias. Você não vai querer ver o que eu poderia fazer.

– E em segundo lugar?

– Você sabe que cada palavra que eu disse é verdade. Então, por que me trair?

Wilde assentiu.

– Tudo bem – disse ele –, vamos ver o que podemos fazer.

capítulo trinta e seis

DURANTE O TRAJETO ATÉ a casa de Vicky Chiba, Wilde ligou para Hester e descreveu a conversa com Chris, do Bumerangue. Quando terminou, Hester perguntou o que Wilde queria que ela fizesse com a informação. Wilde disse para ela contar para Oren sobre as relações com o Bumerangue e decidir o que comunicar ao FBI.

– Você mesmo podia ter contado a ele – disse Hester.

– Podia.

– Entendi – disse ela. – Você ainda está bravo com Oren.

– Não estou bravo.

– Só não confia mais nele.

Wilde não falou nada.

– Tudo bem se eu ainda confiar nele? – perguntou ela.

– Você precisa da minha permissão?

– E da sua bênção, sim. Sou tradicional nesse nível.

– Você tem ambas – disse Wilde.

– Obrigada. Já fui muito impiedosa.

– E agora?

– Agora estou mais velha e sábia – disse Hester. – E eu amo Oren.

– Que bom – disse Wilde.

– Sério?

Wilde assegurou que achava isso mesmo e então eles desligaram.

Quando ele parou na entrada da garagem de Vicky, ela estava andando de um lado para o outro em frente à porta.

– Silas deve chegar a qualquer momento – disse Vicky. – Obrigada por vir.

Wilde meneou a cabeça. Quando parou ao lado dela no degrau da porta, um caminhão sem baú entrou na rua. Um homem barbudo que Wilde presumiu que fosse Silas Bennett pôs a cabeça para fora da janela, sorriu e deu uma buzinada alta.

– Estou tão nervosa – disse Vicky enquanto sorria e acenava. – A gente guardou esse segredo desde que ele era bebê.

Silas estacionou o caminhão na frente da casa e saltou do banco do motorista. Era um homem corpulento; tinha o que se poderia chamar de uma beleza rústica. As mangas da camisa de flanela estavam enroladas acima dos antebraços de Popeye. Ele tinha uma ligeira barriga de cerveja, mas Wilde sentiu força em Silas. Os músculos dele não eram de academia ou ostentação. O rosto de Silas se abriu em um sorriso quando ele veio correndo até a irmã e a levantou do chão com um abraço de urso.

– Vicky! – exclamou com a mesma voz grave que Wilde se lembrava de ter ouvido quando eles conversaram pelo telefone.

Vicky fechou os olhos e aproveitou o abraço do irmão por um instante. Quando Silas a colocou no chão, ele dirigiu toda a atenção a Wilde.

– Eu meio que quero abraçar você também, primo.

Wilde pensou: por que não? Os dois se abraçaram brevemente, mas com vigor. Wilde se perguntou quando tinha sido a última vez que ele abraçara outro homem. Matthew era jovem demais e não contava. Pensando bem, devia fazer mais de uma década desde o último abraço "másculo" dele, com o pai de Matthew, marido de Laila, filho de Hester.

David.

– É muito bom conhecer você, primo – disse Silas.

Wilde deu uma olhada em Vicky, que fitava o chão.

– Igualmente – disse Wilde.

Silas se virou para a irmã.

– Então, qual é o problema?

O sorriso de Vicky vacilou.

– Quem disse que tem algum problema?

– Bom, você me disse para *não* vir direto. Imagino que você estava enrolando até que Wilde chegasse. Estou enganado?

– Não, não está.

– Então?

Vicky começou a mexer no anel do dedo indicador.

– Vamos entrar?

– Você está me deixando preocupado, mana. Tem alguém doente?

– Não.

– Morrendo?

– Não, não é nada disso. – Ela pôs as mãos nos ombros largos dele e olhou fixamente para seu rosto. – Quero que você só escute, está bem? Não reaja logo de cara. Só me escuta. De certa forma, não é nada de mais. Não muda nada.

Silas deu uma olhada rápida em Wilde antes de se voltar para a irmã.

– Cara, você está me deixando apavorado.

– Não é minha intenção... não...

Ela olhou para Wilde.

– Começa com a saída de vocês de Memphis – sugeriu Wilde.

– Certo, boa, obrigada. – Vicky se virou de novo para o irmão. – Você não se lembra de quando a gente se mudou para a Pensilvânia, né?

– Claro que não. – Silas deu uma risadinha. – Eu tinha uns 2 anos.

– Pois é. Enfim, o papai levou a gente. Ele foi nos buscar na Sra. Tromans. Você também não se lembra dela, claro. Era uma senhorinha simpática. Ela adorava você, Silas. Desculpa, estou enrolando. É difícil para mim. O papai foi nos buscar. Quando a gente chegou na casa nova, Peter já estava lá com a mamãe.

Vicky parou.

– Certo – disse Silas. – E daí?

– A mamãe não deu à luz.

Silas franziu a testa.

– Como assim?

– Ela não estava grávida. A mamãe e o papai viajaram por uma semana, mais ou menos. De férias, segundo eles. Aí tiraram a gente da nossa casa em Memphis e nos levaram para o meio do nada, e de repente a gente tinha um irmãozinho novo.

Silas começou a balançar a cabeça.

– Você está se confundindo. Você era pequena.

– A gente não era tão pequena. Kelly e eu... eu devia falar para ela que estou contando para você. Como é que eu fui esquecer? Kelly tinha que estar aqui. Acho que posso ligar para ela. Fazer uma chamada de vídeo. Ela pode confirmar...

– Só – interrompeu Silas, levantando as duas mãos –, só me fala o que aconteceu.

– Como eu disse, a gente tinha um irmãozinho novo. De repente. Do nada. A princípio, quando a gente perguntou para a mamãe e o papai, eles só fingiram que ele era nosso. Depois de um tempo, admitiram que Peter tinha sido adotado, mas disseram que era para a gente guardar segredo.

Vicky contou o resto da história para Silas, do mesmo jeito que havia contado para Wilde dentro daquela mesma casa não muito tempo antes.

– Isso não faz o menor sentido – disse Silas quando ela terminou. Ele tinha começado a andar de um lado para o outro exatamente do mesmo jeito que a irmã fizera minutos antes. Genética. As mãos grandes fechadas com força. – Se Peter era adotado, por que não falar logo? Por que nossos pais iam fingir que era deles?

– Não sei.

– Não faz o menor sentido – repetiu ele.

Wilde, que havia se mantido em silêncio, finalmente fez uma pergunta.

– Você desconfiava, Silas?

– Hã? – Ele franziu a testa. – Não.

– Nem um pouco? Nem no subconsciente?

Silas negou com a cabeça.

– Teria sido mais fácil acreditar no contrário do que nisso.

– Como assim? – perguntou Vicky.

– Que eu era adotado, não Peter. – A voz de Silas estava baixa. – Peter, ele era o favorito. – Ele ergueu a mão para Vicky não falar. – Não finja que não era, Vicky. Nós dois sabemos. Ele era o menino de ouro. Para você também. Era perfeito em tudo. – Silas balançou a cabeça de novo. Uma lágrima escorreu pelo seu rosto. – Não sei por que estou abalado. Isso não muda nada. Peter ainda é... ou era... meu irmão. Isso não muda o que eu sinto por ele. – Ele olhou para Vicky. – E por você. Foi muito difícil para você. O papai era muito ausente. Trabalhava até tarde na escola, viajava com amigos. A mamãe vivia quase sempre chapada. Você fazia a gente se arrumar para a escola. Você preparava nossa merenda.

Vicky também tinha começado a chorar.

– Eu não entendo – continuou Silas. – Eles tinham três filhos que mal queriam. Por que adotariam outro?

Ninguém soube responder. Os três ficaram parados ali em silêncio por um instante. Então Silas se virou para Wilde.

– Espera. Se Peter foi adotado e você deu compatível com Peter, então você e eu não somos parentes, né?

– Isso mesmo – respondeu Vicky. – Ele não tem nenhuma obrigação com a gente. Não temos o mesmo sangue.

– Só que – disse Wilde – somos parentes.

Isso os pegou de surpresa. E então Vicky disse:

– Quer dizer, no sentido de que adoção também conta como família? Acho que sim, nesse caso, mas geneticamente...

– Geneticamente – disse Wilde –, somos parentes.

Silêncio.

– Quer explicar como pode ser isso? – perguntou Vicky.

– Silas, você disse que se cadastrou no MeetYourFamily.com, né?

– É.

– E você recebeu um número de usuário?

– Recebi.

– Você lembra qual era?

– De cabeça, assim, não. Começava com três e dois. Mas posso conferir...

– Era 32894?

Ele parecia surpreso.

– Acho que sim.

– E você disse que recebeu um resultado de 23% com outra pessoa?

– Wilde – interrompeu Vicky –, que história é essa?

– Isso mesmo – respondeu Silas.

– E, quando entrou em contato com a pessoa, você deu seu nome?

– Claro. Por que não? Não tenho nada a esconder.

– E a pessoa do resultado não respondeu?

– Não.

– A pessoa com quem você deu compatibilidade – disse Wilde – era Peter, seu irmão.

Nenhum dos dois falou nada. Eles só o encararam.

– Irmãos não são, tipo, 50%? – perguntou Vicky.

– São – disse Wilde.

– Minha nossa – disse Silas. – Agora tudo faz sentido.

Vicky se virou para ele.

– Faz?

– Total. Foi o que eu desconfiei quando vi o resultado pela primeira vez. Só não achei que fosse Peter.

– Você pode me explicar? – pediu Vicky.

– Vinte e três por cento – respondeu Silas. – Isso é um meio-irmão.

Vicky ainda parecia confusa.

– Qual é, Vicky – disse Silas. – É o papai. O papai era um galinha. Ele engravidou alguém. Não entendeu? O DNA não mente. O papai engravidou alguma mulher. Daí a mamãe e o papai decidiram criar o bebê, Peter, como se fosse deles.

Vicky começou a menear a cabeça devagar.

– O papai engravidou alguma mulher – repetiu ela. – A mamãe acolheu. Isso explica muita coisa.

– Peter era parecido com a gente, por exemplo – disse Silas. – Era mais bonito. Sem dúvida. Aposto que a mãe de verdade dele era gata.

– Silas!

– O quê? Estou tentando tirar alguma graça nisso, porque senão... – Silas parou. – Agora parece que a minha infância toda é uma mentira. – Ele dirigiu o olhar para Wilde. – Você me perguntou antes se eu cheguei a desconfiar. Não. Mas agora, pensando bem, tinha alguma coisa errada. Acho que isso vale para qualquer família. Não conheço nenhuma que não seja problemática de algum jeito. Mas agora, quer dizer, como assim, Vicky? Por que a gente se mudou? Acho que a mamãe deve ter ficado com vergonha. Deve ter rolado fofoca. Nossos pais eram bem religiosos. – Silas abriu as mãos. – Então, quem vai fazer a pergunta de 1 milhão de dólares?

Ninguém falou nada.

– Beleza – disse Silas –, eu faço: quem era a mãe de Peter?

– Ela – acrescentou Vicky, virando-se para Wilde – deve ser a ligação com você.

– Espera – disse Silas. Ele olhou para a irmã. – Peter sabia que era adotado?

– Sabia.

– Desde criança?

– Não.

Vicky explicou que Peter descobriu a verdade por meio do *Love Is a Battlefield*.

– Não entendo – disse Silas. – Peter descobre que foi adotado. Bota o nome em sites de DNA. Ele se mantém anônimo porque, sei lá, é uma celebridade bambambã e as pessoas ficam surtadas com celebridades bambambãs. Você aparece como compatível, Wilde. Ele entra em contato. Anonimamente. Tudo bem, eu entendo. Mas e eu? Meu resultado foi de meio-irmão. Eu escrevi para ele. Falei meu nome.

– Então ele sabia que era você – disse Vicky.

– Sabia. Então por que ele não entrou em contato comigo e me falou? Por que fechar a conta e nunca responder?

Vicky parecia ter ficado mais velha, desgastada e aflita.

– Acho que foi demais para ele.

– Como assim?

– Ele perdeu tudo. A família dele era uma mentira. A vida com Jenn era uma mentira. Ele tinha sido traído por Marnie e pelos fãs que ele amava.

Os ataques que ele sofreu. Traições por todos os lados. Tudo se acumulou. Peter era uma alma delicada. Você sabe. Foi demais para ele.

Silêncio.

– Você acha que ele se matou? – perguntou Silas.

– Você não?

– É – disse Silas. – Acho que sim.

Vicky se virou para Wilde.

– Você prometeu contar pra gente mais detalhes sobre o que Marnie fez com ele – cobrou ela, com um tom tanto de tristeza quanto de raiva. – A gente só sabe os boatos, que Marnie mentiu sobre Peter, que ele nunca a dopou nem mandou fotos. Ela mentiu, Wilde?

– Mentiu.

– Por quê? Por que cargas-d'água Marnie mentiria?

Wilde ponderou se deveria detalhar a racionalização extensa de Marnie sobre ter falado com outra mulher que alegava que aquilo acontecera de verdade com ela, mas ele não achou que parecia correto. Então simplificou:

– É o que você me falou quando a gente se conheceu – disse Wilde. – Algumas pessoas fazem qualquer coisa pela fama.

– Meu Deus – disse Vicky. – Qual é o problema das pessoas?

Silas continuou calado. O rosto dele ficou vermelho.

– Então é isso? – perguntou Vicky. – Marnie mentiu sobre Peter. Jenn acreditou. Acabaram com a vida dele. E aí junta isso ao fato de ele ser adotado e...

– Tem mais uma teoria circulando – interrompeu Wilde.

– Circulando? – perguntou Silas.

– Fóruns de fãs, eu acho. Preciso avisar. Vocês não vão gostar.

– Estamos ouvindo – disse Silas.

Wilde se virou para Vicky.

– Quanto a popularidade de Peter tinha caído recentemente? Quer dizer, no ano passado, por exemplo. Antes de Marnie aparecer naquele podcast.

– Não entendi.

– Eu vejo os posts dele no Instagram – continuou Wilde. – A quantidade de curtidas no ano passado foi muito menor, uns 10% ou 15% do que eram antes. Uma amiga fez uma análise de marketing de redes sociais para mim. Qualquer um pode fazer isso. Existem sites gratuitos, mas eu paguei 10 dólares por uma análise mais detalhada. Em todas as principais plataformas, os índices de Peter haviam despencado.

– Isso é normal – comentou Vicky, dando um passo para trás. – Eu também falei isso. Não entendi o que você está querendo sugerir.

– Não estou querendo sugerir nada – disse Wilde. – Alguns fãs estão postando uma teoria.

– Que teoria?

– Que Peter está por trás de tudo.

O queixo de Silas caiu. Vicky reagiu como se Wilde tivesse dado um tapa na cara dela.

– Isso é loucura.

– Como assim? – disse Silas. – Tipo, ele falou para Marnie mentir sobre ele?

– Algo assim.

– E dizer que ele a dopou? – acrescentou Vicky. – Você ouviu o que está dizendo? Peter é odiado agora. Ele foi completamente cancelado por causa disso.

– Pode ser que Peter tenha calculado mal – disse Wilde. – A teoria é essa, pelo menos. Vocês sabem como os reality shows funcionam. Polêmica vende. Talvez Peter estivesse cansado da imagem de bonzinho. É quase como quando o herói de luta-livre vira vilão de repente.

– Isso é loucura – repetiu Vicky, agitando as mãos no ar. – Você não o viu. A mágoa. A depressão. Ele jamais faria algo assim.

Wilde meneou a cabeça.

– Eu também não acredito nessa teoria. Mas queria conferir com vocês. Queria ver se tinha algum valor.

– Não tem – disse Vicky, com firmeza.

Silas olhou para o céu por um instante. Ele piscou e disse:

– Tomara que seja verdade.

Vicky exclamou.

– O quê?!

– Se for verdade – disse Silas –, se Peter planejou tudo isso, então significa que ele não morreu. Significa que ele quer que todo mundo *ache* que ele está morto. Significa que, agora que ele foi inocentado, mesmo que tenha sido tudo mentira, talvez ele possa voltar. Pensa bem, Vicky. Imagina se amanhã Peter aparece. Depois da forma injusta como foi tratado, ele seria mais famoso do que nunca, talvez o mais famoso de toda a história dos reality shows. Se ele e Jenn voltarem, uau: o retorno de PB&J... qual você acha que seria a audiência do segundo casamento televisionado deles?

Vicky balançou a cabeça.

– Ele não fez isso. Ele não faria. Não faz o menor sentido.

– Então o que faz sentido? – perguntou Silas.

Os olhos dela estavam marejados.

– Que Marnie mentiu, e aí todo mundo se voltou contra ele. Além disso, a própria família dele, eu, na verdade, só disse mentiras para ele a vida inteira sobre o nascimento dele. Ele se sentiu maltratado e traído por todo mundo à sua volta. Talvez Marnie tenha sido a gota d'água. Talvez tenha sido a falta de confiança de Jenn. Talvez tenha sido a ameaça desse McAndrews de revelar mais fotos, sei lá. Ou talvez... – Ela começou a soluçar. – Talvez ele tenha encontrado a mãe verdadeira e não aguentou.

Eles ficaram calados.

– Wilde – disse Vicky, por fim –, quero que você pare de procurá-lo agora. Já chega.

– Não posso.

– Peter não tem as respostas que você está buscando.

– Talvez não – disse Wilde –, mas tem alguém matando gente por aí. Essa pessoa precisa ser detida.

Wilde estava voltando para as montanhas Ramapo. Ele achava que uma noite sob as estrelas perto da ecocápsula faria bem, mas também queria ver Laila.

Laila.

Ela não o convidara, e ele nunca presumia nada a respeito disso. Se ela quisesse que ele fosse, ótimo. Se não, quem era ele para se meter entre ela e Darryl ou qualquer outra pessoa? Wilde estava ruminando isso quando seu telefone vibrou. O identificador de chamada dizia "PETER BENNETT" de novo. Wilde atendeu e disse "alô".

– Tenho uma coisa para você.

Era Chris, do Bumerangue.

– Estou ouvindo.

– Você me pediu para investigar as fotos comprometedoras de Peter Bennett, as que já foram divulgadas e as que McAndrews ameaçou publicar.

– E...?

– Em primeiro lugar, pelo que pude ver, McAndrews pretendia faturar dobrado.

– Como?

– Você já sabe que alguém contratou McAndrews para arruinar Peter Bennett por meio de insinuações e assédio pela internet.

– Alguma ideia de quem foi?

– Não, ainda não. Isso vai ser mais complicado. Como você disse, McAndrews foi pago por intermédio da firma do filho advogado para proteger o cliente com o sigilo profissional. Não é uma tática incomum, mas acrescenta uma camada extra. O que eu sei é que quem quer que tenha contratado McAndrews também enviou aquelas fotos comprometedoras por e-mail.

– Certo.

– Então a primeira parte é essa. A segunda é mais intrigante.

Wilde esperou.

– As fotos são genuínas. Em geral. Quer dizer, não foram manipuladas.

– Como assim, em geral?

– Elas são pra valer: nenhum erro de sombreamento, nenhuma distorção. Até os metadados EXIF dessas imagens estão certos. Mas alguém desfocou intencionalmente as bordas e fez cortes estranhos.

– Estranhos em que sentido?

– Bom, talvez não seja tão estranho. É Peter. Sem dúvida. Mas a pessoa que enviou as fotos? Não queria ser vista.

– Quer dizer, a pessoa com quem ele estava fazendo sexo?

– Isso.

– Faria sentido. Ela queria preservar o anonimato.

– Talvez – disse Chris.

– Você disse que McAndrews pretendia faturar dobrado – disse Wilde.

– Isso mesmo.

– Quer dizer que ele ia vender as fotos para Peter?

– Exato.

– Eles se encontraram?

– Peter Bennett e Henry McAndrews? Ainda não sei. Mas vou continuar investigando.

Eles desligaram. Wilde começou a entrar na floresta. Havia anoitecido. Ele esperou os olhos se adaptarem ao escuro. Começou a subir a montanha em direção à ecocápsula escondida. Seria uma caminhada de 3 quilômetros. Não era problema. Os galhos das árvores formavam silhuetas na frente da lua. O ar estava fresco e sem brisa. Seus passos ecoavam no breu. Era o tipo de noite preferido de Wilde. Ele tivera milhares assim ao longo da vida. Nessa quietude dava para pensar. Ele podia relaxar a mente e os músculos.

Podia enxergar e compreender as coisas de um jeito impossível para quem ficava em meio a telas acesas, barulho, energia e até outros seres humanos.

Então por que não parecia certo?

Por que ele – que havia passado a vida inteira imerso na escuridão, que adorava se embeber de solidão – agora não conseguia se concentrar em condições ideais?

Quando o telefone tocou de novo, a interrupção, geralmente um distúrbio dos mais irritantes, foi como um refúgio, uma boia salva-vidas. Ele viu que a chamada era de Matthew.

– Alô?

– Você vai voltar?

– Estava ficando tarde, então...

– Você precisa vir aqui.

– Por quê? O que foi?

– Consegui acessar o último site de DNA. O DNAYourStory.

Era o site que havia cruzado os perfis de Wilde e Peter.

– Achou um resultado compatível?

– Achei.

– Talvez seja eu – disse ele.

– Não, não é você. É um progenitor, Wilde. É a mãe ou o pai de Peter Bennett.

capítulo trinta e sete

WILDE ESTAVA SENTADO AO lado de Matthew quando ele abriu o link do DNAYourStory.

– Certo – disse Matthew. – Aqui está: 50% de compatibilidade. Agora a gente sabe que isso significa um irmão de pai e mãe ou um progenitor.

– Por que você tem tanta certeza de que é um progenitor? – perguntou Wilde.

– Aqui – disse Matthew, apontando para a tela. – Essa conta usa as iniciais RJ, mas o principal é que informa a idade: 68 anos. Parece um pouco estranho para ser irmão, né?

– É.

– Então a conclusão mais provável é que RJ seja a mãe ou o pai de Peter Bennett.

Wilde lembrou que Vicky e Silas haviam deduzido que o pai deles era o mesmo de Peter. Assim, eram bem altas as chances de que RJ fosse a mãe de Peter Bennett.

– Outra coisa – disse Wilde.

– O quê?

– Eu estou no banco de dados do DNAYourStory.

– E daí?

– E daí que RJ não teve nenhuma compatibilidade comigo. PB tem. Então, se essa for a mãe de PB, o parentesco comigo é pelo lado paterno.

– Isso é bom ou ruim?

– Não sei – respondeu Wilde, recostando-se na cadeira e tentando organizar os pensamentos. – Digamos que RJ seja a mãe de Peter Bennett. Assim, a hipótese mais provável é que eu seja parente da família Bennett, de Vicky, Silas e Peter, através do pai deles.

Matthew balançou a cabeça.

– Esse troço é confuso.

– É porque precisamos de mais respostas – disse Wilde. – Vamos mandar uma mensagem para RJ.

Matthew assentiu.

– O que você quer dizer?

Eles compuseram uma mensagem de PB para RJ na qual PB dizia que eles tinham um grau de parentesco muito próximo, que ele – PB – vinha procurando os pais e precisava que eles entrassem em contato com urgência. Reforçaram a questão da urgência, sugerindo que poderia ser uma questão médica, na esperança de assim conseguir uma resposta mais rápida.

– Vamos dar meu telefone para RJ – disse Wilde. – Fala para ligarem de dia ou de noite, o quanto antes.

Matthew meneou a cabeça enquanto digitava.

– Entendi.

Quando os dois acharam que a mensagem dizia tudo que precisava, Matthew clicou em "enviar". Já estava tarde. Laila ainda não tinha voltado. Wilde não queria perguntar onde ela estava. Não era da conta dele. Ele ia voltar para a floresta, mas Matthew perguntou se ele queria ver o jogo do Knicks. Ele queria, principalmente porque desejava passar mais tempo com Matthew.

Os dois se esparramaram e se deixaram levar pelo vaivém do jogo.

– Adoro basquete – disse Matthew, a certa altura.

– Eu também.

– Você era ótimo atleta, né?

Wilde arqueou a sobrancelha.

– Era?

– Quer dizer, quando você era jovem.

– Era?

Matthew sorriu.

– Vários recordes lá da escola ainda são seus.

– Seu pai também era muito bom. Ele tinha uma canhota danada.

Matthew balançou a cabeça.

– Você sempre faz isso.

– O quê?

– Inclui meu pai na conversa.

– Ele era o melhor homem que eu já conheci.

– Eu sei que você acha isso.

– Eu não *acho* isso. Eu *sei* disso. E quero que você saiba.

– É, entendi. Você meio que insiste sem muita sutileza. – Matthew se endireitou um pouco. – Por que isso é tão importante para você?

– Falar do seu pai?

– É.

– Porque eu quero que você o conheça. Quero que você saiba que tipo de homem ele era. Eu falo do seu pai porque quero que ele continue vivo para você.

– Posso fazer um comentário? – perguntou Matthew.

Wilde gesticulou para que ele fosse em frente.

– Não é uma acusação nem nada...

– Oh-oh... – disse Wilde.

– ... mas acho que você fala tanto dele porque sente saudade dele.

– É claro que eu sinto saudade.

– Não, o que eu quero dizer é que acho que você fala tanto dele não para que ele continue vivo para mim, mas para que continue vivo para você.

Wilde não falou nada.

– Eu era pequeno quando ele morreu – disse Matthew. – E, não me leva a mal, Wilde. Você era um bom padrinho antes disso. Eu sei que você me ama. Mas acho que, depois que o papai morreu, você começou a passar mais tempo comigo, não só por sentimento de culpa ou até de responsabilidade. Acho que você tinha medo de perdê-lo, então, quando você está comigo, é o mais perto que você chega de ainda estar com ele.

Wilde refletiu por um momento.

– Talvez você tenha alguma razão.

– Sério?

– Quando seu pai morreu, é, acho que isso que você disse era verdade. A gente saía. Ia ao cinema ou a um jogo, e depois de deixar você em casa eu ia para a floresta e, tipo... – Wilde engoliu em seco. – Eu começava a pensar: "Mal posso esperar para contar para o David." Faz sentido?

Matthew assentiu.

– Acho que faz.

– Eu falava com o seu pai durante a caminhada. Contava o que a gente tinha feito e como tinha sido divertido. Eu sei que parece estranho...

– Não parece.

– Então, é, era assim... no começo.

– E agora, não?

– Não, agora não. Agora eu simplesmente gosto de passar tempo com você. Talvez seja porque você se parece com o seu pai. Pode ser. Mas não é por causa dele. Não converso mais com ele depois que a gente se despede. Não tem nenhum sentimento de obrigação. Eu quero passar tempo com você. E me desculpa se eu falo muito dele. Quando eu não falo, parece mais que ele... se foi.

– Ele nunca vai desaparecer de vez, Wilde. Mas ele não ia querer que a gente ficasse se lamentando, né?

– É – concordou Wilde.

Matthew sorriu.

– Uau.

– O que foi?

– É a primeira vez que você se abre tanto sobre isso.

Wilde se esticou no sofá.

– É, bom, tenho estado fora de mim ultimamente.

Os dois relaxaram enquanto o Knicks preparava uma recuperação no último quarto. Durante um pedido de tempo, Matthew se virou de bruços e olhou para Wilde.

– O que você vai fazer em relação à minha mãe?

– Não força a barra, garoto.

– Ei, eu também tenho estado fora de mim ultimamente. Então, o que você vai fazer?

Wilde encolheu os ombros.

– Não depende de mim.

– Você não pode usar sempre essa desculpa.

– Quê?

– Esse seu discurso todo, Wilde. A gente entende... você não consegue se acomodar, tem dificuldade para confiar, para se comprometer, não consegue formar vínculos, precisa ficar sozinho na floresta. Mas relacionamentos são vias de mão dupla. Não dá para você falar sempre que depende dela. Ela não pode ser a única a resolver isso.

Wilde balançou a cabeça.

– Cara, um ano de faculdade e você já está cheio das respostas.

– Sabe onde a mamãe está hoje?

– Não.

– Agora, a mamãe saiu com Darryl. Você age como se isso não tivesse importância. Se não tem, você deveria falar para ela. Se tem, você deveria falar para ela. Essa sua postura de "homem calado na floresta"... Não é justo com ela.

– Meu relacionamento com a sua mãe – disse Wilde – não é da sua conta.

– Como não? Ela é minha mãe. O marido dela morreu. Ela só tem a mim. Não vem com essa de que não é da minha conta. E para de se esconder atrás dessa ladainha de "depende dela". Isso é só uma saída conveniente.

Eles pararam de falar. O Knicks pediu tempo faltando doze segundos e perdendo por dois pontos. O telefone de Wilde tocou. Ele não reconheceu o número.

– Alô?

– Oi, é, desculpa. Você pediu para eu ligar. Disse que era urgente.

A voz era de homem, rouca, parecia alguém um pouco mais velho.

Wilde endireitou as costas.

– RJ?

Uma ligeira hesitação. E:

– É. Eu vi sua mensagem.

– Então – disse Wilde –, nós somos parentes. Parentes próximos.

– Pelo visto, sim – disse a voz. – Como você se chama?

Wilde lembrou que eles haviam escrito para RJ com as iniciais PB.

– Paul – disse Wilde.

– Paul de quê?

– Baker. Paul Baker.

Wilde sabia que Paul e Baker estavam na lista de nomes e sobrenomes mais comuns dos Estados Unidos. Seria mais difícil rastrear.

– Onde você mora, Paul?

– Nova York. E você?

– Também sou dessa área – disse a voz masculina.

– Podemos nos encontrar? – disse Wilde.

– Eu gostaria, Paul. Você disse que era urgente, né?

Algo no tom e na prontidão dele... Wilde não estava gostando.

– É.

– Você conhece o Washington Square Park?

– Conheço.

– Que tal embaixo do arco amanhã de manhã, às nove?

– Pode ser – disse Wilde. – Posso perguntar seu nome?

– Meu nome é Robert. Robert Johnson.

Outro nome comum. Wilde se sentiu manipulado.

– Robert, você faz ideia de qual é nosso grau de parentesco?

– Não é óbvio? – disse ele. – Eu sou seu pai.

Ele desligou antes que Wilde pudesse falar qualquer coisa. Wilde tentou retornar a ligação, mas a chamada não completou. Então ele tentou Chris.

– Você ainda tem algum sistema de rastreamento no meu telefone?

– Tenho.

– Quem acabou de me ligar?

– Espera. Hum.

– O que foi?

– Número descartável. Como o seu. Difícil de identificar o dono. Só um segundo. – Wilde ouviu o som de dedos batendo em um teclado. – Não sei se ajuda, mas a chamada veio de algum lugar no Tennessee. Parece Memphis.

Memphis. Era onde a família Bennett morava antes da mudança súbita para o meio da Pensilvânia. Ele ouviu o som de um carro estacionar na entrada da garagem. Era quase meia-noite. Ele foi até a janela.

Era Laila.

Wilde esperou que ela saísse do carro. Ela não saiu. Não imediatamente. Tinha alguém com ela? Não dava para ver. Wilde olhou por mais alguns segundos. Por fim, com a sensação de que estava invadindo a privacidade dela, ele se virou.

– É melhor eu ir embora – disse ele.

– Não faz isso – disse Matthew.

– O quê?

– Fugir.

– Estou tentando facilitar a vida dela.

– Não está, não. Só está sendo covarde. – Matthew se levantou. Ele já estava mais alto do que Wilde. Estava parecido com o pai. Parecia um homem também. Quando foi que isso aconteceu? Matthew pôs a mão no ombro de Wilde. – Sem ofensa.

– Tudo bem.

– Vou subir – disse Matthew. – Fica aí.

Matthew desligou a televisão, subiu a escada e fechou a porta do quarto. Wilde ficou. Cinco minutos depois, Laila entrou pela porta da rua. Ela parecia exausta. Seus olhos estavam vermelhos de um jeito que sugeria lágrimas recentes. Laila também estava, como sempre, deslumbrante. Laila era assim. Cada vez que Wilde a via, sempre se espantava com a beleza dela, como se fosse uma surpresa, como se ele nunca fosse capaz de compreender ou evocar essa beleza, então, sempre que batia os olhos nela, ficava com um ligeiro nó no fundo da garganta.

– Oi – disse ele.

– Oi.

Wilde não sabia bem o que fazer – abraçá-la, beijá-la –, então, para não fazer besteira, ele só ficou parado.

263

– Se você quiser ficar sozinha... – começou ele.

– Não quero.

– Tudo bem.

– Você quer estar aqui?

– Quero.

– Que bom – disse Laila. – Porque terminei com Darryl hoje.

Wilde não falou nada.

– O que você acha disso? – perguntou Laila.

– A verdade?

– Você costuma mentir para mim?

– Nunca.

– Então?

– Fico feliz – disse Wilde. – Uma felicidade delirante e egoísta.

Ela meneou a cabeça.

– Seus olhos estão vermelhos – continuou ele.

– E daí?

– Você estava chorando?

– Estava.

Wilde chegou mais perto dela.

– Não quero que você chore. Não quero que você chore nunca mais.

– Você acha que tem o poder de evitar isso?

– Não. Mas não significa que eu não queira tentar.

Laila tirou o salto alto.

– Sabe o que eu descobri hoje?

– O quê?

– Eu vivo tentando enfiar o pino redondo no buraco quadrado. Sempre acreditei na noção de que eu precisava de um parceiro para a vida, de um homem ao meu lado, alguém com quem compartilhar a vida, viajar e envelhecer, essa coisa toda. Eu tinha isso com David, mas ele morreu. Então eu tento achar isso com outra pessoa, mas... – Laila parou de falar e balançou a cabeça. – Não é para ser.

– Sinto muito.

– Não tem problema. A questão é essa. Hoje eu descobri que não tem problema.

Wilde chegou mais perto.

– Eu amo você.

– Mas você também não pode estar sempre aqui.

– Eu posso, sim – declarou ele. – Eu vou.

– Não, Wilde, não é isso que eu quero. Não mais. Seria a mesma coisa que tentar enfiar o pino redondo no buraco quadrado. – Ela deu um suspiro e se sentou no sofá. – Então minha proposta é a seguinte. Está prestando atenção?

Wilde fez que sim.

– Você e eu continuamos juntos quando for possível. Você vem pra cá quando quiser, fica na sua ecocápsula quando quiser.

– Não é isso o que temos agora?

– Você está feliz com o que temos agora? – perguntou ela.

Ele quase falou *Se você estiver*, mas as palavras de Matthew ressoaram em seus ouvidos.

– Eu quero mais – disse ele.

Laila sorriu, um sorriso verdadeiro – e, quando ela fez isso, Wilde sentiu o coração martelar e alguma coisa crescer dentro do peito.

– Quer ouvir o resto da minha proposta?

– Você nem imagina quanto.

– O que é que deu em você, Wilde?

– Fala logo qual é a sua proposta.

– A gente vira um casal. Não vou fazer muitas exigências, mas, se formos ficar juntos, tenho algumas.

– Pode falar.

– Você não pode sumir do jeito que tem feito.

– Tudo bem.

– Estou cansada de fingir que isso não me magoa. Se você ficar nervoso ou precisar fugir, se tiver que desaparecer no mato ou coisa do tipo, antes você me fala.

– Combinado. Desculpa se eu magoei você. Não achei...

Laila ergueu a mão.

– Está desculpado, mas ainda não acabei.

Wilde meneou a cabeça para ela continuar.

– Você e eu somos exclusivos. Mais ninguém. Se você ainda quiser ficar com outras...

– Não quero.

– Eu sei que você gosta de ir para aquele bar de hotel...

– Não – disse Wilde. – Não quero fazer isso.

– E quero alguém para cuidar de mim quando eu precisar. E quero também alguém de quem eu possa cuidar.

Wilde engoliu em seco.

– Eu também gostaria. O que mais?

– Por enquanto é só isso. – Ela olhou o relógio. – Está tarde. Eu estou morta, você está morto. Talvez seja só exaustão. Vamos ver como vai ser amanhã de manhã.

– Tudo bem. Quer que eu fique ou...?

– Você quer ficar, Wilde?

– Muito.

– Boa resposta – disse Laila.

capítulo trinta e oito

ÀS DUAS DA MADRUGADA, o telefone de Wilde tocou.

Ele estava acordado, olhando para o teto do quarto de Laila, pensando nela e no que eles haviam falado, e percebendo que eles tinham conversado mais sobre seu relacionamento naqueles três minutos do que na última década.

Com reflexo ágil, Wilde atendeu no meio do toque, pondo os pés no chão e se sentando na cama. A chamada era de Lola.

– Tudo bem? – perguntou ele.

– Tudo. Por que você está sussurrando? Ah, espera, você não está sozinho, né?

Ele se levantou e andou na direção do banheiro.

– Você é mesmo uma detetive de primeira.

– Estou em Las Vegas – disse ela. – Daniel Carter não está em casa. O lugar está vazio. Faz algum tempo que ninguém vê a esposa ou ele. Mas tenho uma teoria.

– Sou todo ouvidos.

– O agente do FBI que perguntou sobre o seu pai. Você disse que o nome dele era George Kissell.

– Exato.

– Ele mostrou o distintivo?

– Não.

– É porque ele não é agente do FBI.

– A outra agente, Betz. Ela mostrou um documento.

– Certo. Mas dei uma olhada em Kissell. Olha essa. George Kissell não é do FBI. Ele é oficial de justiça federal.

Wilde gelou.

– Pois é. Vou sair daqui amanhã bem cedo. Mas não foi por isso que eu liguei às duas da madrugada. Quer dizer, isso podia ter ficado para amanhã.

– O que foi, então?

– Sabe o rastreador que você plantou? Você tinha razão. Ela acabou de entrar em um hotel.

– Qual?

– O Mandarin Oriental, no edifício Time Warner.

Wilde não falou nada.

– Por que ela iria para um hotel às duas da madrugada? – perguntou Lola.

– Nós dois sabemos – disse Wilde.

– O que você vai fazer?

– Vou para lá agora.

O Mandarin Oriental é um hotel cinco estrelas de luxo em estilo asiático em Columbus Circle. O hotel ocupa do 35º ao 54º andar, então todos os quartos têm uma vista invejável de Manhattan. Como Wilde constatou, era também muito caro. Para conseguir penetrar os diversos sistemas de segurança, ele havia feito uma reserva no quarto mais barato possível, com uma diária de quase 1.000 dólares, incluindo todas as taxas e tributações bizarras que hotéis gostam de acrescentar na fatura.

Wilde fez o check-in na recepção do 35º andar. Ele havia pedido um quarto no 43º andar porque era lá que ela estava hospedada, então seu cartão de acesso funcionaria no elevador. O pedido foi aceito, e, quase às quatro da madrugada, Wilde recusou educadamente a oferta da recepcionista de acompanhá-lo até o quarto. Ele subiu no elevador, achou a porta certa e bateu.

Wilde cobriu o olho mágico com o dedo, para que ninguém pudesse ver. Uma voz de homem disse:

– Quem é?

– Serviço de quarto.

– Não pedi nada.

– Cortesia de champanhe. Com os cumprimentos da gerência.

– A essa hora?

– Foi erro meu – disse Wilde. – Era para eu ter trazido há horas. Por favor, não conta para ninguém. Vou ser demitido.

– Pode deixar aí na porta.

Ele ponderou se devia fingir que deixava e esperava até abrir a porta, mas não queria correr o risco de eles só abrirem de manhã.

– Não posso.

– Vai embora, então.

– Eu poderia ir embora – respondeu Wilde. – Poderia ir embora, ligar para a imprensa e falar para acamparem na frente desta porta. Ou você pode se arriscar comigo.

Alguns segundos depois, a porta foi aberta por um homem grande vestido com um roupão de felpa. O peito dele era depilado.

– Oi, Bobzão – disse Wilde.

– Quem é você?

– Meu nome é Wilde. Posso entrar? Eu gostaria de falar com a sua companheira.

– Que companheira? Estou sozinho.

– Não está, não.

Bobzão semicerrou os olhos.

– Você está chamando Bobzão de mentiroso?

– É sério que você se referiu a si mesmo na terceira pessoa?

Bobzão fez cara de bravo. Em seguida, fez menção de cutucar o peito de Wilde. Wilde segurou o dedo dele e lhe deu uma rasteira. Bobzão caiu. Wilde entrou no quarto e fechou a porta. No canto do outro lado, também com um roupão de felpa do Mandarin Oriental, estava Jenn Cassidy.

– Sai daqui! – gritou Jenn, apertando o roupão. – Deixa a gente em paz.

– Acho que não – disse Wilde.

Bobzão se levantou do chão de um jeito quase cômico.

– Qual é, mano? Isso foi golpe baixo.

– O que você quer? – perguntou Jenn.

– É – repetiu Bobzão. – O que você quer? Espera, quem é esse cara?

– É um parente do Peter.

Bobzão lançou um olhar de compaixão para Wilde.

– Ah, mano, sério? Sinto muito, cara. Eu gostava dele.

– Não é da sua conta com quem eu passo meu tempo – disse Jenn.

– É verdade – disse Wilde.

– Eu posso ter vida.

– Também é verdade.

– Então sai daqui – disse ela.

Bobzão estufou o peito.

– Ei, mano, você ouviu a moça.

Wilde ignorou Bob e manteve o olhar fixo em Jenn.

– Não me interessa quem você namora, não quero saber de reality shows, nem das suas curtidas, dos seus seguidores nem nada disso. Mas preciso saber a verdade.

– Que verdade? – perguntou Jenn. – Peter e eu terminamos. Estou com Bob agora.

– É – disse Bob. – A gente está apaixonado.

– Espera – disse Jenn –, como você me achou?

Wilde não pretendia contar que, quando eles foram ao apartamento dela naquele dia, ele colocara um dos rastreadores de Lola dentro da bolsa dela. Foi simples assim. Wilde havia desconfiado; ele achara que havia algo errado no comportamento de Jenn, na história toda com a irmã, o podcast e as fotos.

– Olha, mano – disse Bobzão –, não quero confusão, beleza? Jenn e eu, a gente se ama. Faz muito tempo que a gente se ama...

– Bob.

– Não, amor, deixa eu falar isso, beleza? – Ele se virou para Wilde. – Você gosta do Peter. Tranquilo, eu entendo. Mas ele foi longe demais.

– Foi longe demais como?

Jenn disse:

– Bob.

– Você ouviu o podcast – continuou Bobzão. – Você viu as fotos.

Wilde não acreditava. Ele balançou a cabeça e olhou para Jenn.

– Bobzão não sabe?

– Não sabe o quê? – perguntou Bobzão. – Ah, sobre a mentira de Marnie? Fiquei sabendo hoje, e é uma barra. Entendo total. Mas ainda assim o Peterzinho vacilou muito... aquelas fotos dele, cheias das sacanagens com outras garotas e tal.

– Bob – disse Wilde, ainda assimilando o fato de que ele não estava entendendo –, ela inventou tudo.

– Eu sei. Marnie...

– Não foi Marnie – corrigiu Wilde. Ele se virou para Jenn.

Bobzão parecia confuso.

– O quê?

– É mentira dele – disse Jenn.

Não havia motivo para interrogar Jenn, fazer perguntas insinuantes ou tentar encurralá-la. Não havia motivo para deixá-la continuar mentindo ou vê-la derramar lágrimas ou usar outra tática qualquer. Wilde resolveu avançar com tudo.

– Sua popularidade estava despencando. A sua e a de Peter. Vocês dois tiveram um ótimo tempo. Eram um casal adorável, e isso foi divertido por um período, mas, no fundo, vocês tinham tirado tudo o que dava disso. Bob, há quanto tempo ela trai Peter com você?

Bobzão olhou para Jenn.

– Desde o início? – perguntou Wilde. – Não finja que vocês começaram recentemente. Mas não tem importância. – Ele se virou para Jenn de novo. – Você e Peter tentaram prender a atenção do público. Um bebê talvez tivesse

270

ajudado, mas vocês não estavam conseguindo conceber. O engajamento nas redes sociais caiu muito. Vocês foram rebaixados do duplex amplo para o apartamento menor... e seriam despejados desse em breve. Então, a certa altura, você se deu conta de que continuar com Peter seria a morte da sua carreira.

– Se isso tudo fosse verdade – disse Jenn, colocando as mãos na cintura –, por que eu não terminei com ele, simplesmente?

Wilde suspirou.

– Vamos mesmo fazer assim? Tudo bem, então. Se você terminasse com Peter, cuja reputação era a do homem mais legal do mundo, você seria a vilã. Isso era inviável. Mas, quando você virou a vítima, praticamente no instante em que sua irmã apareceu no podcast, os fãs foram em massa às redes sociais para defendê-la e aviltar Peter. De repente, seu engajamento nas redes sociais foi às alturas. Você estava maior do que nunca. Você armou tudo, Jenn. Você contratou Henry McAndrews. Você, claro, tirou as fotos comprometedoras de Peter. Quem mais seria? Não deve ter sido difícil. Era só esconder a câmera. Você apagou a si mesma das fotos. Foi até esperta de não fazer no próprio quarto de vocês... talvez alguém reparasse no fundo. Mas nisso você fez um pouco de besteira. Os dados EXIF indicavam que duas das fotos foram tiradas em Scottsdale. Não foi difícil conferir. Você e Peter estavam em Scottsdale nas mesmas datas. Eu consigo botar alguém para comparar o fundo com o quarto de hotel que vocês usaram. Vai ter mais provas. Você pagou Henry McAndrews através de uma firma de advocacia, mas, agora que ele foi assassinado, a polícia vai querer saber quem eram os clientes dele.

Bobzão olhou para ela.

– Meu bem?

– Cala a boca, Bob – disse Jenn. – Isso é tudo um monte de besteira.

– Nós dois sabemos que não é. Nós dois sabemos que tudo vai desmoronar. Mas estou um pouco surpreso. Achei que você – Wilde se virou para Bobzão – estava envolvido. Mas ela não podia confiar em você, claro. Em ninguém. Nem mesmo em Marnie. – Ele olhou de novo para Jenn. – Você sabia que Marnie faria qualquer coisa para ser famosa. Ela é igual a você nesse sentido. Então você armou a emboscada de Marnie com aquele produtor. A mulher que contou para Marnie aquela história sobre ter sido dopada por Peter... era uma produtora também? Não tem importância. Mas não sei por que você não pediu logo para Marnie ajudar no seu plano. Essa parte me surpreendeu.

Mas talvez nem Marnie fosse tão longe assim. Talvez você tivesse medo de que, se Marnie soubesse a verdade, você estaria mais vulnerável. Sei lá. Mas fala: quando Peter jurou de pés juntos que era inocente, o que você disse mesmo para ele?

Agora, Jenn sorriu. Ainda havia negação ali, mas havia também algo próximo de alívio.

– Falei que não acreditava nele. Falei para ele ir embora.

Wilde meneou a cabeça.

– E você acertou quase tudo – continuou Jenn. – Peter e eu tínhamos virado uma atração chata de TV. Pensei em só terminar com ele, mas, como você disse, que imagem eu ia passar? Pensei em pedir a ele para inventar um jeito de a gente se separar, mas não me ocorreu nada, e a intenção de Peter era fazer um jogo honesto.

Bobzão disse:

– Meu bem?

Ela suspirou.

– Não, não falei para você, Bob. Não falei para Marnie. Porque nenhum dos dois sabe atuar bem para que desse certo. Isto é um jogo, Wilde. *Survivor*, *The Bachelor*, *Big Brother*, *Love Is a Battlefield*... são competições e entretenimento. Só isso. Eu via *Survivor*, e algum participante ridículo era tapeado e perdia uma votação, e depois dava um chilique de que tinha sido traído, mas é claro que esse é o jogo, né? Alguém tem que chegar na frente. Alguém ganha fama e riqueza. Nossa vida, a de Peter, a minha, até a de Bob... é um jogo.

Ela se aproximou de Bobzão e pôs a mão na dele.

– Eu quis Bobzão desde o primeiro dia do programa. Sabe o que os produtores me disseram? – Bobzão estufou o peito. – Que era para eu ficar com os dois por enquanto, mas que, no final, eu tinha que escolher Peter.

– Então você nunca o amou? Era tudo um golpe?

– Não era golpe – disse ela. – Nossa vida toda era um teatro. Não é uma questão do que é verdade ou mentira... não existem fronteiras, distinções. Antes de entrar no *Battlefield*, eu era secretária-arquivista de uma firma pequena de advocacia. Sabe o tédio que era isso? Todo mundo quer ser famoso. Esse é o objetivo de todo mundo, na verdade. Até a conta de rede social mais insignificante quer mais curtidas e seguidores. Eu deveria voltar para aquela vida chata sem luta? De jeito nenhum. *Survivor*, *Bachelor*, *Love Is a Battlefield*. Todos são competições com vencedores e derrotados. Neste caso, eu venci. Peter perdeu. É assim que funciona. Era ele ou eu, e adivinha?

Acabou sendo eu. E o que foi que eu fiz com ele, no fundo, hein? Ele não foi para a cadeia. Não estava sendo investigado ou preso. Só perdeu alguns fãs... e daí? Ele sabia que as alegações não eram verdade. Isso não deveria bastar? Uns otários anônimos na internet falaram maldades sobre ele... grande coisa. Sai das redes sociais, se você não aguentar. Conhece outra garota. Leva uma vida mais simples. Peter podia ter escolhido isso, né?

Bobzão continuou imóvel.

– Essa é uma baita racionalização – disse Wilde.

– É a pura verdade.

– A irmã de Peter acha que ele cometeu suicídio.

– E, se for verdade, é horrível. Mas não dá para botar a culpa em mim. Toda semana alguém sai magoado nesses programas. Se uma dessas pessoas dá fim à própria vida, a culpa é de outro participante? Olha, eu não esperava que o ódio ficasse tão descontrolado, mas uma pessoa saudável não comete suicídio por causa de uns tuítes maldosos.

Wilde estava pasmo com a intensidade com que ela se justificava.

– No caso de Peter, talvez tenha sido mais do que uns tuítes maldosos.

– Tipo o quê?

– Talvez Peter estivesse mesmo apaixonado. Talvez a mulher que ele amava não tenha acreditado quando ele negou ter dopado a irmã dela. Ou talvez, alguns meses depois, ele tenha descoberto a verdade: que a esposa que ele tanto amava tinha armado para ele. Você chegou a amá-lo?

– Isso não vem ao caso – disse ela. – Quando você vê duas pessoas se apaixonarem durante um filme, faz diferença se elas se amam fora das telas?

– Vocês não estavam em um filme.

– Estamos, sim. Jenn Cassidy, de Wainesville, Ohio, não mora no prédio residencial mais caro de Manhattan. Ela não é convidada para o Met Gala, não anda com os ricos e famosos, não promove marcas de luxo, não come nos restaurantes mais badalados. As pessoas não querem saber onde ela é vista ou que roupa está usando. Na realidade, a gente decidiu transformar nossa vida em um filme. Como é que você não entende isso?

Wilde estava cansado de ouvi-la falar.

– Cadê o Peter? – perguntou ele.

– Não faço a menor ideia.

capítulo trinta e nove

NÃO HAVIA NADA MAIS a saber de Jenn Cassidy, então Wilde saiu do quarto deles. Tinha pagado um valor alto por um quarto também, então resolveu fazer uso dele. Wilde se deitou na cama do hotel e ficou olhando o teto. Shakespeare havia escrito: "O mundo é um palco, e os homens e as mulheres são atores." Era um pouco de forçação de barra, mas talvez Jenn tivesse alguma razão. Peter tinha procurado essa vida. A fama é como uma droga. Celebridade é algo que todo mundo quer – o poder, a riqueza e a vida boa. Jenn estava perdendo isso. Peter também. Então ela se livrou dele a fim de se salvar.

Mas isso não dizia a Wilde onde Peter Bennett estava.

Wilde agora sabia que Peter não havia traído Jenn nem dopado Marnie – mas ele já sabia disso antes de confrontar Jenn. O fato de que ela havia arquitetado a história toda não mudava muito o cenário. Não revelava para Wilde quem tinha matado Henry McAndrews, Katherine Frole e Martin Spirow. Não revelava quem era a mãe de Wilde nem por que ela decidira abandoná-lo na floresta.

Em suma, a única revelação foi que uma celebridade de reality show havia mentido. Nada muito catastrófico.

O sono não veio, então Wilde saiu por Columbus Circle e seguiu na direção sul. Ele atravessou a Times Square e foi caminhando rumo ao Washington Square Park. Era uma caminhada de pouco menos de 5 quilômetros. Wilde foi sem pressa. Parou para comprar um café e um croissant. Ele gostava da cidade de manhã. Não sabia por quê. Eram oito milhões de almas se preparando para começar o dia, e isso o afetava de algum jeito. Talvez fosse porque sua vida normal – uma vida que Jenn certamente acharia infame – sempre fora o contrário.

Ele não conseguia parar de pensar em Laila. Não conseguia parar de imaginar como seria fazer essa caminhada com ela ao seu lado.

Wilde chegou ao Washington Square Park. Seu parque favorito era o Central Park, mas esse lugar representava toda a glória excêntrica de Nova York. O arco de mármore fora confeccionado no estilo triunfal romano, projetado pelo famoso arquiteto Stanford White, que foi assassinado em 1906 no Madison Square Theatre por Harry Kendall Thaw, o milionário ciumento e "mentalmente instável" (segundo sua defesa), por causa de Evelyn Nesbit, a esposa de Thaw. Foi o primeiro "Julgamento do Século". O arco continha duas esculturas de George Washington em alto-relevo – Washington na Guerra em uma das colunas e Washington na Paz na outra. Em ambas, Washington era ladeado por duas figuras. Em *Washington na Guerra*, as duas figuras representavam Fama e Bravura, e Wilde achou que Fama parecia uma escolha irônica, especialmente quando ele pensava em Peter e Jenn; as duas figuras que cercavam Washington na Paz eram Sabedoria e Justiça.

Enquanto observava a escultura *Washington na Paz*, Wilde sentiu alguém se aproximar. Ouviu uma voz feminina.

– Observe com atenção a figura à direita de tudo.

A mulher tinha 60 e poucos anos. Era baixa e robusta e usava um casaco bege, gola rulê preta, calça jeans azul.

– Tudo bem – disse Wilde.

– Viu o livro gravado que a pessoa está segurando acima da cabeça de Washington?

Wilde fez que sim e leu as palavras em voz alta.

– *EXITUS ACTA PROBAT*.

– Latim – disse a mulher.

– É, valeu.

– Sarcasmo. Adorei. Sabe o que significa?

– O resultado justifica os meios – disse Wilde.

A mulher meneou a cabeça, ajeitando os óculos com armação de tartaruga.

– É incrível, se você pensar bem. O cara constrói um monumento gigantesco em homenagem ao pai do nosso país. E qual é a frase que ele usa para celebrar o homem, sua obra e sua memória? Basicamente "Os fins justificam os meios". E o que é ainda mais estranho: quem está dando esse conselho relativamente amoral para George Washington? – Ela apontou para o indivíduo acima do ombro esquerdo de Washington. – A Justiça. A Justiça não está dizendo que devemos ser justos, honestos, sinceros, imparciais ou fiéis à lei. A Justiça está dizendo ao nosso primeiro presidente e aos milhões que visitam o parque que os fins justificam os meios.

Wilde se virou para ela.

– Você é RJ?

– Só se você for PB.

– Não sou PB – disse Wilde. – Mas você já sabe disso.

A mulher fez que sim.

– Sei.

– E você não é RJ.

– Também é verdade.

– Quer me dizer quem é você? – perguntou Wilde.

– Você antes.

– Meu palpite – continuou Wilde – é que PB entrou em contato com você, ou será que foi com RJ?, antes de deletar a conta. Aí, ele desapareceu para RJ do mesmo jeito que desapareceu para todo mundo. Quando mandei a mensagem ontem à noite, provoquei a curiosidade de RJ.

– Tudo verdade – disse a mulher.

– Então quem é você?

– Digamos apenas que sou uma colega de RJ. Você sabe a identidade verdadeira de PB?

– Sei. Você não?

– Não – disse ela. – Ele insistiu no anonimato. Nós contamos a verdade para ele. Eu não deveria falar "nós". Não tive muito envolvimento. Foi meu colega.

– RJ?

– É.

– Que é seu colega de Memphis.

– Como você soube?

Wilde não respondeu.

– Que tal a gente conversar sem rodeios? – perguntou a mulher. – Meu colega falou para PB o que ele queria saber. Em troca, seu amigo PB prometeu colaborar.

– Mas ele não colaborou.

– Isso. PB só deletou a conta. Nós nunca mais tivemos notícia dele.

– O que vocês falaram para ele? – perguntou Wilde.

– Ah, acho que não vamos brincar disso de novo – disse a mulher. – Gato escaldado... – Ela se deteve por um instante e perguntou: – Qual é seu nome de verdade?

– Wilde.

A mulher sorriu.

– Meu nome é Danielle. – Ela mostrou um distintivo policial. – Detetive Danielle Sheer, aposentada da polícia de Nova York. Quer colaborar com a gente?

– É uma investigação oficial?

Danielle Sheer balançou a cabeça.

– Eu falei que era aposentada, né? Estou ajudando um colega.

– O colega de Memphis.

– Isso.

– E PB prometeu ajudar também.

– Exato. Vamos fazer o seguinte, Wilde. Você me diz o nome verdadeiro de PB, e eu conto tudo. Acredite, você vai querer saber.

– E se eu não falar o nome?

– A gente diz tchau.

– Peter Bennett.

– Espera. – Danielle digitou algo no celular. – Estou só mandando o nome para o meu colega.

– Quer falar de RJ agora?

Ela terminou de mandar a mensagem e sorriu para o sol matinal.

– Você sabia que dá para entrar nesse arco? Tem uma porta na face leste da outra coluna. Não é aberta ao público, mas, quando eu era da polícia, bom, havia certas vantagens. Dá para entrar mesmo e subir uma escada em espiral até ficar em cima do arco. É uma vista incomparável.

– Detetive Sheer?

– Aposentada. Pode me chamar de Danielle.

– Danielle, o que está acontecendo?

– Qual é seu interesse nisso, Wilde?

– É uma longa história. Mas, resumindo, estou procurando Peter Bennett. Fomos marcados como parentes em um site.

– Interessante. Mas você e RJ não são?

– Não.

– Então isso meio que é um beco sem saída para você. Quer dizer, em termos da sua busca por parentes. E, para falar a verdade, estou aqui porque meu colega não precisa mais de PB. É tarde demais.

Wilde refletiu sobre isso.

– Por algum motivo, RJ não queria que ninguém soubesse o nome dele, mas queria que os perfis compatíveis vissem a idade dele.

– Você tem alguma teoria sobre isso, Wilde?

– Você é agente da lei.

– Aposentada.

– Mas seu colega não é. Estou pensando que seu colega está se fazendo passar por outra pessoa e usando um site de DNA para encontrar parentes.

Como no caso de Joseph James DeAngelo. O assassino deixou DNA na cena de um crime. A polícia o inseriu em bancos de dados de DNA, como se fosse um cara normal tentando achar parentes. Quando a polícia viu perfis compatíveis, parentes genéticos, essa informação foi usada para encontrar DeAngelo.

Danielle assentiu.

– Vocês. Já ouviu falar de um homem chamado Paul Sinclair?

– Não.

– E um Pastor Paul da Igreja da Fundação Verdadeira de Cristo?

Wilde balançou a cabeça.

– Ele manteve uma comunidade religiosa em Memphis durante quase quarenta anos, até morrer tranquilamente durante o sono no mês passado. Ele viveu com saúde por 92 anos. Pode ser que exista o carma, mas não aqui na Terra.

– Em que sentido?

– Ele estuprou e engravidou várias de suas fiéis. Jovens. Ele negava, claro, mas um monte de gente na internet descobriu que tinha o mesmo pai. Então meu colega RJ, da Polícia Estadual do Tennessee, pegou o DNA do Pastor Paul e colocou em bancos de dados virtuais. Ele queria ver de quantas pessoas Paul era pai. Só nesse banco de dados, ele encontrou dezessete. Desses, doze tinham sido entregues para adoção. Com as outras cinco, falaram que o pai era outra pessoa. Como aconteceu com seu amigo PB. Ninguém sabia a verdade.

– Então o pai biológico de PB é...

– Pastor Paul. Isso ajuda na sua busca?

Wilde refletiu por um instante.

– Acho que sim.

Wilde foi andando para o norte, em direção ao apartamento de Hester. Quando chegou, Hester disse:

– Jenn Cassidy estava procurando você. Ela disse que era importante.

– Você tem o número dela?

Hester tinha. Wilde ligou.

– Você não consegue me deixar em paz – disse Jenn quando ele atendeu.

– Qual é o problema?

– Marnie desapareceu. Todo mundo acha que ela deu uma sumida por causa da publicidade negativa, mas a gente usa um aplicativo de compartilhamento de localização, sabe, por via das dúvidas. O telefone dela está desligado. E ela nunca desliga.

– Talvez ela tenha...

– Não, Wilde, ela não fez nada. Não tem nenhuma atividade no cartão de crédito dela, nada. Marnie não fugiria. Ela também não é safa o suficiente para isso.

Wilde fechou os olhos.

– Quando foi a última vez que alguém a viu?

– Acho que foi quando ela saiu escondida do apartamento dela. Ninguém sabe ao certo.

– Você pode conferir as mensagens dela? Os e-mails?

– Você acha que eu já não tentei? Não tem nada.

– Onde você está?

– No meu apartamento no Sky.

– Só um segundo.

Wilde pediu para Hester lhe emprestar seu telefone. Ele pegou o aparelho e ligou para Lola.

– Preciso que você mande sua melhor pessoa para o apartamento de Jenn Cassidy, no Sky. A irmã dela desapareceu.

– Eu vou.

– Você não está mais em Las Vegas?

– Consegui uma carona em um voo particular para Teterboro. Aterrissamos há meia hora. Vou para lá agora.

Wilde voltou para Jenn.

– Fique aí – disse ele. – Minha amiga, Lola Naser, está indo. Fala para a recepção deixá-la subir assim que ela chegar.

Ele desligou e telefonou para Vicky Chiba.

– Alô?

– Silas está aí?

– Ele acabou de sair. Vai buscar uma carga em Elizabeth e viajar para a Geórgia. Por quê, o que foi?

– Eu queria que vocês dois soubessem.

– O quê?

– Jenn.

– O que tem ela?

– Ela armou tudo.

Silêncio.

– Do que você está falando?

– Jenn armou para Peter. Ela contratou McAndrews.

– Não...

– Ela tirou as fotos comprometedoras. Ela fez Marnie mentir sobre ele.

– Não – disse Vicky de novo, mas sua voz saiu mais fraca. Então Wilde continuou falando. Ele contou a história toda para Vicky. Contou com o máximo de calma e frieza na voz.

Os lamentos dela se transformaram em gritos.

Quando finalmente desligaram, Wilde fechou os olhos e se recostou. Respirou fundo.

Hester disse:

– Wilde?

– Acho que entendi tudo.

capítulo quarenta

Será que eu consigo?

Mais um. Só mais um.

E aí eu posso parar.

Será que vão descobrir? Talvez. Provavelmente. Mas não tenho muito a temer. Eu já terei concluído o que me propus a fazer.

Mais um.

E depois?

Tenho a lista de ciberassediadores do computador de Katherine Frole. Será que eu devo continuar? Todos merecem morrer, né? A meu ver, tenho duas opções. Uma: eu posso fugir e me esconder depois desse próximo assassinato. Talvez eu consiga me safar. Quem sabe?

Ou dois: eu continuo matando.

Tinha um homem chamado Lester Mulner em Framingham, Massachusetts, que fingiu ser uma adolescente para atormentar a rival da própria filha a ponto de a coitada da garota cometer suicídio. Eu podia matá-lo. Em seguida, podia matar Thomas Kramer também em Framingham e talvez depois fazer uma visita a Ellis Stewart em Manchester, Vermont, e seguir com a lista de Frole no que um dia a imprensa certamente chamaria de "ação de um serial killer". Eu poderia continuar até que alguém me prenda, me mate ou me detenha de algum outro jeito, porque a verdade é que não vou parar por conta própria.

Alguém precisa me deter.

Gosto desse plano. Vou acabar com isso. Vou conseguir justiça, vingança ou qualquer que seja o nome. E aí, quando eu acabar com ela, seguirei matando até morrer.

Não tenho mais nenhum motivo para viver mesmo.

Já perdi tudo.

Volto ao depósito. Ainda não tem cheiro. Já deixei pago por seis meses. Tiro Marnie Cassidy do banco traseiro do carro e embrulho o corpo dela com sacos plásticos pretos de lixo. Comprei uma caixa com cinquenta sacos resistentes de 360 litros, e uso os cinquenta com um rolo inteiro de fita adesiva para lacrar Marnie. Deixo o ar-condicionado ligado no máximo.

Quando a encontrarão?

Não sei.

Será que por fim vai ser pelo cheiro ou porque vou parar de pagar a conta?

Não sei também, mas não ligo. Já vai ter acabado muito antes disso.

Quando termino de embrulhar Marnie, arrasto o corpo dela até o canto do depósito. Estendo alguns cobertores por cima. Depois, entro no carro e volto para Manhattan pelo Lincoln Tunnel. Não me dou ao trabalho de trocar a placa desta vez. Ainda estou com a placa alterada de quando matei Marnie, mas a polícia ainda não está atrás de mim. Conforme o previsto, todo mundo acha que Marnie fugiu.

Todo mundo, menos Jenn. A desesperada Jenn.

Mandei uma mensagem para ela como fiz com Marnie.

Falei que eu podia salvá-la. Falei que podia salvar Marnie também. Falei onde a gente podia se encontrar.

Vou para lá agora para acabar com isso.

George Kissell trabalhava na sede da Agência de Justiça Federal, na Walnut Street, em Newark. Wilde só informara seu nome e pedira à recepção para avisar ao oficial de justiça federal George Kissell que ele estava ali e gostaria de falar com ele. O recepcionista pediu a Wilde que se sentasse, mas não demorou muito. Kissell apareceu com um terno marrom cor de terra e uma carranca. Ele resmungou:

– Vem comigo.

Essa unidade, como a maioria, ficava no fórum de justiça federal. Eles desceram a escadaria larga até o térreo – todo ruído ecoava no mármore branco – e saíram para as ruas de Newark. Quando estavam perto do meio--fio e longe de qualquer possível ouvido curioso, Kissell perguntou:

– O que você quer?

– Por que você fingiu ser do FBI?

– Não fingi. Você presumiu. Por que você está aqui?

– Nós dois sabemos.

Kissell enfiou a mão no bolso do paletó e puxou um maço de cigarros. Pôs um na boca e acendeu com um isqueiro dourado. Deu uma tragada profunda e soprou.

– O FBI e a Agência de Justiça Federal são instituições de segurança do governo – disse ele, como se estivesse lendo uma cartilha. – Costumamos trabalhar juntos em casos importantes.

– A Agência de Justiça Federal também é responsável pelo programa de proteção a testemunhas – disse Wilde.

Kissell era calvo, mas havia deixado o cabelo nas laterais da cabeça crescer e penteara por cima da careca de um jeito que ficaria óbvio até na escuridão total. Ele continuou:

– A Agência de Justiça Federal é a instituição de segurança mais antiga dos Estados Unidos. Nós protegemos juízes, policiamos tribunais, capturamos fugitivos federais, abrigamos e transportamos prisioneiros federais e, sim, cuidamos do Programa de Segurança de Testemunhas.

– Você me perguntou sobre Daniel Carter, meu pai biológico.

Kissell não falou nada.

– Eu estava tentando falar com ele – continuou Wilde.

– Ah, é?

– Ele não está em lugar nenhum.

– Como minha filha adolescente gosta de dizer, "Ema, ema, cada um com seu problema".

– Eu poderia continuar procurando – disse Wilde.

– Acho que sim.

– Poderia fazer mais barulho. Vir a público. Você acha que é uma boa ideia, oficial de justiça Kissell?

– Quer dizer, fazer mais do que mandar detetives particulares à residência e ao trabalho dele e pedir a sua antiga parceira, Lola Naser, para bater na porta dele ontem? – Ele deu de ombros. – Não sei mais o que você pode fazer.

Eles se encararam. Wilde sentiu aquele formigamento nas veias.

– O que você quer, Wilde?

– Quero conhecer melhor meu pai.

– Quem não quer? – Kissell deu mais uma tragada profunda, prendeu por um instante e, por fim, soltou a fumaça com uma satisfação tão grande que quase parecia uma experiência sexual. – Deixa eu te falar uma coisa. Não vou fingir que não sei de quem você está falando, porque é perda de tempo. Você já sabe demais. Você também sabe que não vou confirmar nem negar.

– Não tive a intenção de comprometer a segurança dele ou da família – disse Wilde. – Quero que você saiba, quero que ele saiba, que agora eu entendo. Está tudo bem. Eu o encontrei mesmo por um site de DNA. Mas não vou continuar insistindo.

Kissell tirou o cigarro da boca e ficou olhando para ele como se aquilo tivesse algumas das respostas possíveis. Por fim, ele disse:

– Não faço a menor ideia do que você está falando.

– Daniel Carter, ou qualquer que seja o nome dele, mentiu para mim? Nada. Wilde esperara algo diferente?

– Ele não sabe mesmo quem é minha mãe, nem por que eu fui parar na floresta?

Kissell fingiu que estava olhando o relógio.

– É melhor eu ir andando.

– Só tenho um pedido.

Wilde lhe entregou uma carta.

– O que é isto? – perguntou Kissel.

– É para ele. Vou dar uma passada aqui com cartas lacradas como esta de vez em quando. Você e eu podemos nos encontrar aqui, se você quiser. Você pode dizer "Não faço a menor ideia do que você está falando", mas vai receber minhas cartas. Vai entregá-las. Talvez, algumas vezes, ele dê uma carta lacrada para que você traga para mim. Ou talvez não. Seja como for, vamos fazer isso.

Kissell olhou para o nada atrás de Wilde.

– Estamos entendidos? – perguntou Wilde.

Kissell deu um tapa nas costas de Wilde.

– Não faço a menor ideia do que você está falando.

capítulo quarenta e um

Estaciono. Como da outra vez. Só preciso matar Jenn. Se me pegarem logo em seguida, paciência. Se conseguirem registrar em vídeo o mesmo carro estacionado no mesmo lugar isolado, paciência. Já vai ter acabado. Quaisquer outros assassinatos além deste vão ser lucro.

Estou com a arma na mão.

Deixo abaixada e fora de vista. Jenn vai chegar em cerca de dez minutos. Estou pensando em como fazer. Será que a mato rápido? Três tiros. Meu *modus operandi.* Aposto que os especialistas em perfil de assassinos em série vão inventar teorias ótimas para explicar por que eu dava três tiros. A verdade, claro, é que não tem explicação. Ou pelo menos nenhuma interessante. Quando matei Henry McAndrews, o primeiro, atirei três vezes. Por quê? Não sei, mas acho que foi aí que parei e pensei se já bastava. Enfim, foi aleatório. Eu podia ter dado dois tiros, ou quatro. Mas foram três. Então agora preciso ficar com esse número.

Nenhuma grande reflexão aqui, especialistas. Desculpem.

Fecho os olhos por alguns segundos. Penso na arma em minha mão.

Quero aliviar essa dor.

Foi assim que começou, né? Com dor. A dor é absoluta. Ela priva a gente da razão. A gente só quer que ela acabe. Achei que matar as pessoas que haviam causado tantos estragos aliviaria a dor.

E, surpresa, aliviou. Correção: alivia.

Mas por pouco tempo.

O problema foi esse. Para mim, assassinato é como um bálsamo – mas o bálsamo só funciona por um tempo. O poder curativo começa a diminuir. Então a gente espalha cada vez mais bálsamo na ferida.

É bem nesse momento, quando estou pensando em tratar uma ferida com bálsamo, que vejo Jenn aparecer na esquina.

Olho para a arma, então levanto o rosto e olho para Jenn, aqueles famosos cachos dourados em torno do rosto devastadoramente lindo.

Será que eu atiro logo? Espero até ela entrar no carro e me ver e, aí, bum, bum, bum, acabo imediatamente? Acho que vai ser assim. Quero que ela sofra. Isso é novidade. Eu só queria matar os outros. O que eles fizeram foi horrível e cruel. Mas o que Jenn tinha feito, o planejamento, a traição...

Jenn está só a alguns metros de distância.

Eu sabia que ela viria. Como a irmã, ela não conseguiu resistir à vontade de tentar pegar essa boia salva-vidas.

Ela está forçando os olhos, tentando ver quem é que está no carro. Mas ainda não consegue me distinguir.

Quando Jenn está a poucos metros, levanto a arma.

Espero atrás do volante e a vejo estender a mão até a porta do lado do carona. Aperto o botão de destravar a porta para ela entrar.

Mas não é isso que acontece.

Quando aperto o botão – assim que escuto aquele estalo de destravamento –, a porta do meu lado se abre. Eu me viro, erguendo a arma, mas a mão de alguém aparece e arranca a arma de mim.

Vejo os grandes olhos azuis de Wilde.

– Acabou, Vicky.

Wilde se sentou no banco do carona, Vicky continuou atrás do volante. Ela ficou olhando fixamente pelo para-brisa.

– Você armou para mim. Você me falou de Jenn para ver se eu agiria.

Wilde não viu motivo para responder.

– Como você soube que eu era eu?

– Eu não tinha certeza.

– Deveria ter me deixado matá-la antes, Wilde.

Wilde não respondeu. Ele olhou pelo para-brisa também. Lola estava com Jenn perto do portão de arame do canteiro de obras. Ela tinha outras duas pessoas a postos, em posição, mas Wilde não precisara.

– O que me denunciou? – perguntou Vicky.

– O que sempre denuncia as pessoas? As mentiras.

– Dá pra ser mais específico?

Wilde continuou olhando pelo para-brisa.

– Uma delas foi a sua relação com Peter. Você não é irmã dele. Você é a mãe.

Ela meneou a cabeça, devagar.

– Como você descobriu?

– Do mesmo jeito que Peter. Por um banco de dados de DNA.

– Não foi culpa minha – disse ela, baixinho.

– Essa parte? Não, Vicky, essa parte não foi culpa sua.

– Ele me estuprou, sabia?

Wilde fez que sim.

– Sua família morava nos arredores de Memphis.

– Sim.

– Você era a mais velha – disse Wilde. – Não pensei nisso na hora. Mas você falou que Kelly, sua irmã mais nova, estava chateada com a mudança porque ia perder a festa de 11 anos de uma amiga no Chuck E. Cheese.

– Isso era verdade.

– Não duvido. Mas isso me fez pensar. Kelly tinha 11 anos. Você era mais velha. Quantos anos?

Vicky engoliu em seco.

– Três.

Wilde meneou a cabeça devagar.

– Você tinha só 14 anos.

– Só.

– Sinto muito pelo que aconteceu com você – disse Wilde.

– Ele começou a me estuprar quando eu tinha 12.

– O Pastor Paul?

Ela fez que sim.

– Não falei nada para os meus pais. Quer dizer, não na época. Ele era Deus para eles. Depois eu tentei contar, mas eles não me deram ouvidos. Quando falei que estava grávida, eles me chamaram de puta. Meus próprios pais. Eles exigiram saber para qual garoto eu tinha aberto as pernas. Dá para acreditar, Wilde? Eu falei a verdade. Falei o que o Pastor Paul tinha feito. Minha mãe me bateu. Deu um tapa na minha cara. Falou que eu era mentirosa.

Ela parou de falar e fechou os olhos.

– E o que aconteceu depois? – perguntou Wilde.

– Você não adivinha?

– Vocês se mudaram.

– Mais ou menos. Meus pais decidiram que o único jeito de preservar o nome da família seria se eu e minha mãe disséssemos que íamos fazer uma peregrinação religiosa assim que a barriga começasse a aparecer. Minha mãe falaria para todo mundo que estava grávida. E, quando a gente voltasse para a nossa comunidade, o bebê seria criado como se fosse dela.

– E você fingiria ser a irmã do bebê.

– Isso.

– Então como vocês foram parar na Pensilvânia? Eu conferi. Seu pai trabalhou mesmo na Universidade Estadual da Pensilvânia. Sua família de fato se mudou para lá.

– Eles mudaram de ideia. Os meus pais.

– Eles acreditaram em você?

– Nunca admitiram – disse ela. – Mas acreditaram.

– Por quê?

Uma lágrima brotou de um dos olhos dela.

– Kelly.

– Sua irmã?

– O Pastor Paul começou a se interessar por ela. – Vicky fechou os olhos por um bom tempo. – Isso abriu os olhos dos meus pais. Eles não eram pessoas ruins. Os dois tinham sido criados com religiões que faziam lavagem cerebral nas pessoas. Não tinham noção das coisas. A ideia de que o homem que eles literalmente idolatravam fosse violentar as filhas deles... – Ela respirou fundo. – Você deve ter achado o Pastor Paul pelo DNA de Peter.

– Foi isso mesmo.

– Como você soube que eu era a mãe de Peter?

– Do mesmo jeito que Peter. A compatibilidade com Silas. Ele falava de ter um quarto do DNA em comum com Peter como se isso fosse indicativo de meios-irmãos. Ele tirou essa conclusão. Mas não tinha mais como ser isso. Meios-irmãos têm só o pai ou a mãe em comum. O Pastor Paul podia ser pai dos dois com duas mães completamente diferentes e sem nenhum parentesco? Parecia muito improvável, especialmente visto que Silas achou outros resultados pelo lado do seu pai. O mais importante é que uma compatibilidade de 23% de DNA não significa apenas a chance de serem meios-irmãos. O site de DNAYourStory dizia isso. Podia ser um avô. Ou, nesse caso, um tio. Era a única coisa que fazia sentido. Você é a mãe de Peter, então Silas é o tio.

Vicky assentiu.

– Quer saber uma coisa curiosa?

Wilde esperou.

– Ter Peter foi a melhor coisa que aconteceu na minha vida. Depois de todo o horror, a violência e a crueldade, no fim, eu tinha um bebezinho perfeito, um menino dourado que era bom demais para este mundo. Nada do que eu falei sobre ele era mentira. Peter era especial.

Wilde insistiu.

– Peter procurou o Bumerangue, ou foi você?

– Fomos nós dois. Peter ainda achava que eu era irmã dele. E ele estava arrasado pelo que tinha acontecido com Marnie e Jenn e o mundo todo de *Love Is a Battlefield*. Ele estava obcecado para provar sua inocência. Então, quando viu aquela conta RodagnivSeud dizendo que tinha mais fotos, piores, ele quis saber mais. Eu o convenci a deixar o Bumerangue ajudar. Aí, um dia, mais ou menos um mês depois, alguém do Bumerangue me manda um e-mail para falar que nosso caso tinha sido rejeitado. Eu respondi como se fosse Peter, disse que estava arrasado e que a gente ainda precisava da ajuda deles. Depois de um tempo, a pessoa do Bumerangue me disse que se chamava Katherine Frole. Ela começou a falar que era super-Batalheira, que adorava a temporada de Peter, etc. Ela disse que ainda queria ajudar.

– Katherine Frole deu o nome de Henry McAndrews?

– Isso mesmo. Eu soube por ela. Mas já era tarde demais.

– Como assim, tarde demais?

– Peter já tinha ido embora.

– Então você foi à casa de McAndrews mesmo assim.

– Fui.

– E o matou.

Ela fez que sim.

– Achei que acabaria aí.

– Quando eu encontrei o corpo de McAndrews e o assassinato dele veio à tona, Katherine entrou em contato com você?

– Não.

– Ela não desconfiava que você ou Peter tiveram alguma participação?

– Ela não estava sabendo. Fui para a sala dela em um horário que eu sabia que não teria ninguém lá. Contei para ela.

– Você tinha medo de que ela falasse?

– Foi isso que eu disse para mim mesma – respondeu Vicky. – E acho que ela teria falado, em algum momento. Mas Katherine Frole também tinha muito a perder. Era uma agente do FBI que trabalhava para um grupo clandestino de justiceiros. Não vou entrar em detalhes nessa parte porque não é muito importante. Mas, depois de matar McAndrews, eu percebi que gostava de matar... é, eu sei o que parece. – Ela sorriu de novo, mas esse sorriso foi perturbador. – Pode atribuir à minha infância, ao trauma do estupro, mas é um clichê terrível, né? Ou talvez seja uma doença ou algum outro fato da vida, ou talvez seja só um desequilíbrio químico no meu cérebro. Quer saber minha teoria, Wilde?

Wilde ficou calado.

– Muitas pessoas têm potencial para ser assassinas em série. Não é uma em um milhão, como a gente costuma ler por aí. Eu diria que está mais para uma em vinte, talvez uma em dez. Mas, se você nunca levar a cabo, se nunca matar pela primeira vez, não vai sentir aquela onda viciante. Muita gente *poderia*, por exemplo, se viciar em heroína, mas, se não experimentar, se nunca tiver esse gostinho...

– E isso explica Martin Spirow.

Vicky fez que sim.

– Existem tantas pessoas horríveis, Wilde. Você viu o que Martin Spirow pôs no obituário daquela coitadinha? Peguei uma lista de nomes do Bumerangue com Katherine Frole, uma lista de pessoas tão ridículas e desprezíveis que o único jeito de elas ficarem satisfeitas era falando coisas cruéis, abomináveis e ofensivas de forma anônima para gente que elas não conheciam. Tipo, pensa bem. Martin Spirow acordou um dia e viu uma família arrasada pelo luto da morte da filha jovem deles, e o que ele faz? Ele escreve: "É uma pena quando uma gostosa vai pro brejo." Que trajetória de vida horrível a pessoa teve para chegar ao ponto de fazer esse tipo de coisa? – Ela balançou a cabeça, enojada. – Eu fiz um favor para o mundo.

– Então cadê o Peter? – perguntou Wilde.

– Eu falei quando a gente se conheceu. – Ela sorriu. – Você sabe, Wilde. Você sempre soube. Meu filho, meu lindo filho, pôs os assuntos dele em ordem. Comprou uma passagem e viajou para aquela ilha. Passou pela imigração e fez o check-in naquele hotel e, na manhã do terceiro dia, fez o check-out. Pegou um táxi até a trilha que leva ao topo do penhasco. Deixou um recado para mim em um daqueles aplicativos que apagam a gravação automaticamente dois minutos depois que ela é reproduzida. Ele se despediu de mim. Dava para ouvir o mar no fundo. E, depois, meu filho pulou e se matou.

Wilde não falou nada.

– Você sabe que ele foi assediado e perseguido, que foi difamado e arruinado, que ninguém o perdoou por algo que ele não fez. Você sabe que ele perdeu a esposa, supostamente o amor da vida dele, e também a carreira e, sim, a fama. Tudo isso, e ninguém acreditava nele. Tenta se imaginar no lugar dele por um instante. O mundo inteiro acredita que você dopou sua cunhada e nem sua própria esposa te defende. Você perde tudo. Mas não para aí, Wilde. Some a isso o fato de que a pessoa que Peter amava havia mais tempo, a pessoa que praticamente o criou e cuidou dele e, como Silas disse, preferia ele acima de tudo, a pessoa em quem ele mais confiava no mundo inteiro havia mentido para ele a vida toda, que na verdade ela não era irmã dele, e sim mãe, que ele tinha nascido de um estupro. Está pensando nisso, Wilde? Já está vacilando, Wilde? Ótimo. Porque agora, depois da sua ligação hoje, posso acrescentar mais uma coisa. Peter estava muito enigmático perto do final, tinha ficado muito calado e triste de repente. Agora eu sei por quê. Ele sabia. Descobriu que Jenn tinha armado tudo. Ele amava aquela mulher, Wilde. Imagina essa dor. Esse último golpe. Então me fala. De quem você acha que é a culpa? De Marnie? Dos reality shows? De McAndrews? Dos fãs cruéis? Minha? Fala, Wilde. Quem matou meu menino?

Wilde não tinha resposta para isso, então abriu o vidro do carro e acenou com a cabeça para Lola. Ela retribuiu o gesto e fez a ligação.

Cinco minutos depois, a polícia chegou e levou Vicky.

capítulo quarenta e dois

Um mês depois, quando Chris já tinha desaparecido de sua vida, quando o corpo de Marnie já havia sido descoberto naquele depósito, Wilde recebeu uma ligação do oficial de justiça federal George Kissell.

– Eles querem conversar com você.

Wilde segurou o celular com força.

– Quando?

– Tem que ser agora. Se você falar para qualquer pessoa sobre isso, eles vão embora. Se você levar mais de uma hora para chegar lá, eles vão embora. Vou enviar a localização para você agora.

Wilde sentiu o coração acelerar. Ele olhou a tela. O mapa exibia um local um pouco a oeste da East Shore Road, perto de Greenwood Lake, no estado de Nova York. Wilde poderia ir a pé, mas provavelmente levaria de três a quatro horas.

Por que nesse lugar?

– Tudo bem? – perguntou Laila.

Eles estavam sentados na sala de televisão. Era domingo e eles estavam vendo futebol americano. Laila era torcedora fanática do New York Giants e nunca perdia uma partida. Ele quase disse "Acho que meu pai quer me ver", mas um rompante de bom senso o impediu.

– Posso pegar o carro emprestado?

– Você sabe que não precisa pedir.

Wilde se levantou.

– Valeu.

Laila observou o rosto dele.

– Você me conta depois?

Ele se curvou e a beijou. Deu uma resposta sincera.

– Se eu puder.

Ele ligou o carro e dirigiu para o oeste. Semanas antes, depois do fim de tudo, Silas tinha ido visitá-lo.

– Você e eu – disse ele – ainda somos parentes. Distantes, eu sei. Mas a gente meio que não tem mais ninguém.

Eles se encontraram duas semanas depois. Silas se ofereceu para mostrar álbuns de família antigos, de gerações anteriores, mas Wilde não queria isso por enquanto. Talvez ele mudasse de ideia, mas, por enquanto, queria se concentrar no futuro, não no passado. Wilde pediu a Silas que deixasse para lá, e ele respeitou sua vontade.

Isso não significava que Wilde havia esquecido.

O trajeto levou meia hora. Ele parou na esquina da East Shore Drive com a Bluff Avenue. Havia alguns carros pretos estacionados por perto. Quando Wilde saiu do carro, o oficial de justiça federal George Kissell fez o mesmo.

– Tudo bem se eu revistar você?

Wilde levantou as mãos. A revista foi minuciosa. Kissell indicou com a cabeça uma casa na esquina. Era uma construção em estilo *saltbox* clássico de dois andares da Nova Inglaterra, com chaminé e porta de entrada centrais, janelas perfeitamente simétricas, fachada lisa. Parte do charme colonial havia se perdido por causa do "aprimoramento" dado por um revestimento de alumínio que era prateado demais.

Wilde hesitou. De repente, começou a se sentir estranho.

– A porta não está trancada – declarou Kissell. – Estamos de olho em você. Se fizer qualquer coisa, você já era.

Wilde se limitou a olhar para ele.

– Eu sei, eu sei, mas nada disso é protocolo. Todo mundo está tenso.

– Obrigado – disse Wilde.

Ele andou com passos lentos em direção à casa. Não sabia por quê. Ele havia esperado por esse momento a vida inteira. Quando chegou à porta, Wilde parou por um instante e pensou em dar meia-volta e ir embora. Ele não precisava das respostas. Não mais. Nunca se sentira tão bem em relação a si mesmo e à sua vida. Estava criando algo com Laila. Havia detido uma assassina em série. Sabia que viver era ter equilíbrio, e no momento ele estava pisando em solo firme.

Ele virou a maçaneta e entrou.

Imaginara que veria Daniel Carter. Mas quem estava ali no corredor, ao lado da escada, olhando para ele de cabeça erguida e expressão firme, era Sofia Carter, a esposa de Daniel.

Por um instante, os dois ficaram parados. Wilde percebeu um tremor do lábio inferior dela.

– O... – Wilde não sabia nem como chamá-lo. – Seu marido está bem?

– Está.

Wilde sentiu uma onda de alívio. Foi algo inesperado.

– Mas muito pouco do que meu Danny contou para você era verdade – disse ela.

Wilde não falou nada.

– Ele é seu pai biológico. Isso é o mais importante que você precisa saber. E ele é um homem bom. O melhor que eu já vi. É bondoso e forte, um pai e marido maravilhoso, e espero, pelo seu bem, que você tenha puxado a ele.

– Cadê ele?

Sofia não respondeu.

– Você descobriu que estamos no programa de proteção a testemunhas.

– Vocês estão em segurança?

– Mudamos de identidade.

– E suas filhas?

– Tivemos que contar a verdade para elas, finalmente. Em parte, pelo menos.

– Elas não sabiam?

Sofia balançou a cabeça.

– Nós viramos Daniel e Sofia Carter antes de elas nascerem. Elas são muito boas, as suas irmãs. Nós fomos muito abençoados. Elas sempre quiseram saber sobre a nossa família, mas é claro que Danny e eu precisamos mentir. Fingir que não sabíamos de nada. Faz parte do programa. Então sabe o que essas meninas maravilhosas fizeram? Para surpreendê-lo, elas puseram o DNA dele em um banco de dados, para que ele pudesse descobrir tudo sobre sua família e linhagem. Usaram um dos nossos autotestes de covid para colher o DNA dele e mandaram para aquele site. Nossas meninas são inteligentes. Suas irmãs. Quando elas deram o presente para Daniel, nós dois ficamos apavorados. Era uma infração enorme. Danny foi correndo para o computador e excluiu o perfil. Mas, bom, era tarde demais, claro.

– Sinto muito – disse Wilde. – Eu não quis criar problema para vocês. Se eu tivesse ideia de que meu pai estava no programa de proteção a testemunhas...

– Não é por causa de Danny que estamos no programa – disse Sofia. – É por minha causa.

Wilde sentiu um gelo descer pelas costas.

– Antes que eu entre nesse assunto – disse Sofia –, você se incomoda se eu fizer uma pergunta?

Wilde fez que sim com a cabeça.

Sofia Carter era uma mulher pequena, bonita, com maçãs do rosto salientes e olhos firmes. Ela ergueu o queixo.

– Eu li uma matéria antiga sobre você. Dizia que às vezes você tem algumas lembranças antigas de antes... – A voz dela fraquejou.

– Não exatamente – corrigiu Wilde. Sua boca parecia seca. – Às vezes eu tenho sonhos ou meio que lampejos.

– Você vê coisas como se fossem fotos.

– É.

– Como um corrimão vermelho, segundo a matéria. Um cômodo escuro. Um retrato de um homem de bigode.

Wilde não conseguia se mexer, mas estava começando a sentir.

Sofia ergueu a mão e a apoiou no corrimão branco que subia para o segundo andar.

– Isto aqui era vermelho-escuro – disse ela. – Vermelho-sangue, na verdade. O interior desta casa? Era todo revestido de madeira escura. Os novos proprietários pintaram tudo de branco. – Ela apontou para a esquerda, onde agora havia uma tapeçaria azul e amarela. – Antigamente tinha um retrato de um homem de bigode aqui.

Wilde estava tonto. Ele fechou os olhos por um instante, tentou recuperar a compostura. Os gritos de mulher começaram em sua cabeça, e aquelas imagens familiares – corrimão, paredes, retrato – voltaram, velozes, como lampejos efêmeros, feito luzes estroboscópicas. Ele abriu os olhos.

Tinha sido ali. Nesse mesmo hall. Ele estava de volta.

– Os gritos – disse Wilde, com esforço. – Eu ouvi gritos.

Seus olhares se cruzaram.

– Eram meus – disse ela.

– Então você é...

Ela não se deu ao trabalho de menear a cabeça.

– Sou sua mãe, Wilde.

E lá estava. Depois de tantos anos, a mãe de Wilde estava bem na frente dele. Ele olhou para ela e sentiu o coração explodir no peito.

– Este lugar onde eu estou – disse Sofia, com a voz embotada –, este mesmíssimo lugar, é onde eu estava quando vi você pela última vez. Eu abri esta portinha – ela apontou para a porta do armário embaixo da escada – e obriguei meu menininho a não dar um pio até eu voltar. Depois, fechei a porta e nunca mais vi você.

Wilde se sentia nauseado e fraco.

– Não posso dizer nenhum nome. Não posso dizer lugares nem detalhes. Da mesma forma que não pude falar para as suas irmãs. Faz parte do acordo que acertamos para organizar este encontro. E não temos muito tempo. Estou com medo, porque, quando você ouvir esta história, talvez acabe me odiando. Eu vou entender. Mas está na hora de você saber a verdade.

Ele esperou, com medo de se mexer, com medo de agitar o ar. Aquilo tudo estava parecendo um sonho, um daqueles sonhos bons, que no meio a gente começa a se dar conta de que é um sonho e tenta fazer de tudo para não acordar ainda.

– Quando eu era adolescente, chamei a atenção de um homem monstruoso, horrível. Um psicopata realmente surtado e perturbado de uma família surtada e perturbada do mundo do crime. O homem monstruoso ficou obcecado comigo, e, quando um homem assim decide que você pertence a ele, ou você obedece, ou morre. Não tem alternativa.

O olhar dela foi para a escada. Wilde ainda não havia mexido um músculo sequer.

– Talvez você se pergunte por que meu pai e minha mãe não me ajudaram. Meu pai tinha morrido, e minha mãe, bom, ela estimulou a situação. Não vou entrar em detalhes sobre a minha família ou a minha infância. Basta dizer que eu não conhecia ninguém que pudesse me ajudar. Eu era uma prisioneira. O homem monstruoso fez da minha vida um inferno. Tentei fugir uma ou duas vezes. Mas isso só piorou a situação. Eu estava presa em um casarão com três gerações da família desse homem monstruoso: os avós dele, o pai, seus dois irmãos. Chefões do crime de primeira ordem.

Sofia continuava olhando para cima.

– Eles tinham uma fornalha nos fundos do casarão. Quando eu fiz 18 anos, o homem monstruoso me levou lá e me mostrou as cinzas. Ele disse que era ali que o avô dele eliminava os corpos. O avô parou de incinerá-los porque a avó reclamava do cheiro. Mas a fornalha ainda funcionava. E, se algum dia eu tentasse abandoná-lo, ele me acorrentaria naquela fornalha, ligaria a potência baixa e voltaria duas semanas depois, e a essa altura eu também teria virado cinzas.

Sofia olhou para Wilde. Ele abriu a boca para falar algo – não sabia o quê –, mas ela o deteve com um gesto.

– Deixa eu terminar, tudo bem?

Talvez Wilde tenha meneado a cabeça.

– Um dia, conheci seu pai. Não importa como ou por quê. Eu me apaixonei por ele. Fiquei morrendo de medo. Por mim. Por ele. Mas – ela deu um sorriso – fui egoísta demais para abrir mão dele. Comecei a viver uma vida dupla. Nossa, nós dois éramos muito jovens. Não falei a verdade para o seu pai. Eu devia ter falado, claro. Mas ele ia viajar para servir no exterior mesmo. Não tinha como durar e por mim tudo bem. Teríamos só dois meses juntos. Era mais do que eu podia desejar. Depois disso, eu poderia continuar com o homem monstruoso e me alimentar das lembranças. – Ela sorriu e balançou a cabeça. – Esse é o tipo de besteira que a gente diz para si mesma quando é jovem. Você consegue adivinhar o que aconteceu?

– Você ficou grávida – disse Wilde.

– Sim. Não falei para o seu pai. Você entende. Seu pai não tinha pedido nada disso. Eu tinha medo de que ele fosse querer fazer o correto, se casar, e aí o homem monstruoso e a família monstruosa dele descobririam a verdade. Seu pai era... ele é um homem forte, mas não tinha condições de enfrentar uma família daquela. Ninguém tem.

– Então você fingiu que o homem monstruoso era o pai?

Sofia Carter fez que sim.

– Eu falei para mim mesma que era melhor assim. Eu terminaria com seu pai para protegê-lo. Teria o filho dele e diria que era do homem monstruoso, e assim eu teria para sempre uma parte do seu pai. – Sofia balançou a cabeça, com um sorriso triste. – Era uma fantasia boba de menina. Uma loucura, pensando em retrospecto.

– E o que aconteceu? – perguntou Wilde.

– Tentei seguir meu plano, mas, dois anos depois, quando terminou o serviço militar, seu pai voltou para mim. Tentei manter distância, mas ninguém segura o coração. Contei a verdade para ele. A verdade toda, dessa vez. Achei que isso o espantaria... quando ele soubesse quem eu era, o que eu tinha feito. Mas não. Ele quis que a gente fugisse. Quis confrontar o homem monstruoso. Mas nós não teríamos a menor chance. Você entende, né?

Wilde fez que sim.

– O FBI vivia tentando aliciar alguém próximo da família. Ninguém aceitava, porque todo mundo sabia que a família descobriria. E aí mataria a pessoa com requintes de crueldade, bem devagar. Mas seu pai e eu, nós estávamos perdidamente apaixonados. Decidi correr o risco. Que alternativa eu tinha? Então fui para o FBI. Prometeram que seu pai e eu seríamos realocados como testemunhas se eu conseguisse mais informações. Mandaram eu voltar a morar com o homem monstruoso. Usei uma escuta. Roubei documentos. Consegui mais informações. Mas aí algo deu errado. Muito errado.

– Eles descobriram que você tinha mudado de lado?

– Pior – disse Sofia. – O homem monstruoso descobriu que não era seu pai.

Foi como se a casa tivesse se calado. Ao longe, Wilde ouviu o zumbido de um cortador de grama.

– Como?

– Alguém do FBI vazou.

– O que você fez?

– Recebi um aviso, então entrei com você no carro e fui embora. Liguei para o seu pai. Um amigo dele tinha uma casa perto de um lago que a gente podia usar. Ninguém encontraria a gente. Foi o que eu pensei. Então você e eu fugimos para cá. Eu tinha medo de ligar para o FBI. Eles é que tinham vazado a informação. Mas a essa altura a gente já conhecia George Kissell. Liguei para ele quando a gente chegou nesta casa. Ele falou para a gente esperar. Então esperei. Só que o homem monstruoso achou a gente antes. Ele veio com outros três homens. Vi quando eles estacionaram bem ali, no mesmo lugar onde está o carro de George agora. O homem monstruoso veio até a porta e começou a esmurrar. Ele estava com uma faca na mão. Começou a berrar que...

Ela se calou, e seu peito convulsionava.

– ... que ia rasgar você na minha frente. Eu estava apavorada, desesperada. Você nem imagina. Eu estava bem aqui, bem onde estou agora...

Ela olhou para o vazio como se estivesse vendo tudo de novo.

– O homem monstruoso está entrando, tentando arrombar a porta. O que eu faço? Então eu escondo você embaixo da escada. Falo para você não fazer barulho. Mas isso não é o bastante. A porta cede. O homem monstruoso entra de repente. A única coisa que eu consigo pensar é que preciso afastá-lo de você. Eu grito com todas as forças e subo correndo a escada. O homem monstruoso me segue. Isso é bom, eu acho. Ele não está lá embaixo. Está mais longe do meu filho. Vou até a janela de um quarto. Ele está logo atrás de mim. Então eu pulo em cima de uma cerca viva. Quero afastar todos eles de você. Você está em segurança naquele armário. Então atravesso a rua correndo e entro na floresta. O homem monstruoso e os outros correm atrás de mim. Isso é bom. Eles não vão encontrar você. Devem achar que você está comigo. Eu corro. Está escuro. Às vezes eu acho até que vou conseguir fugir deles. Mas e aí? Não posso despistá-los, porque aí talvez eles desistam, voltem para a casa e achem você. Então continuo correndo e às vezes até faço barulho para que eles continuem perto de mim. Eu quase nem me importo de ser pega. Porque, se me pegarem, se me matarem, você vai continuar vivo. Não sei por quanto tempo a gente fica nisso. Horas. E aí... aí eles me pegam.

Wilde se deu conta de que estava prendendo a respiração.

– O homem monstruoso começa a me espancar. Ele quebrou minha mandíbula. Tem dia que eu ainda sinto estalar. Ele bate sem parar em mim e exige que eu diga onde você está. Eu falei que tinha perdido você na floresta. Falei para ele continuar procurando, porque você tinha corrido na minha frente. Tudo, *tudo*, para eles não voltarem para a casa. Não sei por quanto tempo eles ficaram comigo. Desmaiei. Em algum momento, seu pai e os oficiais de justiça chegaram. O homem monstruoso e seus capangas fugiram. Eu lembro que seu pai me envolveu com os braços. Os oficiais de justiça queriam me levar para o hospital, mas eu me recusei, falei que precisava voltar para a casa, voltar para você...

Sofia Carter se limitou a balançar a cabeça. As lágrimas começaram a cair.

– A gente procurou você. Mas você tinha sumido. O homem monstruoso começou a tocar o terror para tentar achar a gente. Os oficiais de justiça falaram que a gente precisava ir embora imediatamente. – Ela olhou para Wilde, e ele sentiu o coração se partir. – Os oficiais levaram a gente. Acabei cedendo. Recebemos uma identidade nova e fomos realocados. Você já sabe. Tivemos nossas filhas. É o aspecto esquisito da condição humana. Fomos obrigados a seguir em frente. O que mais a gente podia fazer?

As lágrimas caíram com mais força.

– Mas eu abandonei meu filho. Eu devia ter ficado. Devia ter vasculhado mais a floresta, ido atrás de você. Devia ter feito isso durante semanas, meses, anos. Meu menininho estava sozinho, perdido na floresta, e eu desisti de procurar. Eu devia ter achado você. Devia ter resgatado...

E Wilde foi até ela, balançando a cabeça, e a abraçou.

– Está tudo bem – murmurou ele.

Em meio aos soluços, ela não parava de repetir:

– Eu devia ter salvado você.

– Está tudo bem – disse Wilde, abraçando-a mais forte. E: – Está tudo bem, mãe.

E, ao ouvir a palavra "mãe", Sofia chorou com mais força ainda.

capítulo quarenta e três

OREN OPEROU A CHURRASQUEIRA porque ele era esse tipo de homem. Laila ficou na cozinha. Wilde estava na cadeira pavão dos fundos, com Hester. Eles observavam a floresta atrás da casa que Hester e Ira tinham construído mais de quarenta anos antes.

Hester bebia um Chablis branco. Wilde estava tomando uma cerveja da Asbury Park Brewery.

– Então agora você sabe – disse ela.

– A maior parte.

– Como assim?

– Algumas coisas que ela disse... tinham alguns furos.

– Que tipo?

Ele e a mãe haviam conversado mais, só que de repente George Kissell apareceu para falar que o tempo tinha acabado. O perigo, segundo ele, ainda existia. Wilde não sabia até que ponto acreditava nisso, ou se acreditava que, quando aquele menino foi encontrado na floresta, os pais dele não ficaram sabendo e não ligaram os pontos.

– Não tem problema – disse Wilde. – A gente sabe o importante.

– Sua mãe abandonou você para salvá-lo – disse Hester.

– Isso.

– É só isso que importa.

Wilde meneou a cabeça e deu uma foto Polaroid antiga para ela. Hester pegou, pôs os óculos de leitura, examinou a foto. As cores tinham saturado com o tempo.

– Parece uma pista de dança em uma festa de casamento antiga.

Wilde fez que sim.

– Silas achou um monte de fotos antigas que a mãe tinha guardado no porão. Muitas estragaram por causa de uma infiltração, mas eu olhei todas. Essa é do começo dos anos 1970.

– Certo.

– Está vendo a garota no fundo, perto da bateria?

Hester forçou a vista.

– Tem três garotas no fundo perto da bateria.

– A de vestido verde e rabo de cavalo.

Hester achou.

– Certo. – E: – Espera, essa é...?

– Minha mãe, é.

– Silas sabia quem ela era?

Wilde balançou a cabeça.

– Não tem nenhuma lembrança. O casamento foi antes de ele nascer.

Hester devolveu a foto. Ela fechou os olhos e inclinou a cabeça na direção do sol.

– Você tem passado mais tempo aqui, né? – perguntou Hester.

Laila saiu para os fundos com uma bandeja grande vazia. Oren começou a transferir uma quantidade enorme de comida da churrasqueira para a bandeja.

– Tomara que vocês estejam com fome! – gritou Oren.

Hester olhou para eles e acenou.

– Nós dois nos demos bem.

– Acertamos na mosca – concordou Wilde. – Eu a amo.

– Eu sei. – Ela pôs a mão no braço dele. – Tudo bem. Ele ficaria feliz.

Eles se recostaram nas cadeiras. Wilde fechou os olhos e tentou reunir coragem.

– Eu queria fazer uma pergunta – disse Wilde.

Mas, antes que pudesse continuar, ele ouviu Matthew às suas costas.

– Ô, Wilde, caramba, dá uma olhada nisso.

Matthew foi correndo até ele, ao lado de Sutton. Ela estava com o celular na mão.

– O que foi? – perguntou Hester.

– É a página do fã-clube de *Love Is a Battlefield* – disse Matthew. – Tem sido uma loucura ultimamente. Marnie virou uma baita mártir, uma heroína. Aquele depósito onde o corpo dela foi encontrado virou um altar gigantesco. E Jenn, ela ainda está elaborando desculpas, mas tem muita gente defendendo. Algumas pessoas falam que ela só estava jogando do jeito certo. Outras acham que ela deve ter sofrido abusos ou algo do tipo, e que por isso não é culpa dela.

– Mas a grande novidade não é essa – disse Sutton. Ela deu o celular para Wilde. – Aqui, deixa eu clicar neste link.

A tela abriu uma página do Instagram.

O perfil de Peter Bennett.

A última vez que Wilde vira, o post mais recente era o do suicídio no penhasco de Adiona.

Agora tinha um vídeo. Enviado havia 22 minutos. O local, indicado no canto superior direito, dizia apenas POLINÉSIA FRANCESA.

Sutton apertou no botão de reproduzir.

Peter Bennett apareceu. Estava com uma barba grande e desgrenhada. Ele sorria para a câmera.

– Estou vivo, Batalheiros – anunciou ele, dando um sorriso largo para a câmera –, e, agora que vocês sabem a verdade, eu vou voltar para casa.

O telefone de Sutton tocou na mão dela. O vídeo sumiu. Ela pegou o celular de volta e se afastou, levando o aparelho ao ouvido.

– Acabei de ver – disse ela, empolgada, para a pessoa no outro lado da linha. – Pois é, incrível, né? Ele está vivo!

Matthew olhou para Wilde.

– O que você acha?

– Do quê?

– Os fóruns tinham razão? Peter estava por trás de tudo?

Wilde falou a verdade.

– Sei lá. Talvez.

Matthew olhou para Hester. Ela deu de ombros.

– Mas, aproveitando que você está aqui – disse Wilde, sentindo o nervosismo voltar –, eu queria fazer uma pergunta para vocês dois.

Matthew chegou mais perto. Hester se endireitou na cadeira.

– O que foi? – perguntou ela.

– Vocês me dão permissão para pedir Laila em casamento?

Hester e Matthew sorriram. Hester disse:

– Você precisa da nossa permissão?

– E da sua bênção – disse Wilde. – Eu sou tradicional nesse nível.

agradecimentos

VAMOS RÁPIDO COM ISTO, porque você não quer ler uma lista grande de agradecimentos, e eu não quero escrever. Vou começar com Ben Sevier, que já editou/publicou mais de uma dúzia de livros meus até agora. O resto da equipe inclui Michael Pietsch, Wes Miller, Beth deGuzman, Karen Kosztolnyik, Autumn Oliver, Jonathan Valuckas, Matthew Ballast, Brian McLendon, Staci Burt, Andrew Duncan, Alexis Gilbert, Joseph Benincase, Albert Tang, Liz Connor, Flamur Tonuzi, Kristen Lemire, Mari Okuda, Rick Ball, Selina Walker (à frente da equipe do Reino Unido), Charlotte Bush, Lisa Erbach Vance (agente extraordinária), Diane Discepolo, Charlotte Coben e Anne Armstrong-Coben.

Uma menção muito especial à Pessoa que Estou Me Esquecendo de Agradecer e que Também É Muito Compreensiva. Você sabe quem é. Você é o máximo. Obrigado por existir.

Também quero mandar um alô para Timothy Best, Jeff Eydenberg, David Greiner, George Kissell, Nancy Urban e Marti Vandevoort. Essas pessoas (ou seus entes queridos) fizeram contribuições generosas para instituições de caridade escolhidas por mim em troca da inclusão de seus nomes neste livro. Se você quiser participar no futuro, escreva para giving@harlancoben. com para saber mais.

A foto de autor foi tirada como parte do projeto Inside Out, de JR. Para saber mais e participar, acesse insideoutproject.net.

CONHEÇA OS LIVROS DE HARLAN COBEN

Até o fim
A grande ilusão
Não fale com estranhos
Que falta você me faz
O inocente
Fique comigo
Desaparecido para sempre
Cilada
Confie em mim
Seis anos depois
Não conte a ninguém
Apenas um olhar
Custe o que custar
O menino do bosque
Win
Silêncio na floresta
Identidades cruzadas

COLEÇÃO MYRON BOLITAR

Quebra de confiança
Jogada mortal
Sem deixar rastros
O preço da vitória
Um passo em falso
Detalhe final
O medo mais profundo
A promessa
Quando ela se foi
Alta tensão
Volta para casa

Para saber mais sobre os títulos e autores da Editora Arqueiro, visite o nosso site. Além de informações sobre os próximos lançamentos, você terá acesso a conteúdos exclusivos e poderá participar de promoções e sorteios.

editoraarqueiro.com.br